Mike Gayle

# MEIN BETT, DAS TELEFON UND SIE

Mike Gayle

# MEIN BETT, DAS TELEFON UND SIE

Roman

Aus dem Englischen von Peter Torberg

Droemer

Titel der Originalausgabe: *My Legendary Girlfriend*
Originalverlag: Hodder & Stoughton Ltd., London

Für Claire

Die Folie des Schutzumschlags sowie die Einschweißfolie sind
PE-Folien und biologisch abbaubar.
Dieses Buch wurde auf chlor- und säurefreiem Papier gedruckt.


Umschlaggestaltung: Agentur Zero, München
Umschlagabbildung: Tony Stone, München
Satz: Ventura Publisher im Verlag
Druck und Bindung: Franz Spiegel Buch GmbH, Ulm
Printed in Germany
ISBN 3-426-19483-X

5 4 3 2 1

Manchmal kriegst du, was du willst,
Manchmal kriegst du, was du brauchst,
Manchmal kriegst du, was du kriegst.

*Meine Mutter*

## Dank

Ich möchte mich bei Philippa Pride und allen bei Hodder, Jane Bradish Ellames, Emlyn Rees und allen bei Curtis Brown für ihre Hilfe bedanken; bei Joe und Evelyn Gayle, Andy Gayle, Phil Gayle, Jackie Behan, dem Richards-Clan, Cath McDonnell, Charlotte und John, Liane Hentscher, Emma und Darren, Lisa Howe, John O'Reilly, Pip, Ben, Rodney Beckford, Nikki Bayley und den Stammgästen im ›Four Winds‹ für ihre Unterstützung; und bei Mr. T, Dave Gedge, Kevin Smith, Mark Salzman, Xena, Richard Roundtree, Clive James, Oxfam und allen, die jemals Mike gefragt haben, für ihre Inspiration.

# FREITAG

# Achtzehn Uhr fuenf

»Mr. Kelly, für welches Fußballteam sind Sie?«
Während ich am Rande des Spielfeldes entlangschlenderte, unter jeden Arm einen Fußball geklemmt, dachte ich sorgfältig über Martin Acker und seine Frage nach. Er war der letzte meiner Schüler gewesen, der das Spielfeld verließ, und ich wußte, daß er ganz absichtlich getrödelt hatte, um mir diese Frage zu stellen, nicht nur, weil er sich ernsthaft für meine fußballerische Loyalität interessierte, sondern auch, weil er keine Freunde hatte und ich sein Begleiter auf dem langen und einsamen Weg zurück in die Umkleidekabinen sein sollte. Er war buchstäblich von oben bis unten vom Fußballfeldschlamm der Wood-Green-Gesamtschule bedeckt, was eine ziemliche Leistung war für einen Jungen, der den ganzen Nachmittag über den Ball nicht ein einziges Mal berührt hatte. Was seine spielerischen Fähigkeiten anging, so hegte ich nicht den leisesten Zweifel, daß er der schlechteste Fußballer war, den ich je erlebt hatte. Er wußte es, und er wußte, daß ich es wußte, und doch brachte ich es nicht über mich, ihn aus dem Team zu nehmen, denn was ihm an Fertigkeiten fehlte, machte er mit seinem Enthusiasmus mehr als wett, was mir selbst großen Mut verlieh, weil es bewies, daß die Sinnlosigkeit einer Beschäftigung für manche noch lange kein Grund war, gleich aufzugeben.
Martin war zwar ein hoffnungsloser Kicker, aber bei allem anderen rund um den Fußball kannte er sich bestens aus. Ich hingegen konnte diesen langweiligsten aller Zeitvertreibe weder spielen noch unterrichten noch so tun, als interessiere ich mich überhaupt dafür. Aufgrund der Stellenkürzungen im Sportbereich

und des Bedürfnisses, meinen Vorgesetzten zu imponieren, lag die Verantwortung für den bunt zusammengewürfelten Haufen an Dreizehnjährigen, die die B-Mannschaft der achten Klasse bildeten, allein bei mir. Mister Tucker, der Direktor, war sehr beeindruckt gewesen, als ich mich freiwillig für diese Aufgabe gemeldet hatte, doch die Wahrheit sah weniger uneigennützig aus. Sie lautete: Fußball oder Theater-AG. Der Gedanke, zwei Mittagspausen in der Woche daran zu vergeuden, die Kinder fürs Theater zu interessieren und Beihilfe zu leisten, wenn sie *My Fair Lady*, das diesjährige Stück, meuchelten, ließ Fußball weniger deprimierend erscheinen, wenn auch nur um Haaresbreite. Ich war Englischlehrer – geschaffen, um Bücher zu lesen, tassenweise zuckersüßen Tee zu trinken und Sarkasmus als höhere Form des Witzes zu verbreiten. Ich war nicht dazu geschaffen, an frostigkalten Herbstnachmittagen in kurzen Hosen herumzulaufen.

Ich sah genau in dem Augenblick zu Martin hinab, als er hinaufblickte, um zu sehen, ob ich seine Frage vergessen hatte.

»Manchester United«, log ich ihn an.

»Aber Sir, jeder ist für Manchester.«

»Ach, wirklich?«

»Ja, Sir.«

»Und für welche Mannschaft bist du?«

»Wimbledon, Sir.«

»Und warum?«

»Ich weiß nicht, Sir.«

Ende der Unterhaltung. Wir gingen schweigend weiter und konnten noch nicht mal den Schwarm verstädterter Möwen aufscheuchen, die sich an der Eckfahne versammelt hatten und im Schlamm herumstaksten und pickten. Ich hatte den Eindruck, als wollte Martin mich weiter in ein Gespräch über Fußball verwickeln, aber ihm fielen wohl keine Fragen mehr ein.

Martins Mannschaftskameraden brüllten und kreischten derart laut, daß ich mir die Verwüstung schon gut vorstellen konnte, noch bevor ich überhaupt an der Tür zum Umkleideraum angelangt war. Drinnen herrschte blankes Chaos – Kevin Rossiter hing kopfunter an der Heißwasserleitung, die sich durch den ganzen Raum zog, Colin Christie peitschte mit seinem Handtuch nach James Lees blankem Hinterteil, und Julie Whitcomb, die keinerlei Notiz von dem Geschehen rund um sich herum nahm, hockte in einer Ecke des Umkleideraum und war in *Wuthering Heights* vertieft, einen der Kerntexte, die ich in diesem Schuljahr in der achten Klasse unterrichtete.

»Hast du vor, dich umzuziehen?« fragte ich sie höhnisch.

Julie zog ihre sommersprossige Nase aus dem Buch, blinzelte, als sie den Kopf hob, und erwiderte meinen Blick. Ihr verwirrter Gesichtsausdruck machte deutlich, daß sie die Frage nicht verstanden hatte.

»Dies sind Umkleideräume, Julie«, stellte ich klar und schüttelte ungläubig den Kopf. »Jungenumkleideräume, um genau zu sein. Da du weder ein Junge bist noch dich umkleiden willst, dürfte ich vorschlagen, daß du verschwindest?«

»Ich würde ja gern, Mr. Kelly, aber ich kann nicht«, versuchte sie zu erklären. »Ich warte auf meinen Freund.«

Meine Neugier war geweckt. »Und wer ist dein Freund?«

»Clive O'Rourke, Sir.«

Ich nickte. Ich hatte nicht die leiseste Ahnung, wer dieser Clive O'Rourke war.

»Ist er in der achten Klasse, Julie?«

»Nein, Sir, in der elften.«

»Julie«, sagte ich und versuchte ihr die Nachricht so schonend wie möglich beizubringen, »die elfte Klasse hat heute nicht Fußball.«

»Wirklich nicht, Sir? Aber Clive meinte, ich soll hier nach dem Fußball auf ihn warten und mich nicht wegrühren, bis er kommt.«

Sie ließ das Buch in ihren Rucksack fallen und griff ganz langsam nach ihrer Jacke, so als entzögen ihr die Denkprozesse alle Energie, wie bei einem Computer, auf dem zu viele Programme gleichzeitig laufen.

»Wie lange gehst du denn schon mit Clive?« fragte ich nebenher.

Sie begutachtete eingehend die abgewetzten Sohlen ihrer ausgelatschten Nikes, bevor sie antwortete. »Seit dem Mittagessen, Sir«, gestand sie leise. »Ich hab ihn gefragt, als er in der Essenschlange stand, um sich in der Kantine Pizza, gebackene Bohnen und Fritten zu kaufen.«
Ich war richtig gerührt, als ich diese Geschichte einer leidenschaftlichen Hingabe hörte, in der sogar die Details eines Mittagessens des Geliebten vorkamen. Ich warf einen Blick auf meine Uhr. Viertel nach sechs. Die Schule war schon seit fast drei Stunden aus.
»Tut mir leid, aber da hat dich wohl jemand angeschmiert«, sprach ich es aus, für den Fall, daß der Groschen noch nicht gefallen war. »Irgendwie habe ich das Gefühl, daß Clive wohl nicht auftauchen wird.«
Sie sah mich kurz an, bevor sie sich wieder ihren Turnschuhen zuwandte. Offenkundig war der Liebeskummer größer als ihre Verlegenheit, sie blinzelte und versuchte verzweifelt die Tränen zurückzuhalten, und sie preßte die Lippen zusammen, um die Schluchzer zu unterdrücken, die ihr zu entrinnen drohten. Schließlich erlaubte sie sich den Luxus eines sorgsam kontrollierten Seufzers, erhob sich und nahm ihren Rucksack.
»Alles in Ordnung?« fragte ich, obwohl offenkundig nichts in Ordnung war.
»Ja, Sir.«
Ich schaute ihr bis zur Tür des Umkleideraums nach, und bis sie dort ankam, war ihr Kummer unüberhörbar geworden. Manch anderer Lehrer hätte wohl keinen Gedanken mehr an sie verschwendet, ich aber nicht. Ihr Bild ging mir noch eine Weile im Kopf herum, denn in den wenigen Augenblicken, die wir geteilt hatten, erkannte ich, daß Julie Whitcomb mir näher war als sonstjemand, dem ich je begegnet war. Sie war eine von uns – eine, die jede Niederlage, ob nun groß oder klein, als Ergebnis eines persönlichen Rachefeldzugs des Schicksals betrachtete. Clive O'Rourkes Name würde unvergessen bleiben, war ihr unauslöschlich ins Hirn gebrannt, so wie mir der Name meiner Exfreundin.

Und irgendwann in der Zukunft, höchstwahrscheinlich bei der Abschlußprüfung ihrer Reise durch die Schulzeit, würde sie erkennen, daß ihr lebenslanges Schmachten nach den Clive O'Rourkes dieser Welt sie verbittert und verklemmt genug hatte werden lassen, um sich dem Lehrerberuf zu widmen.

Der Lärm eines kleinen Jungen, der ein Geräusch von sich gab, daß sich ungefähr anhörte wie »Wwwuuuhhhrrroooaaaahhh!«, signalisierte mir, daß Kevin Rossiter von einer adrenalintreibenden Extremsportart zur nächsten gewechselt hatte und nun durch den hinteren Umkleideraum tobte, nackt, wenn man mal von der Unterhose auf dem Kopf absah. Ich konnte nicht mal im Ansatz einen Grund für dieses Kunststück erkennen, brachte aber auch nicht die Energie auf, ihn so kurz vorm Wochenende daran zu hindern. Also seufzte ich schwer, verschwand unbemerkt in dem winzigen Kabuff, das als Büro für die Sportlehrer diente, und zog die Tür hinter mir zu.

Ich wühlte in meiner Tasche herum und fand die Zigarettenschachtel, die vom Gewicht der Bücher meiner achten Klasse leicht zerdrückt war – ich hatte noch eine Kippe. Im Geiste ging ich die anderen durch, die schon den Weg alles Irdischen genommen hatten: fünf auf dem Weg zur Arbeit, zwei im Lehrerzimmer vor der Einschreibung, drei in der Frühstückspause, zehn in der Mittagspause. Schwer festzustellen, welcher Gedanke der deprimierendere von beiden war: die Tatsache, daß ich – der ich erst vor drei Jahren den Sprung vom mitverantwortlichen zum unverantwortlichen Raucher vollzogen hatte – es geschafft hatte, so viele Zigaretten zu qualmen, daß ein Elefant Lungenkrebs gekriegt hätte, oder die, daß ich es erst jetzt bemerkt hatte.

Als das Nikotin zu wirken begann, entspannte ich mich und beschloß, so lange in der kleinen, aber perfekten Zuflucht zu bleiben, bis das Gewürm verschwunden war. Nach einer halben Stunde ebbte das Gebrüll und Geschrei zu einem sanften Stimmengewirr ab und wich gnädiger Stille. Ich machte die Tür einen Spalt auf, versperrte dem Rauch den Weg und linste hinaus, um sicherzugehen, daß die Luft rein war. Sie war es nicht. Martin

Acker war immer noch da. Hemd und Jacke hatte er bereits an, doch in die Hose zu steigen bereitete ihm sichtlich Probleme, vor allem, weil er schon die Schuhe anhatte.

»Acker!«

Völlig verwirrt sah sich Martin im ganzen Raum um, bevor er den Ursprung des Rufes orten konnte.

»Hast du kein Zuhause?« fragte ich ihn.

»Doch, Sir«, erwiderte er niedergeschlagen.

»Na, dann geh auch nach Hause, Junge!«

In Sekunden hatte er die Schuhe von sich geworfen, die Hose übergestreift und die Schuhe wieder angezogen. Dann griff er sich seine Sachen, schlurfte aus dem Umkleideraum und rief: »Ein schönes Wochenende, Sir«, als er durch die Tür verschwand.

Die Frau im Zeitungsladen unterwegs zur U-Bahn, eine einsame dicke Asiatin, war damit beschäftigt, drei Kunden gleichzeitig zu bedienen und zwei Jungen von der Wood-Green-Gesamtschule im Auge zu behalten, die um ein *Penthouse* herumstrichen, das jemand, der erheblich größer war als sie, netterweise in mittlerer Höhe liegengelassen hatte. Als ich an die Reihe kam, griff sie, ohne den Blick von den Jungs fortzunehmen, nach meinen Marlboro Lights und legte sie auf die Theke. An dieser Stelle der geschäftlichen Transaktion war ich mit meinem Latein am Ende; Twix-Papier, zerrissene Silberfolie von einer Rolle Polo und Flusen; mehr hatte ich anstelle von Kleingeld nicht zu bieten. Die Zeitungsfrau schnalzte hörbar verächtlich, stellte meine Kippen zurück ins Regal und gab dem Mann hinter mir hundert Gramm Bonbons, bevor ich auch nur die Gelegenheit hatte, mich zu entschuldigen. Ich wischte an den Jungs vorbei, die übers ganze Gesicht strahlten, während sie die Seiten des nun aufgeschlagenen *Penthouse* verschlangen, und verfluchte mich dafür, meine Mittagspause nicht sinnvoller damit verbracht zu haben, zum Geldautomaten in der High Street zu gehen; im Lehrerzimmer zu sitzen und bis zur Besinnungslosigkeit zu qualmen war mir

wichtiger erschienen. Doch nun, ohne Kohle und ohne Kippen, wünschte ich mir von ganzem Herzen, ich würde mit größerer Inbrunst an die Selbstbeherrschung glauben.
Ich trat hinaus in den kalten klammen Nachmittag von Wood Green, der von einer defekten Straßenlaterne, die wie Discobeleuchtung flackerte, nur traurig erhellt wurde, als drei Frauen, die von rechts kamen, meine Aufmerksamkeit auf sich lenkten, als sie bei meinem Anblick wie angewurzelt stehenblieben. Eine von ihnen gab sogar einen kurzen Schreckensschrei von sich. Ich brauchte ein paar Sekunden, um zu erkennen, warum die Frauen so entsetzt waren. Die Frauen waren keine Frauen – es waren Mädchen. Mädchen, denen ich englische Literatur beibrachte.
»Sonya Pritchart, Emma Anderson, Pulavi Khan: Kommt sofort hierher!« befahl ich.
Trotz allem, was ihnen ihre Körper rieten, also wahrscheinlich so was in der Art »Rennt um euer Leben!« oder »Ignoriert ihn einfach, das ist nur der Lehrer, der immer nach Pfefferminz riecht«, taten sie, wie ihnen geheißen, wenn auch in ihrem ureigensten Schneckentempo. Bis sie zu mir hergeschlurft waren, hatten sie als sichtbaren Protest für die möglicherweise Schwerhörigen ihre traurigsten Gesichter aufgesetzt.
Pulavi setzte zur Verteidigung an. »Wir ham doch überhaupt nix gemacht, Sir.«
»Nein, Sir, wir ham überhaupt nix gemacht«, fügte Sonya hinzu, um ihrer Freundin den Rücken zu stärken.
Emma blieb stumm, wohl in der Hoffnung, ich würde nicht bemerken, daß sie verstohlen ihre Hände hinter dem Rücken versteckt hielt. »Dreh dich bitte um, Emma«, forderte ich sie streng auf.
Sie weigerte sich.
»Sir, Sie können uns nichts anhaben, Sir«, jammerte Sonya kläglich. »Außerhalb der Schule sind wir nicht in Ihrer Justiz.«
Ich bemerkte Sonyas Verwendung des Wortes »Justiz«. Normalerweise wäre ich beeindruckt gewesen, wenn irgendeiner meiner Schüler ein solches Wort benutzt hätte, aber »Justiz« war ein

Wort, wie es wohl die Gestalten in *Baywatch* von sich gaben – und dort hatte sie es wohl auch aufgeschnappt. »Jurisprudenz« allerdings war ein Wort, das bei Fernsehschnüfflern, in der Schmierenpresse und bei Teenagern nicht vorkam, und dieses Wort hätte ihr meine tiefste Bewunderung eingebracht.
»Na gut«, sagte ich und spielte ihnen vor, wie ungeheuer gelangweilt ich war, »wenn ihr nicht anders wollt. Aber Montag möchte ich nicht in eurer Haut stecken.«
Mir fiel auf, daß ich mich eigentlich wie ein Arschloch benahm, schließlich hatten sie recht, die Schule war aus, und alles andere ging mich nichts an. Die einzige Erklärung, die ich hatte, war, daß meine Kippenlosigkeit mich in einen mürrischen alten Sack verwandelt hatte, dem es Spaß machte, Teenager zu nerven.
»Das ist ungerecht, Sir«, jammerte Pulavi ziemlich treffend.
»Willkommen in der Wirklichkeit«, tadelte ich sie und wiegte mich überheblich auf den Fersen. »Das Leben ist nun mal nicht gerecht – ist es nie gewesen und wird es auch nie sein.« Ich wandte mich Emma zu. »Also, zeigst du mir jetzt, was du zu verbergen hast, oder nicht?«
Zögernd streckte sie ihre Hände vor, und zwischen ihren Fingern steckten drei Zigaretten, deren Glut hell aufleuchtete.
Ich schnalzte laut, wobei ich das Musterschnalzen einsetzte, das meine Mutter schon seit fünfundzwanzig Jahren gegen mich verwendete. Die ganze Woche schon hatte ich mich bei dem sinnlosen Unterfangen, Kinder vom Amoklauf abzuhalten, dabei ertappt, wie ich Autoritäten imitierte: meine Mutter, Lehrer aus dem Fernsehen, Margaret Thatcher.
»Ihr wißt doch, daß ihr nicht rauchen sollt, nicht wahr?« schimpfte ich.
»Ja, Mr. Kelly«, erwiderten sie mürrisch, aber unisono.
»Und ihr wißt, daß man daran sterben kann, nicht wahr?«
»Ja, Mr. Kelly.«
»Also, dann macht die Zigaretten auf der Stelle aus, bitte.«
Emma ließ die ihre fallen – Silk Cut, wenn ich mich nicht irrte – und trat sie mit einer Drehbewegung des Schuhabsatzes aus.

»Diesmal werde ich es euch noch durchgehen lassen«, sagte ich und warf einen traurigen Blick auf Emmas Schuhe. »Aber wehe, ich erwische euch noch einmal.«

»Ja, Mr. Kelly.«

Ich hob meine Tasche auf und ging davon, und für einen Augenblick kam ich mir vor wie Rooster Cogburn John Wayne, der mutterseelenallein die übelste Bande von Desperados diesseits der Turnpike Lane zusammenstaucht. Aber nach zwei Schritten blieb ich stehen, drehte mich um und ergab mich.

»Ähm, Mädchen ...«, rief ich hinter ihnen her. »Ihr habt nicht zufällig ne Kippe für mich?«

Und schon ging meine ganze Hingabe an die Arbeit in Rauch auf. Ich hatte Disziplin, eine der Voraussetzungen für meinen Job, gegen das Verlangen nach einem Nikotinkick aufgewogen, und die Zigarette hatte gewonnen. Meine Schülerinnen verstanden mein Dilemma, sie rauchten ja selbst, aber erst schütteten sie sich aus vor Lachen. Pulavi wühlte in ihrer Kunstkrokotasche herum und hielt mir eine Schachtel Silk Cut hin.

»Du rauchst Silk Cut?« fragte ich blödsinnigerweise, als ich mir eine Zigarette nahm.

»Ja, seit ich zwölf bin«, erwiderte sie, das Gesicht halb in der Handtasche vergraben, während sie nach dem Feuerzeug kramte. »Und was rauchen Sie, Sir?«

»Woodbines wahrscheinlich«, witzelte Sonya.

»Marlboro Lights, um ehrlich zu sein«, erwiderte ich kurz angebunden.

»Ich hab mal 'ne Marlboro Light geraucht«, warf Emma ein. »Da kann man ja gleich Luft rauchen. Sie sollten richtige Zigaretten rauchen, Sir. Marlboro Lights sind doch nur was für Schwulis.«

Und wieder kriegten sie sich vor Lachen nicht ein. Ich bedankte mich bei ihnen und versuchte, mich ihrer zu entledigen, aber sie bestanden darauf, in meine Richtung zu gehen. Untergehakt schlenderten sie neben mir her. Ich kam mir vor wie ein Hundebesitzer, der seine drei Pudel Gassi führt.

»Wir gehen ins West End, Sir«, meinte Emma, die vor Energie schier barst.

»Ja, wir sind auf ’nem Swutsch«, fügte Pulavi hinzu und zeigte dabei ein derart dreckiges Grinsen, daß es Sid James beschämt hätte.

»Ja, wir gehn ins Hippodrome, Sir«, meinte Sonya. »Wolln Sie nich mitkommen?«

Über diese Frage, ob ich nicht ausgehen wollte, mußte ich nachdenken, nicht mit ihnen natürlich – das wäre völlig undenkbar gewesen –, sondern überhaupt. Ich kannte keine Seele in London, fürs Wochenende hatte ich auch nichts geplant, und so fragte ich mich immer noch, warum ich einigen der jüngeren Kollegen, die mich im Lehrerzimmer gefragt hatten, ob ich nach der Arbeit nicht auf ein Glas Zeit hätte, gesagt hatte, daß ich beschäftigt sei.

»Da kommt ihr doch gar nicht rein«, sagte ich und schüttelte weise das Haupt, zu ihrem Besseren, aber eigentlich, weil ich immer noch über dieses traurige Etwas von Wochenende grübelte, das da auf mich wartete.

»Sie machen Witze«, quietschte Sonya. »Wir gehn da jede Woche hin.«

»Finden Sie nich, wir sehn aus wie achtzehn?« fragte Emma.

Und da fiel mir zum ersten Mal während der ganzen Unterhaltung wieder ein, was mich im ersten Augenblick so beunruhigt hatte. Ich wußte, sie waren vierzehn, aber die Mädchen, die hinter mir herliefen, sahen erheblich mondäner aus, als ihr biologisches Alter erwarten ließ. Emma hatte ihre deutlich überentwickelten Brüste in ein BH-Top gezwängt, das kaum groß genug war, sie züchtig zu bedecken, dazu passend trug sie einen kurzen silbrigen Rock. Sonya trug ein limonengrünes, kurzes Samttop, dazu einen unglaublich kurzen, blauen Satinrock, der bei jeder Bewegung des Oberkörpers einen Zentimeter nach oben rutschte und mehr Oberschenkel freigab, als unbedingt notwendig gewesen wäre. Pulavi hatte sich für leopardengetupfte Hot pants und eine durchsichtige, orangefarbene Bluse entschieden, durch die

ihr schwarzer Wonderbra für alle Welt sichtbar wurde. Ich war zutiefst gedemütigt.
Ich bedankte mich bei ihnen noch einmal für die Zigarette und erfand blitzschnell eine Freundin, die angeblich zu Hause auf mich wartete, ich müßte mich also beeilen. Das war genau jene Art von Situation, die das Schicksal so gern in mein Leben einbaute, um mir zu beweisen, daß es noch jede Menge Luft gab, die Dinge *noch* schlechter werden zu lassen, bevor es besser würde. Die Mädchen kicherten und pulverisierten meine Selbstachtung zu nichts.

Ich betrat die U-Bahn-Station Wood Green und suchte in der Gesäßtasche nach meinem Fahrausweis. Dort war er nicht. Auch nicht in einer der anderen Taschen. Ich versuchte, nicht in Panik zu geraten, und entwickelte Plan B:

1. *Denk nicht zu lange darüber nach, was es kostet, den Fahrausweis zu ersetzen.*
2. *Kauf dir eine einfache Fahrkarte bis Archway.*
3. *Sorgen machen kannst du dir Montag früh um 7 Uhr.*

Es dauerte eine kurze Weile, bis mir aufging, daß Plan B nicht funktionieren konnte, weil ich nur noch Süßigkeitenpapier und Fussel mein eigen nannte.

Als ich meine Karte in den Geldautomaten steckte und 1411 eintippte (meine Geheimzahl: Geburtstag und -monat meiner Exfreundin), fing es an zu regnen. Ich überprüfte meinen Kontostand: 770 Pfund im Minus. Die Maschine fragte mich, wieviel Geld ich wollte. Ich verlangte fünf Pfund und drückte mir die Daumen. Die Maschine gab eine Reihe von klickenden Geräuschen von sich, und einen Augenblick lang glaubte ich fest, sie würde die Polizei rufen, mich verhaften lassen *und* meine Karte fressen. Statt dessen gab sie mir das Geld und fragte mich recht freundlich, ob ich noch weitere Dienste in Anspruch nehmen wollte, ganz so, als sei ich ein hochgeschätzter Kunde.

Auf dem Weg zur U-Bahn kam ich am Burger King auf der Wood Green High Street vorbei. Von ihren Fensterplätzen aus winkten mir Emma, Sonya und Pulavi aufgeregt zu. Ich senkte den Blick zu Boden und tat so, als hätte ich sie nicht gesehen.
Am U-Bahnhof kaufte ich mir eine Fahrkarte nach Archway und steckte das Ticket zur Sicherheit in die oberste Tasche meiner Jacke. Dort stießen meine Finger auf etwas. Ich hatte meinen Fahrausweis gefunden.
Auf dem Bahnsteig in südlicher Richtung kam ich gerade noch rechtzeitig an, um die Rücklichter einer U-Bahn zu sehen, die eben den Bahnhof verlassen hatte. Ich sah auf die Bahnhofsuhr, um festzustellen, wie lange es wohl bis zum nächsten Zug dauerte. *Zehn verfluchte Minuten.* Als er schließlich kam, setzte ich mich in den letzten Wagen, legte meinen Fahrausweis und die Fahrkarte auf den Sitz neben mir, um ein Auge darauf zu haben, und schlief prompt ein.

Der Zug kam schlingernd in einer Station zum Halten, und mit einem Ruck schreckte ich aus einem unglaublich gymnastischen Traum von meiner Ex auf. Ich verfluchte das üble Timing des U-Bahn-Fahrers und sah gerade noch rechtzeitig auf, um festzustellen, daß es sich um die Station King's Cross handelte – meine Haltestelle. Ich schnappte meinen Rucksack und schaffte es gerade noch, durch den Spalt in der sich schließenden Tür hindurchzuschlüpfen.
Der zweite Teil meiner Fahrt, auf der Northern Line diesmal, war wie immer ungemütlich. Die Wagen waren derart mit Hamburgereinwickelpapier, Zeitungen und Chipstüten übersät, daß es mir vorkam, als würde ich in einer Müllhalde auf Rädern nach Hause fahren. Das einzig angenehme Ereignis war eine Gruppe von wunderhübschen Spanierinnen, die in Euston zustiegen. Den ganzen Weg bis Camden schnatterten sie laut in ihrer Muttersprache miteinander – wahrscheinlich darüber, warum die Northern Line so dreckig war –, dort stiegen sie dann aus. Was das nördliche Ende der Northern Line anging, so schien es ein

Gesetz zu geben – die Schönen stiegen in Camden aus, die Interessanten in Kentish Town, Studenten und Musiker in Tufnell Park, und übrig blieben nur noch die Langweiligen, Häßlichen oder Verzweifelten, die in Archway ausstiegen oder, falls sie ihrem Glücksstern danken und es sich leisten konnten, dort zu wohnen, in High Barnet.

Auf halber Rolltreppe in Archway hinauf suchte ich in meiner oberen Jackentasche nach meinem Ticket und dem Fahrausweis. Sie waren nicht da. Meine wahnsinnig teure Jahreskarte fuhr jetzt natürlich auf der Piccadilly Line und hielt an jeder Station bis Uxbridge. Niedergeschlagen preßte ich die Augenlider zusammen. Als ich sie Sekunden später wieder öffnete, war ich oben; glücklicherweise kontrollierte niemand an der Schranke die Fahrkarten. Ich seufzte erleichtert und dachte bei mir: Manchmal kann das Leben doch unerwartet freundlich sein.

Ich schloß die Haustür auf, und eine deprimierende Atmosphäre der Vertrautheit empfing mich. Seit fünf Tagen war ich hier zu Hause. Fünf Tage, und mir kam es vor wie zehn Jahre. Ich drückte auf den Lichtschalter im Flur und blätterte die Post auf dem Münztelefon durch. Als ich den Schlüssel in meine Wohnungstür steckte, ging das Licht aus.

# Neunzehn Uhr zwanzig

Aahh! Man hat bei dir eingebrochen!«
Jedesmal, wenn sie mein Zimmer sah, drehte sich Aggi, meine Exfreundin, um und sagte das zu mir. Das war schon ein stehender Witz bei uns, und obwohl er schon leicht asthmatisch auf der Brust war, konnten wir uns darüber immer noch jedesmal kaputtlachen.
Aggi und ich haben uns vor genau drei Jahren getrennt, nicht daß ich die Tage gezählt hätte oder so was. Ich wußte es nur so genau, weil sie mir an meinem dreiundzwanzigsten Geburtstag den Laufpaß gegeben hatte. Und obwohl ich alles unternommen hatte, den Tag meiner Geburt und das Ereignis, wie sie mir den Laufpaß gegeben hatte, zu vergessen, blieb mir das Datum in einer Hirnzelle hängen, die sich zu sterben weigerte.
An jenem verhängnisvollen Tag wurde ich vom Klang der Stille geweckt. Simon and Garfunkel hatten den Nagel auf den Kopf getroffen: *Sound of Silence.* Stille hatte wirklich einen eigenen Klang. Wenn damals im Haus meiner Eltern irgend jemand zu Hause war und nicht gerade im Koma lag, schaute die Stille gar nicht erst bei uns vorbei. Die Bewohner des Hauses kümmerten sich bei ihren Aktivitäten nicht im geringsten um die Schlafenden; die Waschmaschine lief um sechs Uhr früh, Besteck klapperte, das Frühstücksfernsehen lief, »Ma, hast du meine Schuhe gesehen?«, Gebrüll, ab und zu Lachen. Inmitten dieses Lärmpegels, der dem eines angolanischen Wochenmarkts zur Hauptgeschäftszeit entsprach, lernte ich schnell, das Grundrauschen des Familienlebens der unteren Mittelklasse auszuschalten.
Wenn dann meine Eltern später zur Arbeit gegangen waren (er:

Stadtverwaltung Nottingham, sie: Altenheim Meadow Hall) und mein kleiner Bruder Tom in der Schule war, konnte das Haus wieder in friedlicher Stille versinken. Mein Hirn, das nun nicht länger alles ausfilterte, was bedrohlicher klang als das gelegentliche aufgeregte Tschilpen eines Stars im Garten, weckte mich – Stille war mein Weckruf.

Auf meinem Federbett lag ein brauner Briefumschlag. Jedesmal, wenn ich Post bekam, legte mein Vater sie dort ab, bevor er zur Arbeit ging. Ich glaube, er hoffte darauf, daß die Freude darüber mich irgendwie zu Taten verleiten könnte. Aber das konnte sie nicht. Nichts konnte das. Damals bekam ich nicht allzu viel Post; ich war ein hoffnungsloser Briefeschreiber. Nicht, daß ich nie welche schrieb, das tat ich schon, ich schickte sie nur nie ab. Ständig lagen zig Bögen liniertes Papier in meinem Zimmer herum, auf denen in meiner Sauklaue »Meine liebe Soundso« gekritzelt stand. Da in meinem Leben allerdings nicht sonderlich viel passierte, hatte ich herzlich wenig zu sagen, kaum mehr als: »Wie geht es dir?«, und wenn ich angefangen hätte, auch noch die allerkleinsten Anekdoten meines mondänen Lebensstils aufzuschreiben (»Heute bin ich aufgestanden und habe mir Frosties zum Frühstück gemacht ...«), dann hätte mich das zutiefst deprimiert.

Noch bevor ich den Umschlag überhaupt geöffnet hatte, wußte ich schon, was drin war, denn es handelte sich bei dem betreffenden Tag um den »Maßgebenden Mittwoch«, den alle vierzehn Tage stattfindenden religiösen Feiertag, der meine Rettung brachte – den Scheck mit der Arbeitslosenunterstützung. Meine Eltern waren gelinde gesagt nicht gerade die glücklichsten Haseneltern, als ich, der erstgeborene Rammler, ins Nest zurückkroch und von der Stütze lebte. Vier Jahre zuvor hatten sie mich – mitsamt einem Koffer, der Stereoanlage, kistenweise Kassetten und einem *Betty-Blue*-Poster – zur Manchester University gefahren und von mir erwartet, daß ich mir eine erstklassige Bildung erwarb, ein paar Gramm gesunden Menschenverstand zulegte und eine Richtung im Leben fand. »Es ist uns egal, was du tust, solange du es so gut machst, wie du nur kannst«, hatten sie gesagt, doch verbargen sie keineswegs ihre ungeheure Enttäuschung, als ich ihnen mitteilte, daß ich vorhätte, Englisch und Filmstudien zu belegen. »Wozu das denn?« fragten die Hüter meiner Seele mit den zwei Körpern und dem einen Verstand. Meine Erklärung, die im Kern darauf hinauslief, daß ich gerne las und mir gerne Filme anschaute, beeindruckte sie nicht im mindesten.

Drei Jahre später beendete ich meine Reise auf dem Ausbildungsfließband und bekam sehr schnell eine realistische Einsicht in meine Position in der Welt im allgemeinen: Ich war in zwei Fächern, die außerhalb der Universität von geringem Nutzen waren, hoffnungslos überqualifiziert. Nachdem ich gerade mal eben so bestanden hatte und mich der Bildungsprozeß überhaupt langweilte, packte ich das Bündel »Weitere Fortbildung« in die Kiste »Kommt nicht in Frage«. Statt dessen widmete ich mich der Lektüre weiterer Bücher, schaute mir jede Menge Filme an und schrieb mich wieder ein. So machte ich etwa ein Jahr lang weiter, bis die Bank eine härtere Gangart einlegte, als ich für kurze Zeit in einer Wohngemeinschaft in Hulme wohnte. In einem Zangenangriff, der Rommel alle Ehre gemacht hätte, entzog mir der Bankdirektor den Überziehungskredit und preßte mir die Unterschrift unter die Erklärung ab, jede Woche zwanzig Pfund auf mein Konto einzuzahlen, um die roten Zahlen »auf ein etwas vernünftigeres Maß« herunterzubringen, wie er sich ausdrückte. Also kehrte ich wie eine Brieftaube in den elterlichen Schlag in Nottingham zurück und verkroch mich in meinem Zimmer, um über die Zukunft nachzudenken. Meine Eltern ließen alle möglichen Connections spielen, um mir bei meinem Start ins Berufsleben zu helfen, und meine Oma telefonierte in monotoner Regelmäßigkeit mit mir und berichtete mir von Jobs, die in der örtlichen Zeitung inseriert waren. Ich brauche nicht zu erwähnen, daß all ihre Mühen vergeblich waren. Ich war am Berufsleben nicht interessiert, ich hatte ein Dach überm Kopf, und ich sagte mir, solange ich die Liebe einer guten Frau erfuhr, würde mir das Armsein nichts ausmachen.

Meistens jedenfalls, denn manchmal brachte mich meine Verarmung bis an den Rand bitterer Verzweiflung. Glücklicherweise lernte ich meine Machtlosigkeit dadurch auszudrücken, daß ich möglichst so viele Punkte gegen DIE DA gutmachte, wie ich konnte, DIE DA in solchen Sätzen wie: Also, DIE DA oben ... Zu diesen kleineren Akten des Guerillakrieges gehörten unter anderem:

- Beschaffung eines Studentenausweises unter Vorspiegelung falscher Tatsachen;
- Verwendung obengenannten Ausweises zum Erwerb verbilligter Kinokarten;
- Manipulieren abgelaufener Fahrkarten;
- Antitschen von Obst im Supermarkt;
- Autofahren, ohne Steuern oder Versicherung zu zahlen;
- Austrinken von Biergläsern wildfremder Menschen in Nachtclubs.

Ich tat alles mögliche, was meine Phantasie in Schwung hielt und mir das Gefühl gab, ich würde auf meiner Seite der großen Kreidetafel des Lebens einen weiteren Strich machen.

Aggi war einfach herausragend, der wundervollste Mensch, den kennenzulernen ich in meinem Leben jemals das Vergnügen hatte. Als wir anfingen, miteinander zu gehen, brachte ich sie immer nach Hause, und während wir dastanden und uns küßten und auf ihrer Türschwelle zum Abschied noch einmal umarmten, konzentrierte ich mich am liebsten darauf, mit allen Sinnen diesen Augenblick einzufangen – ihren Geruch, den Geschmack ihres Kusses, das Gefühl, wie sich ihr Körper an den meinen drückte. Ich wollte ihn fotografieren und für immer behalten. Das klappte nur nie. Wenige Minuten später, wenn ich mit nassen Haaren und einem dumpfen Pochen in den Lenden wieder durch die regenfeuchten Straßen von West Bridgford lief, war er weg. Das Erlebnis selbst ließ sich nie wieder ins Gedächtnis rufen.

Wir hatten uns während der Sommerferien in einem Wohltätigkeitsladen kennengelernt. Aggi war damals achtzehn und hatte gerade ihr Abitur gemacht, und ich hatte gerade das erste Jahr an der Uni hinter mir. Sie arbeitete in einem Oxfam-Laden in West Bridgford, in den ich zweimal die Woche ging, weil dort ständig neuer toller Trödel angeboten wurde.
Ich hatte seit fünf vor halb zehn geduldig vor der Tür gestanden, doch da der Laden offiziell erst in fünf Minuten aufmachen sollte, vertrieb ich mir die Zeit damit, die Nase gegen die Glastür zu drücken und zum eigenen Vergnügen Grimassen zu schneiden. Aggi war vor allem ein Gesicht aufgefallen – meine Version von Rumpelstilzchen mit Dachschaden –, und sie hatte lachend zwei Minuten vor der Zeit aufgeschlossen. Abgesehen von einer alten Dame, die am anderen Ende des Ladens Kleidung sortierte und sich Desert Island Discs anhörte, waren wir allein im Geschäft. An jenem Tag trug Aggi ein kurzärmeliges grünes Kleid mit kleinen gelben Blumen drauf und himmelblaue Segeltuchbaseballschuhe. Der Gesamteindruck war ehrlich gesagt etwas abgeschrägt, aber irgendwie wirkte es an ihr ungeheuer toll. Ich stellte mich vor ein paar alte Barry-Manilow-Alben und tat so, als würde ich sie durchblättern, weil das Plattenregal, in dem sie standen, der ideale Standort war, dieses unglaublich schöne Mädchen heimlich zu beobachten.
Ich war mir sicher, daß sie merken müßte, wie mein Blick jeder ihrer Bewegungen folgte, also gab ich nach einer Weile auf, so zu tun, als interessierte ich mich für Barrys Greatest Hits, und glotzte sie schmachtend an. Ich lächelte, als ich mich der Kasse mit meinem einzigen Fund näherte, einem Elvis-Spiegel von der Sorte, wie man sie nur auf dem Rummel findet, wo man irgendwas Tolles mit Luftgewehr, Dartpfeilen oder Reifen machen muß, um einen zu kriegen. Dank Aggi hatte ich den Zwischenhandel ausschließen können. Elvis gehörte mir.

»Der King of Rock 'n' Roll.«
Das waren die ersten Worte, die sie je zu mir sagte. In jener Woche bin ich jeden Tag hingegangen, und im Laufe der folgenden Monate und weiterer Unterhaltungen lernten wir uns kennen.

ICH: Hi, wie heißt du denn?
SIE: Agnes Elizabeth Peters. Du kannst Aggi zu mir sagen.
ICH: Und warum arbeitest du hier?
SIE: Meine Ma arbeitet hier manchmal. Zu Hause ist mir langweilig, also helf ich mit, das ist mein Beitrag zur Entwicklung der Menschheit. *(lacht)* Außerdem macht sich das gut auf dem Lebenslauf.
ICH: Und was machst du sonst so?
SIE: Ich will auf die Salford University und Sozialwissenschaften studieren.
ICH: Wozu?
SIE: *(schaut leicht verwirrt)* Na, weil mir die Menschen wichtiger sind als Geld. Ich finde es falsch, daß es heutzutage Obdachlose gibt. Nenn mich altmodisch, aber ich bin Sozialistin.
ICH: Glaubst du an die platonische Liebe?
SIE: Nein. »Platonische Liebe ist die Zeit zwischen dem Kennenlernen und dem ersten Kuß.« Kein Applaus, ist nicht von mir.
ICH: Glaubst du wirklich, daß Elvis tot ist?
SIE: *(lacht)* Ja. Aber die Erinnerung an ihn lebt weiter in den Herzen der Jungen, Mutigen und Freien.
ICH: Was ist dein Lieblingsfilm?
SIE: Hört sich vielleicht ein wenig eingebildet an, aber ich finde, Film als Medium ist einfach nicht so ausdrucksstark wie der Roman. Nach dieser Vorbemerkung muß ich zugeben, daß ich ein ganz besonderes Faible für Audrey Hepburn in *Frühstück bei Tiffany* habe.
ICH: Was ist der verrückteste Gedanke, der dir je gekommen ist?
SIE: Wenn es eine unendliche Zahl von Paralleluniversen gibt, in denen all die Entscheidungen durchlebt werden, die ich hätte treffen können, wie wäre mein Leben dann verlaufen, wenn ich

Asim Alis Heiratsantrag angenommen hätte, als wir sechs waren?
ICH: Wann hast du das letzte Mal geweint?
SIE: Wahrscheinlich mit sechs, nachdem ich Asim Ali abgewiesen habe. Ich weiß nicht mehr genau – ich hab's meistens nicht so mit emotionalem Getue.
ICH: Liebst du mich?
SIE: Ich liebe dich so sehr, daß mein Hirn es überhaupt nicht begreift, wenn ich darüber nachdenke, was ich von dir halte. Ganz genau so wie die Unendlichkeit. Ich begreife es nicht, aber das sind die Grenzen meiner Liebe.

Zwischen der ersten und der letzten Frage lagen etwa fünf Monate. Und zwischen »Glaubst du an die platonische Liebe?« und »Ist Elvis wirklich tot?«, der Eröffnungsfrage bei unserer ersten echten Verabredung in der hell erleuchteten, überfüllten, in keinster Weise romantischen Lounge des *Royal Oak*, kamen wir zusammen. Tief innen drin machte ich mir gern vor, ich hätte gewußt, daß es zwischen uns nichts würde. Nichts konnte so perfekt sein, es sei denn im Fernsehen. Ausschlaggebend für mich war unser erster Kuß, das Ereignis, das mich sicher machte. Alle meine Ängste und Unsicherheiten waren wie fortgewischt.
Nach unserer ersten Verabredung war ich völlig verwirrt gewesen, wo wir denn nun bei dieser ganzen Jungen-Mädchen-Geschichte eigentlich standen. Ja, wir hatten gelegentlich Händchen gehalten und ungeheuer viel herumgeflirtet, aber geküßt hatten wir uns nicht, jedenfalls nicht richtig. Am Ende des Abends hatte ich sie ganz leicht auf die linke Wange geküßt, so wie ich es bei meiner Großmutter machen würde, und war nach Hause gegangen, nachdem ich ihr das Versprechen abgenommen hatte, daß wir uns wiedersehen würden. Die ganze Woche bis zu unserer nächsten Verabredung verbrachte ich in dem Folterzustand der Ungewißheit. Was genau war vorgefallen? Wir waren zusammen ausgegangen, gut, aber war das nur für mich so eine Art Verabredung gewesen? Konnte es sein, daß es für sie nur ein

netter Abend mit einem netten Kerl gewesen war? Hatte ich die letzten sieben Tage ununterbrochen von ihr geträumt, aber sie konnte sich kaum an meinen Namen erinnern? Ich wollte darauf eine Antwort. Ich brauchte dringend eine Antwort. Ich rief sie sogar einmal an, um sie zu fragen, aber dann war mir das Herz in die Hose gerutscht, und ich hatte wieder aufgelegt. Ich wußte nicht, wie ich sie fragen sollte, was ich wissen wollte, nämlich: Bin ich dein Freund? »Bin ich nun dein Freund?«, das ist so die Art von Frage, wie sie ein Neunjähriger einem anderen Neunjährigen stellt. In einer ausgefeilten Beziehung hatte diese Frage nichts zu suchen. Ich kannte die Regeln – ich hatte cool zu sein, relaxed, locker und lässig. Erst mal würden wir uns »sehen« (was bedeutete, daß sie auch noch andere Leute »sah«), dann würden wir uns vielleicht verabreden (was bedeutete, daß sie keine anderen Leute mehr sehen würde, obwohl sie vielleicht wollte), und schließlich wären wir Freund und Freundin (was bedeutete, daß sie niemand anderen sehen wollte, weil sie mit mir glücklich war).

Am Tag unserer zweiten Verabredung trafen wir uns wie abgemacht vor dem *Selectadisc*, einem Plattenladen. Der Plan drehte sich vor allem darum, den Nachmittag auf dem Platz vor dem Rathaus zu verbringen und die Tauben zu füttern (ihre Idee). Dazu kam es allerdings nicht. Das erste, was sie tat, als sie mich sah, war, ihre Arme fest um mich zu schlingen und mich so hingebungsvoll zu küssen, daß mir buchstäblich die Knie versagten. Eine solche Leidenschaft hatte ich noch nie verspürt. Und das Beste daran war: *Sie* sah mir direkt in die Augen und fragte *mich*, ob sie meine Freundin sei. »Ja«, sagte ich, »meine legendäre Freundin.«

Und auch das Ende von allem, was wir hatten, was wir waren und was ich für uns erhofft hatte, begann ebenfalls mit einem Kuß, den ich auch Jahre später noch zwei-, dreimal am Tag durchlebte. Ich war erst seit ein paar Wochen wieder in Nottingham gewesen; Aggi war den ganzen Sommer über nach ihrem Abschluß dort geblieben und kellnerte in einem Restaurant in der

Stadt. Wir verabredeten uns vor dem *Shoe Express* im Broad-Marsh-Einkaufscenter. Aggi war vor mir da, und da hätten meine Alarmglocken schon schrillen müssen, denn sie war zwar meistens pünktlich, aber nie zu früh. Sie kam mit leeren Händen, aber auch das bemerkte ich erst viel später.

Wir verbrachten einen tollen – vielleicht etwas zu tollen – Nachmittag und feierten meinen Geburtstag, wanderten durch die Läden und taten so, als seien wir frisch verheiratet und polsterten unser Liebesnest aus. Die Unterhaltung und der Humor gaben mir ein Gefühl von Lebendigsein. Daß ich keinen Job, keine Zukunft und kein Geld hatte – egal, ich war im Einklang mit der Welt. Ich war glücklich.

Auf dem Heimweg saß ich neben Aggi im Fiat Uno ihrer Mutter. Wir durchquerten die Innenstadt. Zehn Minuten bevor wir bei ihrer Mutter sein sollten, bog sie in die Rilstone Road, eine Sackgasse in der Nähe des Crestfield Park, und hielt an. Sie schnappte ihren Sicherheitsgurt auf, drehte sich zu mir und gab mir einen Kuß. Ohne Zweifel – das war ein Abschiedskuß. Ein »Es-geht-nicht-mehr«-Kuß. Ja, ein »Mir-tut-das-mindestens-ebenso-weh-wie-dir«-Kuß.

Dies ist der letzte Kuß, das war das einzige, was mir durch den Kopf schoß.

Schon seit längerem habe sie den Eindruck, ich wolle mehr von ihr, als sie geben könne, sagte sie.

Ich bräuchte jemanden, der mir garantieren könne, immer dazusein, sagte sie.

Sie liebe mich, sagte sie, aber sie habe nicht das Gefühl, als sei das genug.

Sie sei einundzwanzig und ich dreiundzwanzig, sagte sie, und wir sollten beide unser Leben auskosten, statt dessen steckten wir in einer Klemme.

Schon seit längerem habe sie den Eindruck, als würde sich unsere Beziehung nirgendwohin entwickeln, sagte sie.

Ich sagte nichts.

Um siebzehn Uhr fünfzehn war ich ein vollkommen glücklicher junger Mann gewesen, der noch alles vor sich hatte. Um siebzehn Uhr siebenundzwanzig war mein Leben zu Ende. Es dauerte ganze zwölf Minuten, um drei Jahre der Liebe zu zerstören.

Ich stieg aus, knallte die Wagentür hinter mir zu, lief zum nächsten Geldautomaten, zog mir 50 Pfund und ging ins *Royal Oak*. Dort trank ich drei doppelte Jack Daniels, eine Malibu-Cola (aus reiner Neugier) und einen doppelten Gin Tonic (weil das der erste Drink war, den ich Aggi je spendiert hatte).

Dann nahm ich einfach so aus Laune ein Taxi in die Stadt und trank weiter, obwohl ich mich zweimal übergeben mußte. Gegen Mitternacht landete ich mit einer Gruppe von Leuten, die ich kaum kannte, in einem Club namens *Toots*. An das meiste von dem, was danach kam, erinnere ich mich nur verschwommen, aber ich weiß noch, daß ich mindestens drei Wildfremden ihr Bier klaute. Als ich ein paar Wochen später im *Tesco* Pfirsiche antitschte, stürzte sich eine fette Irin wütend auf mich, die mir dann den Rest erzählte. Sie behauptete, an jenem Abend in dem Club gewesen zu sein, und ich hätte mit bis zum Gürtel offener Hemdbrust zu Abbas *Dancing Queen* mit ihr getanzt. Ihr zufolge entdeckte sie mich eine halbe Stunde später in einem Klo auf der Damentoilette, wie ich mich neben der Schüssel zusammengerollt hatte und verzweifelt schluchzte. Meine gute Samariterin, die sich Sorgen machte, ihre vorherige Weigerung, mich zu küssen, hätte diese Wirkung gehabt, setzte mich in ein Taxi, allerdings erst, nachdem ich ihr die Bluse vollgekotzt und ihr gebeichtet hätte, daß ich sie liebe.

# Neunzehn Uhr fuenfund-vierzig

Es ist eine seelenzerstörend deprimierende Tatsache, daß sich nichts rührt, wenn man allein lebt. Als ich Freitag morgen die Wohnung verlassen hatte, hatte sie ausgesehen wie Dresden nach einem Besuch der britischen Luftwaffe: Aufgeklappte Koffer standen herum, der Inhalt war auf dem Fußboden verstreut, Pappschachteln voller Schrott besetzten kostbare Fußbodenfläche, dreckige Unterwäsche fand sich an den merkwürdigsten Stellen – auf dem Fensterbrett, auf dem Kleiderschrank, unterm Telefon –, dreckiges Geschirr vermehrte sich in Windeseile. Und nun, zwölf Stunden später, sah es genauso aus. Die Luft war vielleicht noch etwas abgestandener, der Staub auf dem Fernseher noch etwas dicker, aber im großen und ganzen hatte sich nichts getan. Zu Hause in Nottingham war das anders gewesen: Wenn ich da mein Zimmer verließ – manchmal für noch nicht mal eine Stunde –, änderte sich andauernd was. Normalerweise, weil meine Mutter die dreckige Wäsche, die auf dem Boden lag, gekidnappt hatte, manchmal, weil mein kleiner Bruder herumgeschnüffelt hatte, und einmal sogar, weil meine Oma Detektiv spielte. Angeregt durch einen Bericht über »Junge Leute und Drogen« in *Heute morgen mit Richard und Judy*, glaubte meine Oma, daß mein langes Schlafen und die generelle Antriebsschwäche auf Drogenmißbrauch zurückzuführen seien. Auf der Suche nach handfesten Beweisen hatte sie in meinem Zimmer herumspioniert, doch das einzige, was sie gefunden hatte, das im entferntesten wie Crack aussah, war eine gelbblaue Dose mit der Aufschrift *Myoxil* gewesen, und selbst dann hatte sie noch dar-

auf bestanden, sie in die Drogerie zu schleppen und nachprüfen zu lassen, ob tatsächlich Puder gegen Fußpilz in der Dose war.
Ich ließ meinen Rucksack aufs Sofa plumpsen und dachte daran, die Wohnung aufzuräumen. Das war so die Art von Idee, die mir kam, wenn ich nichts Besseres zu tun hatte – zusammen mit Bügeln, Besuche im Waschsalon und Freunden Briefe schreiben, die ich seit der Uni nicht mehr gesehen hatte. Ich verfolgte diese Idee allerdings nicht weiter, denn in einer der Schachteln entdeckte ich einen Roman, den ich vor Monaten schon aufgegeben hatte zu lesen, und ich fand, dies sei eine gute Gelegenheit, doch zu beenden, was ich angefangen hatte. Ich wollte gerade die Schlafcouch ausziehen – um mich in der Illusion zu wiegen, ich würde mich hinlegen und lesen, statt mich hinzulegen und zu schlafen –, als mir einfiel, ich könnte vielleicht Hunger haben. In der Küche ließ sich nichts auftreiben, was meine Mutter oder, was das betraf, irgendein Ernährungswissenschaftler als »vernünftiges Essen« bezeichnet hätte, also zündete ich mir eine Zigarette aus dem Notfallpäckchen an, das ich in meinem Koffer versteckt hatte, um plötzliche Hungerattacken zu dämpfen, und warf nur so zum Spaß einen Blick in den Kühlschrank.
Der vergilbte Kühlschrank, der in einer Ecke der Küche stand und so heftig gurgelte, als litte er an heftigen Verdauungsstörungen, war schätzungsweise ein Jahrzehnt älter als ich, aber das galt für nahezu alles in der Wohnung. Der Herd, die Schränke, die Schlafcouch, der Teppich – der Zahn der Zeit hatte schon derart an ihnen genagt, daß sie nahezu unbrauchbar waren, wenn man nicht mit ihnen umzugehen wußte. So bekam man eine Kochplatte auf dem Herd nur dadurch in Gang, daß man den Drehknopf zweimal an- und ausdrehte; um den Schrank zu öffnen, mußte man gegen die linke obere Ecke drücken, sonst gab es keine Chance. Wenn mir das schon alles aufgefallen wäre, als ich die Wohnung das erste Mal sah, dann hätte ich sie nicht genommen, doch damals schien es mir wichtiger zu sein, ein Dach überm Kopf zu haben, als Schranktüren zu kontrollieren, und Mr. F. Jamal, mein Vermieter (jedenfalls lautete so der Name, den

ich auf die Schecks für die Miete schrieb), wußte das. Seine Begabung für Innenarchitektur war derart fadenscheinig, er mußte an der Abendschule für Vermieter wohl mit Auszeichnung bestanden haben. Jede Oberfläche in der Wohnung war irgendwann im Laufe der letzten fünfzig Jahre mit billigem stumpfen Weiß gestrichen worden, das im Laufe der Jahre und nach unzähligen Rauchern zu einem blassen Orangebraun verkommen war. Das einzige Möbelstück im Zimmer war eine Schlafcouch in braunem Samt, die mit Brandlöchern übersät war. An der gegenüberliegenden Wand stand ein gekachelter Beistelltisch mit dem Fernseher drauf, an der Wand gegenüber vom Fenster gab es zwei kleine weiße resopalbeschichtete Schränke. Bei dem zum Scheitern verurteilten Versuch, die Bude ein wenig aufzupeppen, hatte ich mein Lieblingsfoto von Aggi an die Wand neben der Schlafcouch gepinnt, und im Badezimmer hing ein Poster von Audrey Hepburn.

Zwei geschlagene Wochen hatte ich nach einer Unterkunft gesucht. Es waren die zwei deprimierendsten Wochen meines Lebens gewesen, weil ich insgesamt viermal den Bus um sieben Uhr fünfzehn von Nottingham nach London nehmen mußte, um durch die Slums der Hauptstadt zu schlurfen. In der Zeit lernte ich die beiden Gesetze kennen, die man bei der Wohnungssuche in London beachten muß:

1. Trau keinem Vermieter, solange er noch atmet.
2. Nur ein toter Vermieter ist ein guter Vermieter.

Die einzige Bude, die ich mir leisten konnte und in deren Nähe sich keine Dealer rumtrieben, war in der Cumbria Avenue 64, Appartement 3,

alias – »N6. Luxuriös ausgestattetes, vollmöbliertes Studioappartement, EBK, Bad/Dusche«,

alias – ein hochgelobtes Luxusappartement ohne jeden Luxus im zweiten Stock eines heruntergekommenen edwardianischen Hauses im beschissenen Archway.

Um ehrlich zu sein, hatte Mr. F. Jamal meine Unterkunft keineswegs in irgendeinem dieser kostenlosen Anzeigenblättchen namens *kurz und fündig* oder mit ähnlich witzigen Namen angepriesen. Das brauchte er auch nicht. Unter den Leuten, die sich am unteren Ende der Wohnungssuchkette auskannten, hatte er so eine Art Mund-zu-Mund-Propaganda laufen, so daß seine vielen Besitzungen innerhalb von Sekunden, nachdem sie freigeworden waren, bereits wieder weggeschnappt wurden. Ich erfuhr von diesem sagenhaften Ruhm allerdings nicht dadurch, daß ich mich auskannte, sondern von Tammy, Simons Freundin. Sie hatte ihm von Mr. F. Jamal erzählt, nachdem ich ihm von meinen Schwierigkeiten vorgestöhnt hatte. Ich hatte mir neun Wohnungen angeschaut, jede einzelne davon das reinste Klo, »fünf Minuten« von der U-Bahn entfernt. Die schlimmste davon war in Kentish Town gewesen. Der Vermieter kam eine halbe Stunde zu spät zum Besichtigungstermin, und in der Zwischenzeit hatten sich fünf weitere Personen eingefunden, um sich die Bude anzusehen, für die er mir das Vorzugsrecht eingeräumt hatte. Die Wohnung war sowieso nichts Besonderes gewesen, nur ein Zimmer in einer Zweizimmerwohnung mit Gemeinschaftsklo und -küche. Der Vermieter erklärte der versammelten Menge, daß der jetzige Bewohner es sich anders überlegt habe und bleiben wolle, aber er wolle ein Extrabett in das Zimmer stellen, und ob jemand interessiert sei. An dieser Stelle wandte ich mich angewidert ab, aber drei meiner Wohnungsjagdkollegen waren verzweifelt genug, um dortzubleiben. Tammy hatte Simon auch Mr. F. Jamals Telefonnummer gegeben. Ein Anruf genügte, und ich hatte den Mietvertrag. Ich wollte mich erst bei Tammy für ihre Mühe bedanken, aber da wir uns nicht ausstehen konnten, ließ ich es bleiben. Ihre Hilfe war so eine Art perverser Trick, mir einen reinzubraten, nahm ich an.

Ich öffnete den Kühlschrank und linste hinein. Das Licht ging nicht an. Das tat es wahrscheinlich schon seit der Apollo-Mondlandung nicht mehr. Ich spähte zwischen den dort gestrandeten Nahrungsmitteln umher – Marmelade, Margarine, Tomatenketchup, eine fünf Tage alte Dose Bohnen und eine Zwiebel –, entdeckte ein Glas Oliven und grinste breit.

Ich legte mich im Wohnzimmer aufs Sofa, warf eine Olive ein und versuchte, meinen Namen mit dem Zeigefinger aufs Polster zu schreiben – alle senkrechten Striche folgten der Webrichtung des Möbelstoffs, also fehlte die Hälfte. Die Zeit verging. Ich aß noch eine Olive und starrte an die Decke. Noch mehr Zeit verging. Ich aß eine weitere Olive und versuchte das Buch zu lesen. Und noch mehr Zeit verging. Ich aß noch eine Olive, und von der Gabel tropfte mir ein wenig Saft aufs Kinn und dann den Hals hinab. An dieser Stelle entschied ich, daß es Zeit war zu handeln. Ich bedachte, was alles zu tun war, und kümmerte mich um das am wenigsten Schmerzhafte: einen Bettelbrief an die Bank.

Mit einem grünen Berol-Stift, den ich in der Schule geklaut hatte, schrieb ich auf ein Blatt liniertes Papier:

*Sehr geehrter Kreditberater,*

*nachdem ich vor kurzem meine Ausbildung als Lehrer abgeschlossen habe, bin ich nun mit fünfundzwanzig (fast sechsundzwanzig) bereit, meinen Platz als voll funktionierendes Mitglied der Gesellschaft einzunehmen. Ich habe eine Arbeitsstelle und lebe in London, doch es ist so ungeheuer teuer, hier zu leben, daß ich wirklich nicht genau weiß, warum ich es überhaupt versuche. Aus diesem Grunde möchte ich Sie bitten, meinen bereits überzogenen Überziehungskreditrahmen noch ein wenig zu erweitern, weil ich sonst vielleicht vor einer Klasse von Vierzehnjährigen vor Hunger in Ohnmacht falle.*

*Hochachtungsvoll,*
*William Kelly*

Ich kicherte vor mich hin. Ich wollte gerade hinzufügen: »PS: Und glauben Sie ja nicht, daß ich vergesse, wie Sie mich geschröpft haben, als ich Sie am meisten gebraucht habe«, als ich

das blinkende rote Lämpchen am Anrufbeantworter bemerkte und beinahe vor Freude laut aufgeschrien hätte.
Gleich nach dem Walkman hielt ich den Anrufbeantworter für eine der größten Errungenschaften der Menschheit. Er erlaubte einem, auf dem neuesten Stand der Beziehungskistenproblematik zu bleiben, *und* man konnte mithören, wer anrief. Genial. Meine Liebe zu diesem besonderen Stück Technik entwickelte sich nach einer Nachricht, die Aggi auf dem Anrufbeantworter meiner Tante Susan hinterlassen hatte, als ich während der Sommmersemesterferien in meinem zweiten Studienjahr ihr Haus in Primrose Hill hütete. Tante Susan selbst wohnte damals in London, wo sie für *Women's Realm* oder irgendeines dieser Frauenmagazine, in denen es um Strickmuster geht, als Schönheitsberaterin arbeitete. Ich muß dazu sagen, daß Tante Susan meiner Mutter unähnlicher war, als ich es eigentlich bei Leuten, die demselben Mutterleib entsprungen sind, für möglich gehalten hätte. Sie war zwölf Jahre jünger als meine Mutter – fast eine ganze Generation –, und sie hatte sehr viel mit mir gemeinsam. Sie haßte Arbeit, war eine der ersten in ihrer Straße mit Kabelfernsehen, und sie liebte *Mr. Bean.* Sie meinte immer, sie würde nie heiraten, denn dann müsse sie ja erwachsen werden. In dem Sommer nach meinem Housesitting heiratete sie dann allerdings doch, bekam meine Cousine Georgia, gab den Journalismus auf und zog zurück nach Nottingham. Im fraglichen Fall war sie mit dem zukünftigen Onkel Bill im Urlaub gewesen und hatte gesagt, ich könne tun und lassen, was ich wolle, solange die Polizei nicht einschreite. Zum Glück für sie schaute ich nur Videos, aß mit Chips belegte Sandwiches und führte Seebohm, ihren Hund, Gassi – nicht gerade Handlungen, die der strengeren Kontrolle durch die Polizei bedürfen. An jenem bestimmten Tag hatte ich den Hund spazierengeführt, als ich zurückkehrte und eine Nachricht von Aggi für mich vorfand:

*Du bist nicht da! So hatte ich mir das nicht vorgestellt. Ich wollte dir nur sagen, daß ich letzte Nacht von dir geträumt hab. Wir waren auf einer Wiese, und im Hintergrund spielte »Singin' in the Rain«. Wir lagen auf dem Rücken und starrten den Mond an. Ich wollte dir nur sagen, daß ich dich immer lieben werde. Ich verspreche es dir.*

Ich hörte mir die Nachricht immer und immer wieder an. Ich wollte sie eigentlich behalten, aber sie steckte zwischen einem Anruf von einer PR-Frau namens Madeline, die Tante Susan zur Präsentation einer neuen Linie von *Boots*-Nagellacken einlud, und einem von meiner Mutter, die nur hören wollte, ob ich mich auch vernünftig ernährte. Als meine Tante Aggis Nachricht abhörte, meinte sie, und ich erinnere mich noch deutlich daran: »Das hört sich ganz wie die wahre Liebe an.« Als ich nach Nottingham zurückkam, wollte ich mit Aggi über ihre Nachricht reden, sie aber weigerte sich. Das war typisch für sie.

Ich spulte die Nachrichten zurück.

*Venus ruft Mars. Mars, bitte kommen! Warum müssen Männer eigentlich immer miteinander konkurrieren? Red mit mir drüber. Hi, Will, ich bins, Alice. Falls du eine Antwort auf dieses ewige Rätsel weißt oder einfach nur mit deiner besten Freundin auf der ganzen weiten Welt quatschen willst – ruf an!*

*Ähm, hi. Hier spricht Kate Freemans.* [versagende Stimme] *Ich hab vor Ihnen in der Wohnung gewohnt.* [fängt an zu weinen] *Ich wollte nur wissen, ob es noch Post für mich gibt.* [versucht, das Weinen zu unterdrücken, schnüffelt dafür laut] *Die Arbeitsvermittlung, für die ich gearbeitet habe, hat mir meinen Gehaltsscheck an die falsche Adresse geschickt. Ich versuchs später noch mal.* [fängt erneut an zu weinen] *Wiederhören.*

*Hör mal, ich muß mal über was Wichtiges mit dir reden. Ruf mich bitte so bald wie möglich an. Es ist dringend. Ganz dringend … ach, übrigens, ich bins, Simon.*

*Will, ich bins, Martina. Ich weiß nicht, warum ich dir überhaupt eine Nachricht hinterlasse, ich glaub, dein Anrufbeantworter ist kaputt, das ist schon das dritte Mal, daß ich diese Woche was hinterlasse. Na, vielleicht hast du ihn ja repariert, also Hallo, das erste Mal seit Samstag nacht! Ähm, ruf mich bitte an. Wir müssen mal reden. Tschüs.*

*Hallo, Hier spricht noch mal Kate Freemans. Ich wollte nur noch mal anrufen und mich für den Anruf entschuldigen. Vergessen Sie ihn einfach, okay. Tut mir wirklich leid.*

Der Anruf von der Frau, die vorher in meiner Wohnung gewohnt hatte, machte mich neugierig. Es war schon ein komisches Gefühl, eine Fremde auf meinem Anrufbeantworter zu hören, davon, daß sie weinte, gar nicht zu reden. Da sie keine Telefonnummer hinterlassen hatte, konnte ich nicht viel mehr tun, als dazusitzen und darüber nachzugrübeln, warum sie mein Anrufbeantworter zu Tränen gerührt hatte. Dann dachte ich an Martina, obwohl ich das gar nicht wollte. Keine zehn Pferde würden mich dazu bringen, sie zurückzurufen, weil sie meiner unmaßgeblichen Meinung nach ein klassischer, klapsmühlenreifer Fall von der Sorte *Eine verhängnisvolle Affäre* war und ich nicht die Absicht hatte, in ihrer schmutzigen kleinen Glenn-Close-Farce Michael Douglas zu spielen. Ich sah auf die Uhr. Simon zu erwischen, dazu war es zu spät; ich wußte, daß seine Band heute abend im *Royal Oak* spielen würde. Außerdem war die Nachricht so typisch Simon – übertrieben melodramatisch –, daß sie nicht das kleinste bißchen Neugier bei mir weckte. Und so blieb durch natürliche Auslese nur noch Alices Nachricht übrig, die eines Rückrufs würdig war, und zwar aus dem einen Grund, daß dies der einzige Anruf war, der mich vielleicht glücklicher machte.

# Zwanzig Uhr siebenundvierzig

Alice hatte ich an meinem sechzehnten Geburtstag kennengelernt. Ich hatte im *Royal Oak* herumgestanden und mich mit zwei attraktiven Vierzehnjährigen, die es sich auf die Fahnen geschrieben hatten, Simons erster Band *Reverb* überallhin zu folgen, über die Feinheiten der britischen Seifenoper im Gegensatz zu ihren schwächeren, weniger attraktiven australischen Konkurrentinnen unterhalten. Die Mädchen hatten es sich in den Kopf gesetzt, Simon würde gut aussehen und interessant sein, und ich war damit beschäftigt, sie davon zu überzeugen, daß sie mit mir viel besser fahren würden, als ich spürte, wie mich etwas von der Unterhaltung ablenkte. Während mein Körper weiter auf festem Boden stand und daherschwätzte, konzentrierte sich der wichtige Teil, der alle Entscheidungen traf, auf ein Mädchen, das wie die französische Austauschschülerin meiner Träume aussah – dunkelrotes, hennagefärbtes Haar, ein bezauberndes Lächeln und wunderschön gebräunte Haut –, allein am anderen Ende der Theke stand und sich *Reverbs* abgrundtief grottenschlechte Coverversion von ›Ever Fallen in Love‹ von den *Buzzcocks* anhörte. Mein Hirn unterrichtete meinen Körper über diese Neuentdeckung, und beide verabschiedeten sich von ihrem begeisterten Teenagerpublikum.

Mädchen anzuquatschen war noch nie eine meiner Stärken gewesen. Manche hatten das gewisse Etwas, das man braucht, um dabei nicht wie ein kompletter Esel zu wirken. Simon zum Beispiel hatte davon jede Menge, ich hingegen nichts. In jedem anderen Fall hätte ich diese Tatsache resigniert hingenommen und mich damit zufriedengegeben, sie aus der Entfernung anzuschmachten, doch diesmal war es anders. Innerhalb einer halben Stunde war ich davon überzeugt, daß dieses Mädchen der Mensch war, nach dem ich mein ganzes Leben gesucht hatte – auf gar keinen Fall würde ich einfach aufstecken, ohne es nicht wenigstens versucht zu haben.

Am Ende des Gigs ging ich zu ihr hinüber und nahm den Auftritt der *Reverbs* zum Vorwand, eine Unterhaltung anzufangen. Sie meinte, sie seien furchtbar, nur der Sänger sei süß – ich war am Boden zerstört. Wie aufs Stichwort kam Simon mit der Gitarre in der Hand quer durch den Saal zu uns herüber und stellte sich vor. »Und wer ist deine Freundin«? fragte er mich gespielt beiläufig. Ich sagte ihm, das wisse ich nicht, und sie lächelte, reichte ihm die Hand und stellte sich selbst vor: »Ich heiße Alice. Alice Chabrol.« Und das wars dann gewesen. Ich wurde nicht nur ausgegrenzt, ich wurde vollkommen ignoriert. Allerdings erhielt ich dafür eine Entschädigung in Form eines Geburtstagskusses, zweikommazwei Sekunden rotlippiger Perfektion, der sich mit der zarten Berührung eines Engelsflügels auf meiner Wange niederließ. Simon und Alice gingen satte zwei Wochen miteinander, bis sie wieder zur Besinnung kam und erkannte, daß er sich niemals so sehr für jemanden interessieren würde wie für sich selbst. »Ich hätte so was nicht für möglich gehalten«, sagte sie mir am Tag, nachdem sie ihn hatte sausenlassen, bei einem Kaffee. »Alles, worüber er redet, ist Ich, Ich, Ich.« Alice und ich wurden die besten Freunde. Im Laufe der Jahre verliebte ich mich mehrmals in sie, aber nie verspürte ich den Drang, es ihr zu sagen, denn dazu gab es auch keinen Anlaß – sie schien sich nicht im geringsten dafür zu interessieren, mehr zu sein als eine Freundin. Wenn ich auch nur den leisesten Hoffnungsschimmer gesehen hätte, dann hätte ich mich darauf gestürzt, doch angesichts ihres Desinteresses und der Erinnerung daran, daß sie Simon mir vorgezogen hatte, gab ich auf und entwickelte folgende Theorie:

Kellys Erstes Gesetz der Beziehungen:
Keine Frau, die Simon attraktiv findet, wird sich je für mich interessieren.

Und wie um diese Tatsache zu beweisen, verknallte sich Alice an der Universität in Oxford in Bruce (einen Ersatz-Simon, wie er im Buche stand), Mathematikdoktorand, der mehr als nur eine flüchtige Ähnlichkeit mit Steve McQueen in *The Great Escape* hatte. Abgesehen von seinen allumfassenden Kenntnissen auf allen nur erdenklichen Gebieten, die es gibt, um jemanden zu beeindrucken, war sein anstrengendster Charakterzug seine Fähigkeit, mir das Gefühl zu vermitteln, gegen ihn der reinste Eunuch zu sein. Er war kein Mann, er war *Hyperman*, und die Männlichkeit tropfte ihm schier zu den Ohren heraus. Er trainierte dreimal die Woche. Er wußte, was ein Auslaßverteiler war. Er besaß eine Autogrammkarte von Bruce Lee. Ehrlich, selbst Sean Connery wäre sich in Bruces Gegenwart wie eine Tunte vorgekommen. Glücklicherweise verblaßte mein in voller Blüte stehender Minderwertigkeitskomplex ein wenig, nachdem ich begann, Bruce als den Freund meiner besten Freundin zu betrachten und nicht als ein einsfünfundneunzig großes Arschloch, und Alice als meine beste Freundin und nicht als die Frau, die ich am allerliebsten mal nackt sehen wollte. Ich spielte meine Rolle derart gut, daß meine früheren Miniverliebtheiten – die zu ihrer Zeit wichtiger schienen als das Leben selbst – mir nun wie knabenhafte Schwärmereien aus unvordenklicher Zeit vorkamen. Ich mochte Bruce immer noch nicht, aber das war nichts Persönliches. Wenn man eine Freundin von Alices Größe hat, dann wird einem klar, daß niemand, der einen Penis sein eigen nennt, ihr jemals das Wasser reichen kann.
Als Alice einen Job als Marketing-Manager bei der British Telecom erhielt, zogen sie und Bruce nach Bristol und führten jene Art von Leben, in dem unter anderem teure Restaurants, Einkaufstouren auf der Bond Street und Wochenendtrips nach Prag vorkommen. Ziemlich oft dachte ich schon, ich müsse neidisch

auf sie sein, aber ich brachte es einfach nicht über mich. Sie verdiente zwar in zwei Stunden mehr, als ich für vierzehn Tage Stütze bekam, aber im Grunde war sie dieselbe geblieben: freundlich, geduldig und verständnisvoll. Generell verabscheute ich Menschen mit Erfolg, vor allem Gleichaltrige, aber bei ihr ging das nicht. Der Erfolg stand ihr nicht nur gut, er schien ihr wie auf den Leib geschneidert.

»Hallo?« fragte Alice.
»Ich bin's«, sagte ich.
»Will! Wie geht's dir?« fragte sie aufgeregt. »Was macht der Job?«
»Der Job ist beschissen. Ungefähr so, wie ich es mir gedacht habe, nur schlimmer.« Ich spürte, wie ein Gähnen tief in mir aufstieg. Ich versuchte es zu unterdrücken und biß die Zähne zusammen. »Viel schlimmer.«
»Gibt's das? Ich dachte, dein Motto lautet: Stell dir das Schlimmste vor und nimm's mal zehn.«
»Offenbar hab ich mir nicht vorstellen können, daß es etwas Schlimmeres gibt, als ich mir vorstellen kann«, erwiderte ich, und ich dachte kurz darüber nach, daß es in der Zeit nach Aggi zu meiner ganz persönlichen Anschauung geworden war, nur die dunkle, halbleere, »wer hat meinen Silberstreif am Horizont geklaut« denkende Seite des Lebens zu sehen.
»Es ist furchtbar«, sagte ich und bemerkte, daß das Foto von Aggi heruntergefallen war. »Der reinste Alptraum. Ich kann nicht einfach mal alle fünfe grade sein lassen oder mal für ne Sekunde abschweifen, sonst häuten mich die Wanzen bei lebendigem Leib. Schwächen darf ich auch keine zeigen. Diese Kinder riechen Schwäche schon eine Meile gegen den Wind. Und wenn sie erst mal Witterung aufgenommen haben, dann flippen sie aus. Wie ne Horde Hyänen, die sich auf eine waidwunde Antilope stürzen. Sarah, noch eine Neue, ist am Donnerstag vor der Klasse in Tränen ausgebrochen.« Ich spielte mit der Reißzwecke an Aggis Foto herum und hängte es wieder auf. »Ich geb ihr noch eine Woche, bevor sie sich nach einer anderen Stelle umsieht.«

Alice lachte.
»So lustig ist das nicht.«
»Nein, natürlich nicht.«
Und zwar nicht im mindesten, nach meinen bitteren Erfahrungen der letzten Woche zu urteilen. Am Montag waren drei elfjährige Jungen einfach aus meinem Unterricht spaziert. Am Mittwoch ging ich ins Lehrerzimmer und stellte dort fest, daß mir einer der kleinen Scheißer einen riesigen Flatsch auf den Rücken meiner Jacke gerotzt hatte. Und Donnerstag hatte ich die Englischhefte meiner untersten elften Klasse zu Hause vergessen.
»So was kommt vor«, meinte Alice in einem Ton, der ein wenig an ein tröstendes Rubbeln über den Rücken erinnerte.
Doch das tröstete mich nicht. Ich war unglücklich. Ich hatte die Schnauze voll. Alice würde das nie verstehen. Sie hatte eine Karriere, ich hatte einen Job, und das war der Unterschied. Karrieren haben mit persönlicher Herausforderung zu tun, Jobs nur mit Überleben. Zugegeben, Alices Arbeit mochte manchmal ganz schön stressig sein, aber ihre Ziele waren realistisch, und sie hatte die Ressourcen eines Multis zu ihrer Verfügung. Als Lehrer mußte ich mich mit lächerlich hochtrabenden Zielen herumschlagen, hatte keine Ressourcen zur Verfügung, und dann gab es da noch Schulinspektoren und Psychopathen, die fanden, einem Lehrer auf den Rücken zu rotzen sei ungefähr so witzig wie Monty Pythons Papagei-Sketch.
»Wie schaffst du das?« fragte ich.
»Wie schaff ich was?«
»Na, du weißt schon«, sagte ich und suchte nach den richtigen Worten. »Arbeit. Wie kommst du damit klar?«
»Erfahrung, Will, Erfahrung«, meinte Alice warmherzig. »Ich will ja nicht altklug klingen, aber hör mal, Will, du hast einen Großteil dieses Drucks, der auf dir lastet, selbst verschuldet, indem du zuviel auf einmal erwartest. Ich arbeite seit vier Jahren, und du hast gerade mal mit der ersten Stelle überhaupt angefangen.«
Alice war ehrlich gesagt eine ziemlich blöde Kuh, da sie genau

wußte, daß ich den ganzen Sommer im *Royal Oak* geschuftet hatte. Ich wußte, was harte Arbeit bedeutete; ich hatte in Zwölf-Stunden-Schichten Bierfässer gewuchtet, riesige Kisten Mixgetränke aus dem Keller geholt; daran erinnerte ich sie nun.

»Erstens war es nicht den ganzen Sommer«, sagte Alice kichernd. »Es waren nur vier Wochen. Und zweitens haben sie dich gefeuert, weil du andauernd zu spät gekommen bist, wenn ich mich recht erinnere.«

Sie hatte recht, nicht nur, was meine Vergangenheit als Teil der arbeitenden Bevölkerung anbelangte, sondern auch meine Haltung der Arbeit im allgemeinen gegenüber. Ich wollte von Anfang an perfekt sein, denn der Gedanke, daß ich Zeit und Geduld bräuchte, um zu lernen, wie ich diese Tiere domptieren konnte, machte mich krank.

Im Laufe des Gesprächs fiel mir auf, daß irgend etwas an Aggis Foto nicht ganz stimmte. Erst als Alice mir von einem Gerücht bezüglich eines gemeinsamen Bekannten erzählte, der beim Ladendiebstahl erwischt worden war, fiel mir auf, daß das Bild schief hing. Ich nahm es ab, um es wieder geradezuhängen, verknitterte es dabei aber etwas. Es war mein Lieblingsfoto von Aggi – noch aus der Zeit vor ihrem Bubikopf; die langen kastanienbraunen Locken, die manchmal ihre zarten Gesichtszüge zu verhüllen drohten, waren nach hinten gebunden, und man konnte ihre wunderschönen grünen Augen, den Kußmund und die zarte Nase sehr gut erkennen. Sie saß an eine Mauer vor der Unibibliothek gelehnt und las *Mythos Schönheit.* Sie sah einfach umwerfend aus.

Meine Füße fingen an zu kribbeln. Ich zog die Socken aus und rubbelte mir die Zehen.

»Glaubst du, du bleibst bei der Stange?« fragte Alice. »Ich meine, du klingst ziemlich abgestreßt.«

Ich sagte ihr, das wisse ich noch nicht, und erklärte ihr den Kern meines Problems. Während des Referendariats zu unterrichten war nichts im Vergleich zum eigentlichen Lehrbetrieb. Jetzt war es die Wirklichkeit. Die Kinder waren darauf angewiesen, daß ich ihnen half, die Prüfungen zu bestehen. Die Folgen meiner beschissenen Leistungen als Lehrer waren einfach immens.

»Stell dir vor, dreißig Kinder fallen wegen mir durch ihre Englischabschlußprüfung – dreißig Kinder, die einen beschissenen Job kriegen oder gar keinen, und schwups, sitzen sie in der Armutsfalle. In fünf Jahren werden die Hälfte von ihnen selber Kinder haben und von Sozialhilfe leben. Das multiplizier mal mit ein paar Jahren Unterrichten, und kaum hast du dich's versehen, bin ich verantwortlich für die wachsende Arbeitslosigkeit im Land, und zwar in weit größerem Maße als jede Regierung seit Kriegsende, egal ob Konservative oder Labour.«

»Jetzt übertreibst du aber ein ganz kleines bißchen«, meinte Alice. »Du mußt dich den Tatsachen stellen, Will. Du bist erwachsen. Erwachsene haben Verantwortung zu übernehmen.«

»Ich weiß, was du meinst«, sagte ich, zog die andere Socke vom Fuß und rubbelte zwischen den Zehen. »Diese Blagen werden nichts wissen, wenn ich es ihnen nicht beibringe. Und was, wenn ich ein schlechter Lehrer bin?«

Ich hatte den Eindruck, Alice hatte Mühe, meine Sichtweise zu verstehen. Zu müde, um noch weiter darauf herumzureiten, wechselte ich das Thema. Im Laufe der nächsten halben Stunde – in der ich meine Socken wieder an-, dafür aber die Hose ausgezogen und mich in die Decke gewickelt hatte – erzählte mir Alice, daß sie im Augenblick wegen eines Projekts, das sie beaufsichtige, für einen Monat im Büro Peterborough arbeite und im Novotel in der Innenstadt wohne. Das einzige Mal in meinem Leben, daß ich jemals in einem Hotel übernachtet hatte, war, als Aggi und ich vierzehn Coupons aus dem *Daily Telegraph* gesammelt hatten, mit deren Hilfe wir eine Nacht zum halben Preis im Nottinghamer *Holiday Inn* wohnen konnten. Wir klauten das Shampoo, die Duschhauben und sogar den Badezimmerpapierkorb, bevor wir am nächsten Morgen wieder auszogen. Es war toll. Ich wollte gerade eine Bemerkung machen, wie cool es doch sein müsse, auf anderer Leute Kosten in einem Hotel zu wohnen, als mir aufging, daß Alice das vielleicht anders sah.

»Und was ist mit Bruce?« fragte ich und erinnerte mich daran, wie sehr ich Aggi vermißt hatte, als sie mal für zwei Wochen mit ihrer Ma in den Urlaub nach Österreich gefahren war oder als sie sich die Weisheitszähne ziehen lassen mußte und an meinem einundzwanzigsten Geburtstag im Krankenhaus lag. Beide Male hatte ich sie so sehr vermißt, daß ich glaubte, sterben zu müssen. »Vermißt er dich nicht?«

»Doch, doch«, sagte Alice traurig. »Jedenfalls glaube ich das. Darauf wollte ich mit meiner Nachricht auf dem Anrufbeantworter hinaus. Ich glaube, er fühlt sich von der Tatsache bedroht, daß es bei mir in der Arbeit im Augenblick so gut läuft. Er hat sich derart in die Arbeit gestürzt, als müsse er mir was beweisen – ach, ich weiß nicht –, daß er der bessere Verdiener ist oder so. Ist mir doch egal! Meistens arbeitet er bis spät in die Nacht, manchmal sogar am Wochenende. Wenn dieses Projekt vorüber ist, werde ich mich in eine weniger hektische Abteilung versetzen lassen. Vielleicht hat er dann nicht mehr das Bedürfnis, mit mir konkurrieren zu müssen, und wir können einfach glücklich sein.«

Ich hatte den Eindruck, daß Alice ziemlich durcheinander war – es wäre wohl besser gewesen, ich hätte sie nicht an Bruce erinnert. Sie verbarg ihre Trauer hinter einer aufgesetzten Fröhlichkeit und erzählte mir von dem Fitneßclub, in dem sie jetzt war, daß ihre Arbeitskollegin eine Affäre mit ihrem Vorgesetzten hatte und daß sie und Bruce planten, über Weihnachten nach New York zu fliegen.

Bevor wir auflegten, kam sie auf meinen Geburtstag zu sprechen.

»Ich weiß, du haßt Geburtstage, Will.«

»Und Krabbencocktailchips …«

»Aber ich …«

»Und totalitäre Regime …«

»… wollte mir wirklich …«

»Und klebrige, dicke Bauchnabel …«

»… mal was ausdenken …«

»Und Alfred Hitchcocks Filme.«

»… was Besonderes …«

Langsam gingen mir die hassenswerten Dinge aus.
»Ich hoffe, du hast nichts dagegen«, meinte Alice.
Ich schnalzte leise und vorwurfsvoll mit der Zunge und sagte, ich hätte nichts dagegen. Sie weigerte sich, näher darauf einzugehen, was sie mit »was Besonderes« meinte, verabschiedete sich und versprach, zu meinem Geburtstag anzurufen. Ich legte auf und flüsterte ein kleines Stoßgebet hinauf zu demjenigen, der dafür verantwortlich war, mir diesen Engel zu senden.

# Zweiundzwanzig Uhr eins

Rush-hour Freitag abend. Angestellte, Arbeiter, Putzkräfte, Architekten und all die anderen waschen sich den Gestank der Arbeit ab. Dies ist der Augenblick, an dem sie endlich vergessen dürfen, daß sie Angestellte, Arbeiter, Putzkräfte, Architekten oder sonstwas sind, und sich daran erinnern, vielleicht zum ersten Mal seit fünf Tagen, daß sie vor allem Menschen sind.
Die ganze Woche war ich Lehrer gewesen. Doch nun wollte ich ein menschliches Wesen sein.

- Ich sollte mich da draußen mit den Angestellten, Arbeitern, Putzkräften und Architekten tummeln.
- Ich sollte mir meinen Anteil holen.
- Ich sollte Witze über meinen Boß reißen.
- Ich sollte meine sechste Flasche Molson Dry trinken.
- Ich sollte irgendwo tanzen.
- Ich sollte auf nen Swutsch gehen.

Tat ich aber nicht.

Jeder, aber auch jeder Bewohner der westlichen Hemisphäre war draußen und machte sich einen schönen Abend. Ich war zu Hause und hatte einen beschissenen Abend. Das erklärte auch, warum keiner meiner nicht ganz so guten Freunde aus meinem blöden Adreßbuch – Leute, die ich nur anrief, wenn ich wirklich verzweifelt war – zu Hause war. Von sechs Anrufen ging einer nicht dran, zwei baten mich, doch mit dem Anrufbeantworter zu reden, und bei den anderen gab es »Kein Anschluß unter dieser Nummer« zu hören. Ich weigerte mich, irgendwelche Nachrichten

bei den Leuten mit Anrufbeantworter zu hinterlassen, denn unter gar keinen Umständen wollte ich bei irgendwem – schon gar nicht bei Freunden, mit denen ich selten sprach – herumposaunen, daß ich Freitag abend zu Hause war und verzweifelt um ihre Gesellschaft buhlte, während alle anderen das Wochenende mit einem Knaller begannen.
Ich sah auf die Uhr und fragte mich ganz hoffnungsvoll, ob sie wohl falsch ging. Ich rief die Zeitansage an.

*Beim nächsten Ton ist es zweiundzwanzig Uhr, sechs Minuten und fünfzig Sekunden.*

Was der Aussage meiner Uhr doch recht nahekam.

In solchen Augenblicken, wenn die Einsamkeit mein einziger Freund zu sein schien, gab es nur einen sicheren Ort, um sich vor der Welt zu verstecken: unter der Bettdecke. Es wurde Zeit, die Schlafcouch auszuziehen.
Als Couch war die Schlafcouch ziemlich tödlich, und als Bett war sie auch nicht viel besser. Die Tatsache, daß man einfach diese beiden Begriffe zu einem zusammengefaßt hatte, machte das Möbelstück auch nicht viel bequemer als einen Haufen kunstfaserüberzogener Pflastersteine. Ich warf die beiden Polsterkissen auf den Fußboden und enthüllte die deprimierend aussehende Bettunterseite. Es brauchte immer etwas mehr Kraft, als ich dachte, um das Bett vorzuziehen. Ich holte tief Luft und zog. Nur mühsam rührte es sich und klappte störrisch auf.
Ich ließ Hemd und Socken an, zog die Bettdecke vom Fußboden und legte mich aufs Bett; dann versuchte ich verzweifelt zu vergessen, wie kalt es war und warum ich mich überhaupt hingelegt hatte. Mein Wunsch, eine menschliche Stimme zu hören, wurde übermächtig.
Ich stellte das Radio an meiner Stereoanlage an und hoffte, daß die *Barbara White Show* lief. Ich hatte mir ihre Show auf Central-FM schon die ganze Woche angehört. Barbara White war die überlebensgroße Gastgeberin einer Telefonshow, bei der eine

hübsche Mischung aus Irren, Losern, Verrückten und hoffnungslosen Fällen anrief und um Rat fragte. Barbara – die ungefähr genauso gut qualifiziert war, Ratschläge zu geben, wie ich zu unterrichten – hörte zu, machte die passenden teilnahmsvollen Geräusche und kam dann mit Antworten rüber, die so oberflächlich waren, daß man die Sendung wirklich hören mußte, um das zu glauben. Die Tatsache, daß sie Amerikanerin war, war wohl der einzige Grund, warum sie mit derart offensichtlichen Ratschlägen überhaupt durchkam.

Barbara unterhielt sich gerade mit Peter, einem Studenten aus Newcastle-under-Lyme, der sein Abitur gemacht und an der örtlichen Uni mit dem Studium der Ingenieurwissenschaften begonnen hatte. Aber er war nicht glücklich. Seine Freundin, die er seit sieben Monaten kannte, ging auf die Universität Aberdeen, und nun machte er sich Sorgen, daß die große Entfernung einen Keil zwischen sie treiben könne.

Während ich mir diese jammervolle Geschichte anhörte, ging mir auf, wie unglaublich naiv Peter eigentlich war. Er hatte eine Beziehung, die noch nicht mal so lange dauerte, wie es braucht, ein Kind zu kriegen, und schon wollte er Verpflichtungen eingehen. Wenn ich in seinem Alter gewesen wäre, dann hätte ich mich vor Freude schier überschlagen, als Single an die Uni zu dürfen – um dort zu tun, was ich wollte, wann ich wollte, zusammen mit Tausenden anderer Gleichgesinnter, die ebenfalls glaubten, sie hätten gerade erst Sex, Alkohol und langes Aufbleiben bis nach zwei Uhr erfunden; Leute, die Party, Party, Party wollten, bis ihnen schlecht war, um dann trotzdem noch auf die nächste Party zu gehen. Peter hatte garantiert drei Jahre vor sich, die aufregender werden würden als die kommenden zehn bei mir.

Ich war so tief in meine bittere Attacke gegen Barbaras Anrufer versunken, daß ich den Großteil ihres Ratschlages verpaßte. Ich hörte nur noch: »Lieben Sie das Mädchen?«, und Peter erwiderte, er wisse es nicht – er glaube schon, aber wahrscheinlich sei er sich nicht sicher, bis es zu spät sei. Als Barbara die Werbung ankündigte, klingelte das Telefon.

Ich wußte, Simon konnte es nicht sein – sein Gig ging erst um elf zu Ende; für meine Eltern war es viel zu spät; mit Alice hatte ich gerade erst telefoniert, und soweit ich wußte, hatte sonst niemand meine Nummer. War da natürlich noch das Risiko mit Martina, denn mein Leben verlief nun mal so: zuviel von dem, was ich nicht wollte, und eine permanente Dürre an Dingen, nach denen sich mein Herz am meisten sehnte. Ich hoffte inbrünstig, daß es nicht Martina war, denn obwohl mir überhaupt nicht der Sinn danach stand, mir ihre Klagen anzuhören, wie schrecklich ihr Leben verlief, auf den Mond schießen wollte ich sie auch nicht, jedenfalls nicht gerade jetzt.
Klingel!

*Bitte, laß es nicht Martina sein.*
KLINGEL!
*Bitte, laß es nicht Martina sein.*
KLINGEL!
*Bitte.*
KLINGEL!
*Bitte.*
KLINGEL!
*Bitte. Bitte. Bitte.*
KLINGEL!
*Bitte. Bitte. Bitte. Bitte!*

Ich hob ab.

»Hallo?« Ich hielt den Atem an und wartete auf die ersten Klänge von Martinas sanfter, aber zugleich beunruhigender Stimme.
»Hallo«, sagte die weibliche Stimme am anderen Ende der Leitung, und es handelte sich eindeutig nicht um Martina. Sie hatte einen schulmädchenhaften, enthusiastischen Klang, der sehr erfrischend gewirkt hätte, wenn sie nicht gerade mich angerufen hätte. ›Wer immer diese Person ist‹, dachte ich, ›sie wird über dieses Gespräch enttäuscht sein.‹

»Kann ich Ihnen behilflich sein?« fragte ich höflich.
»Das können Sie wirklich«, erwiderte sie. »Tut mir leid, daß ich so spät noch anrufe, aber ich dachte, wenn Sie ein wenig so sind wie ich, dann ist es besser, ich rufe lieber spätnachts an als in aller Herrgottsfrüh. Meine Ma ruft mich immer um sieben Uhr morgens an, nur um mir zu erzählen, daß ich einen Brief von der Bank erhalten habe. Dabei bin ich um die Uhrzeit nie daheim, da bin ich schon auf dem Weg zur Arbeit. Aber wenn mich jemand an meinem freien Tag anrufen würde, Mann, der wäre ganz schön in Schwierigkeiten.«
Sie quasselte vor sich hin. Und je mehr sie quasselte, um so bewundernswerter klang sie.
»Ich hab mich nur gefragt«, fuhr sie fort, »ob Sie mir wohl helfen könnten. Ich habe bis vor einer Woche in Ihrer Wohnung gewohnt …« Sie hielt inne, so als habe sie das Stichwort gegeben. Plötzlich erkannte ich ihre Stimme. Sie war das weinende Mädchen vom Anrufbeantworter. »Ich habe mich gefragt … ist da noch Post für mich? Ich warte auf einen Scheck. Ich habe ein paar Büroarbeiten für eine Zeitarbeitsvermittlung erledigt, und sie haben mir den Scheck an die alte Adresse geschickt, obwohl ich ihnen schon zigtausend Mal gesagt habe, daß ich nach Brighton gezogen bin.«
»Hmm«, sagte ich, in der Hoffnung, es würde mitfühlend klingen. Dann herrschte lange Sendepause.
Ich wollte gerade noch einmal »hmm« machen, um die Pause zu überbrücken, als sie wieder etwas sagte. »Und … haben Sie irgendwelche Post für mich?«
Statt einer Antwort dekonstruierte ich ihre Stimme. Sie klang wirklich sehr sympathisch. Die Art von Stimme, bei der man sich wohl fühlt; stellenweise etwas zu wohlgesetzt, aber keineswegs arrogant. Nein, das Mädchen klang definitiv interessant, vor allem nach der Sache mit der tränenreichen Nachricht. Ich wollte sie danach fragen, wußte aber noch nicht genau, wie.
»Wie bitte?« fragte ich.
»Haben Sie Post für mich?« wiederholte sie. »Tut mir leid, daß ich

so spät anrufe, aber der Scheck ist ziemlich wichtig. Ich muß die Miete zahlen.«

Schließlich kam ich wieder zu mir. »Oh, tut mir leid. Nein, hier ist keine Post für Sie. Unten an der Treppe liegt ein Stapel Post rum, den schon die ganze Woche keiner angerührt hat. Wahrscheinlich für Leute, die schon ewig nicht mehr hier wohnen. Aber ich hab sie durchgeschaut, und ich habe keine Post gefunden, die an diese Wohnung adressiert ist.«

»Schade«, sagte sie enttäuscht.

»Ja, schade. Sagen Sie mir doch Ihren Namen«, sagte ich und fügte schnell hinzu: »Dann kann ich noch mal nachschauen, wenn Sie möchten«, damit es nicht zu sehr wie Anmache klang.

»Katie«, sagte sie. »Kate, eigentlich.« Sie lachte. »Nein, Kate Freemans, nicht Kate Eigentlich!«

»Okay«, sagte ich. »Ich bin sofort wieder da. Ich renn nur schnell die Treppe runter und schau noch mal nach.«

»Oh, danke«, sagte sie erleichtert. »Nett von Ihnen, daß Sie sich die Mühe machen.«

Ich legte das Telefon aufs Bett und rannte in Boxershorts, Socken und Hemd die Treppe runter. Dort krallte ich mir die Irrläuferpost, stürmte wieder hinauf und knallte die Tür hinter mir zu.

»Ein Haufen Post für Mister G. Peckham«, sagte ich außer Atem und wühlte die Briefe durch. »Er hat jede Menge Briefe vom Automobilklub.« Das war Small talk von der untersten Sorte, aber wenn ich weiter mit ihr reden wollte, hatte ich keine andere Wahl. »Zwei Briefe für K. D. Sharpe voller neuseeländischer Briefmarken, und der Rest ist nur langweilige Werbung. Tut mir leid, nichts für eine Kate Freemans.«

»Trotzdem danke, daß Sie nachgeschaut haben«, meinte sie stoisch.

»Vielleicht kommt der Scheck ja morgen«, sagte ich mit fröhlicher Stimme, die so gar nicht nach mir klang. »Die Post hier ist ziemlich lausig. Sonntag hab ich Geburtstag, und ich hab noch nicht eine einzige Karte gekriegt. Wenn ich morgen nichts bekomme, dann hab ich nicht eine einzige Glückwunschkarte.«

»Sie kriegen bestimmt noch welche«, meinte sie, und ihre Enttäuschung darüber, pleite zu sein, schien sich verflüchtigt zu haben. »Wie alt werden Sie denn?«
»Wollen Sie das wirklich wissen?« Kaum war mir die Frage entschlüpft, wußte ich, wie blöd sie war. Nein würde sie nicht sagen, aber ein ehrliches Ja wäre es auch nicht. Es konnte ihr doch wirklich egal sein, wie alt ich war.
»Ja«, sagte sie so deutlich, so voller Überzeugung, so fröhlich, und ich war fest davon überzeugt, daß sie die Wahrheit sagte. »Aber nicht sagen. Lassen Sie mich raten. Sind Sie einunddreißig?«
»Nein.«
»Älter oder jünger?«
»Jünger.«
»Neunundzwanzig?«
»Weniger.«
»Sechsundzwanzig?«
»Auf Anhieb getroffen! Na ja, drei Anhiebe. Aber trotzdem gut. Wie sind Sie darauf gekommen? Hör ich mich an wie sechsundzwanzig?«
Das war natürlich blöde Frage Nummer zwei. Ich hatte nicht die leiseste Ahnung, woher diese Geistlosigkeit kam, aber vielleicht hatte ich mich in ein Wurmloch zwischen der Erde und dem Planeten Stupido verwandelt.
»Ich weiß nicht«, entgegnete sie, »wie hört sich denn ein Sechsundzwanzigjähriger an?«
»Nun«, erläuterte ich, »ich werde zwar genaugenommen erst am Sonntag sechsundzwanzig, aber sie hören sich im allgemeinen so an wie ich. Die männliche Spezies, und ich halte mich für ein Musterexemplar dieser Gattung, neigt dazu, über sich lichtendes Haar, Verlust an Körperkraft, das Leben, die Arbeit, das Liebesleben (oder den Mangel an ebensolchem) zu klagen, während sie ununterbrochen von den guten alten Zeiten schwafelt und damit die Jahre an der Universität meint. Der Gesamtklang ist ein wenig monoton, aber dennoch recht beruhigend.«

Kate lachte. Hand aufs Herz und einen Finger auf dem Selbzerstörungsknopf mit der Aufschrift »Abgegriffenes Klischee«, ich schwöre, ihr Lachen fing den Sommer ein – die Sonne im Rücken, Vögel, die in den Bäumen zwitschern, wolkenloser Himmel – alles zugleich.
»Und was ist mit Ihnen?« fragte ich. »Wie alt sind Sie?«
Sie antwortete nicht.
»Okay«, meinte ich. »Du bist einundzwanzig oder zweiundzwanzig.«
»Nee.«
»Mehr oder weniger?«
»Was glaubst du?«
»Weniger.«
»Stimmt.«
»Zwanzig?«
»Ähm, nein.«
»Neunzehn?«
»Genau«, sagte sie. »Aber im November werd ich zwanzig.«
Es gab eine lange Pause.
Die lange Pause wurde immer länger.
Die lange Pause wurde so lang, daß uns nur noch »Auf Wiederhören« übrigblieb, wenn nicht einer von uns bald was sagte. Ich geriet in Panik und sagte das erste, was mir in den Sinn kam.
»Aaahhh.«
Wieder gab es eine lange Pause.
»Was soll denn ›Aaahhh‹ heißen?« fragte Kate und ahmte mich perfekt nach.
Ich hatte nicht die leiseste Ahnung, was ich sagen sollte. Mit atemberaubender Geschwindigkeit gingen mir die guten Ideen aus. »Ach, nichts. Nichts Besonderes. Es ist nur … in der Grundschule kannte ich eine Katie. Sie war die schnellste Läuferin in unserem Jahrgang, bis sie zehn war. Es war irre. Ich hab noch nie so ein schnelles Mädchen gesehen. Ich hab mich oft gefragt, ob sie es je bis zur Olympiade geschafft hat oder so. Aber das bist nicht du, Kate, oder?«

»Tut mir leid, Mr. Spaceman.«
»Spaceman?« wiederholte ich.
»Ich weiß doch gar nicht, wie du heißt.«
»Ach, stimmt ja.« Ich dachte daran, mir einfach so zum Spaß einen Namen einfallen zu lassen, aber irgendwie sorgte die Ehrlichkeit und Reinheit ihrer Stimme dafür, daß ich mich nicht so dämlich anstellte. »Namen tun nichts zur Sache. Das sind doch nur Etiketten. Ich meine, wie kann man wissen, wie ein Kind heißen soll, bevor es überhaupt die Chance hatte, irgendwas zu tun?«
Ich wußte genau, wie aufgeblasen das klang, das hatte ich nämlich auch gedacht, als ich hörte, wie Simon das zu einem Mädchen auf einer Party sagte. Der Grund, warum ich das jetzt einsetzte war, daß ich verzweifelt versuchte, die phantastischen Ergebnisse zu erzielen, die er damit erreichte.
»Gefällt dir dein Name nicht?« fragte Kate.
»Ach, der ist schon in Ordnung«, sagte ich nebenher. »Wenn es auch nicht der Name ist, den ich selbst gewählt hätte.«
Sie lachte; das war nicht ganz die Reaktion, die ich erwartet hatte. Ich fragte sie, was sie denn so lustig fände, und sie meinte irgendwas über Jungs, die doch alle gleich seien, und dann fragte sie mich, welchen Namen ich denn gewählt hätte, was mich ziemlich in die Zwickmühle brachte, weil ich mich nicht mehr erinnern konnte, welchen Namen Simon genannt hatte.
»Ich … ich weiß nicht«, stotterte ich nervös. Ich klemmte den Hörer zwischen Schulter und Ohr und hatte so die Hände frei, um wie wild den Brief zu zerreißen, den ich an die Bank geschrieben hatte.
»Ich denke, ich werd dich James nennen«, meinte sie leichthin.
Ich war fasziniert. James? Ich listete all die coolen James auf, die mir einfielen: James Bond (geschüttelt cool, nicht gerührt), James Brown (Soul-Power-cool) und James Hunt (tollkühn und rennfahrercool) – doch trotz meiner Liste und der Tatsache, daß die Chancen eins zu einer Million dagegen standen, wurde ich den Gedanken nicht los, daß sie einen anderen James im Kopf

hatte. James Baker, um genau zu sein, einen kleinen Kerl, der in der Grundschule eine Klasse unter mir war und ständig Schorf um die Lippen hatte.

»Und warum gerade James?« fragte ich abwehrend.

»Ich weiß nicht«, meinte sie zickig. »Du hörst dich eben wie ein James an. Aber wenn Namen schon unwichtig sind, warum hast du mich dann nach meinem Namen gefragt?«

»Weil ich wissen wollte, wie sehr sich deine Eltern vertan haben.«

»Und, wie sehr haben sie sich vertan«, entgegnete Kate zurückhaltend.

»Nur ein bißchen«, meinte ich. »Ziemlich knapp vorbei, würd ich sagen. Drei von zehn möglichen Punkten für den guten Willen.«

Diese grobe Ader von mir kam wieder mal durch. Ich tat gern so, als sei Grobschlächtigkeit Teil meiner Verführungstechnik, aber das war sie nicht. Es war einfach nur blanke Blödheit. Mein Mundwerk, das völlig bedröhnt war von der Macht, die es hatte, ging mal wieder mit mir durch. Das passierte mir andauernd, wenn ich mich echter Nettigkeit ausgesetzt sah, so als wolle ich die Grenzen der Freundlichkeit meines Gegenübers austesten – mal sehen, wie weit ich gehen konnte, bis ich zu weit gegangen war.

»Willst du mich beleidigen?« fragte sie und klang eher überrascht als getroffen.

»Nein, tut mir echt leid«, sagte ich und entschuldigte mich ausgiebig. »Tut mir leid, ich bin blöd. Es ist nur ... es ist nur so, ich hab im Augenblick ne schlechte Phase.«

»Was ist los?« fragte Kate ernstlich besorgt.

Ich versuchte den Mund zu halten, konnte aber nicht. »Meine Freundin«, sagte ich. »Sie hat mir den Laufpaß gegeben.«

»Das tut mir leid. Ich weiß, wie dir zumute ist. Es ist furchtbar, wenn so was passiert. Jetzt fühl ich mich aber schlecht. Deine Freundin hat dich gerade sausenlassen, und ich quassle hier von Schecks rum.«

»Ach, mach dir mal keine Gedanken«, sagte ich fröhlich und vergaß für einen Augenblick meinen Kummer. »Es war ja nicht grad eben erst.«

»Und wann war das?«

»Vor drei Jahren.«

Und dann rückte ich mit der ganzen Geschichte heraus. An den passenden Stellen machte Kate teilnahmsvoll »Hmm-hmm«, wovon mein Kummer nur noch größer wurde. Hier vergeudete ich die Zeit eines interessanten, samtstimmigen und höchstwahrscheinlich hübschen Mädchens und erzählte ihr von meiner Ex, wo jeder Mann mit ein bißchen Verstand sein Bestes gegeben hätte, um sie rumzukriegen.

Als ich ohne Unterbrechung etwa eine Stunde später mit meiner Geschichte fertig war, meinte Kate, ich solle stark sein. Sie erhole sich auch gerade von einer kürzlich beendeten Beziehung.

»Deshalb hab ich vorhin auf dem Anrufbeantworter geweint – vielen Dank übrigens, daß du das nicht erwähnt hast – in der alten Wohnung anzurufen hat mich an die Zeit erinnert, als ich dort gewohnt hab, und dann hab ich mich erinnert, wie ich dort mit meinem Freund zusammen war, und das hat mich daran erinnert, daß er mich sitzengelassen hat.«

Ich fürchtete schon, daß sie gleich wieder zu weinen anfangen würde, aber das tat sie nicht, sondern kam statt dessen selbst an die Reihe in unserer Mini-Selbsthilfegruppe, bei der es um die kleine, aber stimmstarke Gruppe der Geschaßten ging. Ihr Freund – den sie nur »meinen Ex« oder manchmal auch »den herzlosen Mistkerl« nannte – hatte sie vor drei Wochen verlassen, einfach so, aus heiterem Himmel. Davor waren sie sechs vollkommen perfekte Monate lang zusammengewesen.

»Für eine Weile verlor ich den Faden«, sagte Kate, »aber so richtig. Ich lag im Bett und starrte an die Decke. Ich hab sogar das Telefon ausgestöpselt, für den Fall, daß er mich noch mal anruft. Ich aß nichts, weil ich sowieso nur gekotzt hätte. Zwei Wochen besuchte ich niemanden – nicht mal Freunde. Ich blieb nur zu Hause und schaute fern und aß *Hobnobs*.« Sie lachte. »Das erinnert mich an was ...« Ich hörte, wie es raschelte, dann, wie ein

Haferkeks sorgfältig zerkaut wurde. Sie gab ein zufriedenes Schnurren von sich und fuhr fort: »Jetzt gehts mir schon besser. Und dann bin ich eines Tages einfach aufgewacht. Ich kann den Rest meines Lebens über diesen Verlust rumjammern, sagte ich mir, oder ich kann mein Leben weiterleben. Und das hab ich dann auch getan.«

Ich bewunderte ihr Selbstvertrauen. Sie hatte es geschafft, genau das zu tun, wozu ich nie in der Lage sein würde – sie hatte weitergemacht. Doch je mehr ich darüber nachdachte, desto weniger beeindruckt war ich. Sie konnte ihren Ex nicht so geliebt haben, wie ich Aggi liebte, denn sonst wäre sie mindestens so niedergeschlagen gewesen wie ich. Die beiden Fälle waren überhaupt nicht vergleichbar.

»Ich hab sowieso nicht verstanden«, fuhr Kate fort, »warum die Leute andauernd so Sachen sagen wie: Auf jeden Topf paßt ein Deckel. Das hat meine Ma doch tatsächlich zu mir gesagt, nachdem ich gerade von der Person, die allgemein als ›mein Freund‹ bekannt war, den Laufpaß gekriegt hatte. Ich heul mir die Seele aus dem Leib, und alles, was sie darauf sagen kann, sind irgendwelche Sprüche mit Töpfen! Wenn dieser herzlose Mistkerl bei einem Autounfall ums Leben gekommen wäre, hätte sie das nicht gesagt. Sie hätte nicht gesagt: Nicht so schlimm, Kate, es gibt noch jede Menge anderer Jungs da draußen, die glücklicherweise noch leben.«

Da hatte sie was Wahres gesagt.

Und während ich noch grübelte, was ich als nächstes sagen wollte, meinte Kate aus heiterem Himmel: »Was würdest du vorziehen, Kummer oder gar nichts?«

Ich wußte, woher das Zitat stammte. Ich wußte es, weil Aggi, Simon, seine damalige Freundin Gemma Walker (drei Wochen und zwei Tage lang) und ich mal einen Samstagnachmittag vor vier Jahren damit verbracht hatten, uns *Atemlos*, Richard Geres Version von Godards *À Bout de Souffle*, anzuschauen, Studien für einen Essay, den ich über Hollywood-Versionen von nichtenglischsprachigen Filmen schrieb. Ich hatte das Thema gewählt,

weil ich mir auch *Die Glorreichen Sieben* anschauen konnte, obwohl die Kehrseite daran war, *Die Sieben Samurai* ertragen zu müssen, der, um mich mal nicht allzu gewählt auszudrücken, ungefähr so bedeutungsvoll war wie mein ziemlich schwammiger Arsch. In einer Szene liest Geres Freundin – wunderbar verkörpert von Valerie Kaprisky – laut aus einem Buch vor und läßt es dann fallen, als sie ihn küßt. Simon und ich verbrachten fünf Minuten damit, die Sequenz Bild für Bild abzuspielen, um herauszufinden, um welches Buch es sich handelte, einen solchen Eindruck hatte die Szene auf uns gemacht.
»Das stammt aus *Wilde Palmen und der Strom*«, sagte ich aufgeregt, so als sei Kate in der Lage, mir zehn Punkte und einen goldenen Stern dafür zu verleihen. »William Faulkner.«
»Ach ja?« meinte Kate. »Das wußte ich nicht. Dieser herzlose Mistkerl hat das in einem Brief geschrieben, den er mir geschickt hat, nachdem wir Schluß gemacht hatten.«
»Oh«, meinte ich linkisch.
»Und, wie lautet deine Antwort?« fragte Kate.
Ich sagte ihr, meine Antwort laute Nichts. Sie glaubte mir nicht, aber es stimmte. Wenn ich das alles noch mal hätte durchmachen müssen, dann wäre ich nicht noch mal mit Aggi ausgegangen. Ich wäre an jenem Tag einfach schnurstracks aus dem Oxfam-Laden spaziert, zwar ohne meinen Elvis-Spiegel, dafür aber voller Dankbarkeit bei dem Gedanken, daß in den kommenden Jahren zumindest meine geistige Gesundheit und meine Selbstachtung intakt geblieben wären.
»Aber was ist mit den guten Zeiten?« bohrte Kate nach. »Ihr müßt doch auch gute Zeiten gehabt haben?«
»Ja, die hatten wir«, meinte ich und ging im Kopf einige von ihnen durch. »Aber was ist davon am Ende übriggeblieben? Nichts außer Erinnerungen. Ich bin sechsundzwanzig und lebe ununterbrochen in der Vergangenheit. Ich bin nun schon länger ohne Aggi, als ich jemals mit ihr zusammen war, und trotzdem komme ich nicht drüber hinweg. Damit verglichen wäre nichts davon zu wissen die reinste Glückseligkeit.«

Kate wurde meiner langsam müde. Ich spürte es. Ich wollte ihr meine ganze Lebensgeschichte erzählen. Ich wollte ihr alles erzählen, was in mir tobte. Aber ich war sicher, ich langweilte sie.
»Langweile ich dich?« fragte ich und versuchte, recht beiläufig zu klingen.
»Nein, wie kommst du denn darauf?« fragte Kate zurück.
»Na ja, vielleicht doch ein bißchen?« meinte ich. »Es ist erschreckend, daß du mir zuhören mußt, wie ich da vor mich hin labere. Manchmal bin ich so langweilig, daß ich mir selber nicht mehr zuhöre.«
Sie lachte. Es klang immer noch nach Sommer.
»Kate, erzähl mir was von dir«, sagte ich und zündete mir eine Zigarette an. »Erzähl mir irgendwas, das ich noch nicht kenne.«
»Zum Beispiel?«
»Weiß nicht, irgendwas.«
»Mir fällt nichts ein«, sagte Kate. Sie schwieg. Ich nahm einen tiefen Zug. »Okay, jetzt weiß ich. Stell mir drei Fragen, auf die du eine Antwort willst, und dann stell ich dir drei.«
Das fand ich eine gute Idee. Mein Verstand raste nur so, um sich drei Fragen einfallen zu lassen, die erstaunlich, sexy und dennoch umwerfend geistreich waren.
»Wo wohnst du?«
»Gute Frage«, meinte Kate. Ich versuchte, die Ironie in ihrer Stimme zu erkennen, aber da war keine. »Also, mal schauen, ob ich die Geographie hinkriege.«
Kate teilte sich mit ihrer besten Freundin Paula eine Wohnung in Brighton. Paula war mit ihren Freunden von der Arbeit ausgegangen, was mir ausnehmend gut gefiel, weil ich die Vorstellung interessant fand, wir beide wären allein und führten des Nachts verschwörerische Gespräche. Kate war zu Hause geblieben, weil sie kein Geld hatte. Sie hatte ihr Studium an der University of North London im ersten Jahr geschmissen, wo sie sich für Osteuropäische Studien eingeschrieben gehabt hatte (»Wir waren die ›Eurostudis‹«).
»Und warum hast du das Studium geschmissen?«

»Weil sie mich sowieso geschaßt hätten«, seufzte Kate. »Ich bin zu fast keiner Vorlesung gegangen. Ich war verliebt. Irgendwie schien es mir wichtiger, mit meinem Ex zusammenzusein, als die Geschichte der europäischen Handelsabkommen zu büffeln oder mich mit Freunden zu treffen. Er mußte immer irgendwohin, und dann vermißte ich ihn so sehr, daß ...« Die Stimme versagte ihr. Sie holte tief Luft, und der Ton ihrer Stimme änderte sich, so als habe sie die bewußte Entscheidung getroffen zu versuchen, nie wieder an ihn zu denken. »Na, Schwamm drüber.«
»Vermißt du London?« fragte ich und fügte hinzu: »Das ist übrigens meine zweite offizielle Frage.«
Kate lachte und meinte: »Ich vermisse London überhaupt nicht. Zu teuer, zu dreckig, zu schmutzig, zu unfreundlich. Und die Stadt erinnert mich an ihn. Ich mag Brighton. Meine Wohnung ist nur fünf Minuten vom Meer. Und ich liebe das Meer.«
Ich dachte lange angestrengt über meine dritte Frage nach. Mir fielen lustige Fragen ein, prägnante Fragen, aber es gab nur eine Sache, die ich wissen wollte, ja, wissen mußte. Es ging um ihren Freund. Ein Thema, das nun eindeutig tabu war. Doch wie üblich gab ich meinem Drang nach.
»Wie war dein Ex?«
»Ach, einfach nur ein Typ«, meinte Kate, ohne zu zögern. »Nur ein Typ, der glaubte, er würd mir alles in der Welt bedeuten, und der recht damit hatte. Aber wenn ich wählen könnte zwischen Kummer und gar nichts, würde ich mich für den Kummer entscheiden.«
Weiter sagte sie nichts.
»Ich weiß, du hast gesagt, nur drei Fragen«, meinte ich fast, aber nicht wirklich schüchtern, »aber ich habe noch eine Frage.«
»Schieß los.«
»Rufst du mich bald wieder an?«
»Ich weiß noch nicht«, erwiderte sie. »Mal sehn.«

# Dreiundzwanzig Uhr fuenfundvierzig

Nachdem Kate aufgelegt hatte, versuchte ich sie aus dem Gedächtnis zu streichen, aber das ging nicht – sie wollte nicht verschwinden, also ging ich statt dessen noch einmal die Antworten durch, die ich ihr auf ihre drei Fragen gegeben hatte.

SIE: Wer war das erste Mädchen, in das du je verknallt warst?
ICH: Vicki Hollingsworth. Ich war frischgebackener Teenager. Es klappte nicht. Unüberwindliche Differenzen.
SIE: Was ist deine schlechteste Angewohnheit?
ICH: Tütennudelsandwiches machen. *(Pause)* Rauchen. *(Pause)* Lügen. *(Pause)* Über meine Ex grübeln.
SIE: Warum willst du, daß ich dich noch mal anrufe?
ICH: Nur so.
SIE: Wieso?
ICH: Nur so.

Ich überlegte, ob ich mich nicht weiter von der *Barbara White Show* unterhalten lassen wollte, aber das frühe Aufstehen – immer noch ein ziemlicher Schock für einen Körper, der sich am liebsten nach der Arbeitslosenuhr richtete – forderte langsam seinen Tribut. Es dauerte etwa eine Stunde, um in der Früh in die Schule zu kommen, von Tür zu Tür gerechnet. Es wäre nicht so schlimm gewesen, wenn ich zur selben Zeit hätte eintrudeln dürfen wie die Kinder, aber Mr. Tucker runzelte die Stirn, wenn der Lehrkörper nicht um Viertel nach acht seinen Dienst antrat, und wenn ich mich nicht tagtäglich von seinem jammervollen,

warzenübersäten, bärtigen Gesicht strafend anblicken lassen wollte, dann mußte ich die Wohnung um Viertel nach sieben verlassen – was hieß, ich mußte um Viertel vor sieben aufstehen! Der reinste Mord. Ich versuchte alles mögliche, meine Vorbereitungszeit vor dem Weg zur Arbeit soweit wie möglich zu reduzieren, um länger im Bett bleiben zu können; ich putzte mir nicht mehr die Zähne, sondern drückte mir die Zahnpasta direkt aus der Tube in den Mund; ich duschte abends statt morgens; und ich trug Joggingschuhe auf dem Schulweg, für den Fall, daß ich das letzte Stück sprinten mußte – doch egal, was ich unternahm, es endete stets damit, daß eine halbvolle Schale Honey Nut Loops in der Küchenspüle landete und ich meinen Toast unterwegs aß, wenn ich die Holloway Road entlangjoggte.
Hemd und Socken landeten in einem Knüllhaufen neben der Hose, als ich wieder ins Bett ging. Diese Kleidung, meine Schuldienstbekleidung, war meinem wahren Ich völlig fremd. Bis zu meiner Referendariatszeit hatte ich es geschafft, Filialen von *Burton's*, *Next* oder *Top Man* über zehn Jahre lang zu meiden. An diesen High-Street-Läden war etwas, das ich noch mehr verachtete als Faschismus, Vermieter und Nachbarn, die ihre Autos vor meinem Haus parkten. Diese Mischung aus halb verblödeten Jungverkäufern, einer fürchterlichen Inneneinrichtung und der Kundschaft – Milchbubis mit eigenem Kleiderkonto, Ingenieurstudenten und Freundinnen mit null Geschmack, die nach einem »netten« Jackett für ihre Freunde suchten – war einfach zuviel für mich. Meine Sachen waren alle Secondhand, von Krebsforschungsbasaren oder aus Wohltätigkeitsläden. Ich hatte zwei Schränke voll mit »Klamotten toter Leute«, wie Simon und ich sie nannten – die Art von Sachen, die Witwen und verbitterte Scheidungsopfer wegwarfen. Meine gesamte Garderobe – die aus Dutzenden von Stücken bestand – hatte insgesamt keine fünfzig Pfund gekostet, aber es war nicht das Geld, was zählte. Worum es mir wirklich ging, war die Untermauerung meiner Individualität. Das Outfit, worauf ich abzielte, war eine Mischung von Clint Eastwood in *Calahan* und Richard Rowntree in *Shaft*. Ich

muß zwar unumwunden zugeben, daß ich diesen Stil noch nicht wirklich getroffen hatte, aber ich war nah genug dran, um mich vom Rest der Meute absetzen zu können. Beim Unterrichten ging es allerdings unglücklicherweise um Konformität, und selbst ich konnte begreifen, daß ein vollständiger Modewechsel angesagt war, falls ich jemals einen Job kriegen wollte.

Die Hose war von *Burton's*. Sie war schwarz und hatte Umschläge. Als ich sie mir vom Bett aus ansah, bemerkte ich, daß der Hosenboden bereits zu glänzen begann. Das Hemd war von *Top Man* (uaaahh!), eines von fünfen, die ich mir eine Nummer zu klein gekauft hatte. Als ich sie bezahlen wollte, meinte der Bursche an der Kasse zu mir, ob ich mir bei der Größe sicher sei, und ich meinte ja, denn schließlich war er ein Siebzehnjähriger mit Akne und ich Absolvent in englischer Literatur und Filmstudien, wodurch ich eher für die Feinheiten von Hemdengrößen qualifiziert war als er, wie ich fand.

Ich stand auf und machte das Licht aus. Die Straßenlaternen auf der Friar Avenue, die hinterm Garten vorbeiging, ließen die Vorhänge geisterhaft leuchten und warfen Schatten durchs Zimmer. Als ich mein Haupt zur Ruhe betten wollte, hob ich es sofort wieder hoch und schnappte mir die Sachen vom Fußboden, um sie mir unter den Kopf zu legen. Ich hatte unter anderem vergessen, mir ein Kissen einzupacken, und da ich mir nicht ganz sicher war, welche Art von Geschäft Kissen verkaufte, mogelte ich mich so durch. Ich machte mir im Geist einen Knoten ins Taschentuch, daß ich Kate danach fragen wollte, falls sie jemals wieder anrief.

›Kate ist ein sehr interessantes Mädchen‹, dachte ich und hoffte von ihr zu träumen. ›Sie hört sich so an, als könnte es mit ihr ganz lustig sein. Sie scheint anders zu sein als die anderen Mädchen. Nicht so wie …‹

Das Telefon klingelte.

»Hallo, Will, ich bin's«, sagte eine Stimme, die, wie ich nur zu gut wußte, Martina gehörte. Alles in allem klang sie recht munter.

»Ich hoffe, es stört dich nicht, daß ich so spät noch anrufe«, sagte sie schüchtern. »Es ist nur so ... ähm ... du hast die ganze Woche noch nicht zurückgerufen. Ich dachte, vielleicht spinnt dein Telefon, aber ich hab bei der Störungsstelle angerufen, und die haben festgestellt, daß dein Telefon in Ordnung ist.«
Höchste Zeit für ein paar schnelle Überlegungen:

a) Gedächtnisschwund?
b) Zu beschäftigt?
c) Anrufbeantworter kaputt?
d) Die Wahrheit?
e) Alle vier Möglichkeiten?

»Ich wußte gar nicht, daß du schon mal angerufen hast«, log ich und versuchte so überrascht zu klingen, wie es nur ging. »Ich glaub, der Anrufbeantworter will nicht mehr. Tut mir leid.«
»Schon gut«, meinte sie und wischte meine Entschuldigung fort, »ist ja nicht deine Schuld, du hast ja auch bestimmt mehr als genug zu tun gehabt, neue Freunde zu finden, um mich bis zum Wochenende zurückzurufen. Das muß ja so aufregend sein, Will. Viel aufregender als alles, was ich dir bieten kann.«
Martina redete immer so mit mir – sie setzte sich herab, damit ich in ihrem Ansehen noch höher steigen konnte, glaub ich. Das Ganze war ein Trick, den so jammervolle Gestalten wie ich benutzten, um den Gegenstand ihrer Bewunderung dazu zu bringen, etwas Nettes über sie zu sagen. Aber Martina heischte nicht nach Komplimenten; sie gehörte zu jenen Menschen, die jedes Wort meinten, das sie sagten, und nie etwas sagten, was sie nicht auch meinten.
Ich ging über ihre Liebedienerei hinweg. »Und, wie ist es dir in letzter Zeit ergangen?«
»Gar nicht so schlecht«, sagte sie seufzend, wobei das oooo in so eher wie eine asthmatische Eule klang. »Ich hab immer noch keine Arbeit gefunden. Ich hab mich bei ein paar Lehrinstituten eingeschrieben – sie glauben, daß ich schon bald was finde. Aber was Schule angeht, ich denk, da wird bis nach Weihnachten alles dicht sein.«

Ich gab es ja nur äußerst ungern zu, aber sie klang wirklich traurig, verloren und sehr, sehr einsam.

»Und wie geht's dir bei deinen Eltern zu Hause?« fragte ich.

»Ich hasse es, Will«, meinte sie bitter. »Ich hasse es zutiefst. Am liebsten wär ich bei dir in London. Wär das nicht toll? Ich könnte mir die Wohnung unter dir nehmen und dir Essen kochen, und wir könnten uns diese Fernsehserie anschauen, von der du mir andauernd erzählst.«

*»Mr. Bean«*, gab ich ihr das Stichwort.

»Ja, genau, *Mr. Bean*«, meinte sie wehmütig. »Ein Traum würde wahr werden, Will. Ehrlich.«

Das war keine dieser Bemerkungen, wie man sie aus dem Ärmel schüttelt, wie »Ach, wär das nicht nett, wenn…, nein, sie meinte das ganz ernst. Wahrscheinlich hatte sie sich die Szene schon zigtausendmal ausgemalt, während sie in ihrem Zimmer saß und Bewerbungsschreiben schrieb. Ich war mir da ziemlich sicher, denn ich hatte selbst schon einen Großteil meiner freien Zeit damit verbracht, mir ähnliche Szenen mit Aggi auszumalen.

»Ist ja nicht für ewig«, versicherte ich ihr. Wie ich da so auf dem Bett lag, verrenkte ich mir halb den Hals, um den Nachthimmel durch den Fensterspalt zu sehen, den die Vorhänge freiließen, weil sie nicht in der Mitte schlossen. »Du wirst schon einen Job finden. Du hast doch klasse Zeugnisse. Du wirst …«

»Ich vermisse dich, Will«, unterbrach mich Martina.

Ich hatte keine Zeit zum Nachdenken. Der Klang ihrer Stimme forderte eine sofortige Reaktion. Endlich hatte ich die Gelegenheit. Ich konnte ihr das Herz brechen, ohne auch nur ein einziges Wort zu sagen, oder ich konnte sie glücklich machen. Ich hatte die Macht – diese alles verschlingende Macht –, aber ich wollte sie nicht. Ich wollte sie noch weniger als sonst irgend etwas auf der Welt, weil ich bildlich gesprochen auf dieses menschliche Ebenbild eines Seehundbabys, das nur aus riesigen Augen zu bestehen schien, hinabblicken und ihm den Schädel einschlagen mußte.

»Ich vermisse dich auch, Martina«, flüsterte ich ganz leise, in der Hoffnung, daß weder sie noch mein Gewissen mich hören würden.

Martina seufzte ungeheuer erleichtert.

Es konnte so nicht weitergehen, aber das wußte ich ja schon. Ich hatte wieder mal einen riesigen Fehler begangen. Sie wollte mein Mitleid nicht – sie wollte meine Zuneigung. Und genau die hatte ich nicht zu vergeben. Ich mußte ihr DIE WAHRHEIT sagen.

»Martina?« Der Klang meiner Stimme mußte mich verraten haben, denn sie antwortete nicht. Ich konnte ihre Anspannung am anderen Ende der Leitung spüren, wie sie sich gegen den Schlag wappnete und darauf wartete, daß ihre Welt unterging. Ich hatte das schon bei unserem Hund Beveridge beobachtet, der so etwas Ähnliches tut, wenn er darauf wartet, ausgeschimpft zu werden. Er weigert sich herzukommen, wenn ich ihn rufe, sondern hockt da und genießt die letzten Augenblicke des Lebens, wie es war, bevor es sich in das Leben verwandelt, wie es ist.

Was wollte ich noch sagen?

*Martina, tut mir leid, aber das führt zu nichts.*

Zu brutal.

*Martina, es liegt nicht an dir, sondern an mir. Es ist alles meine Schuld.*

Zu soft, dann glaubt sie nur, daß ich einen schlechten Tag gehabt habe.

*Martina, ich weiß nicht, wie ich es dir sagen soll, also rück ich lieber gleich mit der Sprache raus; unsere Beziehung führt zu nichts.*

Das trifft den Nagel auf den Kopf. Ernst, aber fair. Genau richtig.

»Martina«, setzte ich an, »ich weiß nicht, wie ich es dir sagen soll …«

»Sag nichts, Will«, fuhr Martina dazwischen. »Ich weiß genau, was du sagen willst, und ich denke genauso darüber.«

»Bitte?« rief ich.

»Ich fühle genauso, Will«, fuhr sie fort und ergoß ihre Verwirrung in die Leitung. »Ich weiß, wir sind erst seit letztem Wochenende zusammen, aber was kümmert uns die Zeit? Will, ich liebe dich auch.«

Mir war schon bewußt, daß ich über einen großen aktiven Wortschatz verfügte, und doch kam mir nicht ein einziges Wort, kein einziger Satz zu meiner Verteidigung über die Lippen. Ich war sprachlos, dabei wußte ich genau, daß sie die lange Zeitspanne, die ich bis zu einer Reaktion brauchte, als Zeichen dafür wertete, daß ich in meinem Innersten dieses Gefühl erwiderte, von meinen Gefühlen aber zu sehr übermannt sei, um meine Zuneigung zu äußern. Ich konnte einfach nicht begreifen, warum sie mir sagte, sie liebe mich, obwohl wir uns vor über einer Woche ein einziges Mal allerkürzest getroffen hatten.

»Hör mal, Martina ...«, setzte ich an, blieb aber mitten im Satz stecken. Selbst von meiner Wut getrieben, brachte ich es einfach nicht über mich, auf den Punkt zu kommen. »Martina, es ist spät. Ich bin müde. Die Woche war wirklich lang. Ich möchte jetzt schlafen gehen. Ich ruf dich morgen an, okay?«

»Träum von mir«, flüsterte sie leise.

»Jaja, schon gut. Was auch immer«, sagte ich und schüttelte den Kopf, als ich auflegte.

Martina war der Horror in Reinkultur. Sie war wie ein Alptraum, der dadurch noch schlimmer wurde, daß er in der Wirklichkeit weiterging. Sie war eine Teufelin in Spitzendessous. Wie hatte ich da nur hineingeraten können?

Nikki und Cathy, zwei Frauen aus meiner Referendariatszeit, waren gute Freundinnen von Martina. Als wir eines Abends in der zweiten Woche unseres einjährigen Fortbildungskurses ausgingen, gaben sie mir eine Reihe von Komplimenten weiter, die Martina während des Seminars über mich gemacht hatte und die alle auf eines hinausliefen: Sie hatte sich bis über beide Ohren in mich verknallt. Zuerst war ich geschmeichelt, denn Martina war nicht gerade häßlich; sie war schlank, naturblond und hatte eine derart elegante Art an sich, daß sie über dem Boden zu schweben schien. An jenem Abend versuchte ich ein paarmal mit

ihr zu reden, aber selbst da war schon klar, daß wir absolut nichts gemeinsam hatten, so verknallt sie auch war.
Wir wechselten kein Wort mehr miteinander, bis in der Woche vor meinem Umzug nach London. Ich hatte mit Alice darüber gesprochen, wie herzzerreißend es war, in den Neunzigern nach LIEBE zu suchen, und sie meinte, der Grund, warum ich noch nicht die Richtige gefunden hatte, hätte nichts mit Demographie zu tun, sondern allein mit der Tatsache, daß ich viel zu verklemmt sei. Damit hatte sie den Nagel auf den Kopf getroffen, wie ich zugeben mußte. Während alle anderen in meinem Alter sich in One-Night-Stands, trauter Zweisamkeit oder gar wilden Dreier-Bettgeschichten ergingen, war ich viel zu sehr damit beschäftigt, nach Der Einen zu suchen, die den Platz von Aggi (Der Einzigen) einnehmen sollte, um es ihnen gleichzutun. Leicht zu erkennen, was Alice meinte. Ich lief ja geradezu mit einem Schild um den Hals herum, auf dem geschrieben stand: »Frau gesucht.« Ich suchte nach einer Ersatz-Aggi mit lebenslanger Garantie, alles andere war mir egal.
Und nun Martina. Sie sollte mein Experiment werden. Mein ganz persönliches Frankenstein-Monster. Mein einziger Versuch einer lockeren Beziehung, und nun zahlte ich teuer dafür. Ein Anruf hatte genügt. Nach einem Abendessen im *Los Locos* machte sie mir auf dem Rücksitz eines Taxis unmißverständlich klar, daß sie eine feste Beziehung wollte, während ich gerade wie wild unter ihrem Top herumfummelte und mit den Fingerspitzen über die Nähte ihres BHs fuhr. Ich murmelte: »Jaja, ich auch« oder so ähnlich, bevor sie mich mit leidenschaftlichen Küssen überschwemmte. Und nun wurde ich von meinen Schuldgefühlen überrollt, was nicht allzu schwer war. An guten Tagen bekam ich schon Schuldgefühle bestimmter Dinge wegen, an die die meisten Leute keinen großen Gedanken verschwendet hätten – den Obdachlosen nichts gegeben zu haben, keinen Aufkleber der Gesellschaft zur Rettung Schiffbrüchiger gekauft zu haben, Motten getötet zu haben, die sich in der Gardine verfangen hatten. Schuldgefühle waren sehr wichtig in meinem Leben. Und dank

Martina hatte ich sogar ungeheure Schuldgefühle, obwohl ich ganz genau wußte, daß ich nichts dafür konnte. Hiroshima. Meine Schuld. Der Untergang der Titanic. War ich auch. Han Solo, der in *Star Wars – Das Imperium schlägt zurück* in Karbonat eingegossen wird. He, tut mir leid, Prinzessin Leia.
Und schon schlug mir mein Gewissen vor, ich solle doch als Sühne mit Martina ausgehen. Die Katholiken hatten den Bogen raus – man lösche alle Schuld, indem man den Schmerz der Schuld gegen sich selbst kehre, denn im Vergleich zu den Schmerzen, die du anderen zugefügt hast, ist es letztlich leichter, sich mit dem eigenen Schmerz zu beschäftigen. Eine nette Theorie, aber keine Lösung. Die Situation würde nur noch schlimmer werden. Und genau das war mein Problem. Ich mußte sie loswerden, aber ich brachte es einfach nicht über mich, ihr den Laufpaß zu geben. Ich hatte mein Lebtag noch kein Mädchen fallenlassen. Natürlich hatte ich mich so danebenbenommen, daß sie gar nicht anders konnten, als mich auf den Mond zu schießen, aber selbst getan hatte ich es noch nie. Ich konnte einfach einem anderen Menschen nicht erklären, daß ich ihn nicht so mochte wie er mich. Manchmal kam es mir so vor, als sei ich der einzige Mensch auf der Welt, der sagen konnte: »Das wird mir mehr weh tun als dir«, und das auch wirklich so meinte. Und schuld daran war Aggi.

# Null Uhr fuenfzig

Martina, besser gesagt meine Gedanken an sie, die mir durchs Hirn kreisten wie eine Miniaturausgabe vom Großen Preis von Silverstone, verweigerten mir das Recht auf Schlaf. Und unausweichlich bremsten sie vor einer Kurve ab – Aggi. Wie lange hatte sie sich wohl gefragt, wie sie es *mir* schonend beibringen konnte? Sie muß ja gewußt haben, daß mich die schlechte Nachricht schier zerreißen würde, ganz gleich, was sie sagte oder wie sie es sagte.

Wochen später, als ich mir im Kopf langsam vorstellen konnte, daß sie tatsächlich nicht mehr in meiner Nähe war – was ungefähr so leicht war, wie sich damit auseinanderzusetzen, aufzuwachen und querschnittgelähmt zu sein –, ging mir auf, daß sie mir vielleicht schon seit Wochen, vielleicht sogar Monaten sagen wollte, was sie fühlte, und ich nur zu blöd gewesen war, es zu bemerken. Der Gedanke, daß ich die ganze Zeit über in der Lügenwelt gelebt hatte, sie würde das gleiche für mich empfinden, was ich für sie empfand, schmerzte – und nun wußte ich nicht mehr, was ich überhaupt noch glauben sollte. Die Fragen, die ich hätte stellen sollen, waren nie gestellt worden, und bis ich mich dazu durchgerungen hatte, sie stellen zu können, ohne gleich daran zu zerbrechen, hatte Aggi jeden Kontakt abgebrochen.

Vielleicht hatte sie sich an jenem Morgen dazu durchgerungen, oder vielleicht, während unser Kaffee kalt wurde, als wir im Café saßen, oder als sie durch die Sperre des Parkhauses fuhr, oder als sie in die Rilstone Road einbog, oder als sie sich vorbeugte und mir einen Kuß gab, um zu sagen …

›Es reicht.‹ Ich drückte die Augen fest zusammen und hoffte darauf, daß mich bald der Schlaf übermannen würde. ›Es reicht jetzt mit der Rumdenkerei.‹ Wenn das so weiterging, würde ich nie zum Schlafen kommen. Ich sah durch den Vorhangspalt, und der Nachthimmel schien schon langsam in den frühen Morgen überzugehen – ich fragte mich, ob ich wohl eingeschlafen war, ohne es zu merken, und sah auf die Uhr. Die Nacht war noch lange nicht um. Ich legte mich wieder aufs Bett und starrte an die krampfadernübersäte Zimmerdecke in der Hoffnung, aus purer Langeweile einzuschlafen. Ohne meine Brille konnte ich die Decke kaum erkennen, die Welt war nur ein unscharfer Nebel, und dafür würde ich stets dankbar sein.

Erst mit zwölf wurde mir klar, daß man die Welt eigentlich scharf sehen sollte. In den davorliegenden zwei Jahren war meine Sehstärke rapide zurückgegangen. Für einen Zwölfjährigen war das ein Sechstel des Lebens, und wenn ich nur die wichtigen Zeiten rechnete, in denen ich reden und zumindest einen Teil des Denkens selber übernehmen konnte, sogar ein Fünftel. Es kam nicht gerade wie ein Schicksalsschlag über mich, die Babylonische Gefangenschaft oder so was, es schlich sich nur langsam an. Ich dachte, das müsse so sein.
Meine erste Brille war ein so häßliches Ding, daß ich mich dagegen sträubte, wehrte und tobte, als man mir ihren drohenden Eintritt in mein Leben avisierte. Ein Blick in den Spiegel beim Optiker, und schon brach ich in Tränen aus. Für Teenager-Brillenschlangen gab es damals nur zwei Vorbilder: das Superhirn aus dem *Trio mit vier Fäusten* und *Joe 90*, und selbst dann nahm jeder an, daß du ein Klugscheißer warst.
Meine Altersgenossen machten sich die Aufgabe zu eigen, mich mit der Brille bei jeder sich nur bietenden Gelegenheit zu piesacken, ohne auch nur im geringsten provoziert worden zu sein. Selbst Sandra Law, die eine pinkfarbene Plastikbrille trug, meinte sich anschließen zu müssen. Ich mußte die Klassenkeile eine Woche lang über mich ergehen lassen, bis sie schließlich netterweise ein anderes Kind fanden, das sie quälen konnten. Craig Harrisons

jüngerer Bruder hatte im Graben, der sich hinter der Schule entlangzog, einer Gruppe von Mädchen seinen Schniepel gezeigt. Ehrlicherweise muß gesagt werden, daß sie ihn dazu überredet hatten, aber das war ja keine Entschuldigung. Der Junge hatte einfach kein Schamgefühl.

Die ganze fürchterliche Woche über hatte Simon zu mir gehalten. Was nicht gleichbedeutend war mit der Verteidigung meiner Ehre – das hätte die Quälerei ja nur auf ihn gelenkt –, aber immerhin hatte ich einen Spielkameraden und wußte, daß es mindestens eine Person auf der Welt gab, die niemals »Brillus, Bazillus, Bakterius« hinter mir herrufen würde. Als wir während der Mittagspause Raumfahrer spielten, kam mir die Idee, meine Brille einfach ins Spiel einzubauen.

Ich klebte mir mit Tesa einen Kugelschreiber an den rechten Bügel, und schon verwandelte sich meine Brille in ein intergalaktisches Sprechfunkgerät. Der Erfolg war überwältigend. Ich löste die größte Spielplatzhysterie seit Jahren aus – noch größer als Gummitwist, *Star-Wars-Rückkehr-der-Jedi-Ritter*-Sammelbildchen und die Marotte, den Duffelcoat am oberen Knopf zuzumachen, damit er aussah wie das Batman-Cape. An dem Nachmittag machte meine Brille praktisch die Runde durch die ganze Schule. Am Ende der darauffolgenden Woche brachten die Leute ihre Sonnenbrillen mit in die Schule, damit ich sie umbaute. Der ganze Spuk, und damit auch meine Popularität, bekam einen argen Dämpfer, als Gareth »Bohnenstange« Evans die Bifokalbrille seines Vaters mitbrachte, um sie umbauen zu lassen. Sein Vater erzählte hinterher dem Direktor, daß Gareth gar keine Brille zu tragen bräuchte, es sei also überhaupt kein Wunder gewesen, daß er beim Fangenspielen mit Arthur Trapp gestolpert sei und die Brille zerschmissen habe.

Vier Jahre später erlitt meine Brille ein ähnliches Schicksal während eines Pfadfinderwochenendzeltens in den Hügeln von Derbyshire. Wir schliefen zu fünft in einem Zelt, und bevor wir uns schlafen legten, hatte uns Craig Butler – der in der Mitte schlief – eingeredet, daß sich mitten in der Nacht ein Mann anschleichen und uns mit einem geschärften Buttermesser alle Körperteile abtrennen würde. Als er damit fertig war und wir langsam durchdrehten, mußte ich meine Pobacken heftig zusammenkneifen, um mein Gedärm am Explodieren zu hindern. Ich lag direkt am Reißverschluß, also würde ich meine Brille unter gar keinen Umständen absetzen. Als ich am nächsten Morgen aufwachte, war sie verschwunden, aber ich mußte nicht lange suchen, um sie wiederzufinden. Sie lag auf dem Boden, und der fette Nigel hatte sie unter seinem zitternden Hintern zerdrückt. Mr. George, der Gruppenführer, meinte, ich solle den Bügel mit Tesafilm festmachen. Er war wohl nie Teenager gewesen, denn sonst hätte er gewußt, wie blöde sein Vorschlag war. Fürs Raumfahrerspielchen mochte Tesa ja passend gewesen sein, aber damals war ich ja schließlich noch ein Kind. Jetzt war ich sechzehn, und mit Tesafilm reparierte Brillen waren einfach uncool. Und so beschloß ich, daß es für mein Ego einfach besser wäre, gar nichts zu sehen, und ich verbrachte das restliche Wochenende – also den ganzen Samstag und den Großteil des Sonntags – damit, mir den Weg zeigen zu lassen. Als ich nach Hause kam, schickte mich meine Ma gleich zum Optiker, um mir eine neue Brille auszusuchen. Aber wie sollte das gehen? Das war so, als sollte ich mir eine neue Nase aussuchen. Nach drei Stunden in dem Laden, in denen ich jede einzelne Brille ausprobiert hatte, entschied ich mich für ein schwarzes Gestell. Ich nahm die neue Brille mit heim und zeigte sie all meinen Freunden, aber irgendwie wurde ich das Gefühl nicht los, daß sie niemals ganz an die Brille heranreichen würde, die ich zerbrochen hatte.

Das Interessante an dem Wochenende ohne Brille aber war, daß alles, was ich sehen konnte, recht nett wirkte. Alles war leicht verschwommen. Farben verliefen ineinander. Mir kam das so vor, als trüge ich einen dieser Weichzeichner vor mir her, die im Film immer für gleich in Ohnmacht fallende Heldinnen bestimmt waren, alle Kanten waren runder, alle Schönheitsfehler waren verschwunden. Das WAHRE LEBEN schien weit weg.

Während ich im Bett lag und nachdenklich an die Decke starrte,

fühlte ich mich an das erste Mal erinnert, als das WAHRE LEBEN und MEIN LEBEN in meinem Kopf aufeinanderprallten. Ich hatte gerade ein wirklich tolles Bild von meiner Mutter gemalt. Sie hatte ein rotes lächelndes Gesicht und blaue Haare – aber viel wichtiger war: Ich hatte ihr einen Hals gemalt. Mir war aufgefallen, daß diejenigen meiner Spielkameraden, deren Talent eher beim Zeichnen als im Sandkasten lag, Bilder von ihren Müttern – eine Auftragsarbeit für den Muttertag – ohne Hals gemalt hatten. Manche hatten dicke runde Köpfe, andere hatten sogar Haare, aber nicht eine einzige von ihnen hatte einen Hals, also malte ich meiner Mutter einen. Einen langen, schlanken, grünen Hals. Ich war ungeheuer stolz.
Nach dem Malen zwang man uns zum Mittagsschlaf. Die Betten standen in einer Reihe an der hinteren Wand des Klassenzimmers aufgereiht. Ich rannte normalerweise zu dem Bett an der Tür, damit ich spürte, wie es zog, dann konnte ich so tun, als sei ich ein Schiff auf See. An diesem Tag rannte ich zu einem Bett an dem großen Fenster, das eine Seite des Zimmers bildete. Man konnte die Bäume auf der Freifläche neben dem Spielplatz sehen. Ich war nicht müde, aber ich legte mich gerne hin. Ich hätte den ganzen Tag rennen und springen und spielen können, aber beim Kampf um den Mittagsschlaf gab ich stets nach, weil ich dann Zeit hatte nachzudenken. Damals dachte ich kaum einen vernünftigen Gedanken, weil ich mit dem Spielen viel zu sehr beschäftigt war. Zeit war immer JETZT, in dicken, fetten Großbuchstaben. Die Zukunft interessierte mich keinen Deut.
Ich drückte fest die Augen zusammen und wartete, bis ich diese rumschwimmenden roten und orangefarbenen Dinger sah, die mir immer vor den Augen schwebten, wenn ich das tat. Sie waren wunderschön, aber ich konnte sie nie direkt ansehen, denn sonst verschwanden sie und tauchten erst wieder auf, wenn ich nicht nach ihnen schaute. Nach fünf Minuten oder so begann ich an meine Ma zu denken. Sie hatte mich in der Kindertagesstätte abgeliefert, wie sie es jeden Tag seit September getan hatte. Ich war vollkommen zufrieden damit. Ich hatte keine Schwierigkei-

ten, allein bei fremden Erwachsenen und einem Haufen Kinder zu bleiben, die ich nicht kannte. Falls meine Eltern versuchten, mir einen Vorsprung bei der Entwicklung meiner sozialen Kompetenz zu verschaffen, dann hätten sie mich auch fragen können, und ich hätte ihnen gesagt, daß ich mit jedem ganz prima auskam.

Am Morgen hatte ich meiner Ma einen Abschiedskuß gegeben, doch während ich an dem winterkalten Nachmittag so dalag, fragte ich mich, wo sie wohl war. Ich konnte es mir nicht erklären, aber plötzlich fragte ich mich, ob sie überhaupt existierte. Manchmal träumte ich Dinge, die mir so wirklich vorkamen, daß sie unmöglich Traumgespinste sein konnten. Ich hatte mal geträumt, ich könnte fliegen, und selbst heute noch kann ich mich erinnern, wie die Stadt von oben aussah und wie sich der Wind in meinen Haaren und auf meiner Haut anfühlte. Doch als ich aufwachte, konnte ich nicht fliegen.

Ich lag da in meinem Bett und grübelte und kam zu dem Schluß, daß meine Mutter wirklich nur ein netter Traum war. Ich konnte mich daran erinnern, wie sanft ihre Wange war, die ich an jenem Morgen geküßt hatte, und wie weich das Taschentuch sich anfühlte, mit dem sie den Lippenstift wegwischte. Ich konnte mich daran erinnern, wie sie roch, warm und sommerhaft, ganz im Gegensatz zu dem eigentlich trüben Tag. Daran erinnerte ich mich, genau wie ich mich daran erinnerte, fliegen zu können. In jenem Augenblick war ich fest davon überzeugt, daß sie nicht existierte, daß sie und mein Papa, mein Zimmer und mein Spielzeug, daß alles, was ich liebte, nicht existierte. Es gab nichts außer mir und dem, was ich sehen konnte.

Ich schlug die Augen auf, sah aus dem Fenster zu den Zweigen der Bäume, die sich im Wind bewegten, und fing an zu weinen. Nicht laut, um Aufmerksamkeit zu erregen, sondern leise, ganz, ganz leise. Meine Augen füllten sich, und warme Tränen kullerten mir über die Wangen auf die Hand, die neben meinem Kopf lag. Nach wenigen Minuten weinte ich aus vollem Herzen. Ich fühlte mich traurig und leer. Ich war ein Waisenkind. Mrs.

Greene, die Kindergärtnerin, eine nette Frau, die frischgewaschen nach Seife roch, drückte mich an sich und strich mir übers Haar, ich aber war untröstlich. »Meine Ma ist nicht da! Meine Ma ist nicht da!« brüllte ich ihr ins Ohr, aber das war es nicht, was ich meinte. »Meine Ma ist nicht wirklich!« wollte ich sagen. Am Ende heulte ich so sehr, daß sie vom Telefon im Sekretariat meine Ma in der Arbeit anrufen mußte. Nachdem sie ihr erklärt hatte, worin das Problem bestand, reichte sie mir den Hörer hinab, wo ich schon mit ausgestreckten Händen stand, und ließ mich mit ihr reden. Kaum hörte ich die Stimme meiner Ma, versiegten die Tränen. Meine Ma war wirklich. Es war kein Traum. Alles war in Ordnung.

# Ein Uhr fuenf

*Ich bin in meiner Wohnung, nur ist es nicht meine Wohnung. Sie ist komfortabler, aber nicht zu mondän – innerhalb realistischer Grenzen eben. Und um der Geschichte halber sagen wir einfach, ich bin immer noch in London und immer noch Lehrer – warum, weiß ich allerdings nicht. Die Wohnung ist aufgeräumt, und der Kaltwasserhahn in der Küche funktioniert. Meine Platten und CDs sind alphabetisch geordnet, und ich habe einen ultramodernen Flachbildschirmfernseher mit Kabelanschluß.*

*Also. Ich bin in der Küche beschäftigt. Ich hacke Petersilie und streue sie auf ein Gericht, das ich dann für weitere zwanzig Minuten zum Bräunen in den Backofen schiebe – jedenfalls steht es so in meinem Delia-Smith-Kochbuch. Im Hintergrund läuft* Elvis – Live from Madison Square Garden – *das paßt einfach zu der Stimmung, in der ich heute abend bin – triumphierend, jubilierend, willens, den Gläubigen zu gefallen. Es pocht an der Tür. Ich klopfe mir die Petersilie von den Händen und streife meine Jacke über, die über der Rückenlehne eines Küchenstuhls hängt. Dann gehe ich in den Flur und betrachte mich kurz im Spiegel. Sieht gut aus. Ich trage einen dunkelblauen Anzug von* Paul Smith. *Er wirkt teuer, aber nicht übertrieben, ist schick und hat das gewisse Etwas. Nein, streichen wir das. Anzug ist zu steif – wo geh ich denn hin? Auf eine Beerdigung? Nein. Ich trage was Legeres, das ich nur auf einem Shoppingtrip in New York erworben haben kann. Mal sehen. Ein kariertes Hemd von* Calvin Klein *und Chinos von* Bloomingdales. *Nein, nein, nein, nein, nein. Das bin ich nicht – nur Models im GQ tragen so was. Okay, jetzt hab ichs. Ich trage ein weißes T-Shirt und eine alte*

*Levi's und – jetzt kommt das Beste – ich trage keine Socken! Cooler Zug, sie mochte meine Füße immer.*
*Ich öffne die Tür, und da steht Aggi.*
*Eine millionstel Sekunde lang rühren wir uns nicht, stehen wie Stein in Zeit und Raum gemeißelt da, und unsere Blicke sagen mehr als tausend Worte. Ein schwindelndes Gefühl von Übelkeit überkommt mich, aber das hält nur kurz an und wird dann von einer ungeheuren Euphorie hinweggespült. Ich nehme sie in die Arme und drücke sie. Ihre warmen Tränen tropfen mir in den Nacken. Ich ziehe meinen Kopf zurück, drücke sie weiter an mich und schaue ihr tief in die großen, bösen, schönen dunkelgrünen Augen, die ich so sehr vermißt habe.*
*»William … William!« schluchzt Aggi. »Es tut mir leid. Es tut mir so leid.«*
*Ich sage nichts, sondern drücke sie nur noch fester, daß sie beinahe in Ohnmacht fällt, aber sie leistet keinen Widerstand. Sie will, daß ich sie noch fester halte, denn meine Umarmung spricht laut und deutlich aus, was sie am liebsten hören will: »Ich verzeihe dir.«*
*Ich löse den Druck um ihre schlanke Taille, und sie nimmt meine Hand und schaut mir tief, ganz tief in die Seele.*
*»Ich dachte, ich könnte ohne dich leben«, sagt sie und versucht verzweifelt die Tränen zu unterdrücken. »Ich kann es nicht. Ich habs versucht, aber ich kann es nicht, Will. Ich bin so lange unglücklich gewesen. Ich dachte, du würdest mir nie verzeihen. Die letzten drei Jahre ohne dich waren furchtbar. Es war die reinste Hölle.«*
*Nein. Eindeutig zu melodramatisch. Zuviel Barbara Cartland und zu wenig Brontë. Okay, fangen wir noch einmal an bei »die letzten drei Jahre ohne dich waren furchtbar …«.*
*»Nachdem ich unsere Beziehung beendet hatte, war mir sofort klar, daß ich den größten Fehler meines Lebens begangen hatte.« Sie hält inne, ihre Augen füllen sich mit Tränen, und ihre Unterlippe zittert. Die Pause dient keinem dramatischen Zweck – sie winselt um Gnade. »Ich könnte verstehen, wenn du mich jetzt*

*haßt. Ich habe wirklich nicht das Recht, hierzusein. Das Recht habe ich in dem Augenblick verwirkt, als ich unsere Liebe auslöschte. Aber glaubst du, wir könnten ...? Glaubst du, wir könnten jemals ...?«*

*Dann fällt ihr auf, wie wenig ich bisher gesagt habe. Tränen strömen ihr übers Gesicht. »Willst du denn gar nichts sagen?« schreit sie auf. »Du haßt mich, stimmts? Stimmts?«*

*Ich werfe ihr einen Blick zu, den ich bei Nicholas Cage abgekupfert habe, wie er Laura Dern in* Wild at Heart *ansieht: intensiv, eindringlich und unmißverständlich, so als wolle ich sagen: »Baby, du bist mein – ich bin dein – für immer und ewig!«*

*Sie sei dankbar dafür, daß ich sie zum Essen eingeladen habe, sagt sie. Sie habe nicht gedacht, daß ich sie jemals wiedersehen wolle, sagt sie. Ich erwidere: »Aber warum denn nicht?« oder so etwas. Sie senkt den Blick auf ihren Schoß und dann auf ihren Rock, so als werde ihr erst jetzt richtig bewußt, wie sehr sie sich hat gehenlassen. Ich geb es ja nur ungern zu, aber sie ist nicht mehr ganz die alte Aggi. Sie weiß es. Ich weiß es. Und sie weiß, daß ich es weiß. Es wirkt fast so, als sei sie an ihren Kleiderschrank gegangen und habe ihre besten Stücke hervorgekramt, um dann festzustellen, daß sie unrecht gehabt hatte. Ich versichere ihr, sie sähe gut aus, dann ziehe ich ein Papiertaschentuch aus der Kleenexschachtel, die auf dem Beistelltischchen steht, und tupfe ihr die Tränen ab. Sie lächelt sanft, als ich ihr aus Versehen mit der Hand über die Wange streiche.*

*Wir gehen ins Wohnzimmer. Ich biete ihr einen Platz auf dem Sofa neben mir an. Ich habe den Eindruck, daß sie näher rücken will, und tatsächlich, ganz langsam rutscht sie an mich heran. Gerade als sie nah genug ist, daß ich ihren warmen Atem auf meiner Haut spüren kann, die Ausstrahlung ihres Körpers fühle und ihr Parfüm rieche – Chanel No. 5 –, entziehe ich mich ihrer Nähe und verkünde, ich müsse nach dem Essen schauen.*

*Na gut, lassen wir den langweiligen Teil aus und kommen gleich zu der Stelle, wo wir kurz davor sind zu essen. Auf den Tellern (von* Habitat*) ist Lasagne mit gelber Paprika und Waldpilzen an-*

*gerichtet, dazu eine Auswahl an Gemüsen. Nicht die übliche Erbsen-und-Möhren-Geschichte, nein, die Art von exotischem Gemüse, die es bei* Sainsbury *in kleinen weißen Behältern mit Frischhaltefolie drum herum gibt. Ich hätte mir nicht solche Mühe machen sollen, meint Aggi, sie sei keine Vegetarierin mehr, und ich entgegne, daß es überhaupt keine Mühe gewesen sei, da ich seit, ach, so ungefähr drei Jahren kein Fleisch mehr äße.*

*Ich schenke ihr ein Glas Rotwein ein und sage, daß diese spezielle Cuvée besonders gut zum Essen passe. Ich bin versucht, ihr Glas symbolisch überfließen zu lassen, aber dann lasse ich es. Gerade als der Wein den oberen Rand des Glases erreicht, meint sie beiläufig: »Danke.« Ich schenke mir ebenfalls ein, unsere Blicke kreuzen sich, sie hebt ihr Glas an die Lippen und will gerade einen kleinen Schluck nehmen, als sie sagt: »Was mache ich denn da?« Dann reckt sie das Glas in die Luft und meint triumphierend: »Auf uns! Auf die alles überwindende Liebe!«*

*Wir stoßen an.*

*Dann sitzen wir wieder im Wohnzimmer auf dem Sofa. Zwei Tischlampen erhellen den Raum und erzeugen so eine »entspannte« Atmosphäre. Im Hintergrund spielt keine Musik, obwohl mir kurz in den Sinn kommt, etwas Entspannendes wie Tori Amos oder Kate Bush aufzulegen. Wir setzen uns, und ich zünde mir eine Zigarette an, nicht weil ich eine rauchen will, sondern weil sie wissen soll, daß ich jetzt rauche. Die Dinge haben sich geändert. Sie haben sich weiterentwickelt. Ich bin immer noch derselbe Mann, in den sie sich verliebt hat, und doch auch wieder nicht.*

*Sie erzählt mir, wie trüb das Leben ohne mich gewesen sei. Sie habe all ihre Hoffnung, Sozialarbeiterin zu werden, aufgegeben und arbeite nun als Sekretärin in einer Steuerberatungskanzlei. Sie erinnert sich daran, wie sehr ihr Leben die Richtung eingebüßt hat, und schluchzt, daß sie seitdem jede Orientierung verloren habe. Sie gesteht mir sogar, daß sie trotz aller Versuche nicht in der Lage gewesen sei, mit jemand anderem eine Bezie-*

*hung einzugehen – MIT NIEMANDEM ... na ja, da sei schon dieser eine Typ gewesen, aber sie habe nicht mit ihm geschlafen ... okay ... da seien noch ein paar gewesen: Toby, Graham und Gordon, aber keiner habe sie so gut verstanden wie ich, vor allem Gordon nicht, der habe rotes Haar gehabt, und Toby, der sie gegen ihren Willen zweimal auf ein Chris-Rea-Konzert geschleift habe. Ich sage ihr nicht, daß ich mit den Herzen so einiger Mädchen gespielt habe, aber das kann sie sehen – Aggi kann sie in meinen Augen tanzen sehen. Und sie kann sehen, daß ich ganz schnell über sie hinweggekommen bin, in dem Augenblick, als sie mir sagte, es sei vorbei. Vielleicht sogar schon vorher.*
*Das Telefon klingelt. Ich überhöre es. Aggi geht hin, um abzuheben, und ich hebe die Hand, um ihr zu signalisieren, daß niemand, der anruft, auch nur annähernd so wichtig ist wie sie. Der Anrufbeantworter springt an, und eine distinguierte Stimme – nicht unähnlich der von Audrey Hepburn – sagt: »Hi, Will! Ich bin's, Abi. Ich wollte nur mal eines unserer nächtlichen Schwätzchen halten, aber du bist ja gar nicht da! Ach, was kann ein Mädchen da schon machen? Was machst du Donnerstag? Ich hab Theaterkarten besorgt.* Verlorene Liebesmüh. *Das wird ganz toll. Sag bitte ja. Wir können dann hinterher wieder bei mir essen. Ruf mich zurück. Bitte! Ciao!«*
*Aggi und ich sitzen schweigend da. Sie nimmt meine Hand in ihre beiden Hände. Sie wirken schmal und künstlerisch, gerade die richtige Fingerlänge, um Klavier zu spielen und mir übers Haar zu streichen. Glücklicherweise hat sie aufgehört, Nägel zu kauen. Der Wein fließt in Strömen, und wir schwatzen und lachen und flirten heftig miteinander, bis der RICHTIGE AUGENBLICK gekommen ist. Ich spüre schon drei Meilen gegen den Wind, daß er kommt. Wieder rutscht sie näher heran, ich spüre ihre warme Brust, die sich an mich schmiegt, sie schließt die Augen, hält mir ihr Gesicht hin, ihr blasser sensibler Mund ist zu einem Kuß geformt, und ich bereite mich darauf vor, all unsere Küsse noch einmal zu durchleben, und ... nichts. Nichts geschieht.*

# Ein Uhr siebzehn

Das Telefon klingelte und machte die Gelegenheit, weiter in der deprimierenden Unangemessenheit meiner Vorstellungen zu waten, zunichte. Ich fragte mich, wer das wohl sein könnte, doch nach ein paar Sekunden gab ich den Gedanken auf, weil er sinnlos und blöd war. Ich versuchte dagegenzuhalten, daß mich keins von beiden jemals abgehalten hätte, aber ich überhörte mich einfach selbst und hob ab.

»Hallo?«

»Ich bin's nur.«

Martina.

Ich sah auf die Uhr und versuchte auszuloten, wie sauer ich sein sollte.

So spät in der Nacht waren die Leute normalerweise a) nicht zu Hause, b) im Tiefschlaf, c) beim Sex – da ich nicht zu den normalen Menschen gehörte, tat ich nichts von alledem –, aber ich wollte die günstige Gelegenheit nicht sausenlassen, Martina den Laufpaß zu geben und so die tiefe Kluft der Langeweile zu füllen, die vor mir gähnte. Es handelte sich offenbar um ein Himmelsgeschenk – vielleicht hatte ich heute doch etwas richtig gemacht.

»Martina«, setzte ich an. »Es ist fast drei Uhr früh. Warum um alles in der Welt rufst du mich um drei Uhr früh an? Bist du wahnsinnig geworden? Ich hab schon gedacht, es ist meine Mutter, um mir mitzuteilen, daß Oma gestorben ist. Wie kannst du nur so grausam sein?«

Keine Ahnung, wie ich das alles rausbrachte, ohne lachen zu müssen. Mir gefiel vor allem die Stelle mit der Uhrzeit – im Krieg

der Wörter griff ich schon immer gern zur Waffe der Übertreibung.
Martina war so perplex, daß sie offenbar keine Ahnung hatte, wovon ich eigentlich redete.
»Ich … ich …«, stammelte sie zu ihrer Verteidigung.
»Was ›ich‹, Martina?« Ich sah mich nach meinem Gewissen um. Es war nirgends zu sehen. »Es ist drei Uhr früh, Martina. Du kannst nicht einfach so um drei Uhr früh Leute anrufen. Das muß einfach aufhören. Ja, ich weiß, wir hatten letzten Samstag eine tolle Zeit miteinander. Und ich werde das auch nie vergessen.«
Ich wunderte mich, wohin mein Gewissen sich wohl verdrückt hatte, und entschied, es müsse wohl einen Unfall gehabt haben und in irgendeinem der vielen tiefen Teiche voller Selbstmitleid ertrunken sein, die meine innere Landschaft übersäten. So etwas Gemeines, Hartherziges, Selbstsüchtiges, Egoistisches würde sonst nur Simon tun. Doch nach all der langen Zeit war ich endlich einmal ganz und gar frei von jedem Schuldgefühl – ich war Sean Connery als James Bond. Ich konnte sie lieben oder es lassen, und es war mir scheißegal, denn endlich, endlich kümmerte ich mich nur um mich selbst. Gerührt und nicht geschüttelt!
»Martina«, fuhr ich fort und bereitete mich auf den tödlichen Schlag vor, »ich muß dir was sagen. Schau, das hat nichts mit dir zu tun …«
»Ich bin spät dran«, sagte Martina plötzlich.
»Es ist fast vier Uhr früh«, erwiderte ich, »natürlich bist du spät dran. London liegt nicht in einer anderen Zeitzone, Martina, halb vier Uhr früh in Nottingham ist auch hier halb vier Uhr früh. Ich wohne ja schließlich nicht in Australien.«
Martina machte kleine verwirrte Geräusche. Meine Bemühungen, beißend sarkastisch zu sein, trafen offenbar auf taube Ohren.
Sie seufzte schwer. »Ich bin spät dran, Will. Na, du weißt schon, *spät.*«
Ich hatte nicht die leiseste Ahnung, worauf sie hinauswollte. Nach einigen Sekunden verwirrten Schweigens schloß ich, daß sie sich entweder gerade von der letzten ihrer sowieso schon

nicht mehr vollzähligen Tassen im Schrank getrennt oder sich reichlich an Mamis Harvey's Bristol Cream bedient hatte.
»Martina«, fuhr ich fort, »ich weiß, du bist spät dran. Ich besitze eine Uhr. Der große Zeiger steht auf zwölf und der kleine auf fünf. Du brauchst mir nicht zu sagen, daß du spät dran bist.«
»Will, ich bin ...«
»Wenn du auch nur noch ein einziges Mal erwähnst, du bist ...«
»... schwanger.«
Völlig geschockt hustete ich mir fast die Lunge aus dem Leib. Das war so ungefähr das allerletzte, womit ich gerechnet hatte. Die Ereignisse des letzten Wochenendes waren den Annalen der Vorgeschichte zugewiesen worden, kaum daß sie vorüber gewesen waren. Und nun wurde ich gezwungen, Verantwortung für etwas zu übernehmen, daß rein mental gesehen vor Jahrzehnten stattgefunden hatte. Der Punkt an One-Night-Stands war doch, daß sie nur *eine* Nacht dauerten. Es war nicht vorgesehen, daß sie einfach sieben Tage später wiederauftauchten und einem mitteilten, sie seien ...
»Schwanger?«
»Ja«, flüsterte Martina.
»Aber wie konnte das geschehen?« rief ich mürrisch.
Sie fing mit einem Satz an, der, wenn ich sie hätte ausreden lassen, wohl ziemlich sicher so ähnlich geklungen hätte wie die Schulbuchaufklärung, die ich vor dreizehn Jahren von Mr. Marshall, unserem Biologielehrer, erhalten hatte.
»Schon gut, Martina«, sagte ich entschlossen. »Es reicht.« Riesige Schweißperlen schossen mir aus den Poren, und es wurde so schlimm, daß meine schweißnassen Hände nichts mehr festhalten konnten. Der Hörer fiel mir aus der Hand und schlug auf dem Weg zum Fußboden gegen die Bettkante. Ich saß da, starrte ihn an und lauschte sorgfältig auf den Klang der Miniatur-Martina, der aus dem Hörer kam, ohne daß ich ein Wort verstand.
Ich hob den Hörer auf. »Du bist spät dran?«

Martina wußte nicht, was sie sagen sollte, nachdem wir uns derart im Kreise gedreht hatten. »Ähm ...«, meinte sie zögerlich, »ja, ich bin spät dran.«
»Wie spät denn?« blaffte ich sie an. »Später als mein Zuspätkommen letzten Samstag? Später als die durchschnittliche Verspätung bei British Rail?« Ich wurde langsam hysterisch. »Ich meine, soll ich mal langsam anfangen, mich nach einer guten Mittelschule für unser Kind umzuschauen?«
»Meine Periode ...«, stotterte sie. Mir schauderte – eine unwillkürliche Reaktion, die ich in meiner Jugend entwickelt hatte, wenn dieses Wort auch nur geäußert wurde. »... war am Dienstag fällig. Ich habe sie noch nie später als zwei Tage über der Zeit gekriegt.«
Ich kreuzte die Finger und flehte, daß es sich hier um eine dieser biologischen Höchstleistungen handelte, wie man sie im Guiness-Buch der Rekorde findet, und nicht um das eher profane Ergebnis eines befruchteten Eis.
»Das ist nicht fair. Das ist nicht fair. Das ist nicht fair. Das ist nicht fair. Das ist nicht fair. Das ist nicht fair. Das ist nicht fair. Das ist nicht fair. Das ist nicht fair ...«, leierte ich, und fast wäre ein Fünf-Minuten-Mantra daraus geworden, wenn Martina mich nicht unterbrochen hätte.
»Alles in Ordnung, Will?« fragte sie höflich. »Hör mal, mach dir keine Sorgen. Es wird schon alles gut werden. Ich will nur nicht, daß du dir Sorgen machst.«
Ich zermarterte mir das Hirn auf der Suche nach einem vernünftigen Satz, den ich hätte sagen können, doch der Inhalt meines Schädels hatte sich in Wackelpudding verwandelt. Man konnte über Martina sagen, was man wollte, aber sie blieb bewundernswert ruhig, würdevoll, ja beinahe königlich bei der ganzen Sache. Ich erlebte meine zweite Kindheit, und sie verwandelte sich in Queen Mom. Sie blieb unerschütterlich. Dies, so fand ich, war einer der Augenblicke, wo sich Männer von Jungs trennten wie Weizen von der Spreu. Und ich gehörte zweifellos zur präpubertären Spreu.

»Mach dir keine Sorgen«, meinte Martina wieder. »Mach dir nur keine Sorgen, Will.«

In Gedanken kehrte ich zurück zu dem großen Ereignis, doch diesmal nicht mit den Augen des größten Fans des atemberaubendsten Sexathleten, den die Welt je gesehen hat. Nein, diesmal kehrte ich als einer jener Katastrophenexperten zurück, die sich durch den Schrott abgestürzter Flugzeuge wühlen, auf der Suche nach Beweisen für den Fehler, der zum Absturz geführt hat.

Wir hatten zwar ein Kondom benutzt, aber ich mußte zugeben, daß ich vielleicht ein klitzekleines bißchen unvorsichtig gewesen war. Ich hatte mich ein wenig von der Erregung mitreißen lassen – schließlich waren One-Night-Stands für mich *Terra incognita.* Und irgendwie turnte mich der Gedanke, es mit ihr auf der Couch zu treiben, während ihre Eltern in dem Zimmer über uns schliefen, derart an, daß ich schon fast befürchtete, vor Aufregung in Ohnmacht zu fallen. Also bestand *möglicherweise* die winzige Chance, daß ich *möglicherweise* die Verpackung des Kondoms ein wenig zu unvorsichtig aufgerissen hatte, aber als ich es nach dem Ereignis in sein Kleenexgrab wickelte und runterspülte, hatte es ganz heil ausgesehen. Ich meine, ich habe es vielleicht nicht gerade jenen scharfen Sicherheitstests unterzogen, die es bestehen muß, um das Gütesiegel zu bekommen, aber es war auch nichts ausgelaufen. Glaubte ich wenigstens …

Ein Teil von mir (jener Teil, der sich lieber den Kopf abhacken würde, als die Verantwortung für die Tatsache zu übernehmen, daß er vielleicht einen Mordsfehler gemacht hatte) fragte sich, ob sie wohl log. Schließlich war Thomas Hardys *Herzen in Aufruhr* ihr Lieblingsbuch. Vielleicht bildete sie sich ja ein, die ätherische Sue Brideshead zu sein, aber genausogut konnte sie in die Rolle der Arabella Donn geschlüpft sein, die den nichtsahnenden Helden mit einer vorgetäuschten Schwangerschaft in die Falle lockt. Eine nette Theorie soweit, wenn man mal von den klaffenden Lücken darin absah. Lügen war einfach nicht Martinas Art. Sie gehörte nicht zu den Frauen, die einen Riesenwind machen, selbst wenn sie versuchte, sich vor dem Ertrinken zu retten. Es stimmte also. Sie war schwanger. Ich war der Vater. Und die Chancen, daß das alles meine Schuld war, standen ziemlich hoch.

»Bist du sicher?« fragte ich sie. »Ich meine, weißt du es mit absoluter Sicherheit?«

»Nein«, flüsterte sie. »Ich weiß es nicht.«

»Dann besteht vielleicht noch Hoffnung.«

»Vielleicht.«

»Du hast also noch keinen Schwangerschaftstest gemacht?«

»Nein.«

Ich traute meinen Ohren nicht. »Warum nicht? Was ist los mit dir, Martina? Bist du jetzt endgültig komplett übergeschnappt, oder was?«

Sie unterdrückte die Tränen, aber ich konnte sie dennoch in ihrer Stimme hören. »Ich … ich weiß nicht, Will. Ich hab Angst. Ich hab Angst vor dem Test. Wenn ich schwanger bin, krieg ich nie einen Job. Ich werd hier umzingelt sein von Windeln, werd bei meinen Eltern versauern und mir den Rest meines Lebens Sendungen über Haus und Garten anschauen. Ich hab schon die ganze Woche versucht, dich zu erreichen«, sagte sie mit versagender Stimme. »Ich steh das allein nicht durch.«

Ich legte mich mit dem Hörer in der Hand aufs Bett und starrte an die Decke. Meine frühere Reinkarnation als James Bond hatte sich vollständig in Luft aufgelöst. Meine Lizenz zum Töten war abgelaufen. Es war ein gutes Gefühl, mich wieder auf dem vertrauten Gebiet des Königreichs Schuldgefühl zu bewegen, auf meinem Lieblingsaschehaufen zu stehen und als Model den letzten Schrei in Sackleinen vorzuführen. Martina hatte sich die ganze Woche Sorgen gemacht, und ich hatte mich viel zu sehr um meine eigenen Sorgen gekümmert, um es zu bemerken. Wie tief war ich gesunken, tiefer als ein Schlangenarsch? Sich noch verachtenswerter vorzukommen war nicht möglich.

Ich gab mein Bestes, sie zu trösten, doch im Hinterkopf wußte ich, daß was im Busch war. Ich legte jedes Wort sorgfältig auf die Goldwaage und vermied jegliches Schuldeingeständnis, damit es mir ja nicht eines Tages um die Ohren flog. Also sagte ich nichts Übereiltes wie: »Ich werde für dich dasein«, oder: »Mal sehen, wie unsere Beziehung läuft«, oder: »Ich werde dich in jeder Hinsicht unterstützen, wie immer du dich entscheidest.« Ich erwähnte die Zukunft mit keinem Wort, sondern schlug statt dessen mein randvolles Buch bedeutungsloser Platitüden auf und ließ sie aus großer Höhe auf sie herabregnen. Martina schien getröstet. Schließlich war ich seit dem warmherzigen Abschiedskuß vor ihrer Tür an jenem schicksalhaften Samstagabend nicht mehr so nett zu ihr gewesen.

Wir unterhielten uns noch eine Weile über alles mögliche, das nichts mit der augenblicklichen Lage zu tun hatte: was gerade im Fernsehen lief, was sie am nächsten Morgen machen würde, warum der Lehrberuf so viele manisch-depressive Menschen anlockte. Dann arbeiteten wir uns zu den Abschiedsfloskeln vor. Martina meinte, sie werde als allererstes in der Früh einen Schwangerschaftstest kaufen gehen, und ich sagte zu ihr, sie solle mich sofort anrufen, wenn sie mehr wisse. Kurz vor Ende des Telefonats kehrte sie wieder zu ihrem alten Ich zurück und sagte: »Was immer geschieht, es ändert nichts an meinen Gefühlen für dich.« Worauf ich erwiderte: »Ja, bei mir auch« und auflegte.

# Zwei Uhr neunzehn

Irgendwie war ich über das Benehmen meiner Spermien zugleich enttäuscht und erfreut. Einerseits leugnete ich alles, andererseits genoß ich diesen erfrischenden Anflug von Stolz, zu wissen, daß einer der kleinen Kerle seine Lebensaufgabe erfüllt hatte. Ich stellte sie mir als so eine Art Miniaturausgabe meiner selbst vor – leicht übergewichtig, faul, mit leichten Aussetzern. Ich mußte mich schon ziemlich zusammenreißen, um nicht über das geistige Bild zu lachen, das ich mir ausmalte: Eine Gruppe von Spermien gerät auf halbem Weg in Martinas Gebärmutter in einen Streit darüber, ob es nun Zeit für eine Zigarettenpause sei oder nicht. Alle sind dafür, mit Ausnahme eines kleinen eifrigen Kerlchens. »Ich hab letzte Woche das Rauchen aufgegeben«, meint er. »Keine Kippen. Kein Alkohol. Ich sprühe derart vor Gesundheit, ich glaub, ich mach weiter.«

Es war witzig. Aber so witzig auch wieder nicht. Die eine gewissenhafte Kaulquappe der Liebe, die so eifrig bemüht war, ihr ganzes Potential auszuspielen, würde meinen Ruin bedeuten, und es gab nichts, was ich daran ändern konnte. Es handelte sich um einen jener klassischen Augenblicke, in denen man sich wünscht, man könnte die Zeit zurückdrehen. Und doch, wenn ich es gekonnt hätte, zu jenem Augenblick in der Zeit zurückzukehren, an dem ich den Reißverschluß an Martinas Kleid öffnete, hätten nicht mal die Geister der vergangenen, gegenwärtigen und zukünftigen Weihnacht mich daran hindern können weiterzumachen. Leidenschaft ist was Deprimierendes. In einem französischen Film hatte mal einer gesagt: »Ich widerstehe meinen Leidenschaften, um zu spüren, daß ich frei bin.« Obwohl dieser

Satz von einer Figur in einem französischen Film stammte – was schon per Definition heißt, daß man ihn nicht ganz ernst nehmen kann –, so klang er doch wie die lautere Wahrheit. Manchmal kann die Mühe zu widerstehen ebenso leidenschaftlich sein wie der Drang, der Leidenschaft zu erliegen.
Meine Konzentration wurde gestört, als bei meinem Nachbarn die Wohnungstür auf- und wieder zuging. Ich stand auf und sah aus dem Fenster. Der Nachbarhund – ein schwarzer Labrador – bellte mein Fenster an. Ich drehte mich um, kratzte mich am Bauch und fragte mich, wie ich mich gerade fühlte. Ich war mir nicht ganz sicher. Dann sah ich auf den Wecker. Es war spät. Statt müde zu sein, hatte ich einen Riesenappetit gekriegt. Ich war zwar nicht hungrig genug, um das sprichwörtliche Pferd zu verspeisen, doch angesichts zweier Scheiben Brot, einer Flasche Ketchup und noch weiterer ein, zwei Stunden Kohldampfschiebens wäre mir selbst *Mein Freund Fury* als verspeisenswert erschienen. Mein Magen gierte nach Eiscreme, genau wie die Figuren in *Down by Law*: »I scream! You scream! We all scream for ice cream!« Dann fiel mir ein, daß es sich vielleicht um Scheinfreßlust handelte, so wie manche Männer aus Mitgefühl auch Scheinwehen kriegen. Wie auch immer, ich wollte Eiscreme, und zwar auf der Stelle.
Dies war einer der wenigen Augenblicke, wo das Leben in der Hauptstadt seine Vorteile hatte. In Nottingham gab es nichts, das auch nur im entferntesten einem rund um die Uhr geöffneten Geschäft ähnelte, und der 7-Eleven (der so hieß, weil er vierundzwanzig Stunden am Tag, sieben Tage die Woche geöffnet hatte. Gut gemacht, Mister Falschnamengeber!) war eine ziemlich gute Idee, wahrscheinlich eine der zehn brillantesten Ideen, die die Menschheit je gehabt hatte – nicht ganz so gut wie Walkman oder Anrufbeantworter, aber fast.
Ich wühlte in den Klamotten herum, die ich als Kopfkissen benutzt hatte, fand meine Hose und suchte dann nach einem Pullover. Der einzige, den ich fand und der mich vor Unterkühlung schützte, war ein mit Riesenmaschen gestrickter Pulli, den Oma

mir vor ewigen Zeiten gemacht hatte, als sie einen Anfall hatte und alles mögliche aus Wolle fabrizierte: Puppen für die Nachbarskinder, eine Bommelmütze für meinen Dad und eine Hose für Tom, der trotz seiner zehn Jahre soviel Verstand hatte zu erkennen, daß wollene Hosen die Art von Bekleidungsirrtum waren, die einem den Rest des Lebens versauen konnten. Trotz der Kälte gab ich mich nicht mit Socken ab, weil ich keines der kleinen Mistdinger finden konnte. Also schob ich meine nackten Füße in die noch zugeschnürten burgunderfarbenen Straßenschuhe, überhörte das Zungenschnalzen meiner Mutter, die meinte: »Kein Wunder, daß deine Schuhe kaputtgehen, so wie du sie behandelst«, und ging hinaus.

Die Stille im frühmorgendlichen Archway war bezaubernd. Mal abgesehen von dem Geräusch weit entfernten Autoverkehrs und ab und zu einem Taxi oder Bus war dies die stillste Zeit im Norden Londons. Die kalte Nachtluft verstärkte noch mein Gefühl der Einsamkeit – bei diesem Wetter war niemand draußen, es sei denn, er war verrückt oder wollte Eiscreme kaufen. Meine Knöchel waren so kalt, daß sie sich anfühlten, als ob Eiswürfel daran scheuerten. Ich stand auf der Türschwelle und sah zu, wie der Hauch meines ersten Atemzuges in der frischen Luft himmelwärts verschwand, bevor ich hinaustrat in die Nacht.

Die Straßen waren menschenleer. Die meisten der Vergnügungssüchtigen aus dem Irischen Club oben an der Straße lagen bestimmt schon seit ein, zwei Stunden im Bett und schliefen. Der Frittenladen auf dieser Seite der Holloway Road war geschlossen, aber der andere hinter der chemischen Reinigung war immer noch auf, wenn es sich auch genaugenommen nicht um einen Frittenladen handelte – das Geschäft nannte sich *Mr. Bill's Fast Food.* Bei seinen Pommes frites handelte es sich um diese komischen Dinger, die sich fünf Minuten vor der Bestellung noch mit Tausenden anderer ähnlich übel aussehender gefrorener Kartoffelstücke in einer Plastiktüte befinden.

Ich legte ein strammes Tempo vor und erreichte das Ende der Straße in neuer persönlicher Bestzeit von acht Minuten und dreizehn Sekunden. Ein Paar, das sich aneinanderschmiegte, stand im Eingang zur Snookerhalle an der Kreuzung Holloway und Junction. Der Mann war Mitte Dreißig, allerdings muß ich dabei erwähnen, daß ich dafür berüchtigt bin, das Alter der meisten Menschen über acht nicht richtig erraten zu können. Ich habe mal Simons damals aktuelle Freundin für fünfzehn gehalten, obwohl sie in Wirklichkeit fünfundzwanzig war. Wochenlang gratulierte ich mir zu meiner liberalen Einstellung, sie nicht zu fragen, wie sie denn in der Schule abschnitt, oder in weniger subtilem Ton anzudeuten, daß es sich bei dieser Beziehung um den schnellsten Weg in den Knast handelte.

Als ich die Junction entlangging und am Athena-Kebab-und-Fritten-Laden vorbeikam, fing es an zu regnen. In dem Laden standen keine Kunden, aber einer der Männer hinter der Theke, der einen Kohlkopf kleinraspelte, sah mich grimmig an. Aus irgendeinem Grunde fand ich die Szene so witzig, daß ich hysterisch wie ein ambulanter Psychiatriepatient lachen mußte.

Mister 7-Eleven sah nicht auf, als ich in den Laden kam, aber ich hatte das Gefühl, er beobachtete mich trotzdem. Simon hatte mal einen Job hinter der Kasse einer rund um die Uhr geöffneten Autowerkstatt an der Jarvis Road. Er behauptete steif und fest, bei den Nachtschichten die unglaubliche Fähigkeit an sich entdeckt zu haben, Modell und Farbe des nächsten Wagens zu erraten, der an der Zapfsäule vorfuhr. Das war natürlich purer Unsinn – wahrscheinlich würde er eines Tages einen Song drüber schreiben –, aber wahrscheinlich entdeckte man alle möglichen merkwürdigen Sachen an sich selbst, wenn man die ganze Zeit mit sich allein verbrachte, während der Rest der Welt schlief.

Ich ging am Zeitungsständer und den Stapeln mit den Samstagsausgaben der *Sun* und des *Mirror* vorbei direkt auf die Gefriertruhe zu, öffnete sie und sog die pseudoarktische Luft ein. Geruch und Geschmack aller Produkte, die sich jemals darin befunden hatten, schwebten herum wie Gespenster; ich konnte die Geister gefrorener Erbsen schmecken, das Ektoplasma eines zerdrückten Alabama-Karamelkuchens riechen. Es war gruselig.

Die Auswahl war recht begrenzt: Himbeer, Schokolade, Vanille oder Tutti Frutti. Mein Blick ruhte gefällig auf Tutti Frutti, aber ich befürchtete – und wie ich gleich sah, zu Recht – daß Melone drin war. Bei Melone ging es mir ganz genau so wie bei Frauen, die mir sagten, sie liebten mich für immer und ewig, und mich dann fallenließen. In einer Ecke der Truhe schrie eine Schachtel No-name-Schoko um Aufmerksamkeit, doch so sehr ich mich auch bemühte, sie konnte mich nicht wirklich verführen, was mich dazu zwang, mich für einen Großbecher Wall's Vanille zu entscheiden. Bei Vanille weiß man wenigstens, was man hat. Die Reputation dieser Marke war so makellos wie die von Mutter Teresa oder Alan Titchmarsh, was ich sehr nützlich fand, denn in diesem besonderen Augenblick so kurz vor dem Abgrund konnte ich es mir um alles in der Welt nicht leisten, enttäuscht zu werden.

Der Mann in dem Kebabladen – der seinen stählernen Blick diesmal für sich behielt – war mit dem Kohlraspeln fertig und unterhielt sich mit seinem kebabschnitzenden Leidensgefährten. Das knutschende Pärchen war verschwunden und durch einen alten Mann ersetzt worden, der zerzauste – möglicherweise braune – Haare hatte, die ihm unter einer limonengrünen Wollmütze hervorlugten. Seine Manteltasche war zerrissen, und selbst bei dem Licht konnte ich erkennen, daß der Mantel verdreckt war. Je näher ich ihm kam, desto stärker hatte ich das Gefühl, ich könne ihn riechen.

*Er wird mich um Geld anhauen.*

Zu Zeiten höchsten politischen Bewußtseins – fünf Minuten nach Beginn meiner ersten Woche an der Uni – hatte ich geschworen, den Obdachlosen stets was zu geben, und sei es auch nur einen Penny. Heutzutage – seit Aggi mich verlassen hatte, um genau zu sein – fühlte ich mich trotz meines Versprechens und meines übergroßen Schuldbewußtseins nicht mehr so verpflichtet, nett zu den Bedürftigen zu sein. Das hatte weniger mit einer Veränderung meiner persönlichen politischen Einstellung

zu tun als vielmehr mit der plötzlichen Erkenntnis, daß es mir schlichtweg scheißegal war.
Ich legte mir den gleichen stählernen Blick zu wie der Kebabtyp, aber der alte Mann sagte sowieso kein Wort zu mir. Den Rest des Wegs wunderte ich mich, warum er mich nicht angehauen hatte, wo er doch so offenkundig bedürftig war. Dieser Gedanke begleitete mich ins Haus, in meine Wohnung und bis in mein Bett – und das Objekt meiner Begierde blieb unberührt und schmolz langsam auf dem Fernseher vor sich hin.

# SAMSTAG

# Elf Uhr sechs

Ich schreckte hoch. Dann rührte ich mich ganz absichtlich eine ganze Weile lang nicht und versuchte, dieses Gefühl, gerade eben erst aufgewacht zu sein, so lange wie möglich hinauszuzögern. Ich drückte die Augen fest zusammen, lockerte dann den Druck, wiederholte das Ganze und verschloß so meine Pupillen vor dem Tageslicht, doch an Schlaf war nicht mehr zu denken. Statt dessen tat ich so, als könne ich meine Gliedmaßen nicht mehr bewegen, und nach einigen Augenblicken größter Konzentration verlangte selbst die kleinste Bewegung ungeheure Willenskraft. Frisch gepreßte Gedanken tropften mir aus dem Hirn und flehten um Aufmerksamkeit. Alle Fragen betreffs drohender Vaterschaft legte ich im hintersten Winkel meines Verstandes ab. ›Vielleicht sollte ich sie gut verschnüren‹, dachte ich und verlangsamte meinen Atemzug. ›Verschnüren und einen Zettel draufkleben, »Nicht öffnen – niemals«. An manche Dinge sollte man einfach nicht rühren.‹ Keines der übriggebliebenen Themen – alles alte Bekannte – ragte besonders aus der Menge hervor, was ich sehr beruhigend fand, denn der Morgen, besonders am Samstag, sollte nicht allzu sehr mit Dingen befrachtet sein, über die man nachdenken muß.

Am Morgen, nachdem Aggi mit mir Schluß gemacht hatte – ein Samstagmorgen, um genau zu sein –, aufzuwachen war eine fürchterliche Anstrengung gewesen, nicht zuletzt wegen des ekelhaften Geschmacks im Mund und des Krankengeruchs auf dem Kopfkissen. Ich hatte geträumt, Aggi und ich wären durch ein tropisches Meer geschwommen, um auf einer Bounty-Schokoladenriegel-Insel zu liegen. Ich erinnerte mich noch genau

daran, wie mir die Sonne auf Rücken und Nacken schien, der Sand mir an den Füßen klebte und der Wind kühlend über die Wassertropfen auf meiner Haut fuhr. Es schien so real. Und plötzlich war ich wach. Der Kern des Traums hielt nur für die Dauer der Reise vom Tiefschlaf bis zum völligen Bewußtsein, doch in diesem kurzen Augenblick genoß ich das Gefühl, das man wohl königlich nannte, wenn man es hatte. Und dann BÄÄÄMM! Schon explodierte die Splitterbombe. Aggi war weg. Sie wollte mich nicht. Es war vorbei. In den folgenden Wochen verliefen meine ersten wachen Augenblicke alle nach dem gleichen Muster – überschwengliche Freude, direkt gefolgt von der beunruhigenden Leere der Wirklichkeit, bis nach und nach die Zeit, die ich brauchte, um zu erkennen, daß Aggi weg war, immer kürzer und kürzer wurde und ich eines Morgens weinend aufwachte. Die schlechte Nachricht hatte wohl endlich ihren Weg bis in mein Herz gefunden, denke ich.
Ich drehte mich um und preßte mein Gesicht in das Notkissen. Zu spät. Mein Hirn lief auf Touren. Es war Samstag.

*Ich muß die Wohnung aufräumen.*
*Ich muß Leute anrufen.*
*Ich muß die Aufsätze der 3B durchsehen.*
*Ich muß mein Leben auf die Reihe kriegen.*

Ich drehte mich auf den Rücken. Ich schlug das linke Auge auf und sah auf den Wecker. Ich hatte ihn auf dreizehn Uhr gestellt in der Hoffnung, den Großteil des Wochenendes verschlafen zu können. Die Digitalanzeige bestätigte mir allerdings auf ihrem offiziell wirkenden blinkenden Display, daß ich erheblich zu optimistisch gewesen war.
Ein heftiger, unnatürlicher, pulsierender Schmerz pochte mir über die Stirn, so als führe ein Sattelschlepper mit der Hinterachse darauf herum. Die Stärke und Plötzlichkeit dieses Migräneanfalls machte mir Sorgen. Da ich nur äußerst selten Kopfschmerzen bekam, hatte ich innerhalb einer halben Stunde aus

einer Liste von Krankheiten, zu denen unter anderem Beriberi, Enzephalitis und Lasser-Fieber zählten, einen Hirntumor als Verursacher ausgemacht. Schließlich war der Tod durch Hirntumor eine ziemlich unerfüllte Art zu sterben. Die populärsten Figuren in Seifenopern starben stets bei Autounfällen oder durch die Hand eines verrückten Killers, doch die am unteren Ende der Beliebtheitsskala wurden stets von einer rätselhaften Krankheit dahingerafft, die sich, ÜBERRASCHUNG, als Hirntumor herausstellte. Eine Kahlrasur und eine Chemotherapiefolge später, und schon waren sie für immer verschwunden. Und genau aus diesem Grund würde ich diesen fürchterlichen Tod erleiden. Meine Existenz würde durch einen medizinischen Umstand beendet, der auf der Hitliste der Krankheiten gleichbedeutend mit zwei platten Reifen war.

Ich versuchte den Schmerz zu ertragen, indem ich meine Aufmerksamkeit auf den Zustand des Zimmers lenkte, und dabei kam mir der Gedanke, daß mich ein klein wenig Leiden vielleicht zu einem besseren Menschen machen würde. Das wäre nicht allzu schwer gewesen, denn dank Martina watete ich tiefer in Selbsthaß als üblich. Manchmal denke ich, ich bin geboren, um zu leiden. Und mir fiel auf, daß ich im Laufe von vierundzwanzig Stunden bereits das zweite Mal über den Katholizismus nachgedacht hatte. Ich habe immer schon gedacht, ich würde einen guten Katholiken abgeben. Ich mochte Italien, und ich fand den Duft von Weihrauch ziemlich entspannend. Falls ich konvertierte – wobei ich nicht wußte, wovon –, würde ich bei den großen Heiligen enden: Johanna von Orléans, dem hl. Franz von Assisi, William von Archway – dem Schutzpatron des Mietwuchers.

Zum Glück für mich, für meinen schmerzenden Kopf und für den Papst hatte mir meine Mutter in einer der Kisten, die im Zimmer herumstanden, eine Flasche Paracetamol eingepackt. Da ich nicht den Antrieb hatte, in Nottingham anzurufen und zu fragen, ob sie sich erinnern könnte, wo genau sie sie hingepackt hatte, suchte ich selbst danach, allerdings nicht ohne den Inhalt aller vier Kisten auf dem Fußboden zu verstreuen. Nun war ich gelackmeiert. Jetzt mußte ich wahrhaftig meine Wohnung aufräumen.

Voller Verlangen betrachtete ich die gläserne braune Flasche in meiner Hand. Auf dem Etikett stand Anthony H. Kelly, der Name meines Vaters. Er hatte das Paracetamol vor zwei Jahren verschrieben bekommen, als er die Grippe hatte, und das war exakt das letzte Mal gewesen, daß er krank gewesen war, und das erste Mal in fünfundzwanzig Jahren, daß er sich einen Tag krank schreiben lassen mußte, erzählte er mir. Die Flasche war so gut wie voll. Typisch Dad, er litt noch viel lieber als ich.

Ich warf zwei Paracetamol ein und rannte zur Küchenspüle. Das Wasser aus dem Hahn war braun, aber das war es schon die ganze Woche gewesen. Ich ließ es laufen – die beiden Tabletten klebten mir wie Magneten am Gaumen –, aber das Wasser änderte sich nicht. Ich verfluchte Mr. F. Jamal, so gut ich konnte, und dann mich, daß ich es ihm nicht gleich am Tag meines Einzugs gemeldet hatte, dann versuchte ich mich davon zu überzeugen, daß braunes Wasser nicht giftig sei, doch am Ende hatte ich nicht den Mut, meiner Überzeugung zu folgen. Mir wurde fast schlecht, als ich mich abmühte, die Tabletten hinunterzuschlucken, unterstützt nur durch meine kalkige Spucke und meinen eisernen Magen. Noch lange, nachdem die Pillen bereits ihre Arbeit aufgenommen hatten, meinen Kopfschmerz zu lindern, schmeckte ich die schneckenhafte Schleimspur die Kehle hinab bis in den Magen.

Jetzt, wo ich schon mal in der Küche war, schien es nur natürlich, zu frühstücken. Heute, so entschied ich, war kein Honey-Nut-Loop-Tag. Statt dessen beschloß ich, einen kleinen Sugar-Puff-Berg in die einzige saubere Schüssel zu schütten, die noch im Schrank stand. Ich setzte mich aufs Bett, lehnte mich an der Rückenlehne des Sofas an und wandte mich hingebungsvoll meinem Frühstück zu. Ich hatte Milch *und* Löffel vergessen. Zu hungrig, um noch länger auszuharren, krallte ich mir eine Handvoll Sugar Puffs und stopfte sie mir in den Mund, um meinen ersten Hunger zu stillen. Auch sie klebten mir am Gaumen wie

Magneten, aber wenigstens waren sie angenehm süß und munterten mich gleich auf.
In der Besteckschublade fand sich kein sauberer Löffel mehr, also blieb mir nichts anderes übrig, als einen davon im braunen Leitungswasser zu spülen. Genaugenommen war das Waschen in dem Wasser nicht dasselbe wie das Trinken dieses Wassers, aber die Besorgnis hinsichtlich meiner Sicherheit blieb, also überkompensierte ich die Sorge, indem ich drei Extraspritzer Spüli nahm, so als handele es sich dabei um eine Art Bakteriennapalm.
Ich öffnete den Kühlschrank und suchte überall nach der Milch. Es gab keine. Dann fiel es mir wieder ein. Ich hatte gestern die letzte Milch weggegossen, nachdem ich mindestens einen viertel Liter saurer Milch über meine Honey Nut Loops geschüttet hatte. Es hatte keine Rettungsmöglichkeit gegeben. Ich war so entnervt gewesen, daß ich die ganze Sache (inklusive der Schüssel) in den Mülleimer geworfen und beim italienischen Zeitungsstand an der Straße gefrühstückt hatte – ungefähre Wartezeit für einen Mars-Riegel und eine Schachtel Schokolinsen: vier Minuten –, und heute sollte ich wieder enttäuscht werden.
Ich war mir völlig im klaren darüber, daß dieser Tag sein Bestes tat, um mich mit einem steten Getröpfel kleiner, aber genialer Katastrophen zu foltern, also steckte ich zwei Scheiben gefrorenes Brot in den Toaster und linste in den Schlitz, bis die Heizdrähte orange glühten, denn der andere kleine Trick dieser Woche hatte darin bestanden, zwei Scheiben gefrorenes Brot in den Toaster zu stecken, zwei Minuten zu verschwinden und danach – tata! – gefrorenes Brot vorzufinden, weil ich vergessen hatte, den Toaster einzustecken.
Dann wandte ich mich dem gerade aktuellen Problem zu und versuchte, mir meinen nächsten Schritt zu überlegen. Ich konnte unmöglich eine ganze Schüssel Sugar Puffs ohne Milch essen – über einen solchen Speichelfluß verfügte ich einfach nicht. Die andere Möglichkeit war, in den Laden zu rennen und Milch zu holen, aber wenn ich genug Energie aufbrächte, um in den Laden zu rennen – was ich arg bezweifelte –, so dachte ich, hätte ich

vielleicht auch die Möglichkeit, mir etwas Exotischeres als Sugar Puffs zum Frühstück auszudenken. Aus dem Augenwinkel heraus entdeckte ich die Lösung meines Problems. Ich öffnete den Eiscremebecher, nach dem ich in der Nacht so gegiert hatte – und dessen Inhalt sich nun in einen blaßgelben Schaum verwandelt hatte –, und goß den Inhalt meiner Schale hinein. Ich war zutiefst begeistert von meinem eigenen Einfallsreichstum, klopfte mir selbst auf die Schulter und grub den Löffel hinein.

Zwanzig Minuten später hatte ich etwa ein Drittel meiner Mischung vertilgt, und langsam wurde mir schlecht. Ich legte mich wieder aufs Bett, damit sich mein Mageninhalt beruhigen konnte, und hörte, wie der Postbote mit den Briefkästen unten kämpfte. Ich war aufgeregt. Wenn meine Geburtstagskarten keine Nachzügler-Geburtstagskarten werden wollten, dann war heute Stichtag.

Da ich davon ausging, daß es noch früh am Morgen war und die anderen Hausbewohner noch in ihren Betten lagen, schlich ich mich in T-Shirt und Boxershorts zur Tür hinaus und die Treppe runter. Allerdings hatte ich Schuhe angezogen, da mir der Teppichboden im Flur nicht sonderlich vertrauenswürdig erschien. Auf der Willkommen-Matte lag ein Hügel Post, von der ein Großteil gnadenlos zerknüllt worden war. Noch mehr Briefe für Mr. G. Peckham vom Automobilklub, ein Stapel Gutscheine für fünfzig Pence Ermäßigung bei Lieferung einer Pizzaman-Pizza, eine Postkarte für den Typen in Appartement 4 – Emma und Darren verbrachten eine wundervolle Zeit in Gambia – und jede Menge anderes Zeugs, das mich nicht sonderlich interessierte. Nachdem ich den Stapel zweimal durchgegangen war, stieß ich auf vier an mich adressierte Umschläge und einen für Ms. K. Freemans. Da ich zu müde war, die Restpost aufs Telefon zu legen, wo sie sich normalerweise anhäufte, schuf ich einen recht armseligen Posthügel unter den Briefkästen, setzte mich auf die Treppe und machte die Umschläge auf.

*1. Karte*
Beschreibung: Blumenstraußgemälde.
Botschaft: »Ich wünsche Dir einen wunderschönen Tag, mein Sohn. Alles Liebe, Ma.«

*2. Karte*
Beschreibung: Cartoon von Gary Larson. Kuh lehnt an Zaun, Auto fährt vorbei.
Botschaft: »Ich wünsche Dir einen wunderschönen Tag, Enkelsohn. Alles Liebe, Oma.«

*3. Karte*
Beschreibung: Photo von Kevin Keegan um 1977. Er hat zotteliges dauergewelltes Haar und trägt das Liverpooler Trikot mit der Nr. 7.
Botschaft: »Ich wünsche Dir einen tollen Geburtstag! Alles Liebe, viele Küsse, A.«

*4. Karte*
Beschreibung: Gustav Klimts *Der Kuß*.
Botschaft: »Ich wünsche Dir einen wundervollen Tag. Ich denke an Dich in jeder Sekunde, jeder Stunde. Für immer, Deine Martina.«

Ich legte die Karten auf den Teppich vor mich hin, trat einen Schritt zurück und begutachtete die Lage.
*Morgen werde ich sechsundzwanzig. Zum ersten Mal in meinem Leben bin ich eher dreißig als zwanzig; ich bin offiziell Ende Zwanzig und möglicherweise auch noch werdender Vater. Meine Phantasie ist nicht ausufernd genug, um mich noch als jung bezeichnen zu können, und als ob das nicht schon genug wäre, sind vier jämmerliche Karten alles, was ich kriege. Zwei von Verwandten. Eine von einer Frau, die ich loswerden will. Und einen beschissenen Fußballer aus den Siebzigern von Alice!*
Ich sah mir noch einmal Alices Karte an, und ein ungeheures Ge-

fühl der Enttäuschung durchlief langsam meinen ganzen Körper. Das konnte es doch nicht gewesen sein, was sie mit »etwas Besonderes« gemeint hatte. Ich konnte mich auf Alice verlassen. Sie hatte mich noch nie hängenlassen. Da mußte etwas schiefgelaufen sein.

*Der Postbote.*

Schon seit ich mal mit acht Jahren einen Brief an Noel Edmunds geschrieben und ihn wiederbekommen hatte, nur weil ich vergessen hatte, eine Briefmarke draufzukleben, hegte ich ein tiefverwurzeltes Mißtrauen gegen die britische Post. Ich zählte zwei und zwei zusammen und entschied, daß mein Postbote Alices Geschenk entweder verloren, gestohlen oder vergessen hatte. Egal was, ich mußte es wiederbekommen.

Fünf Türen weiter stand ein großer drahtiger Kerl Mitte Dreißig und stopfte Post durch einen Briefschlitz. Sein bloßer Anblick versetzte mich in jene Art Wut, die mich in eine Welt transportierte, in der es nur die Farbe Rot gab und in der es nicht darauf ankam, »Augenmaß zu wahren«. »He!« machte ich und hatte schon seine Aufmerksamkeit auf mich gelenkt, als ich zu ihm hinrannte.

»Also los, wo ist es?« fragte ich in dieser Art der Fernsehbullen, die zwar unorthodoxe Methoden anwenden, aber stets Resultate vorweisen können, wenn sie »jetzt mal Tacheles reden« wollen.

Der Postbote beäugte mich nervös. »Wo ist was?«

»Mein verdammtes Geschenk.«

Ich hatte den Eindruck, er würde am liebsten weglaufen und sei nur vor Entsetzen wie angewurzelt. »Ihr was?«

»Morgen ist mein Geburtstag. Wo ist mein Geschenk?«

Er sah sich verwirrt um. Erleichterung glitt ihm übers Gesicht, und er sah sich fieberhaft um; wahrscheinlich suchte er nach der versteckten Kamera. Als er sie nicht finden konnte, kehrte das Entsetzen in sein Gesicht zurück. »Ähm … Alles Gute zum Geburtstag.«

»Ich will Ihre guten Wünsche nicht, ich will mein Geschenk.«

Mein Blick fiel in seine Posttasche. Er folgte der Blickrichtung und hielt seinen Arm schützend über den Inhalt.
»Es ist verboten, sich an der Post zu schaffen zu machen. Ich werde die Polizei rufen.«
»Aber nur, wenn ich sie nicht zuerst rufe.«
Ich wollte mich gerade auf die Tasche stürzen, als ein rot, weiß und blau gestrichenes Pizzaman-Pizza-Moped neben uns hielt. Der Motor schnurrte mit der kaum zu bändigenden Kraft eines Braun-Haartrockners im Hintergrund.
»Richtig passend bei dem Wetter«, meinte der in einen weißen Overall gekleidete Pizzalieferant und nickte in Richtung meiner Boxershorts.
Ich folgte seinem Blick und sah dann schüchtern zu dem Postboten auf. So als sei ich aus dem Schlafwandeln aufgeschreckt, wurde mir die Lächerlichkeit meiner zeitweiligen Geistesverwirrtheit in Sekundenschnelle klar.
»Hören Sie, tut mir leid«, sagte ich zu ihm. »Es ist nur so, eine Freundin von mir sollte mir was mit der Post schicken. Als Sie es nicht gebracht haben, habe ich falsche Schlüsse gezogen. Tut mir leid.«
Der Postbote wurde von einem Lachanfall geschüttelt. »Wie sehen Sie aber auch aus!« meinte er und schüttelte mit dem Kopf. »Sie müssen mal an sich arbeiten, Junge. Sie tragen eine ganz schöne Wampe vor sich her! Sie mögen ganz gern mal 'n Bier, stimmt's?«
»Jaja«, meinte ich ihm zuliebe, »sehr witzig.«
Er wischte sich eine Freudenträne aus dem Winkel seines rechten Auges. »Sagen Sie mir Ihren Namen, und ich schau noch mal nach, wenn Sie wollen.«
»William Kelly -«
»Appartement 3, Cumbria Avenue 64?« fragte der Pizzalieferant.
Der Postbote und ich drehten uns um und sahen ihn an.
Dann klärte er alles auf: »Ich hab nur angehalten, um nach dem Weg zu fragen. Hier in der Gegend findet man nur schwer die richtige Hausnummer.« Er stieg von seinem Moped und hielt mir sein Klemmbrett hin. »Unterschreiben Sie bitte hier.«

Das tat ich.
Dann griff er in den Container, der hinten am Moped angebracht war, und hielt mir einen großen Pizzapappkarton hin.
»Alles Gute, Kumpel«, meinte er und stieg lachend auf sein Moped. »Sie haben mir den Tag versüßt.«
Der Postbote und ich sahen uns verwundert an.
»Na, dann mal los«, meinte der Postbote und zeigte auf den Karton.
Ich wollte die Pizzaschachtel gerade aufmachen, als ein Paketwagen neben uns hielt.
»Alles in Ordnung, Tony?« fragte der Fahrer zögernd. »Man sieht ja nicht gerade jeden Tag, wie du dich mit nem Kerl in Boxershorts unterhältst, der um ...«, er sah übertrieben umständlich auf seine Uhr, »elf Uhr fünfundfünfzig eine Pizza in der Hand hält.«
»Alles in Ordnung«, erwiderte der Postbote. »Erzähl ich dir später im Depot. Der Bursche hat nur nen schlechten Tag erwischt. Haben wir alle schon mal.«
In der Hoffnung, die Situation dadurch zu entspannen, ging ich hinüber zu dem Lieferwagen.
»Will Kelly«, sagte ich und streckte die Hand aus. »Tut mir leid, das alles.«
»Will Kelly, Appartement 3, Cumbria Avenue 64?«
Trotz der Tatsache, daß diese Art von Zwischenfall langsam, aber sicher um sich griff, sahen der Postbote und ich uns um guter alter Zeiten willen überrascht an.
»Ein Päckchen für Sie«, sagte der Paketmensch.
Er reichte mir einen kleinen Schuhkarton, der mit braunem Klebeband verschlossen war, winkte seinem Kollegen zu und fuhr davon.
Mitten in unsere kurzfristige Stille, in der wir nicht so ganz genau wußten, was wir als nächstes tun sollten, hielt ein Interflora-Wagen an. Der Mann in dem Lieferwagen mühte sich gar nicht erst auszusteigen.
»Will Kelly, Appartement 3, Cumbria Avenue 64?«

»Ja«, meinte ich zögerlich.
»Dachte ich mir.« Er hielt mir sein Klemmbrett zum Unterschreiben hin. »Die sind für Sie.« Ich wechselte das Klemmbrett gegen einen großen Strauß Lilien, und der Mann fuhr davon.
»Sieht so aus, als könnte ich jetzt weitergehen«, meinte der Postbote.
Ich streckte ihm die Hand hin. »Was soll ich sagen?«
»Schon in Ordnung«, meinte er und schüttelte mir die Hand. »Ist doch ne riesige Geschichte für die Jungs im Pub heut abend.« Er drehte sich um und ging weiter. »Ach, und herzlichen Glückwunsch noch mal!«

# Zwoelf Uhr dreizehn

Alice hatte sich mal wieder selbst übertroffen.
Sie hatte die bis dato unerfreuliche Geburtstagserfahrung in ein Freudenfest verwandelt, in einen Augenblick, den ich mein Lebtag nicht vergessen würde.

## Die Pizza

Extra Käse, Ananas, Pilze, Paprika, Fischstäbchen und Erbsen. So unser Rezept für die Pizza der Verdammten. Alice und ich hatten sie erfunden, als ich sie vierzehn Tage, nachdem Aggi und ich uns getrennt hatten, in Bristol besuchte. Ich hatte erst nicht fahren wollen und schob meinen neugewonnenen Entschluß, mir einen Bart stehen zu lassen und jeglichen menschlichen Kontakt in der absehbaren Zukunft zu scheuen, als Grund vor, aber Alice hatte darauf bestanden und gesagt, wenn ich nicht bei ihr vorbeikommen würde, dann würde sie nach Nottingham kommen und mich mit Gewalt nach Bristol schleifen. (Mein Zögern war schon irgendwie komisch, vor allem, wenn man bedenkt, daß ich schlußendlich in ihrem und Bruces Wohnzimmer auf dem Futon schlief und erst nach vierzehn Tagen nur zögernd wieder nach Hause fuhr.) Am ersten Abend fragte Alice mich, was ich essen wollte, und ich meinte, ich wolle nichts essen, weil ich so traurig sei.
Bruce war zu meinem Glück ausgegangen – also konnte ich mich so jämmerlich geben, wie ich wollte. Nach vielen Mühen auf Alices Seite gab ich endlich nach und verlangte Pizza. Sie blät-

terte in den Gelben Seiten und fand dort eine Anzeige für eine Pizzeria, die auch auslieferte. Die Anzeige lautete:

»Luigi's – hier ist die Pizza zu Hause. Luigis Pizza Speciale: Zwei Pizzas ø 18 cm, belegt mit sechs beliebigen Zutaten, Knoblauchbrot und zwei Soft Drinks, nur £ 7,99. Bei mehr als einer halben Stunde Lieferzeit KOSTENLOS!«

Wir riefen von Alices Telefon aus an, bei dem man mithören konnte.
»Eine Luigis Pizza Speciale, bitte«, bestellte Alice.
»Welcher Belag?« fragte eine erkennbar unitalienische und verwirrend pubertäre Stimme.
Alice wandte sich zu mir und verzog ihre Augenbraue zu einem deutlichen Fragezeichen.
Wir wechselten uns bei den Wünschen ab. Da ich der Gast war, fing ich an.
»Extra Käse.«
»Ananas.«
»Paprika. Aber keine grüne.«
»Pilze.«
»Fischstäbchen.«
»Und Erbsen«, verkündete Alice prahlend.
Ich mußte zum ersten Mal seit Ewigkeiten wieder lachen (also zum ersten Mal seit vierzehn Tagen). In diesem kurzen Augenblick existierte Aggi nicht mehr.
Baby Luigi versuchte uns zu erzählen, daß wir nur aus einer bestimmten Auswahl von Belägen wählen könnten. Alice teilte ihm mit, daß dies nicht in der Anzeige stünde und sie sie wegen Falschaussage verklagen würde, falls sie sich weigerten, unsere Pizza zu machen, denn sie sei nicht nur Anwältin, sie habe auch noch einen ziemlich schlechten Tag hinter sich.
Einundvierzig Minuten später (wir hatten Alices Joggingstoppuhr gestellt, kaum daß wir aufgelegt hatten) kam unsere kostenlose Pizza.

Wir lehnten uns mit je einem Stück Pizza und unserer Cola in der Hand auf der Couch zurück und sahen uns gegenseitig an, so als verlange der Augenblick so etwas wie einen bedeutungsvollen Toast.

Alice erhob ihren Colabecher. »Möge der Mozzarella unserer Pizzen für immer und ewig ineinander verschmolzen sein.«

Ich nahm einen Schluck aus meinem Becher, bevor ich ihn ebenfalls erhob, denn ich hatte urplötzlich einen Wahnsinnsdurst. Ein Schluck Cola, und ich konnte wieder sprechen.

»Dito.«

Als von meiner Pizza nur noch ein paar Stücke Kruste, Fischstäbchenkrümel und ein paar Erbsen übrig waren, die dem klebrigen Zugriff des Extrakäses entkommen waren, öffnete ich die Schuhschachtel.

## Das Schuhschachtelpaeckchen

Darin befanden sich ein dicker, gefütterter Umschlag und zwanzig Schachteln Marlboro Lights. Mein gesamter Blutvorrat machte einen wilden Hopser in mein Hirn bei dem Gedanken, mich derart nahe bei derart vielen Zigaretten zu befinden. Alice war die gesündeste Person auf der ganzen Welt. Sie joggte, hatte seit dem siebzehnten Lebensjahr kein Fleisch mehr gegessen und kannte sogar ihre Cholesterinwerte (niedrig, sehr niedrig). Sie rauchte nicht nur nicht, sie war die vehementeste Nichtraucherin, die ich je kennengelernt hatte, und doch war ihre Zuneigung so groß, daß sie bereit war, meine sogenannte schmutzige Angewohnheit mit vierhundert Zigaretten zu fördern! Dieser Akt der Mildtätigkeit hob Alice noch über den Rang der besten Freundin weit hinaus. Sie hatte alle Definitionen von Coolness gesprengt. Sie war cooler als cool, einfach uneinholbar cool.

Ich baute die Zigaretten auf dem Fensterbrett auf, damit ich sie jedesmal, wenn ich ins Zimmer kam, sehen und bewundern konnte. Dann riß ich den gefütterten Umschlag auf. Alice hatte mich in eine derartige Euphorie versetzt, daß ich schon halb erwartete, er sei mit Fünfpfundnoten vollgestopft, dazu ein Zettel mit der Aufschrift: »Bruce und ich haben eine Sammlung für die Armen veranstaltet. Wir kennen aber keine Armen, also sollst Du es kriegen!« Traurigerweise waren aber keine Banknoten drin, sondern nur ein Farbfoto von einem Esel, ein paar zusammengeklammerte Blätter und ein Brief.

*Sehr geehrter William Kelly,*

*Sie sind nun stolzer Pate des Esels Sandy.*
*Sandy, ein zwölf Jahre alter Esel, wurde im Juli von der Königlichen Gesellschaft zur Unterbindung von Grausamkeiten an Tieren in einer Scheune in South Wales entdeckt; er litt unter schwerer Vernachlässigung und falscher Ernährung und war auf einem Auge blind. Nach seiner Rettung wurde er auf den Esel-Gnadenhof in South Devon gebracht, wo man sich um ihn kümmerte und ihn gesund pflegte.*
*Sandy geht es nun schon viel besser, und er wird seine Tage auf den offenen Weideflächen des Gnadenhofs verbringen können.*
*Dank Ihrer großzügigen Spende sind wir in der Lage, auch in den kommenden zwölf Monaten für Sandys Futter und Unterkunft zu sorgen.*
*Beiliegend finden Sie unsere Patenschaftsunterlagen und ein Zertifikat. Als geschätzter Pate wird Ihr Name für zwölf Monate auf einer Plakette an Sandys Stall stehen.*
*Vielen Dank für Ihre Unterstützung,*

*Carol A. Flint*
*Leiterin des Esel-Gnadenhofs South Devon*

Ich konnte nicht glauben, daß irgendwo in Devon ein Esel mit meinem Namen drauf rumlief. Ich klebte Sandys Foto mit Tesa an die Schranktür und begutachtete es eingehend. Obwohl Esel ja eigentlich recht jämmerliche Tiere sein sollen, hatte Alice es irgendwie gedeichselt, mir einen ziemlich glücklich wirkenden auszusuchen. Sein gesundes Auge glitzerte geradezu, aber vielleicht kam das auch nur vom Blitzlicht, und sein Maul hatte er zu einem schiefen Grinsen verzogen. Sein hellbraunes Fell sah gesund und glatt aus, und nach allem, was ich dem Foto entnehmen konnte, sah es so aus, als habe er mehr als genug Weidefläche, um rumzutollen. Sandy war klasse. Besser als die Kippen. Er war vielleicht ein einäugiger Esel, aber er war *mein* einäugiger Esel, und allein das zählte. Ich sah mir seine Unterlagen durch und stellte fest, daß er Möhren über alles liebte. Da ich nun für Sandys Wohlbefinden verantwortlich war, beschloß ich, daß von nun an sein Geburtstag am selben Tag sein würde wie meiner. Ich machte mir im Geiste einen Knoten ins Taschentuch, ihm für fünf Pfund Möhren zu schicken, so eine Art verspätetes Geburtstagsgeschenk – ein Gedanke, der in folgenden kleinen Tagtraum mündete:

*Ich besuche Sandy zum ersten Mal. Er steht zusammen mit seinen Eselfreunden auf einer kleinen Koppel. Als er mich sieht, kommt er an den Zaun gezockelt. Ich greife in eine Kuriertasche, um ihm seine Geburtstagsmöhren zu geben, und bemerke das kleine Kind, das neben mir steht. Ich reiche dem kleinen Mädchen eine Möhre, hebe sie hoch und lasse sie Sandy füttern. Dann schaue ich in ihr strahlendes Gesicht, und sie sagt: »Danke, Daddy.«*

Ich schüttelte heftig mit dem Kopf in der Hoffnung, dieses Bild würde mir irgendwie zu den Ohren hinausfallen und in die hinterste, dunkelste Ecke unter der Schlafcouch kullern. Als alles wieder in Ordnung war, holte ich tief Luft und sah mir die Blumen an.

## Zehn weisse Lilien

Die Lilien waren einfach perfekt. Aber nicht so perfekt wie die Botschaft auf der Karte, die mit den Blumen gekommen war:

*Lieber Will,*

*zehn Jahre voller Rumgejammer, Sarkasmen, Klosprüche, Zynismen und Menschenscheu. Auf die nächsten zehn!*

*Alles Liebe,*
*Alice*

Wir waren schon seit zehn Jahren Freunde. Mehr als ein Drittel meines Lebens. Simon war schon doppelt so lange dabei, und trotzdem wußte er nie, wann ich Geburtstag hatte. Nur Alice konnte sich so was ausdenken: Blumen, Esel, Kippen und Pizza – alles Sachen, von denen sie wußte, daß sie mich riesig freuen würden –, alle innerhalb weniger Minuten frei Haus geliefert. Ich fragte mich, was ich wohl getan hatte, um sie zu verdienen, und nach ein paar Minuten kam ich zu dem Ergebnis: Nichts. Sie war trotzdem da. Wenn die Menschen nicht ganz schlecht waren, konnten ihnen auch gute Dinge zustoßen.
Ich stellte die Blumen in das einzige Gefäß in meiner Wohnung, das auch nur annähernd wie eine Blumenvase aussah – meinen Wasserkocher –, und kroch mit dem Telefon ins Bett, damit ich es gemütlich hatte, wenn ich Alice für die Geschenke dankte. Ich rief sie an, aber es ging nur ihr Anrufbeantworter dran, also hinterließ ich eine Nachricht, sie solle mich sofort zurückrufen, weil sie so toll sei.
Ich sah mich wieder im Zimmer um und betrachtete die Kippen, die Blumen und den Esel, und dann versuchte ich mir ein Leben ohne Alice vorzustellen. Ohne sie wäre ich ein umherirrender bärtiger Penner, der junge Frauen und kleine Kinder beschimpft und schnorrt, um sich das nächste Billigbier leisten zu können. Daß sie immer da war, um mir zuzuhören, machte wirklich un-

geheuer viel aus – vor allen Dingen in Krisenzeiten –, denn als Aggi mit mir Schluß machte, fiel mein Selbstwertgefühl komplett in sich zusammen. Alice setzte mich Stück für Stück wieder zusammen, bis ich wieder ganz der alte jämmerliche, verbittert zynische Kerl war. Von all den Reparaturarbeiten, die sie an meiner geschundenen, zerschlagenen und blutenden Psyche vornahm, ist besonders eine hervorzuheben, die mir mehr half als alles andere, um mir klarzumachen, daß es ein Leben nach Aggi gab.

Sie schrieb mir einen Brief.

Er traf am Tag nach Aggis Abfuhr ein. Es handelte sich um einen himmelblauen Umschlag, den mein Dad mir ans Fußende meines Bettes gelegt hatte, während ich dalag und so tat, als schliefe ich, damit er mich nicht fragte, wie es mir gehe, weil ich nicht wollte, daß er seinen dreiundzwanzigjährigen Sohn wie ein Baby heulen sah, wenn ich ihm sagte, daß mir nach Sterben zumute sei.

Ich nahm den Brief aus einer Mappe in meinem Koffer. Der Brief gehörte zu meinem wertvollsten Besitz. Ich las ihn jedesmal, wenn ich aufwachte, mir beschissen zumute war und ich mich fragte, wozu das Ganze.

Das Blatt wurde langsam an den Faltkanten brüchig. Ich strich es vorsichtig glatt und las es noch einmal, obwohl ich jedes einzelne Wort davon so gut kannte wie Alice selbst. In dem Brief hatte sie Rhythmus und Muster ihrer Sprechweise perfekt eingefangen. Es war fast so, als sei sie hier bei mir.

*Will,*
*in Frank Capras* Ist das Leben nicht schön? *gibt es ganz am Ende eine Stelle, wo all die Familien vorbeikommen und Geld einzahlen, um die Bailey Building and Loan Company vor dem Ruin zu retten, die mich jedesmal umhaut. Ich glaube, der Bruder sagt: »Auf George Bailey – den reichsten Mann der Stadt.« Ich brauche nur den Satz zu hören, schon kommen mir die Tränen. Ich wollte Dir das nur sagen, weil ich irgendwie*

*genau so über Dich denke. Ich denke, Du bist der reichste Mann der Stadt. Ich könnte noch mehr Gutes über Dich sagen, aber das lass ich lieber, sonst kriegst du es noch am Kopf.*

*Alice*

*PS: Ich hab Aggi schon immer für ein aufgeblasenes Miststück gehalten, die einfach nicht zu schätzen wußte, welches Glück sie hatte, und nun hat sie's bewiesen!*

Der letzte Absatz in Alices Brief brachte mich immer zum Grinsen. Bis dahin hatte Alice eine derart überzeugende Nummer hingelegt, in Aggis Gegenwart besonders höflich zu sein, daß ich überzeugt war, sie seien kurz davor, die besten Freundinnen zu werden. Merkwürdigerweise bekam ich nie heraus, was Aggi wohl von Alice hielt, weil sie jedesmal das Thema wechselte, wenn ihr Name fiel. Ich tat so, als verstünde ich den Wink, und beließ es dabei, wobei ich mir sagte, daß es sich wohl um so eine Art »Frauensache« handeln müsse.

Ich dachte eigentlich nur an Alice, Alice und dann noch ein bißchen an Alice, als mir plötzlich klar wurde, daß ich wahrscheinlich einen der besten Geburtstage erlebte, den es seit Beginn der schriftlichen Aufzeichnungen jemals gegeben hatte.

Und dann klingelte das Telefon.

# Ein Uhr dreiunddreissig

Simon und ich waren schon ewig Kumpel, schon seit vor der Schule. An unserem ersten Tag im Kindergarten versuchte er mir eine Packung Chips mit Tomatengeschmack aus meinem Kindergartentäschchen zu stibitzen, während ich gerade mit Stephen Fowler spielend in eine Wasserschüssel vertieft war. Aus irgendeinem Grund, vielleicht so was wie sechster Sinn, sah ich genau in dem Augenblick zu meiner Tasche hinüber, als Simons elsterhafte Grabschfinger gerade darin herumwühlten. Im echten Kampfgeist eines Minimachos stürmte ich durchs Zimmer, schnappte ihm meinen Snack weg und haute ihm eins aufs Maul. Mrs. Greene nahm es nicht sehr gewogen auf, daß ich das Recht in die eigenen Hände genommen hatte, aber es gab sowieso keinen Ärger mehr. Denn von dem Tag an waren Simon und ich die besten Freunde.

Zwanzig Jahre später interessierte sich Simon mehr fürs Singen und Gitarrespielen bei *Left Bank*, seiner Band, als für Frauen, das Leben im allgemeinen oder für Kartoffelsnacks mit Tomatengeschmack. Musik war sein Leben. Wenn man ihn vor die Entscheidung stellen würde, Musik oder Frauen, so erzählte er mir mal, dann würde er sich eher wie Bobbitt mit einem Einwegrasierer entmannen als seine Gitarre aufgeben. Wenn es nach ihm ging, dann war es nur eine Frage der Zeit, bevor sie, so seine Worte, »ganz groß rauskommen« würden.

Ich verbrachte meine Jugend damit, in die Glotze zu starren, Bücher zu lesen und ins Kino zu gehen. Simon hatte seine Zeit damit verbracht – zumindest von dem Tag an, als er Morrissey in *Top of the Pops* sah, wie ihm ein Strauß Gladiolen aus der Levi's ragte –, die exzentrischen und besessenen Persönlichkeiten des Rock 'n' Roll zu studieren und nachzuäffen. Im letzten Jahr an der Beechwood-Jungenschule trug er einen Ohrstöpsel – der noch nicht mal mit dem Taschentransistorradio verbunden war, welches dazugehörte –, weil das fast genauso aussah wie das Hörgerät, das sein über alles geliebter Morrissey damals trug. In der sechsten Klasse entdeckte er den Reggae, und buchstäblich über Nacht begann jeder Satz, den er von sich gab, mit den Worten »I and I«. Nach einer Woche titulierte er alles und jeden, was Macht besaß – vor allem den Klassenlehrer der sechsten Klasse –, als »Babylon«. Er wußte, daß die Leute ihn für durchgeknallt hielten, aber er wußte auch genau, daß dieselben Leute, vor allem die Mädchen, ihn auf eine völlig abgefahrene Art für cool hielten. Das alles gehörte zu seinem Plan. Eines Tages würde ihn ein Musikmagazin nach seinen Schultagen befragen, und er würde kurz innehalten, einmal tief an seiner Silk Cut ziehen und sagen: »Ich bin mir schon immer wie ein Außenseiter vorgekommen.« Er wußte alles, was es über Musik zu wissen gab, und ganz genau diese Tatsache war das Ende der Band. *Left Bank* war langweilig, schleppend und überfrachtet, weil Simon derart knietief in der Rock 'n' Roll-Geschichte watete, daß er sich unmöglich davon freimachen konnte. Er wollte keinen guten Song schreiben, er wollte, nein, er mußte einen »Klassiker« schreiben, der all die musikalischen Helden in seinem Kopf beeindrucken sollte; einen Text, bei dem der präelektrische Bob Dylan eine Augenbraue heben mußte, Melodien, bei denen John Lennon noch zwei Meter unter der Erde mit den Füßen wippte; und er wollte eine Bühnenpräsenz, die selbst Jimi Hendrix in seinen besten Zeiten, als er Gitarre mit den Zähnen spielte, von der Bühne fegte. Beatlemania war das mindeste. Ich war der festen Überzeugung, daß *Left-Bank*-Mania niemals ein Begriff unter der schallplattenkaufenden Allgemeinheit werden würde, vom Eingang ins Oxford English Dictionary mal ganz zu schweigen. Der Name allein war schon furchtbar, dazu fielen einem nur Baskenmützen, Bebop, Gauloises ohne Filter, Beat-Poeten und Klugscheißer ein, die über Sartre redeten, ohne ein Wort von ihm gelesen zu haben (Simon hatte ihn nicht gelesen, ich schon – aber klüger war ich deswegen auch nicht). Dieser lachhafte Name war ihnen von Tammy verpaßt worden, Simons Freundin und zukünftige Yoko Ono. Sie war drei Jahre jünger als er und entsprach überhaupt nicht seinem Typ. Er behauptete immer, er würde auf Ärsche stehen, aber Tammy war eine Bohnenstange und hatte soviel Hintern wie eine Gottesanbeterin.

Tammy und ich haßten uns von Anfang an gegenseitig, aber wir gingen zivilisiert miteinander um, weil wir Simon gemeinsam hatten. Simon und ich kritisierten uns in unseren Gesprächen offen, doch es galt die ungeschriebene Regel, keinerlei Bemerkungen über die Freundin des anderen zu machen. Selbst nachdem mit Aggi Schluß war, war klar, daß nur ich über sie herziehen durfte; sollte er es ebenfalls tun, dann würde ich mich verpflichtet sehen, ihn zu Brei zu schlagen oder bei dem Versuch, dies zu tun, umzukommen.

Als Simon am Tag, nachdem Aggi und ich uns getrennt hatten, bei mir zu Hause vorbeischaute, hatte er nicht die leiseste Ahnung, was vorgefallen war. Er hätte sowieso nicht viel machen können, außer mir »Raum« zu geben und mir seine Lieblingsscheibe von Leonard Cohen zu leihen. Wenn er mich hätte trösten wollen, hätte er ein guter Zuhörer sein müssen, aber Simon redete lieber selbst, statt zuzuhören; auch irgendwelche Kochkünste wären gut angekommen, doch ihm fehlte ein wichtiges Körperattribut – zwei Brüste zum Anlehnen, Ankuscheln und Bewundern. Ich wollte Alice, aber die war in Bristol. Als Simon mich fragte, wo Aggi denn sei, log ich und meinte, sie sei zu ihrer Cousine nach Wolverhampton gefahren. Die Wahrheit würde früher oder später schon ans Licht kommen. Wie auch anders? Ich wollte nur nicht dabeisein, wenn es soweit war.

Bevor er ging, borgte er sich noch meine brandneue CD aus *(Elvis – That's the Way It Is)*, die ich mir aus einem einzigen Grund gekauft hatte: Sie sollte mich aufmöbeln, und dann fragte er mich, was Aggi mir zum Geburtstag geschenkt habe. Da fiel mir ein, was mich so beunruhigt hatte, als ich sie vor dem Shoe Express traf – sie hatte mir kein Geburtstagsgeschenk mitgebracht. Wie der kleine Holländerjunge mit dem Finger im Damm versuchte ich mein Allerbestes, um die Tränen zu unterdrücken, aber der Druck hinter meinen Augen nahm stetig zu. Als ich es schließlich nicht mehr aushielt, entfuhren mir die schmerzlichsten, tierhaft hohen Quieker und Grunzer, und noch bevor mir einfiel, daß ich ja eigentlich schüchtern bin, flennte ich schon wie ein Baby. Der Schnodder gurgelte mir laut in der Nase, und ich öffnete und schloß den Mund bei dem Versuch, einen Satz zu bilden: »*Schnodder-gurgel-schnodder* – sie – schnodder-schnodder-gurgel-gurgel – hat – *gurgel-gurgel* – Schluß gemacht!« Simon sah sich um und suchte nach etwas, irgend etwas, das mir vielleicht dabei half, diesen Anfall zu überwinden. Er fand aber nichts, also holte er tief Luft, legte mir seinen Arm um die Schulter und meinte: »Wird schon wieder werden, Kumpel.« Der Schnodder lief mir übers Kinn, und unter den Konvulsionen knickte ich völlig zusammen, aber ich nickte und meinte, ich würde mich schon wieder fangen und wir sollten am Wochenende mal einen trinken gehen. Dazu kam es allerdings nie, eine Probe mit seiner Band kam dazwischen. Als ich ihn schließlich Wochen später sah, wollte ein Teil von mir sich bei ihm bedanken, daß er dagewesen war, als ich ihn brauchte, doch der Großteil von mir wollte das Ganze einfach vergessen.

»Du hast echt 'nen Hammer verpaßt«, meinte Simon ganz aufgeregt, wobei er den Auftritt vom Vorabend meinte. »Es läuft langsam echt gut für uns.«
Und das stimmte. Anfang der Woche war im *Melody Maker* eine erstklassige Besprechung ihres letzten Auftritts in London erschienen. Simon hatte den Artikel auf dem Fotokopierer seines Vaters auf DIN A3 vergrößert und mir eine Kopie davon geschickt, auf der er mit blauem Filzstift Sätze unterstrichen hatte wie »kerosinbetriebene Haltung«, »das perfekte Gegengift zum postmodernen Zustand« und meinen Lieblingssatz, der *Left*

*Banks* Songs beschrieb als »ergonomisch gestylt für jene, die es einfach mögen, daß ihre Musik wunderbar zu diesem ausgehenden zwanzigsten Jahrhundert paßt«. Noch schlimmer war die Tatsache, daß *Left Bank* tatsächlich einen Plattenvertrag hatte. Letztes Jahr hatten sie bei Ikon unterschrieben, einer EMI-Tochter. Ihr erster Vorschuß brachte Simon genug Geld, um sich eine neue Gitarre zu kaufen und sich beim Arbeitsamt abzumelden. Dort schmissen sie beinahe eine Party, als er ihnen die gute Nachricht überbrachte.

»Das können doch nicht die welterschütternden Neuigkeiten sein, oder?« fragte ich ihn ungläubig. »Na los, was gibt es denn so Wichtiges?«

Simon hüstelte verlegen. »Vergiß es einfach. Ein vorübergehender Anfall von geistiger Umnachtung, das ist alles. Nichts Besonderes. Vergiß es.«

Und das tat ich auch, weil es genau das war, was Simon nicht von mir erwartete. Wenn er unbedingt Spielchen spielen wollte, dann war es das mindeste, was ich tun konnte, ihn durch mein vorgespieltes Desinteresse zu ärgern.

»Und, wie läuft's so?« fragte ich ihn, ohne wirklich auf eine Antwort zu warten. Ich war nicht in der richtigen Stimmung für Simon, oder um genauer zu sein, ich war nicht in der richtigen Stimmung, mir anzuhören, daß er eine tolle Woche gehabt hatte.

»Toll. Einfach cool«, meinte Simon enthusiastisch. »Du weißt doch, wir haben in den letzten paar Monaten in London neue Songs gespielt? Na, und jetzt sind wir soweit. Noch ein bißchen Feilen, und es ist Zeit für unsere erste Single. Ich bin letzte Woche bei unserer Pressetante gewesen, und sie meint, wir haben in der Branche für echtes Aufsehen gesorgt. Vielleicht macht sogar irgend so ne Frau vom *Guardian* einen Artikel über uns. Abgefahren.«

»Ja«, meinte ich und versuchte aufrichtig zu klingen, scheiterte aber kläglich. Bis zu dem Plattenvertrag war Simons Leben mein einziger Trost gewesen, wenn ich mich schuldig fühlte, »es zu nichts zu bringen«. Als ich noch auf Stütze schmachtete, munterte mich der Gedanke, daß ich wenigstens nicht Simon war, mich nicht schier umbrachte und all meine Energie in so was Nutzloses wie eine Band steckte, immer wieder auf, auch wenn ich selbst eigentlich überhaupt nichts Konstruktives tat. *Es gibt nichts Hassenswerteres als Freunde, die Erfolg haben.* Da war was Wahres dran. Es war frustrierend. Ich hatte mehr Talent, als sich Simon jemals erträumen konnte. Ich wußte nur nicht, wo mein Genie verborgen lag, und in meiner jetzigen Inkarnation als Realschullehrer würde ich es wohl auch nie finden.

»Und wie läuft's zwischen dir und Tammy?« fragte ich ihn.

»Könnte nicht besser sein, mein Sohn.«

Er log. Tony, der Drummer bei *Left Bank* und West Bridgfords berüchtigtster Alkoholiker, hatte mir bei einem doppelten Whisky im *Royal Oak* erzählt, daß Tammy und Simon sich in den letzten paar Wochen mit alarmierender Regelmäßigkeit gestritten hatten.

»O«, meinte ich beiläufig, aber nicht zu beiläufig.

»Was ist O?« meinte Simon kühl – ich hatte sein Interesse geweckt.

»Fünfzehnter Buchstabe im Alphabet. Glaub ich jedenfalls.«

Mehr brauchte ich nicht zu sagen. Meine Arbeit war getan. Glücklich darüber, daß er nicht mehr ganz so hochnäsig herumlief, erlaubte ich ihm gnädigerweise, das Thema zu wechseln.

»Und wie läuft die Schule?« fragte er. »Hört sich irgendwie komisch an. So als ob du wieder auf der Beechwood-Jungenschule wärst.«

»Gut«, log ich. Ich wollte ihm für seinen Einsatz in der dieswöchigen Lügenlotterie auch was bieten. »Läuft prima. Die Kinder halten mich für cool, weil ich in Nikes herumlaufe. London ist gar nicht so übel, wie sie alle sagen, weißt du, hier ist ziemlich was los. Letzte Woche war ich keinen Abend zu Hause.«

»Hört sich doch gut an«, meinte Simon. »Wenns so weiterläuft, wird die Band vielleicht auch zu dir runterziehen. Ich bin in den letzten sechs Monaten so oft in London gewesen, kommt mir

schon fast wie zu Hause vor.« Er zögerte, so als ob er über etwas nachdenken würde. »Und, wie ist die Wohnung?«
»Ganz okay soweit«, sagte ich und fragte mich, worauf seine Frage abzielte. Simon schwieg. Ich dachte, vielleicht wollte er, daß ich mich noch mal bei ihm bedankte, daß er mir ein Dach überm Kopf besorgt hatte.
»Ach, und sag Tammy bitte danke, daß sie die Bude für mich gefunden hat«, sagte ich. »Das war ungewöhnlich nett von ihr.«
»Ja«, meinte Simon geistesabwesend. Dann schwieg er wieder. »George Michael hat seinen ersten Plattenvertrag bei Innervision in einem Café auf der Holloway Road abgeschlossen, gleich bei dir um die Ecke. Ich wollte immer mal hin und nachsehen, ob da noch ein paar Frühe-Achtziger-Wham-Vibes rumschwirren, aber irgendwie hab ichs nie geschafft.« Dann schwieg er wieder, peinlich berührt, und kam mit einem Ablenkungsmanöver, das darauf abzielte, den Punkt zurückzuholen, den er bei meinem Volley vorhin verloren hatte. »Und, jemand Neues in deinem Leben?«
Ganz egal, ob ich nun jemand Neuen in meinem Leben hatte oder nicht, ich hätte ihm sowieso die perfekte Frau vorgegaukelt, nur um ihm die Befriedigung zu vermasseln. Wie es das Schicksal so wollte, brauchte ich die Wahrheit gar nicht zu leugnen, nur ein wenig zurechtzubiegen. »Ich geh mit ner Perle namens Martina aus. Wir haben uns in der Bar Rumba im West End kennengelernt. Deshalb bin ich auch so fertig. Ich hab sie jeden Abend gesehen, und nachher kommt sie bei mir vorbei.«
Daß es einen Club namens Bar Rumba gab, wußte ich einzig aus dem Grund, weil Aggi mal davon gesprochen hatte, extra deswegen nach London zu fahren; ich hatte gemeint, daß ich das nicht soo aufregend fände, sie hatte erwidert, dann würde sie eben alleine fahren, und ich meinte, prima, und sie meinte, prima, aber am Ende war sie dann doch nicht gefahren.
»Das sind ja mal gute Nachrichten«, log Simon. »Schön, dich wieder glücklich zu sehen.«
»Wieso?«
»Na, eben so.«

Er meinte Aggi.
»Ach, du meinst wegen Aggi?«
»Na ja, ich wollte sie nicht erwähnen«, meinte er und zögerte bei den Worten. »Ich weiß, wie empfindlich du immer noch bist deswegen.«
»Ich bin nicht empfindlich«, sagte ich. »Aggi? Da bin ich grad noch mal gut weggekommen, wenn du mich fragst.«
»Na komm schon, Will«, seufzte Simon ungeduldig, »das meinst du doch nicht wirklich?«
»Doch, doch«, erwiderte ich. »Immer mußte sie alles kontrollieren, es war schon krankhaft. Nein, nein, ich hab da wirklich Glück gehabt wegzukommen, Kumpel. Martina, das ist die Richtige für mich. Nett, beide Beine auf dem Boden und sehr schön.«
Und so weiter und so fort. Ich machte Aggi schlecht und übertrieb Martinas Vorzüge derart, daß es schon bald ganz ehrlich klang, wenn es auch sonst nicht ganz den hohen Ansprüchen der Wahrheit genügte. Es war *drei Jahre her*, daß Aggi und ich zusammengewesen waren – für jeden normalen Sechsundzwanzigjährigen ein Leben. Sie bestand nur noch aus Erinnerungen, und genausogut hätte *sie* ein Produkt meiner Einbildung sein können. Martina hingegen war real. Sie war real, wirklich bezaubernd, und vor allem mußte ich nichts tun, um ihr zu gefallen, weil sie mich so mochte, wie ich war.
Je mehr ich so redete, desto stärker wurde mir klar: Wenn ich Simon – der mich all die Jahre jammern gehört hatte, wie sehr ich Aggi vermißte – einreden konnte, ich hätte sie nie geliebt, dann konnte ich mir vielleicht auch selbst was vormachen. Und dann könnte ich Aggi vielleicht endlich besiegen und sie ein für allemal aus meinen Gedanken und meinem Herzen reißen.
»Ich hab Aggi nie geliebt.«
Unsere Unterhaltung war mit diesen Worten wie abgeschnitten. Sie klangen so unwirklich, daß ich sie noch einmal wiederholte.
»Ich hab Aggi nie geliebt. Ich hab nur geglaubt, ich würde sie lieben. Ich glaube, letztlich hab ich mich nur an sie gewöhnt. Es war nett mit ihr, und sie zu verlieren und von der Uni zu gehen

hat meine Welt für eine Weile durcheinandergebracht, aber das ist vorüber. Die drei Jahre, die wir gemeinsam verbracht haben, bedeuteten mir nichts. Überhaupt nichts.«

»Nichts?« fragte Simon. Der Klang seiner Stimme deutete an, daß er mir das keine Sekunde lang abnahm.

»Kein bißchen, Kumpel.«

Die Lüge fühlte sich gut an.

Simon setzte seine beste Kummerkastenonkelstimme auf, und ich fragte mich, ob er sich wohl auch die *Barbara White Show* angehört hatte. »Bist du sicher, daß du das nicht nur sagst, weil du glaubst, du müßtest endlich über sie hinwegkommen?«

Ich haßte die Art, wie er die Situation in Sekundenschnelle durchschaut hatte. Er war der einzige auf der Welt, der unergründlich sein durfte. Dabei hatte er alles, was er über das Leben wußte, von Schallplatten. Das war sein größter Fehler, er hatte einfach noch nicht begriffen, daß man das Leben nicht auf einen dreieinhalb Minuten langen Popsong zurechtstutzen konnte.

»Nein«, log ich erneut. »Überhaupt nicht. Hör mal, Aggi war in Ordnung, das muß ich zugeben, und auch, daß wir gute Zeiten miteinander hatten.« Ich betrachtete ihr Foto an der Wand und überlegte, ob ich es als Zeichen meiner Stärke zerreißen sollte. »Und ja, richtig, ich war sehr verstimmt, als wir uns trennten, aber du darfst auch nicht vergessen, daß ich derjenige war, der Trauer getragen hat, als ich die Nachricht hörte, es würde keine weitere Staffel von *Mr. Bean* mehr geben.« Ich zerriß das Foto dann doch nicht, sondern nahm nur einen Filzstift, schwärzte ihr einen Zahn und malte ihr einen Bart, eine Brille und buschige Augenbrauen aufs Gesicht. »Aggi und ich, na ja, wir hatten von Anfang an unterschiedliche Vorstellungen. Sie wollte im Himmel schweben, ich wollte auf dem Boden bleiben. Sie wollte raus und das Leben genießen, ich wollte drinnen bleiben und zuschauen, wie das Leben im Fernseher vorüberzieht. Das war doch von Anfang an zum Scheitern verurteilt. Wir hatten doch gar nichts gemeinsam.«

Ich applaudierte mir frenetisch.

Simons einzige Reaktion darauf war: »Na, dann bin ich ja froh, daß du drüber weg bist.«
»Worüber?« witzelte ich.
Wir lachten beide, aber Simon klang ziemlich gezwungen, so als versuche er, mich aufzumuntern.
»Hör mal«, sagte er. »Gut, daß du mir das alles erzählt hast.«
»Ja«, meinte ich milde, nicht nur Simon gegenüber, sondern auch angesichts der Vorstellung, ohne Aggi zu sein. »Gut, das alles mal von der Seele zu haben. Du weißt ja, wie das ist, wenn man das alles für sich behält. Das ist einfach nicht gut.«
»Ja, da hast du recht«, stimmte Simon mir zu.
Dann legte er eine theatralische Pause ein. Noch theatralischer als die Personen in einem Stück von Harold Pinter. Sein Sinn für Dramatik war noch so ein Ding, das mit seiner Rock' n' Roll-Person zu tun hatte. Das Leben war für ihn etwas, das nur geschah, damit er Songs darüber schreiben konnte. Ständig war er auf der Suche nach DER ERFAHRUNG, die er in eine Vers-Refrain-Vers-Struktur gießen konnte. Das war auch bestimmt der Grund, warum er so viele Freundinnen gehabt und sich allen gegenüber wie ein Arsch verhalten hatte. Aus glücklichen Beziehungen und einer liebenswürdigen Persönlichkeit waren einfach nicht so viele Song-Kilometer zu schlagen.
»Ich muß dir was erzählen«, sagte Simon. »Deshalb hab ich dich gestern abend angerufen.«
Ich fragte mich, ob er wieder mal Tammy betrog, gewundert hätte es mich nicht, das hatte er ja schon mal getan. Soweit ich wußte, hatte er nebenher mit keiner anderen rumgemacht, dazu war er in London viel zu sehr mit seinem Meisterwerk beschäftigt gewesen, um sich auch noch mit Frauen abzugeben.
»Tut mir leid, Kumpel«, fuhr er fort und spielte die Szene voll aus. »Ich weiß nicht, wie ich das sagen soll, also erzähl ichs dir rundheraus. Ich hatte mal was mit Aggi am Laufen.«
»Du hattest was?«
Ich hatte genau gehört, was er gesagt hatte, und verstanden hatte ich es auch nur zu gut, aber ich mußte es noch mal hören, und

sei es nur, um mich noch mehr zu foltern, als wirklich nötig gewesen wäre.
»Ich hatte was mit Aggi am Laufen.«
Seine Stimme klang rauh, so als brauchte er ein Glas Wasser und müßte einmal abhusten, um die Atemwege freizubekommen.
»Was hattest du denn mit Aggi am Laufen?« fragte ich ihn. Meine Stimme war völlig emotionslos, jedenfalls glaubte ich, daß sie es war.
»Etwas, worüber du nicht sehr glücklich gewesen wärst«, erwiderte Simon.
Merkwürdigerweise waren meine Gefühle ohne meine Erlaubnis verschwunden. Mein Hirn machte sich für eine Szene bereit, aber der Adrenalinspiegel blieb, wo er war. Vielleicht hatte sich mein Wunsch erfüllt. Vielleicht war ich endlich über sie hinweggekommen. Ich starrte das verhunzte Foto an und lächelte ein wenig.
»Na ja, kann mir ja egal sein«, meinte ich. »Was Aggi mit sonstwem treibt, ist ihre Angelegenheit. Ich dachte nur ...« Diesmal war ich dran mit der dramatischen Pause, weil ich keine Ahnung hatte, was ich eigentlich dachte. »Ich dachte nur, du hättest vielleicht ein wenig feinfühliger damit umgehen können. Ich weiß, es ist drei Jahre her, daß Aggi und ich uns getrennt haben, aber das ist trotzdem ein bißchen viel. Du bist doch mein Kumpel, oder nicht? Und was machst du als nächstes? Springst du in mein Grab, bevor ich komme? Und was sagst du dann? ›Oh, sorry, Kumpel, ich hab nicht gewußt, daß du es noch brauchst‹?«
»Es ist schon lange vorbei«, sagte Simon, der sich weigerte, auf meinen Sarkasmus zu reagieren. »Schon ewig her. Das war vor langer Zeit. Ich wollte es dir nur sagen, weil mir das in letzter Zeit so auf der Seele lastete. Ich wollte nur ehrlich sein. Wir sind schon viel zu lange Freunde, um da ein Mädchen zwischen uns kommen zu lassen.«
»Das hättest du dir vorher überlegen sollen, bevor du ...« Ich konnte es nicht über die Lippen bringen. Es zu benennen hätte

es noch wirklicher werden lassen, als ich gerade vertragen konnte.
»Tut mir leid«, meinte Simon leise. »Tut mir wirklich leid, Will.«
»Vergiß die Entschuldigung«, sagte ich, nahm eines von *Left Banks* frühen Demobändern aus dem Kassettenrecorder und warf es auf den Boden. »Ich hab doch gesagt, ich bin drüber weg. Ich will nur wissen, wie lange genau es her ist.«
»Eine ganze Weile«, sagte Simon so leise, daß man ihn kaum verstehen konnte.
Mein Hirn fuhr volle Pulle, aber meine Gefühle waren immer noch nirgends zu entdecken.
»Und wie lange genau ist ›eine ganze Weile‹?« bohrte ich.
»Da wart ...« Er genoß jede Sekunde. »Da wart ihr noch zusammen.«
Urplötzlich kehrten meine Gefühle von ihrer Pauschalreise zurück. Der Schmerz war körperlich und emotional zugleich, so als habe mich eine riesige unsichtbare Faust quer durchs Zimmer geprügelt, so wie in Spielbergs *Poltergeist* von 1982. Mir war schlecht, mir wurde mulmig, ich hatte weiche Knie. Ich konnte einfach nicht begreifen, warum er mir das nach all der Zeit ausgerechnet jetzt erzählen mußte. Unwissenheit war keine Gnade, Unwissenheit, das waren die Säulen, auf denen das Dach meiner geistigen Gesundheit ruhte, um nicht herunterzukrachen.
Simon wartete auf eine Reaktion. Ich wußte nicht, was ich sagen sollte. Er hatte recht, eine Reaktion war angebracht, irgend etwas Brutales, um ihn auf seine angemessene Größe zurechtzustutzen, etwas, bei dem er sich so erniedrigt fühlen würde wie ich gerade, ein Schuldgefühl, das ihn derart aus der Bahn warf, daß er nie wieder zurückfand. Ich holte tief Luft und legte auf.

# Vierzehn Uhr achtunddreissig

Als Simon mir die Demokassette von *Left Bank* gegeben hatte, die ich nun in meinen Händen hielt, hatte er sie als »ein Stück Rock 'n' Roll-Geschichte« bezeichnet, das eines Tages ungeheuer wertvoll sein würde. Ich schob die Klamotten, dreckigen Teller und Schulbücher ein wenig beiseite, legte die Kassette auf den Fußboden und suchte in der Wohnung fieberhaft nach einem Gegenstand, der mir bei meiner Tat behilflich sein würde. In der Küche stieß ich auf das Brotmesser und eine Pfanne, in der noch die Reste der Spaghetti vom Dienstag an der Antihaftbeschichtung klebten und ich grinste genauso irr wie Jack Nicholson in *Wenn der Postmann zweimal klingelt.*

Ich stand da, Simons »wertvolles« Kunstwerk am Fußende des Bettes, dann hob ich die Pfanne über den Kopf, ließ sie auf die Kassette herabkrachen und holte immer wieder zum Schlag aus, bis das verdammte Ding in eine Million Teile zerborsten war. Nach dem zwanzigsten Schlag etwa verabschiedeten sich Pfanne und Stiel voneinander, und ich ging keuchend in die Knie. Irgend jemand klopfte wild an meine Tür, wahrscheinlich der Typ, der unter mir wohnte und dessen Zimmerdecke mein Fußboden war. Ich überhörte das Klopfen und suchte zusammen, was noch von dem Magnetband übriggeblieben war, bevor ich mich mit dem Brotmesser drüber hermachte. Ich schnipselte das Band zu Konfetti, das für drei Hochzeiten gereicht hätte. Diese schwierige Transaktion beanspruchte etwa zehn Minuten, denn zwischendrin entschied ich inmitten meiner Raserei, daß die Tonbandschnipsel nicht länger als zwei Zentimeter sein sollten, und mußte noch mal von vorn beginnen. Als ich damit fertig war, schob ich die ganzen Fetzen zu einem Haufen zusammen und schaufelte sie in einen Briefumschlag – den ich aus dem Schulschrank für Büromaterial stibitzt hatte, um ihn für den Bettelbrief an meine Bank zu verwenden. Dann nahm ich denselben Filzstift, mit dem ich auch schon Aggi verschönert hatte, kritzelte Simons Adresse auf den Umschlag, klebte ihn zu und pappte eine Briefmarke drauf.

Ich zog mich an, schlüpfte in meinen schweren grauen Kaschmirmantel (für zwei Pfund zwanzig auf einem Flohmarkt der Beeston Methodist Church erstanden, nachdem ich ihn von fünf Pfund heruntergehandelt hatte), obwohl ich keine Ahnung hatte, wie das Wetter war. In meinem Kopf tobte der kälteste sibirische Winter seit der Erhebung meteorologischer Daten, und in meinem Herzen herrschte eine regnerische georgische Nacht – es mußte also der schwere graue Mantel her. Dann hob ich den Umschlag vom Fußboden auf, steckte den Stadtplan in die Tasche und verließ die Wohnung.

Ich brauchte einen Spaziergang. In mir steckte viel zuviel Wut, um nur dazusitzen und in die Glotze zu stieren, was das einzige war, was mir sonst noch einfiel, mal abgesehen von der Idee, in den Zug nach Nottingham zu steigen, mir das Auto meines Vaters zu leihen und Reifenspuren auf Simons Brustkorb zu hinterlassen. Eigentlich war ich nicht gewalttätig, aber die mörderischen Gedanken, die mir im Kopf herumschossen, überraschten selbst mich. Die Kassette zu zertrümmern hatte etwas Abhilfe geschaffen, aber ich wollte mehr, etwas, das blaue Flecken kriegte, blutete und um Gnade winselte. Simon war erheblich größer als ich, aber ich kam mir unbesiegbar vor, wie Jackie Chan in einem dieser blöden Kung-Fu-Filme. Ich hätte ihm die Rübe einschlagen können.

Ich wollte wissen, wann es passiert war.
Ich wollte wissen, wie es passiert war.
Ich wollte wissen, warum es passiert war.

Ich wollte alles wissen.
Aber vor allem wollte ich Aggi zurückhaben.

Simons Nachricht hatte auch ihre gute Seite: Jetzt wußte ich wenigstens, wie sinnlos es war, so zu tun, als hätte ich nichts mehr für Aggi übrig. Es hatte überhaupt keinen Sinn, sie zu lieben. Ich hatte die Vor- und Nachteile zigtausendmal gegeneinander aufgewogen, und das Resultat war immer dasselbe gewesen: Ich brauchte sie. Sie war nicht gut für mich, sie wollte nicht, daß ich an ihrem Leben teilhatte, aber es gab nichts, was ich tun konnte, um meine Gefühle für sie zu ändern. Ich liebte sie. Ich konnte mir nichts vormachen, auch wenn dies das einzige war, wozu ich gern die Kraft gehabt hätte. Ich konnte sie nicht vergessen. Im Laufe der Zeit war sie für mich eher noch wichtiger geworden. Ich konnte sie nicht durch eine andere Frau ersetzen, ohne diese ständig mit Aggi zu vergleichen und festzustellen, daß sie nicht an sie heranreichte. Ich konnte nicht vorwärts, und die Vergangenheit konnte ich auch nicht zurückholen. Ich steckte im Ex-Liebhaber-Dilemma, und das einzige, was mir Gesellschaft leistete, waren die Erinnerungen an gute Zeiten.
Ich sah mich zum ersten Mal um und stellte fest, daß mich meine Schritte zu dem italienischen Zeitungshändler oben an der Holloway Road geführt hatten. Ich warf den Umschlag in den Briefkasten vor dem Laden, entschied mich dagegen, in den Laden zu gehen und Schokolade zu kaufen, und ging weiter die Straße entlang. Meine Mission war erfüllt, so klein sie auch war, aber ich wollte noch nicht nach Hause. Deshalb hatte ich den Stadtplan eingesteckt.
›Simon glaubt, alles, was Archway zu bieten hat, ist irgendein lausiges Café, in dem der beschissene George Michael einen Plattenvertrag unterschrieben hat‹, hatte ich gedacht, als ich den Mantel anzog, um die Wohnung zu verlassen. ›Das Grab von Karl Marx ist hier auch irgendwo. Das kann ich mir genausogut jetzt mal anschauen.‹
Mit aufgeschlagenem Stadtplan, den Finger auf der Archway

Road, überquerte ich die Ampel an der U-Bahn-Station und suchte mir meinen Weg zur Highgate Road. Als ich am Whittington Hospital vorbeikam, fuhr vor mir ein Krankenwagen los, und ich fiel in einen langen, ausgedehnten Tagtraum.

*Simon hat sich eine seltene Blutkrankheit zugezogen. Ich bin die einzige Person auf der Welt mit der richtigen Blutgruppe, um ihn zu retten. »Will, du bist der einzige, der mich retten kann«, flüstert er schwach und krallt sich an meiner Hand fest.*
*»Daran hättest du denken sollen, bevor du mit meiner Freundin rumgemacht hast«, erwidere ich.*

Fünf Minuten und eine Zigarettenpause später schaute ich wieder im Stadtplan nach. Jetzt konnte es nicht mehr allzu weit sein. Auf der anderen Straßenseite konnte ich eine alte, auf der Karte verzeichnete Kirche sehen, die in eine Reihe von Yuppie-Wohnungen umgebaut worden war, und ein Stück weiter den Eingang zum Highgate Park. Abgesehen von einer Frau mittleren Alters, die grüne Reitstiefel trug und ihren Yorkshire-Terrier Gassi führte, war der Park menschenleer. Als ich an dem Teich in der Mitte der sanft gewellten Landschaft vorbeikam, lief ich in einen Mückenschwarm und atmete ein paar davon ein. Normalerweise hätte das zu einer ziemlich wüsten Beschimpfung des Tierreichs geführt, aber heute konnte mich das nicht ablenken. Ich war ein Mann mit einer Mission, und das Grab von Marx war mein Heiliger Gral. Dort würde alles sonnenklar werden.
Ich kam zu den Toren am anderen Ende des Parks und hielt mich links. Da war er – der Friedhof von Highgate. Zwei Meter hinter den Toren stand eine kleine weiße Hütte, an der ein kleines handgeschriebenes Schild hing und verkündete, daß der Eintritt fünfzig Pence pro Person betrage.
*Wie tief war die Welt nur gesunken, daß man nicht mal verstorbene linke Vordenker besuchen konnte, ohne dafür bezahlen zu müssen?*
Mißmutig bezahlte ich bei der viel zu fröhlichen älteren Dame,

die in all ihrem Blutgeld hauste. Sie fragte mich, ob ich den Weg gewiesen haben wollte, aber ich verneinte dankend, für den Fall, daß sie mir auch noch eine Karte verkaufen wollte.
Auf dem Friedhof war es friedlich und fast so still wie Archway letzte Nacht, doch wenn ich angestrengt lauschte, konnte ich ab und zu einen Lastwagen vorbeifahren hören, also war es vielleicht ganz klug, mit dieser Anstrengung aufzuhören. So lächerlich es scheinen mag, aber mir fiel auf, daß es sich tatsächlich um einen Friedhof handelte. Ringsherum lagen Gräber. Marx befand sich in der Gesellschaft von einem Haufen Leuten, deren Todesdaten sich über zweihundert Jahre erstreckten. Im Laufe der Zeit waren die älteren Grabsteine mit der Natur eins geworden; Efeu und Erosion ließen sie ganz natürlich wirken. Die neueren Grabsteine allerdings wirkten deprimierend deplaziert, wie glänzende marmorne Lesezeichen, die im Boden steckten. Ich machte mir eine Gedankennotiz, meine Mutter daran zu erinnern, daß ich eingeäschert werden wollte. Wenn ich ihr meine Beerdigung überließe, dann würde sie mir den glänzendsten Marmorgrabstein besorgen, den man für Geld kaufen konnte, nur damit es mir bis in alle Ewigkeit peinlich war.
Ich strich ziellos über den Friedhof, blieb ab und zu stehen, um eine Inschrift zu lesen, und stieß zufällig auf das Grab, oder eher die Gruft, nach der ich gesucht hatte. Es bestand kein Zweifel, der riesige Bronzekopf eines bärtigen Mannes ruhte auf der blassen Abdeckplatte der Gruft. Und wenn ich noch nie ein Bild von Karl Marx gesehen hätte, ich hätte ihn sofort erkannt. Er sah genauso aus, wie ich mir den Vater des modernen Sozialismus vorstellte: ein wenig traurig und weltenmüde. So eine Art Mischung aus Weihnachtsmann und Charlton Heston, nur mit einem Strahlen in den Augen, so als stünde er stets kurz davor, die Bedeutung des Lebens zu erkennen. Die Inschrift auf dem Stein lautete: »Die Philosophen haben die Welt nur verschieden interpretiert; es kommt aber darauf an, sie zu verändern.«
Wie nicht anders zu erwarten, hatte sich das Grab in ein Mekka der Marxisten aus aller Welt verwandelt, so wie Jim Morrisons

Grab in Paris zur zweiten Heimat aller schlechten Poeten Europas geworden war. Rund um den Rand des Marmorsockels lagen zahlreiche künstliche Rosen und Papierschnipsel mit Botschaften. Ich ging hin und las eine davon:

*Vielen Dank von all denen unter uns, die noch immer rund um die Welt für Freiheit streiten.*

Eine Unterschrift gab es nicht.
Ich las noch einmal die Inschrift und war beschämt. Marx hatte versucht, die Welt zu verändern und sie zu bessern. Er wollte, daß die Arbeiter am Morgen Philosophie studieren und am Nachmittag angeln gehen konnten. Er wollte der Tyrannei ein Ende bereiten, aus dem Glauben heraus, daß alle Menschen gleich sind. Ich wollte nur meine Freundin wiederhaben. Ein selbstsüchtiges Unterfangen, mit dem niemandem gedient war außer mir selbst. Doch selbst während mir diese selbstkasteienden Gedanken noch durch den Kopf gingen, spürte ich, wie meine Schultern sich ganz automatisch zu einem »Na und?« hochzogen. Man gebe einem Mann ein hehres Ziel, und er wird bis in den Tod für seine Überzeugungen kämpfen, aber wenn man die Frau, die er liebt, dazu bringt, ihn zu verlassen, dann werden sich seine ehemals so ehrenwerten Prinzipien als nicht mehr ganz so wichtig herausstellen.
Ich stand so ruhig und gedankenverloren da, daß ein Rotkehlchen von einem der Äste der Eiche über Marxens Kopf heruntergeflogen kam und zu meinen Füßen landete. Sofort begann es, an einem Zweig zu zerren, der doppelt so lang war wie es selbst. Über fünf Minuten mühte es sich ab, Entschlossenheit zeichnete sich in seinem kleinen beschnabelten Gesicht ab, doch dann gab es auf und flog vier Bäume weiter in eine Silberbirke hinauf, um sich zu erholen. Dieses Rotkehlchen war ich. Ich war das Rotkehlchen. Und Aggi war der Zweig. Die fünf Minuten, die das Rotkehlchen an dem Zweig herumgezerrt hatte, nun, das waren die drei Jahre, die ich versucht hatte, sie zurückzubekommen. Aggi war überall, genau wie Gott und McDonald's.

# Fuenfzehn Uhr

Als fette Regentropfen zu Tausenden aus dem Himmel fielen und mich in Sekundenschnelle durchweichten, entschied ich, daß es an der Zeit war heimzugehen. Mein Haar war naß, und kleine Bäche strömten mir den Kopf herab in den Nacken und durchnäßten mein Hemd. Ich schlug den Mantelkragen hoch und zog den Kopf ein, so weit es nur ging, aber das half auch nicht viel, weil ich nichts mehr sehen konnte, da meine Gläser völlig beschlagen waren. Und um das alles noch schlimmer zu machen, hatte ich in den letzten paar Minuten bemerkt, wie der Geruch nach alten Männern aus dem Mantel stieg. Als ich ihn gekauft hatte, war er zu billig gewesen, um ihn auch noch in die Reinigung zu tragen, doch nun zahlte ich bitterlich für die Ebbe in meinem Portemonnaie, als der Duft des Vorbesitzers zurückkehrte und mich verfolgte; er war süß und muffig, abgestandener Urin gemischt mit dem Inhalt eines Katzenklos.

Ich war durchgeweicht, mir war kalt, und ich stank wie der Penner bei meinem nächtlichen Trip in den Supermarkt. Der Regen deprimierte mich am allermeisten. So ein Spaziergang im Regen hätte lustig sein können, wenn ich jemanden gehabt hätte, mit dem zusammen ich hätte naß werden wollen. Ich hätte lustig durch die Pfützen planschen können, wäre an Laternenpfählen geschwungen und hätte ein Lied oder zwei geträllert, aber ich war allein. Allein in einem stürmischen Regenguß zu ertrinken hatte überhaupt nichts Romantisches an sich. Gene Kelly wäre auch nicht so entnervend selbstgefällig gewesen, wenn er gerade herausgefunden hätte, daß sein bester Freund mit seiner Freundin pennte.

Als ich zu Hause ankam, fühlte ich mich so deprimiert wie die ganze Woche nicht. Ohne auf die Elemente Rücksicht zu nehmen, stand ich zitternd am Gartentor und war mir nicht sicher, was ich als nächstes tun sollte. Es war gerade mal Samstag nachmittag, grob gerechnet waren es noch sechsunddreißig Stunden, die ich bis Montag totzuschlagen hatte. Und selbst wenn ich soviel schlief wie möglich, war immer noch viel zuviel Zeit übrig, Zeit, in der ich mir Aggi und Simon zusammen vorstellen würde, wie sie Sex miteinander hatten, geheime Blicke tauschten, verschworen lachten. Wenn ich erst mal die Haustür aufgeschlossen hätte, dann würde die Außenwelt draußen bleiben und mich mit meinen Gedanken allein lassen.

Der Hausflur war deprimierend dreckig. Mr. F. Jamal hatte mir versprochen, daß alle Gemeinschaftsräume jeden Freitag gesäubert würden. Ich sah ein Stück Silberpapier von einer Rolle Rolos auf dem Läufer liegen, das mir gestern früh aus der Tasche gefallen war, und schüttelte traurig den Kopf. Während ich die Treppe hinaufging, spitzte ich die Ohren und lauschte auf irgendwelche Lebenszeichen aus den anderen Wohnungen – Leute, die auch allein waren – Leute, die sich vielleicht unterhalten wollten. Das Haus war still. Totenstill. Als ich schließlich an meiner Wohnungstür ankam, wühlte ich in meinen feuchten Manteltaschen nach den Schlüsseln und förderte zudem noch folgendes zutage:

Drei zerdrückte Rolos (eingewickelt)
Zwei Busfahrkarten
Bakewell-Kekskrümel

Die Krümel verstreute ich auf dem fadenscheinigen Läufer vor meiner Tür. Vor einem Jahr hatte ich für nicht mal eine Minute einen einzelnen Keks in der Manteltasche gehabt, und seitdem hatte ich Krümel wie bei einer zweiten Brote-und-Fische-Vermehrung zu Tausenden daraus hervorgeholt.

Dann sah ich mich in der Wohnung um. Nichts hatte sich verändert. N-I-C-H-T-S. Ich weiß nicht genau, was ich eigentlich erwartet hatte (jemanden, der die Küchenspüle reparierte? Ein Wunder? Eine Nachricht von Aggi?), aber ich flehte ganz verzweifelt danach, daß endlich etwas, irgend etwas sich geändert hatte. Statt dessen war nur die Zeit stehengeblieben und hatte auf meine Rückkehr gewartet.

Um mein Hirn daran zu hindern, endgültig durchzuknallen, versuchte ich herauszufinden, wer das letzte menschliche Wesen gewesen war, mit dem ich von Angesicht zu Angesicht gesprochen hatte. Es gab nur eine Bedingung, ich konnte nur Leute berücksichtigen, mit denen ich auch einen trinken gehen würde. Letzten Sonntag war ich vom Haus meiner Ma in Nottingham weggefahren. Genau besehen waren meine Ma und mein Bruder die beiden letzten, mit denen ich gesprochen hatte. Ich mochte sie zwar beide, aber ich wußte nicht, ob ich so weit gehen und sagen würde, ich gehe mit einem von beidem was trinken. Davor war es Martina gewesen, Samstag nacht, aber da ich gerade versuchte, jenes Erlebnis aus meinem Gedächtnis zu streichen, erfüllte sie nicht die Anforderungen. Ich ging noch weiter zurück und erinnerte mich, daß ich am Freitag mit Simon auf einen schnellen Drink ins *Royal Oak* gegangen war, aber da er, was mich betraf, offiziell gestorben war, zählte er ebenfalls nicht.

Ich zog die Notbremse in diesem Gedankenzug und wendete meine Aufmerksamkeit dem Telefon zu. Auf dem Anrufbeantworter waren keine Nachrichten. Er war nicht mal an, das hatte ich vergessen. Ich rief die Nummer 14 71 an – unter der man erfahren konnte, wer einen als letzter angerufen hatte –, aber hinterher wäre es mir lieber gewesen, ich hätte nicht angerufen. Um exakt zwei Uhr zweiundvierzig hatte Martina es bei mir versucht. Also war sie schwanger. Ich rief bei ihren Eltern an, aber sie war nicht da. Sie fragten mich, ob ich eine Nachricht hinterlassen wollte, aber ich lehnte dankend ab. Dann schob ich einen Haufen Wäsche und Bücher beiseite, machte es mir bäuchlings auf dem Teppich bequem und konzentrierte mich auf das Telefon, um es zum Klingeln zu bringen.

Eine Weile hatten Aggi und ich in dem Irrtum gelebt, wir hätten telepathische Fähigkeiten. Darauf waren wir verfallen, nachdem wir einmal beide gleichzeitig versucht hatten anzurufen. Die Vorstellung, daß unsere elektrischen Impulse gleichzeitig durch ein Glasfaserkabel auf den anderen zuschossen, war so faszinierend gewesen, daß wir den ganzen Nachmittag ganz ernsthaft damit verbrachten, uns gegenseitig Bilder in den Kopf zu projizieren. Aber das klappte natürlich nicht.

Ich leerte die Taschen meiner Jeans auf dem Fußboden aus, weil mir die Schlüssel in den Bauch piksten. Nach zwei Minuten tiefster Konzentration hatte das Telefon immer noch nicht geklingelt. Vielleicht hatte ich mich zu allgemein ausgedrückt, dachte ich, weil ich irgend jemand (mit Ausnahme von Simon) dazu bringen wollte, anzurufen.

Die Minuten vergingen, und nichts geschah. Der Nachbarhund fing aus irgendeinem mir unbekannten Grund an, wie ein Wolf zu jaulen, doch abgesehen von dieser kleineren Unterbrechung lief das Leben weiter an mir vorbei. Und wieder vergingen die Minuten. Ich überlegte, ob ich nicht noch einmal bei Martina anrufen sollte, um ihr vielleicht eine Nachricht zu hinterlassen, vielleicht, »Sagen Sie ihr, alles wird gut« – irgend etwas, das sie aufmunterte, falls sie es mit der Angst bekam oder sich einsam fühlte, irgend etwas, das ihr signalisierte, daß ich mir Sorgen machte, ohne deswegen gleich auszuflippen. Aber das war natürlich falsch. Ich konnte ihr keine Hoffnungen machen, wo keine Hoffnung war. Falls sie glaubte, sie habe nach einem angeheiterten sexuellen Abenteuer vor sieben Tagen die wahre Liebe gefunden, dann würde ihr wirrer Verstand Mitgefühl für einen Heiratsantrag halten.

Das Telefon hatte ich in meinem letzten Jahr an der Uni bei Argos gekauft. Es hatte drei Farben zur Auswahl gegeben: Grau, Creme und Weiß, und ich hatte mich für Grau entschieden, weil ich dachte, daß man darauf den Dreck nicht so sehen würde wie bei den anderen Farben (wenn auch das verdreckte Mundstück, von winzigen eingetrockneten Spuckefetzen verschmiert, Beweis genug für die Tatsache war, daß die meisten Gegenstände dreckig werden, wenn man sie nicht putzt). Alle in der Wohngemeinschaft hatten zusammengelegt, um es zu kaufen, aber ich durfte es nach unserem Abschluß mit nach Hause nehmen, weil ich es in der Hauslotterie gewonnen hatte. Tony (verschollen, seit wir alle ausgezogen waren) hatte den Toaster gewonnen, Sharon (verschollen, seit wir unseren Abschluß hatten) bekam die Fernsehantenne, und Harpreet (verschollen, seit ich aus Manchester weg war) gewann den elektrischen Wasserkocher. Ich war echt froh, daß ich das Telefon gewann, weil die Stunden, die ich über dieses Gerät mit Aggi telefoniert hatte, sich bestimmt schon zu Monaten addiert hatten. Einige unserer besten Unterhaltungen hatten an ebendiesem Telefon stattgefunden, so zum Beispiel die Unterhaltung, bei der sie mir mitteilte, ich sei die Art von Mann, die sie eines Tages heiraten wolle. Dieses Telefon hatte mich sehr glücklich gemacht.

Es klingelte.

»Hallo?«

»Hallo.«

Kate war dran.

»Hi, Kate. Wie geht's?«

»Ganz gut. Ich hoffe, ich stör nicht.«

»Nein, nein, ganz im Gegenteil«, erwiderte ich und war froh, daß sie dran war und nicht Simon, der um Vergebung winselte.

»Stör ich dich auch wirklich nicht?« fragte Kate. »Du warst so schnell dran. Du hast doch bestimmt daneben gesessen und auf einen Anruf gewartet.«

»Nein, nein, ich war nur zufällig gleich neben dem Telefon«, log ich. »Ich bin grad zur Tür herein. Ich war mit Freunden auf dem Friedhof in Highgate und hab mir das Grab von Karl Marx angesehen. Echt cool. Das muß man sich anschauen.« Mir wäre lieber gewesen, ich hätte das Grab nicht als cool bezeichnet. Das klang so bescheuert, daß es einem die Sprache verschlug.

»Weißt du, ich hab über ein Jahr in der Wohnung gelebt, aber ich hab es nie geschafft, da mal vorbeizuschauen. Es ist eine Schande, und jetzt werd ich es wohl nie mehr schaffen.«

»Vielleicht lass' ich dich ja mal eines Tages zu Besuch herkommen«, erwiderte ich nur halb im Scherz.
Sie lachte.
Ich ebenfalls, aber nur, weil ich mich fragte, ob es nicht vielleicht eine Übertreibung war, ihr Lachen als »kokett« zu bezeichnen.
»Paß besser auf, was du sagst«, meinte sie versonnen. »Ich könnt dich beim Wort nehmen.«
Mir blieb die Spucke und die nächste witzige Bemerkung gleichzeitig weg. Ich mußte das Thema wechseln. »Und, was hast du heute so gemacht?«
»Ach, nichts Besonderes«, sagte Kate. »Ich hab heute morgen Kinderfernsehen geschaut, und dann bin ich in die Stadt gegangen. Dann habe ich es geschafft, meinen Überziehungskredit zu erhöhen, also bin ich los und hab mir Turnschuhe und einen Rock gekauft. Ich sollte nicht so viel Geld ausgeben, aber es hat mich aufgemuntert.«
»Ich glaube, dein Scheck ist heute gekommen«, meinte ich und äugte zu dem Brief hinüber, der auf dem Fernseher lag. »Auf jeden Fall ist hier ein Brief für dich.«
»Klasse. Das sind ja mal gute Nachrichten. Ach, wie spät ist es eigentlich? Viertel nach drei? Da hab ich die letzte Post verpaßt. Na, ist ja auch egal, dann ist der Brief wenigstens am Dienstag hier. Besser spät als nie, find ich.«
Sie klang glücklich.
»Also, willst du dich noch ein wenig unterhalten?« fragte sie.
»Na klar«, erwiderte ich. »Wie oft hab ich dich gestern angefleht, du sollst wieder anrufen?«
»Und worüber willst du reden?«
»Egal was«, meinte ich strahlend. »Irgendwas.«
Eigentlich hatte ich wirklich ein Thema, über das ich reden wollte, falls ihr nichts einfallen sollte. Es handelte sich um eine Frage, die mich schon seit dem Trip zum Friedhof beschäftigte. Ich wollte wissen, ob sie wohl glaubte, daß die schönen Leute (Cindy Crawford, Mel Gibson und die alle) jemals einen Laufpaß kriegten. Und falls ja, hieß das, daß niemand, ganz egal, wer, sicher

davor war, eine Niete zu ziehen? Ich war froh, als sie sagte, sie hätte eine Frage, weil ich mir schon sicher war, daß mein Thema letzten Endes eh nur bei Aggi enden würde.

»Das hat ein bißchen mit dem zu tun, was du heute nachmittag getan hast«, meinte Kate, bevor sie ihre Frage stellte. »Wie stehst du zum Tod?«

»Ich bin dagegen«, witzelte ich.

Wir mußten beide lachen.

»Du weißt schon, was ich meine«, sagte Kate. »Wie denkst du über den Tod?«

»Ich denk, wenn man tot ist, ist man tot«, sagte ich rundheraus. »Das ist alles, also sollten wir das Beste aus dem Leben machen, solange wir es noch haben. Aber wenn ich es mir recht überlege, wäre ich schon sehr enttäuscht, wenn das, was ich die letzten sechsundzwanzig Jahre erlebt habe, tatsächlich alles ist.«

»Also, meine Frage lautet: Wie möchtest du gern sterben?« fragte Kate, so als sei sie eine Kellnerin, die einen Gast fragt, wie er seine Eier haben wollte.

»Eine ziemlich merkwürdige Frage, findest du nicht?«

»Merkwürdig? Dann solltest du erst mal hören, worüber Paula und ich uns um fünf in der Früh nach unserem achten dreifachen Wodka unterhalten! Die Frage ist doch, bist du Manns genug?«

»Na, immerhin mehr als du«, protestierte ich scherzhaft.

»Das will ich aber auch hoffen!«

»Das wirst du nie erfahren«, konterte ich und fragte mich, ob dieser Schlagabtausch schon als Flirten oder nur als Rumwitzeln zu bezeichnen war.

»Nein, ernsthaft, wie möchtest du abtreten?« fragte sie.

»Keine Ahnung«, sagte ich, dankbar, daß wir uns wieder dem Thema Sterben zuwandten. »Und, was ist mit dir? Wie möchtest du sterben?«

»Ich dachte schon, du würdest nie fragen!« sagte sie und lachte. »Paula und ich haben das schon zigmal bei unseren Nachtsitzungen durchgekaut. Ich hab eine Antwort. Willst du sie hören?«

»Schieß los.«

# Fuenfzehn Uhr zwanzig

## Teil eins einer Unterhaltung ueber den Tod: ihre Ansichten

»Du wirst das bestimmt morbid finden, und es klingt eigentlich auch ziemlich morbid. Na ja, vielleicht ist es das ja auch wirklich. Was du wohl von mir hältst? Du kennst mich nicht besonders, also denkst du vielleicht gar nicht so viel drüber nach. Na ja, also los. Ab und zu denk ich gern über meine eigene Beerdigung nach. Ich weiß, das klingt verrückt, aber es stimmt. Heutzutage denken die Leute nicht gerne an den Tod. Das ganze Leben verbringen sie damit, ihm aus dem Weg zu gehen. Rentner wiederum denken dauernd an den Tod. Ich glaub, da ist was Richtiges dran. Wahrscheinlich, weil sie dem Ende um so viele Jahre näher sind als wir anderen. Sie sparen auf einem Postsparbuch ein paar Pfund an, um sicher zu sein, daß genug Geld übrigbleibt für ein anständiges Begräbnis, für den Sarg und was zu knabbern hinterher. So sollte es auch sein. Da sind zum Beispiel die alten Ägypter, die haben ihr ganzes Leben damit verbracht, über den Tod nachzudenken, und wenn es dann soweit war, haben sie die größte Party überhaupt geschmissen; gute Kleider, Besitztümer und sogar Sklaven haben sie in den geräumigsten Särgen der Welt mit bestattet. Die Ägypter, die alten Leute und ich – wir wissen, wo's langgeht.

Also, als erstes muß man sich genau überlegen, wie man sterben will. Manchmal ziehe ich Ertrinken vor, manchmal einen Flugzeugabsturz, aber im Augenblick ist es mir egal, wie ich sterbe, Hauptsache, ich sterbe für jemanden, den ich liebe.

Also, soll ich das mal erklären? Es ist ganz einfach. Ich bin ganz versessen drauf, für jemanden zu sterben, den ich liebe. Punkt, aus, Ende. Ich weiß nicht, wie es sein wird. Wichtig ist nur, wenn ich sterbe, soll die Person durch meine Hand weiterleben. Das ist alles, was zählt. Du wirst bestimmt nicht sonderlich überrascht sein, aber ich hab mir schon eine richtige Abschlußszene ausgedacht, nur für den Fall!

Ich bin fast zwanzig. Ich hab bisher noch nicht so arg viel aus meinem Leben gemacht. Ich war in der Schule, hab ein paar gute Noten geschrieben, war an der Uni und hab das hingeschmissen, und das wars auch schon. Ziemlich egoistisch, findest du nicht?

Also, die Idee hab ich aus einem Schwarzweißfilm, den ich mal Samstag abend gesehen hab, eine Woche bevor ich aus deiner Wohnung ausgezogen bin.

Also, die Geschichte ging so: Da gibts einen Schurken, einen französischen Adligen und ein schönes Mädchen, das sich bis über beide Ohren in den Adligen verknallt hat. Na, jedenfalls verliebt sich der Schurke in das Mädchen. Auf einer Reise nach Frankreich wird der Aristokrat von den Kindern der Revolution gefangengenommen und in die Bastille gesteckt. Der Schurke geht nach Frankreich und stattet dem Aristokraten in der Bastille einen Besuch ab. Und jetzt kommt's: Der Schurke schlägt den Aristokratenheini k. o., tauscht mit ihm den Platz und läßt sich an dessen Stelle auf der Guillotine hinrichten! Verstehst du? Der Schurke liebt das schöne Mädchen so sehr, daß er sie lieber mit dem Aristokraten glücklich sieht!

Also, hinterher war ich echt geschockt. Ich hab ihn nur einmal gesehen. Ich weiß nicht mal, wie er heißt – ich mein ... na ja ... ich wußte es mal, aber dann hab ich es wieder vergessen. Sitzengelassen zu werden ist nicht besonders gut für das Langzeitgedächtnis, oder? Ist ja auch egal, wie er hieß, ich war auf jeden Fall gerührt. Wirklich. Ich meine, was hat das zu bedeuten? Ist das Liebe oder Besessenheit? Wird irgendein Mann so was jemals für mich tun? Ich stell vielleicht einen Haufen Fragen, tut mir leid. Ich glaub, Dirk Bogarde hat in dem Film mitgespielt.

Wo hatten wir angefangen? Ach ja, meine Beerdigung.
Ich hab mir schon immer große Sorgen gemacht, daß all die Leute, die ich auf meiner Beerdigung haben will, nicht eingeladen werden, weil ich nicht vorgesorgt hab. Es gibt keinen von meinen Freunden, der alle meine anderen Freunde kennt. Meine Freundin Lizzie kennt die meisten, mit denen ich in der Schule befreundet war, aber Leute wie Pete oder Jimmy oder Karen oder sonstwen von den paar Freunden, die ich an der Uni kennengelernt habe, kennt sie nicht, und die Leute vom letzten Sommer, als ich in Cardiff gewohnt habe, all die Jungs, die Dienstag abends in den *Lion* gekommen sind, auch nicht. Ein paarmal hab ich schon eine Liste gemacht und sie an Lizzie geschickt, mit dem ausdrücklichen Hinweis, daß sie den Brief erst nach meinem Tod öffnen darf. Lizzie ist eine gute Freundin, aber ich weiß genau, daß sie ihn geöffnet hat. Würdest du doch auch machen, oder? Aber ist ja auch egal, weil ich die Liste sowieso immer mal wieder durchgehe, wenn mir gewisse Leute einfach zuviel werden. Ich schreib dich dazu, wenn du willst.
Bei all dem Gerede über Beerdigungen wirst du mich sicher für ziemlich eitel halten, aber das können wir uns alle vorwerfen. Ich will einfach nur, daß mein Dahinscheiden richtig groß betrauert wird. Ich will nicht, daß die Leute über meinen Tod nachgrübeln. Ich will nur, daß sie für eine gewisse Zeit trauern. Das ist gut für die Seele, weißt du?«

# Fuenfzehn Uhr zweiund-vierzig

## Teil zwei einer Unterhaltung ueber den Tod: meine Ansichten

»Es wird dir bestimmt nur ein schwacher Trost sein, aber du bist auch nicht verrückter als ich. Ich weiß, was du damit meinst, du willst für jemand anderen sterben. Wenn du einen Blick zurück auf dein bisheriges Leben wirfst, dann willst du, daß es bedeutungsvoll war. Ich hab einen Freund, besser gesagt, ich hatte einen, und gut möglich, daß er durch einen puren Zufall mal ziemlich berühmt wird. Und ich wette, wenn er sein Ziel erreicht hat, Ruhm und Reichtum, dann, so glaubt er, wird sein Leben eine Bedeutung haben. Wird es aber nicht. Die einzige Möglichkeit, seinem Leben eine Bedeutung zu geben, ist, es zu opfern. Aber das ist wirklich eine Schande, denn wenn du es opferst, hast du keine Chance mehr zu erkennen, wie ungeheuer toll das ist. Und das ist der Kardinalfehler am letzten großen selbstlosen Akt – wenn der Vorhang erst mal gefallen ist, hast du keine Gelegenheit mehr, vor den Vorhang zu treten und dich zu verbeugen.

Das erste Mal ist mir der Tod mit fünf begegnet. Meine Eltern hatten mir meine ersten Gartengeräte geschenkt, eine kleine Schaufel, einen Rechen und eine Gießkanne. Meine Ma hat mir dazu passende rote Gummistiefel gekauft, und dann durfte ich mir mit meinem Dad im Gartencenter aus einem riesigen Regal mit all den Samentüten eine Packung Möhrensamen aussuchen. Damals stand ich voll auf Möhren. Ich dachte, wenn ich welche anbaue, locke ich vielleicht Bugs Bunny in unseren Garten. Ich lebte in der Hoffnung, daß ich eines Tages beobachten würde, wie die Möhren einfach im Boden verschwanden, und dann würde ich wissen, daß Bugs Bunny wirklich existierte. Dann würde ich in das Loch linsen, wo die Möhre gewesen war, und er würde zu mir raufschauen, seine Schnurrhaare würden zittern, und er würde sagen: ›What's up, Doc?‹

Es war ein sengend heißer Sommertag, als ich beschloß, meine Samen auszusäen – mein Dad übersah geflissentlich den Hinweis, daß man die Möhren zwischen März und Ende Mai aussäen sollte – nur um mich glücklich zu machen. Nach einer halben Stunde hatte ich die Erde umgegraben, meine Samen eingepflanzt und sie gewässert. Ich war fertig, aber ich grub einfach auf einem Flecken neben den Möhren weiter, einfach nur so. Ab und zu stieß ich auf einen Regenwurm. Der erste überraschte mich ein wenig – ich glaub, weil sie keine Augen haben –, aber danach hob ich jedesmal, wenn ich auf einen Wurm stieß, das Tier mit dem Spaten hoch und ließ ihn in meinen kleinen gelben Eimer fallen. Ich wollte mal sehen, wie viele Würmer ich an einem Nachmittag sammeln konnte. Ich entschloß mich, wenn ich am Ende des Tages genug Würmer gesammelt hatte, meine eigene Wurmzucht aufzumachen, so wie die, die ich in dem Band ›Washington – Yam‹ der *Encyclopaedia Britannica* gesehen hatte, den wir als Begrüßungsgeschenk in einem Buchclub bekommen hatten.

Gegen ein Uhr rief mich meine Mutter zum Essen. Ich war froh, endlich eine Pause machen zu können, denn langsam war mir ziemlich schwummrig von der Hitze. Drinnen war es kühl. Auf dem Tisch standen ein Schinken-Salat-Tomaten-Sandwich und ein Glas Ribena. Ich aß und trank und war rundum zufrieden. Ich war so zufrieden, daß ich auf der Couch im Wohnzimmer einschlief. Zwei Stunden später bin ich wieder aufgewacht. Dann gab es Kinderfernsehen in der Glotze. Ich schaute mir meine Lieblingscartoons an, bis meine Ma mich hinausschickte, um die Unordnung im Garten aufzuräumen. Dann erst fielen mir die Würmer wieder ein. Ich schaute im Eimer nach und rechnete eigentlich damit, eine wimmelnde Masse schleimiger Würmer vorzufinden, die auf Rache sannen. Statt dessen waren da nur noch recht graue, sehr starre, sehr trockene tote Würmer. Warum rühren sie sich nicht mehr, fragte ich mich. Schließlich kam ich darauf, daß die Stunden in der Sonne nicht besonders gut für ihre Gesundheit gewesen waren, also rannte ich in die Küche, füllte eine Tupper-Kanne mit Heißwasser, goß es in den Eimer und wartete. Ich rechnete fest damit, daß die Würmer sofort wieder zum Leben erwachten, aber das taten sie nicht. Statt dessen trieben sie auf dem Wasser und wiegten sanft hin und her, während mir der Wasserdampf ins Gesicht trieb.

Ich fragte meine Ma, warum die Würmer tot waren, und sie gab mir eine rein technische Antwort darauf; sie hätten Wasser verloren und seien ausgetrocknet. Aber das beantwortete meine Frage nicht. Warum waren sie tot? Die richtige Antwort, die Antwort, auf die ich dann selber kam, lautete: Die Würmer starben, weil alles irgendwann mal stirbt. So ist das Leben nun mal.

Die einzige verlockende Vorstellung vom Tod ist, wenn ich bald sterbe, besteht die Aussicht, daß Aggi endlich erkennt, daß sie und ich füreinander bestimmt gewesen sind. Natürlich ist das völlig zwecklos, wenn ich den Löffel abgegeben hab, aber wenigstens wär so ein großer Fehler wiedergutgemacht.

Und was Begräbnisse angeht: Ich hab noch mehr getan, als nur die Gästeliste festzulegen. Als erstes werden zweiundzwanzig Klageweiber ganz in Schwarz neben meinem Grab stehen; Mädchen, in die ich mich im Laufe meines traurigen Lebens verknallt habe, die aber meine Annäherungsversuche ignoriert haben und nun, da ich tot bin, feststellen müssen, daß ich der Richtige gewesen wäre.

Meine Ma würde sich die Augen ausheulen, denn ich kann mir gar nicht vorstellen, daß sie nicht kurz davor stünde, aus dem Fenster zu springen. Ich glaub, sie ist ganz wild darauf, vor mir oder meinem Bruder Tom zu sterben, und ich bin eigentlich auch der Meinung, daß das zu unser aller Bestem wär. Meine Mutter findet viel Trost in der Gegenwart, mein Daddy auch, sie mögen

es, wenn es einfach so ist, wie es ist, obwohl sie das auch nicht daran gehindert hat, sich letztes Jahr scheiden zu lassen.
Ich find es schon ziemlich schwierig, mit meinen sechsundzwanzig Lebensjahren fertig zu werden, und der Gedanke, mich mit der Ewigkeit des Todes zu beschäftigen, erfüllt mich mit Furcht.
Ich bring in letzter Zeit kaum noch die Motivation auf, aus dem Bett zu steigen. Ich war nicht immer so. Ganz im Gegenteil.
Hör mal, ich bin schon ziemlich müde. Danke, daß du angerufen hast. Ich rede sehr gern mit dir, du klingst interessant, aber ich muß jetzt los. Nein, nein, nicht weil ich der einsame grummelige Junge sein will, obwohl, irgend so ein Image, und sei es das abgedroschene vom einsamen grummeligen Jungen, wäre ganz nützlich. Es ist nur so, daß ich dir einfach all diesen verrückten Quatsch erzähle. Ich muß mich erst mal hinsetzen und meine Gedanken ein wenig ordnen. Ich hab heute herausgefunden, daß das einzige Mädchen, das ich je geliebt hab, mich mit meinem besten Freund betrogen hat, und das hat mich doch ganz schön umgehaun. Ich ruf dich ganz bestimmt bald zurück.«

# Sechzehn Uhr einund-vierzig

Mir tat plötzlich der Nacken fürchterlich weh.

Im Laufe des Telefonats hatte ich mehrmals meine Position gewechselt, und als ich endlich auflegte, lag ich halb auf dem Bett und halb auf dem Fußboden, und mein Nacken mußte mehr Gewicht tragen, als er normalerweise zu tragen hatte. Es war schon irgendwie merkwürdig, plötzlich wieder in die Realität zurückgeholt zu werden. Ich nahm noch mal das Telefon ab und lauschte, ob Kate vielleicht noch dran war. Wenn die andere Person noch nicht aufgelegt hat, ist die Leitung manchmal noch da. Als ich darauf kam, machte ich das bei Aggi ständig. Sie legte immer als erste auf, und dann hob sie Sekunden später wieder ab, um jemand anderen anzurufen, und ich war immer noch in der Leitung. Als sie das herausbekam, sorgte sie immer dafür, daß ich als erster auflegte, wenn wir telefoniert hatten. Sicher tat sie das nur, damit sie hinterher mit Simon telefonieren konnte.

Ich grübelte über das Gespräch mit Kate nach. Ich hatte ihr nicht die ganze Wahrheit gesagt – meine Vorstellungen von Aggis vorzeitigem Ableben hatte ich ihr verschwiegen. Ziemlich lange konnte ich mich mit Aggis Abwesenheit nur dann beschäftigen, wenn ich so tat, als sei sie gestorben. Ich verstreute ihre Asche an unserer Eiche im Crestfield Park, und dann besuchte ich sie dort ab und an, legte ein paar Gänseblümchen am Fuß des Baumes ab und erzählte ihr von meinem Leben. Es war toll, daß sie tot war, dann brauchte ich mir wenigstens keine Sorgen zu machen. Ich wußte, wo sie war und was sie tat; sie hörte immer gut zu und stritt sich nie mit mir.

Ihr Begräbnis war prächtig. Sie lag mit ihrem blassen, zerbrechlichen Gesicht und ihrem steifen, wächsernen Körper im Sarg in der Aussegnungshalle – ganz das Gegenteil von dem, wie sie im Leben gewesen war. Viele ihrer ehemaligen Freunde waren bei der Aussegnung anwesend, doch alle machten sie ein bekümmertes Gesicht und bissen die Zähne zusammen, während mir die Tränen nur so übers Gesicht flossen, weil ihr das bestimmt gefallen hätte. Wie Kate gesagt hatte, das letzte, was man auf der eigenen Beerdigung will, sind Leute, die sich zusammenreißen – je mehr Wehklagen und Zähneknirschen, desto besser.
Auch Mrs. Peters hatte geweint. Sie war eine der wenigen, die wußte, welchen Kummer ich durchmachte. Wir hatten zwar im Krematorium kein Wort miteinander gewechselt, aber ein paar Wochen später liefen wir uns in der Stadt über den Weg, und sie erzählte mir, sie habe immer eine Schwäche für mich gehabt, und meinte, Aggi müsse wohl nicht ganz bei Sinnen gewesen sein, mit mir Schluß zu machen. Sie versprach, bei Aggi ein gutes Wort für mich einzulegen, wenn sie nach Hause käme; sie konnte offenbar immer noch nicht verkraften, daß ihre einzige Tochter gestorben war.
Aggi war eines natürlichen Todes gestorben. Ich muß zugeben, ich habe erst an Mord gedacht, aber das war nicht wirklich ich, nur für eine Weile. »Wenn ich dich nicht haben kann, dann soll dich auch kein anderer kriegen!« Wäre doch ganz lustig gewesen, das Entsetzen auf ihrem Gesicht zu sehen, während ich diese furchtbaren Worte sagte und so ganz nebenbei ein Gewehr lud. Ich sah das Entsetzen in ihren hübschen grünen Augen, und endlich wurde ihr klar, daß ich nach all den Jahren nun doch Rückgrat bewies, doch unglücklicherweise würde mein neues Arnold-Schwarzenegger-Image das letzte sein, was sie jemals sehen würde. Aber ich konnte sie nicht erschießen – eine zu große Sauerei –, und erstechen konnte ich sie auch nicht – was für ein Verbrechen aus Leidenschaft angesagt gewesen wäre, und wenn ich einen stumpfen Gegenstand genommen hätte, dann hätte ich das Gesicht, das ich so sehr liebte, ruiniert. Nein, Aggi war eines

natürlichen Todes gestorben, wenn auch an einer Krankheit, für die die Ärzte keinen Namen hatten. Natürlich gab es kein Gegenmittel und auch keine Heilung, aber ich ließ sie nicht lange leiden. Ich bot ihr eines meiner inneren Organe zur freien Wahl an, falls das etwas geholfen hätte, aber leider nicht. Nach einer schmerzvollen Woche gab ich ihr einen Abschiedskuß, und Aggi fiel ins Koma. Einen Monat später stellten Mrs. Peters und ich die Herz-Kreislauf-Maschine ab, um einem anderen Menschen die Chance zu geben, weiterzuleben.

Ich war am Boden zerstört – die Liebe meines Lebens, in der Blüte ihrer Jahre von einer rätselhaften Krankheit dahingerafft! Tag und Nacht verbrachte ich weinend und unkontrolliert zitternd. Mein Vater hatte so Dinge gesagt wie: »Es wird alles gut werden, mein Sohn«, und meinte, ich solle tapfer sein. Tom hatte nicht gewußt, was er sagen sollte, hatte mir aber ein schwaches solidarisches Lächeln zugeworfen, wann immer sich unsere Blicke kreuzten. Ma war die Beste von allen. Sie war sehr verständnisvoll gewesen und hatte gesagt, sie sei da, wann immer ich darüber reden wolle. Alice rief an und sagte, obwohl sie Aggi nicht hatte leiden können, sei sie traurig, daß sie tot sei, und ich meinte, es sei schon okay und es sei gut, nur mal ihre Stimme zu hören. Ich hatte das Arbeitsamt angerufen und ihnen gesagt, ich würde die nächsten paar Wochen nicht vorbeikommen und mich zurückmelden, und selbst diese Nazischweine, die sie nun mal sind, waren außerordentlich freundlich und meinten, das sei schon in Ordnung, statt mich dazu zu zwingen, ihre Leiche als Beweis vorzulegen, wie ich erst befürchtet hatte.

Ich rieb mir den Nacken. Er war immer noch steif. Als ich die Arme hob, um weiterzureiben, roch ich aus Versehen an meinen Unterarmen, und es stellten sich mir die Haare auf. Schulschweiß riecht unverkennbar, etwa so wie saure Milch und Heu. Ich hatte seit Donnerstag abend nicht mehr geduscht – über dreißig Stunden Schulschweiß plus drei Stunden seines übler riechenden Kollegen, Turnhallenschweiß, klebten an meiner Haut. Glücklicherweise war das einzige, das seit 1970 in der Wohnung modernisiert worden war, die Dusche. Das Wasser schoß aus dem Duschkopf wie ein Miniwasserwerfer der Polizei. Umhüllt von dem durchsichtigen Plastikduschvorhang, blieb ich eine halbe Stunde dort stehen und verlor mich in einer Welt dampfender Wasserfälle, Sauberkeit und Seife, von der das Etikett bis zur letzten Neige nicht runterging.

Nach der Dusche stand ich auf dem kalten Linoleum und rieb mich mit einem grünen Handtuch trocken – dem einzigen Handtuch in der Wohnung, da ich vergessen hatte, noch welche einzupacken. Jedesmal nach der Dusche hängte ich es über die Schranktür und betete, daß es bis zum nächsten Tag wieder trocken sein würde. Mittwoch früh hätte es auch nicht nasser sein können, wenn ich es mit in die Dusche genommen hätte.

Dann schlüpfte ich wieder in meine Jeans und zog ein sauberes dunkelblaues Hemd an. Als ich die obersten Knöpfe zumachte, fuhr ich mit der Hand aus Versehen über mein Kinn und entdeckte den sich leicht abzeichnenden Maulwurfshügel eines beginnenden Pickels. Ich war kurz davor, alles hinzuschmeißen. Ich war nicht ganz sicher, welcher Gedanke deprimierender war: die Tatsache, daß ich sechsundzwanzig war und immer noch Pickel bekam oder daß ich am liebsten zu Hause wäre, um von meiner Ma ein wenig Schminke zu leihen und ihn zu verdecken. Unmöglich zu erkennen, in welchem Zustand sich der Pickel genau befand – leichte Rötung / juckt wie nichts Gutes / Senfpustel / blutige Wunde –, weil ich meinen Elvis-Spiegel zerbrochen hatte, den einzigen Spiegel in der Wohnung. Montag früh war ich draufgetreten, als er sich unter einem Haufen Wäsche versteckt gehalten hatte. ›Sieben Jahre Pech‹, hatte ich noch gedacht. Diese sieben Jahre zählte ich zu den letzten drei Leidensjahren hinzu und kam auf eine hübsche runde Zahl.

Das Telefon klingelte.

Immer noch in Gedanken mit Pickeln und dem Elvis-Spiegel beschäftigt, starrte ich es hohläugig an, so als wisse ich eigentlich nicht, woher das Geräusch kommt. Nachdem mein Hirn endlich in die Gänge gekommen war, flüsterte ich ein Gebet. Ich weiß nicht, warum ich flehte, es möge Kate sein. Schließlich hatte ich unser Gespräch vorzeitig beendet, und außerdem hatte sie mir ihre Telefonnummer gegeben, damit ich sie jederzeit anrufen konnte. Egal, ich hoffte jedenfalls, daß sie dran war.

»Hi, Will, ich bin es.«

Wie ein verzogenes Kind, das – wie mein Vater sich ausdrücken würde – »mal was hinter die Löffel« braucht, war ich ohne jeden Grund verärgert, daß Martina nicht zu Hause gewesen war, als ich anrief. Aus reinem Trotz tat ich so, als ob ich nicht wisse, wer dran sei.

»Wer?«

»Will, erkennst du mich nicht? Ich bin es, Martina.«

»Oh, tut mir leid. Ich hab dich für einen Augenblick nicht erkannt. Du klingst so anders am Telefon.«

»Wirklich?« fragte sie überrascht. »Ich wollte nur mal hören, ob du meine Karte gekriegt hast.«

Ich versuchte herauszufinden, ob sie sich schwanger anhörte oder nicht. In ihrer Stimme schwang kein Streß mit, aber Erleichterung auch nicht. Außerdem stellte sie mir sinnlose Fragen nach Geburtstagskarten, wo sie doch genau wußte, daß ich nur darauf wartete zu erfahren, ob ich eins ihrer Eier befruchtet hatte und die nächsten dreißig Jahre in Trauer verbringen mußte. Fragen würde ich sie unter keinen Umständen. Das kam überhaupt nicht in die Tüte. Sie spielte ein Spielchen, aber ich machte nicht mit. Wenn sie jemals erlebt hätte, mit welcher Skrupellosigkeit ich Monopoly spielte, dann hätte sie gewußt, daß sie das gar nicht erst zu versuchen brauchte.

Ich konzentrierte mich noch einmal auf die Karte und dachte kurz darüber nach, ob ich ihre Existenz nicht besser leugnen sollte, denn was Martina mich in Wirklichkeit fragte, war, ob ich die Botschaft in all ihren Bedeutungen wirklich verstanden hatte. Sie vergewisserte sich nur, daß der Fluchtweg mit der Aufschrift »Ausweichendes Verhalten« ein für allemal versperrt war.

»Ja, hab ich«, sagte ich.

»Ich wollte diese Klimt-Karte schon immer mal einer ganz besonderen Person schicken«, sagte sie. Ich rief mir ihr Bild vors geistige Auge; langes blondes Haar fiel ihr ins Gesicht. Ich hatte beobachtet, wie sie sich bei den Vorlesungen halb hinter ihren Haaren verbarg, so als wollte sie sich unsichtbar machen. Eines der wenigen bezaubernden Details, die ich an ihr bemerkt hatte. »Jemandem wie dir, Will. Ich finde, das ist wirklich ein schönes Bild, du nicht? Es ist so leidenschaftlich. Ich habe davon auch ein gerahmtes Poster. Ich könnte es mir stundenlang anschauen.«
Martina sang weiter ihr Loblied auf Klimt und einige andere klassische Maler, und ich fragte mich, ob ich nicht ein wenig harsch mit ihr umgesprungen war. Schließlich war sie ja ganz nett und meinte es nur gut. Es war ja nicht ihre Schuld, daß sie vielleicht schwanger war. Sie war recht attraktiv, und sie hielt große Stücke auf mich, trotz all dem, was ich unternommen hatte, um sie vom Gegenteil zu überzeugen.
»Martina ...«
Nie sprach ich ihren Namen so aus, so weich und zärtlich und ohne lüsternen Hintergedanken. Für sie war die Nennung ihres Namens gleichbedeutend mit dem Vorhof des Himmels. Über diese Art von Macht zu gebieten war sehr beunruhigend - ich kam mir vor wie Gott - wenn auch nur ein kleiner - ich brauchte nur ein paar Wörter fallenzulassen, und schon würden Martinas kühnste Träume in Erfüllung gehen.
»Martina, wie würdest du gerne sterben?« fragte ich sie schließlich.
»Was meinst du damit?« entgegnete sie völlig perplex. Das war nicht die Art Unterhaltung, die sie erwartet hatte.
»Genau das, was ich sagte«, meinte ich sanft. »Wenn man mal die Tatsache berücksichtigt, daß wir sowieso alle mal sterben müssen, wenn es soweit ist - wie möchtest du diesen Augenblick erleben?«
»Darauf habe ich keine Antwort«, sagte sie voller Unbehagen. »Ich denke nicht gern darüber nach ... über das Ableben.«
»Nun, dann tu es jetzt«, sagte ich. Meine Sanftmut und mein Mit-

gefühl lösten sich in Luft auf. Für einen kurzen Augenblick war ich verärgert, doch sofort hatte ich deswegen Schuldgefühle.
»Tut mir leid«, entschuldigte ich mich. »Ich hab's nicht so gemeint.«
»Nein, nein, meine Schuld«, erwiderte Martina verbittert. »Ich verärgere dich offensichtlich. Laß mich mal nachdenken. Augenblick ...« Sie schwieg und machte hörbar leise Denkgeräusche dabei. »Ich möchte gern sanft entschlummern«, sagte sie, nachdem sie sich wieder gefaßt hatte. »Ich will nicht wissen, wenn es soweit ist. Ich hatte eine Großtante, die einfach eingeschlafen ist, und sie sah sehr friedlich aus, so als würde sie ihr Nickerchen genießen.«
Ich wußte nicht, was ich darauf sagen sollte. Tut mir leid, aber es war mir auch egal, was sie sagte. Martina war nicht Kate, und Aggi war sie auch nicht. Es würde nie mit uns klappen. Es sollte einfach nicht sein.
»Der Test«, sagte ich mit fester Stimme.
»Negativ«, flüsterte sie. »Ich bin nicht schwanger. Das wollte ich dir nur sagen. Ich wußte nur nicht, wie. Tut mir leid, daß ich jetzt erst damit herausrücke. Ich weiß, du bist böse auf mich. Bitte, haß mich nicht, Will. Ich wollte dich nicht verärgern. Ich wußte nur nicht ...« Martina fing an zu weinen. »Ich hatte solche Angst, Will. Tierische Angst. Am liebsten wär mir, du wärst hier.«
Ich stand auf und sah hinunter in den Garten. Es regnete. Der Nachbarshund suchte im hinteren Teil des Gartens unter der Silberbirke Schutz.
Ich war enttäuscht. Ja, ich war enttäuscht. Ich wurde nicht Vater. Ich brauchte mir keine exotischen Mittelklassenamen für unser Kind ausdenken. Keine Fahrten ins Babyeinkaufscenter. Meine Eltern würden nicht Großeltern werden, und Oma mußte auf die würdige Vorsilbe »Ur« verzichten. Alice würde nicht Taufpatin werden. Nach all dieser geistigen Anstrengung blieb nun doch alles beim alten. Und ich dachte, ich würde eine kleine Tochter kriegen. Wenn Martina nichts dagegen gehabt hätte, hätten wir

sie Lucy getauft. Wenn sie fünf geworden wäre, wäre sie in meine Schule gekommen – und hoffentlich hätte sie Mrs. Greene oder sonst eine andere nette Lehrerin bekommen.
*Das ist alles so hoffnungslos.*
»Will, ich muß dich mal was fragen«, flüsterte Martina in mein Schweigen hinein, das sie einfach überging. »Ich weiß, du hast diese Woche wahrscheinlich viel zu tun gehabt, warst mit deinen neuen Londoner Freunden aus und so, aber ich möchte ganz gern wissen ...« Sie verstummte. Eine bezaubernde Mischung aus Schüchternheit und Demut. »Ich möchte wissen, ob ich dich nicht nächstes Wochenende besuchen kommen könnte. Ich vermisse dich ganz arg. Die ganze Woche war ich nicht aus, ich habe ja keinen zum Ausgehen. Fast alle meine Freunde, mit denen ich noch in Kontakt war, sind weggezogen, und ich schwör dir, wenn ich noch einen Freitagabend damit verbringe, mir mit meinen Eltern eine Sendung über Haus und Garten anzuschauen, werd ich verrückt. Ich komme nicht, wenn du nicht willst. Ich weiß, unsere Beziehung steht noch ganz am Anfang, und mit dieser ernsten Angelegenheit war es auch nicht einfach, aber ...«
Dieses »aber« hing eine ungemütlich lange Zeit in der Luft. Ich war mir nicht sicher, ob sie ihren Satz wirklich beenden wollte oder ob sie ihr »aber« ganz absichtlich dort hängenließ. Ich fand, sie sei nicht zynisch genug für so was. Ich war zutiefst gerührt. Dieses Mädchen bewies einen derart erschreckenden Mangel an Selbstachtung, daß ihn nur ein Meister auf diesem Gebiet, so jemand wie ich, wirklich zu schätzen wußte.
Ich meinte, ich wisse noch nicht, was nächstes Wochenende sei, und daß ich eine Menge Arbeit für die Schule zu erledigen hätte. Erst nachdem mir das rausgerutscht war, ging mir auf, daß ich vielleicht ein wenig zu unsensibel war, wo sie doch frischgebackene arbeitslose Lehrerin war. Ich fügte hinzu, am besten würde ich sie einfach im Laufe der Woche noch einmal anrufen, mal sehen, wie es bis dahin aussähe.
Das schien sie mir abzunehmen und verlor kein Wort mehr darüber. Bevor ich sagte, nun müsse ich aber los, versprach ich noch

einmal, sie im Laufe der Woche anzurufen. Martina seufzte leise, aber laut genug, um mir deutlich zu signalisieren, wie enttäuscht sie war, daß ich nicht einfach zugestimmt hatte. Ich wollte die Gelegenheit wahrnehmen, einen Streit vom Zaun zu brechen, um die Brocken endlich hinzuschmeißen, und fragte sie, ob irgendwas nicht in Ordnung sei. Sie zögerte kurz und sagte dann mit ihrer fröhlichsten Stimme, die sie aufbringen konnte, »Nein«, was tatsächlich außergewöhnlich fröhlich klang. Wir verabschiedeten uns, und ich legte auf.

# Sechzehn Uhr siebenundfuenfzig

Martina hatte mich deprimiert.

Ich wollte sie ja glücklich machen. Ehrlich. Doch wenn ihr Glück beinhaltete, daß ich mit ihr zusammenbleiben mußte, bis daß der Tod uns schied, dann konnte ich ihr nicht helfen. Es war zwar völlig sinnlos, aber trotzdem wünschte ich mir verzweifelt, ich hätte nie was mit ihr angefangen. Ich wünschte mir, das wäre alles nie passiert. Dann hätte ich zumindest ihr Freund bleiben und ihr helfen können, hätte stundenlang mit ihr am Telefon quatschen, hätte ihr sagen können, sie solle sofort kommen und bleiben, hätte zuviel Wein getrunken und ihr meine ziemlich schlechte Sean-Connery-Imitation vorspielen können. Nichts von alledem würde geschehen. Mit der Idee, nur »gute Freunde« zu sein, würde sie sich niemals abfinden.

Auf der Suche nach etwas Eßbarem trieb mich der Hunger in die Küche. Das einzige, was ich bei meiner wilden Suche in den Schränken auftreiben konnte, war eine Packung Vollkornreis. Am Ende entschied ich mich für eine Zigarette und zwei Scheiben Brot, die ich in den Toaster steckte, bevor ich aufs Klo ging.

Während ich so mit heruntergelassenen Hosen dasaß und sich der Anfangsschub meines ersten Stuhlganges des Tages leise andeutete, tauchte Martinas tränenreiches Gesicht mit der Beharrlichkeit eines Warnblinklichts vor meinem geistigen Auge auf. ›So wird sie aussehen, wenn ich ihr den Schlag versetze. Tränenreich. So als hätte ich den Yorkshire-Terrier ihrer Mutter mit bloßen Händen erwürgt, und nun käme sie an die Reihe. Warum versteht sie meine Botschaft nicht? Warum zwingt sie mich dazu? Warum hat sie keinerlei Selbstachtung?

Leg dir welche zu, Martina. Leg dir endlich Selbstachtung zu, sonst endest du noch so wie ich.‹

Zwei Tage nach Aggis Greueltat leugnete ich noch immer alles. An dem fraglichen Nachmittag ertappte ich mich plötzlich dabei, wie ich im Safeway an den Schnapsregalen entlangwanderte und die wirtschaftlichste Möglichkeit zu ergründen suchte, wie ich meinen Schmerz betäuben konnte, und noch über eine Woche bis zum nächsten Scheck. Rein traditionell betrachtet schrie die Situation – abgewiesener Liebhaber sucht Zuflucht in kurzer geistiger Umnachtung dank Alkohol – nach Wodka oder Whisky, doch sich schon am frühen Morgen mit Schnaps zu besaufen klang nicht gar so romantisch wie mit billigem Wein zum Beispiel, sondern roch zu sehr nach der echten Verzweiflung von Pennern und Vollgesoffenen, die ihre Frauen schlugen. So einen kleinen Suff konnte ich mir im Kopf immer noch wegargumentieren, also entschied ich mich für Safeways Lambrusco-Hausmarke. Kaum hatte ich die Automatiktür am Ausgang hinter mir, da hatte ich schon den Verschluß aufgeschraubt und einen großen Schluck genommen. Bis ich mit dem Bus zu Hause angekommen war, hatte ich bereits die halbe Flasche verputzt.

Ich wankte in mein Zimmer und schüttete Aggis Briefe aus dem Nike-Schuhkarton, in dem sie lagen, auf den Fußboden. Zwischen weiteren Schlucken sah ich mir jeden einzelnen genau an, alles in allem siebenundneunzig Stück. Das war das erste Mal, daß ich sie alle las. Angefangen vom ersten (zwölf Seiten liniert und gelocht, A4) bis zum letzten (ein einzelnes Blatt grünes Briefpapier, vor drei Wochen abgeschickt), baute sich mir ein Bild unserer Beziehung auf, das nicht mit dem vor meinem geistigen Auge übereinstimmte. Die Briefe erinnerten mich daran, wie unsere Beziehung wirklich gewesen war, frei von den Ereignissen der vergangenen Tage. Zwar wechselten nach einem Jahr die Themen, doch drehten sich alle Briefe um eines: wie sehr sie mich liebte. Ich weiß noch, wie ich dachte, das Mädchen in den

Briefen bewunderte mich, und genau die liebte ich, nicht das Mädchen, das mich fallengelassen hatte. Die andere war nur eine Betrügerin.

Stunden vergingen mit dem Sortieren der Briefe, und einige waren nicht mal datiert. Ich überraschte mich selbst dabei, wie ich sie aufgrund der Dinge, die darin erwähnt waren, genau datieren konnte. Zwei Briefe waren zum Beispiel unterschrieben »Love, Mary Jane«. Als sie sie mir geschrieben hatte (im März vor etwa zweieinhalb Jahren), stand ich gerade voll auf Spiderman, und Mary Jane war die Freundin des Spinnennetzwerfers. Dieses Detail und noch Tausende anderer funkelten von derart vielen Breitwandtechnicolorerinnerungen, daß es mir so vorkam, als seien die Briefe erst gestern geschrieben worden. Bis ich sie alle gelesen hatte, waren die beiden Flaschen leer gewesen, und Ströme von Tränen waren mir übers Gesicht geflossen. Ich ging hinaus, um ein wenig frische Luft zu schnappen, und landete prompt vor Aggis Haustür.

Mrs. Peters öffnete, führte mich ins Vorderzimmer, das nur für Besuch bestimmt war, und bot mir einen Tee an. Aggi sei nicht zu Hause, meinte sie, aber sie wäre in einer halben Stunde wieder da; sie sei nur kurz in die Bibliothek gegangen. Jede einzelne Minute dieser unendlich langen halben Stunde schwätzte sie auf mich ein (statt sich mit mir zu unterhalten), und ich sagte kaum ein Wort, da der Lambrusco mit meiner Fähigkeit, einfache Sätze zu bilden, kurzen Prozeß gemacht hatte. Sie fragte mich, ob Aggi mich zum Weihnachtsdinner eingeladen hätte, und da wußte ich, daß Aggi zuviel Angst gehabt hatte, ihrer Ma die Wahrheit zu sagen. Ihre Ma mochte mich sehr und ich sie auch. Ich mußte alle meine Kräfte aufbringen, um die Einladung nicht auf der Stelle anzunehmen.

Der Schlüssel im Schlüsselloch kündigte uns Aggis Rückkehr an, und im nächsten Augenblick, jedenfalls kam es mir so vor, standen wir uns gegenüber. Sie war so schön wie immer. Sie trug Jeans, eine karierte Bluse und eine weinfarbene Cordjacke, die mal mir gehört hatte. Sie war so schockiert, mich zu sehen, daß ihr beinahe die Bücher aus der Hand gefallen wären. Mrs. Peters verschwand, als sie merkte, daß wir irgendwie Zoff miteinander hatten und uns vielleicht aussöhnen wollten. Bevor sie ging, sagte sie noch: »Möchtest du noch einen Tee, mein Lieber?« Ich lehnte dankend ab.

»Du bist betrunken«, meinte Aggi aggressiv. »Ich kann es riechen. Wie kannst du es wagen, in diesem Zustand hierherzukommen.« Ich bat sie mit betrunkener Geste, sie solle sich setzen, aber das machte sie nur noch wütender. Ein paar Sekunden lang sagte ich nichts. Der Fußboden drehte sich derart stark, daß ich ganz verzweifelt etwas Festes suchte, um meinen Blick darauf zu heften.

»Du biss schön«, lallte ich schließlich und krallte mich an der Couchlehne fest, »aber ich bin morgn wenstens wieder nüchtern.« Ich fand das so lustig, daß, ich ungeheuer lachen mußte, und dieser Anfall warf mich auf die Couch zurück.

Aggi kam auf mich zu, bis sie über mir stand. Ich senkte den Kopf in den Schoß, um ihrem Blick zu entgehen, so sehr schämte ich mich dafür, daß es so weit mit uns gekommen war. Sie meinte, ich müsse gehen, und versuchte mich am Arm hochzuziehen. Der schmollende Fünfjährige, der in allen melancholischen Trinkern hockt, flippte aus und sagte ihr, sie habe nicht mehr das Recht, mich anzufassen. Ich denke, das erschreckte sie, jedenfalls setzte sie sich in den Sessel, der mir gegenüberstand, und gab ihr Bestes, um ihre Tränen zu unterdrücken.

»Was willst du von mir, Will?« fragte sie. Nun war sie an der Reihe, meinem Blick auszuweichen. Ich suchte in ihrem Gesicht nach irgendwelchen Anzeichen, daß sie mich erkannte – den Mann, sie den geliebt hatte –, fand aber keine. »Was hast du mir denn noch zu sagen? Es ist vorbei, und nichts, was du sagst, kann mich umstimmen.«

»Gar nichts?« fragte ich sie und versuchte immer noch Blickkontakt herzustellen.

Ich sagte zu ihr, ich wolle Antworten, ich müsse wissen, was ich getan hätte, daß sie mich nicht mehr liebe.

Der genaue Wortlaut ihrer Antwort war:
»Es liegt nicht an dir, es liegt an mir. Ich habe mich verändert. Ich dachte, ich könnte die Person sein, die ich deiner Meinung nach sein sollte. Eine Weile habe ich geglaubt, daß ich das auch wollte. Ich wollte die Liebe so spüren, wie sie in den Filmen ist, und das hast du mir gegeben, und dafür werde ich dir immer dankbar sein.«
Das ergab keinen Sinn. Sie sagte all diese wunderbaren Dinge über mich, aber die eigentliche Botschaft dahinter lautete: »Tschüs, ich hatte eine echt tolle Zeit.«
»Aber was hab ich denn falsch gemacht?«
»Du hast mich nicht wachsen lassen, Will. Ich bin mit dir ausgegangen, seit ich neunzehn war. Ich bin nicht mehr dieselbe! Aber du bist derselbe geblieben, du hast dich überhaupt nicht verändert – du bist nicht mit mir mitgewachsen –, deshalb sind wir so unterschiedliche Menschen. Und nun bekomme ich keine Luft mehr. Ich fühle mich beengt. Ich komme mir vor, als wolltest du mich in eine Falle locken.«
Ich versuchte ihr zu erklären, daß ich sie nicht in eine Falle locken wollte. Ich sagte ihr, sie könne jede Freiheit haben, die sie nur wolle. Aber sie meinte bloß, es sei zu spät. Sie wolle einen Neuanfang.
Doch bei einem Satz, den sie sagte, mußte ich echt lachen. »Das ist wie in dem Song«, meinte sie vollkommen ernsthaft. »›If you love someone, set them free.‹« Ich traute meinen Ohren nicht. Nicht nur, daß sie mein ganzes Leben ruinierte. Jetzt zitierte sie auch noch den bescheuerten Sting.
Grausamer, als eigentlich nötig gewesen wäre, fing ich an, den früheren Sänger von *Police* nachzuahmen und zu singen: »Free, free, set them free.« Sie fand das überhaupt nicht lustig. Ich wußte, unsere Unterhaltung würde zu ihrem endgültigen Ende kommen, wenn ich nicht etwas unternahm, irgend etwas, um ihr klarzumachen, welchen riesigen Fehler sie da beging. Aber sosehr ich mich auch bemühte, mir fiel nichts ein. Was noch schlimmer war, ich wurde langsam nüchtern, wo ich doch unbe-

dingt besoffen sein wollte, und sei es auch nur als Ausrede, warum ich in ihrem Wohnzimmer flennte.
Sie stand auf, so als wollte sie sagen, sie habe nun genug davon. Ich erhob mich ebenfalls, ging zur Haustür und öffnete sie. Sie folgte mir bis in den Flur. Mit tränenvollen Augen stand ich draußen auf der Türschwelle und meinte zu ihr: »Aggi, was willst du eigentlich? Und warum bin ich nicht das, was du willst?«
Sie sah mich mit leerem Gesichtsausdruck an und machte die Tür zu.

Ich betätigte die Klospülung und zog die Hosen hoch. Der Toast in der Küche war schon lange fertig und längst kalt geworden. Ich hasse kalten Toast.

# Siebzehn Uhr siebenundvierzig

Ich glaube, Aggi und ich wären wahrscheinlich immer noch zusammen, wenn wir uns damals nicht getrennt hätten. Wenigstens hoffte ich das. Mit unseren gemeinsamen Gehältern hätten wir uns vielleicht sogar das Londoner Äquivalent zu Alices und Bruces Wohnung leisten können, eine nette Wohnung in Highgate, nicht diese schlechtmöblierte Schuhschachtel in Archway. Natürlich konnte ich mir da nicht sicher sein, aber ich stellte mir gerne vor, daß es irgendwo da draußen ein Paralleluniversum gab, wo sich alles zum Guten gewendet hatte.

Es war schon immer mein sehnlichster Wunsch gewesen, ein eigenes Dach überm Kopf zu haben. Mit dreizehn (doch wenn ich so zurückblicke, kann es auch mit vierzehn gewesen sein) hatte ich mich unsterblich in Vicki Hollingsworth verknallt, und zwar so sehr, daß ich mich imstande fühlte, eine ernsthafte Bindung einzugehen, was ich ihr auch sagte. Es war Essenszeit an einem Dienstag, ich war in der Schulkantine, und ich sah wie verzaubert zu, wie sie die Marmeladensandwiches verputzte, aus denen ihr Mittagessen bestand, eines nach dem anderen. Ein Fleck Erdbeer zierte ihre Oberlippe, und ich erinnere mich noch daran, den dringenden Wunsch verspürt zu haben, ihn abzulecken. Statt dessen zähmte ich mein jugendliches Verlangen, stand auf und durchquerte den Saal, bis ich vor ihr stand. Emma Golden, Vickis beste Freundin, war gerade aufgestanden, um die Reste ihres Essens in die riesige Mülltonne zu schaben, die am Haupteingang stand, und so waren wir beide allein. Ich senkte den Blick zu Boden, und mein Teenager-Ego meinte zu ihr: »Vicki, ich weiß nicht, ob du dir dessen bewußt bist, aber wir sind füreinander bestimmt.«

Ich hatte diesen Spruch keine vierundzwanzig Stunden zuvor in der Montagabendfolge von *Crossroads* gehört. In dem Augenblick, als diese Worte aus unserem Fernseher strömten und in meine Welt drangen, hielt ich sie für die zauberhaftesten, wunderbarsten Worte, die je ausgesprochen worden waren. Ich sah kurz von meinen Schuhen auf und studierte ihr Gesicht, während sie über meinen Antrag nachdachte. Ich konnte fast sehen, wie meine Worte hinter ihren haselbraunen Augen von einem Ohr zum anderen und zurück purzelten, während sie abwesend den Kopf von einer Seite zur anderen wiegte. Nach einer Weile kreuzte ihr Blick kurz den meinen, bevor sie in Richtung Haupteingang davonrannte. Mein Blick blieb auf den Stuhl geheftet, auf dem die Pobacken dieser Vision an Liebreiz gerade noch gesessen hatten.

Ich setzte mich auf Emma Goldens Platz und legte heimlich meine Hand auf den Platz, den Vicki freigemacht hatte. Er war noch warm.

In all den tausend Malen, die ich diese Szene im Kopf durchgespielt hatte, war Vicki von den Gefühlen über meinen Satz derart überwältigt gewesen, daß sie mich an jene Region ihres Oberkörpers gedrückt hatte, wo sich eines Tages ihre Brüste entwickeln würden, und wisperte: »Ich liebe dich.« Ich hatte mir glückliche Teenagerjahre in der sicheren Gewißheit vorgestellt, jemanden zu haben, den ich liebte und der diese Gefühle erwiderte.

Als ich wenige Minuten später Vicki wieder durch die Schulkantine kommen sah, riß ich meine Hand schuldbewußt von ihrem Platz und stand auf. Neben ihr lief Gary Thompson, ein staatlich anerkannter Blödmann aus der Klasse über mir und unglücklicherweise so was Ähnliches wie Vicky Freund. Er war satte dreißig Zentimeter größer als ich, lächelte nie und hatte kleine Punkte auf dem Handrücken, wo er sich Gerüchten zufolge selbst mit einem Bleistift der Stärke HB gepikst hatte, um sich eine Bleivergiftung zu verpassen. Als Gary einen Schritt auf

mich zu machte, schlurfte ich rückwärts, um ihm Platz zu machen.
»Ich zähl bis zehn«, meinte Thompson drohend.
»Okay«, sagte mein Teenager-Ego und widerstand dem inneren Drang, ihm zu sagen, er könne von Glück reden, daß ich ihm seine Perle nicht ausgespannt hätte.
»Und wenn du dann immer noch hier bist, dann bist du ein toter Mann.«
Das ließ ich mir nicht zweimal sagen.

Den Rest meiner Schulzeit über wechselte ich kein Wort mehr mit Vicki. Als ich sie vor zwei Jahren mal im *Royal Oak* traf, rechnete ich immer noch halb damit, daß Gary Thompson aus dem Nichts auftauchen und mir einen Satz Brennesseln verpassen würde, weil ich im selben Pub war wie sie. Nach einer ausgedehnten Phase des Blickwechsels kam sie herüber und redete mit mir. Sie fragte mich, was ich denn so anstellte. Damals war ich schwer auf Stütze, also erzählte ich ihr, ich sei Chirurg an einem Lehrkrankenhaus in Edinburgh. Sie war beeindruckt. Als ich sie fragte, wie es ihr denn so ging, erzählte sie mir, sie sei mit einem sechsundvierzig Jahre alten Lastwagenfahrer namens Clive verheiratet und habe drei Kinder, von dem eines nicht von Clive sei, was er aber nicht wisse. Ich fragte sie, ob sie alles habe, was sie sich vom Leben erhofft hatte. Sie sah in ihren Gin Tonic, erhob ihr Glas und meinte: »Ja.«
*Tausend Dank, Gary Thompson.*
Aber meine Lektion lernte ich nie. Selbst nach Vicki war Stabilität alles, was ich jemals von einer Frau wollte. Mein einziges Lebensziel war es, eine Freundin zu finden, bei der ich mich so sicher fühlte, daß ich mir nie wieder Sorgen um Beziehungen machen mußte. Aber daß es mit den Frauen, mit denen ich ausging, nie klappte, war immer meine Schuld. Ich unterschätzte einfach das Ausmaß meiner Unsicherheit. Das hatte nichts mit mangelndem Selbstwertgefühl zu tun – ich hielt mich für einen ziemlich guten Fang –, mein Problem lag darin, daß ich den

Frauen, mit denen ich zusammen war, niemals glaubte, daß sie die Wahrheit sagten, denn die Wahrheit ändert sich nie, aber die Menschen schon, wie ich ja wußte. Ich wußte, das war nicht bei jeder so, manche hatten ein ziemliches Stehvermögen, aber man konnte unmöglich sagen, welche von ihnen. Frauen sollten mit Etiketten versehen sein – das würde die Sache erheblich erleichtern.

Wenn Aggi und ich immer noch zusammengewesen wären, dann hätte ich sie gebeten, mich zu heiraten. Sie hätte mich natürlich abgewiesen, denn in unserem letzten gemeinsamen Jahr hatte sie mir erzählt, daß sie nicht mehr an die Ehe glaubte. Über diesen Entschluß informierte sie mich mitten in der Vorführung einer neuen Kopie von *Das verflixte siebente Jahr*, als wir in der mittleren Reihe von Kino 2 des Cornerhouse-Center saßen.

»Will«, flüsterte sie mir ins Ohr, »die Ehe ist eine blöde Idee. Das wird nie ein Renner.«

»Ist aber doch schon einer«, erwiderte ich.

»Na, bei mir nicht.«

Und das wars auch schon. Ich würde gern glauben, daß sie das gesagt hat, damit wir nicht aus Versehen in die Ehe schlitterten, wie das so vielen Pärchen nach der Uni passierte, aber wahrscheinlich war das eher so was wie eine eingebaute Rücktrittsklausel, ein Strichcode, der auf unserer Beziehung klebte, welcher mir zwar den Eindruck vermittelte, unsere Liebe sei bis in alle Ewigkeit jung, in Wirklichkeit aber das Gegenteil besagte: Unsere Liebe war mit einem codierten Mindesthaltbarkeitsdatum versehen, das nur sie lesen konnte.

Nach meinem Abschluß hielt ich tatsächlich um ihre Hand an. Das Gespräch verlief in etwa folgendermaßen:

ICH: Aggi, laß uns heiraten. Ich meine, willst du mich heiraten?

AGGI: *(mit fester Stimme)* Nein.

ICH: Warum nicht?

AGGI: Es würde mir nicht gefallen. Es wäre zu beengend.

Ich: Woher weißt du das? Du warst doch noch nie verheiratet.

AGGI: Nein, aber ich hab mal eine Weile mit einem Liebhaber zusammengelebt.
ICH: Was hast du? Du bist ... du hast mit einem ...
AGGI: Ich hätte es dir nicht erzählen sollen. Ich wußte, du würdest gereizt sein deswegen.
ICH: *(verärgert)* Gereizt? Gereizt? Ich glaub, ich hab jedes Recht, gereizt zu sein, wenn ich erfahre, daß meine Freundin tatsächlich schon mal mit 'nem Kerl zusammengewohnt hat. Wer war's? Kenn ich ihn?
AGGI: Nein ... na ja, doch.
ICH: Wer? Raus damit. Wer von ihnen war's?
AGGI: Martin.
ICH: *(tobend)* Martin? Martin? Aber seine Augen stehen zu eng zusammen. Du kannst doch nicht ernsthaft mit jemandem zusammengelebt haben, dessen Augen zu eng zusammenstehen! Da hast du ganz offenkundig einen Fehler begangen.
AGGI: Will, jetzt wirst du hysterisch.
ICH: Ich bin nicht hysterisch. Ich bin ich. Das solltest du auch irgendwann mal versuchen.

Ich kannte alle ihre Exfreunde, weil ich sie nach unserer vierten Verabredung dazu überredet hatte, mir davon zu erzählen. Von allen sieben war Martin derjenige, den ich am wenigsten leiden konnte. Aggi war erst siebzehn gewesen, als sie ihn in einem Nachtclub in Nottingham kennenlernte. Drei Wochen später zog sie in ein Zimmer in seiner Studentenbude, und eine Woche darauf in sein Schlafzimmer. Er war zwanzig und studierte Politik am Polytechnikum. Er war eine wandelnde Tragödie, der beste Grund, den ich je gesehen habe, warum man die Reichen auffressen sollte. Er hatte die Zeit zwischen null und achtzehn in Internaten verbracht, wo er Briefmarken sammelte, ruderte und *Dungeons and Dragons* spielte. Nachdem man ihn in Oxford wegen seiner lausigen Abschlußnoten nicht genommen hatte, landete er an der damals noch so genannten Polytechnischen Hochschule. Als ihm klar wurde, daß er kurz davor stand, von einem

Mob sozialistischer Arbeiter zu Tode geprügelt zu werden, die jeden Tag vor dem Unihauptgebäude standen und den *Militant* verkauften, beschloß Martin – der eingebildete, wertlose, platzvergeudende Martin –, sich als ultimativen *Smiths*-Fan auszugeben. Raus flogen seine Chinos, die Pullover mit V-Ausschnitt, Hemden mit angeknöpftem Kragen und der nichtssagende Haarschnitt, rein kam alles, was nach Morrissey auch nur aussah. Er trug diese blöde Morrisseytolle, diesen blöden Morrisseymantel, die blöden Morrisseyschuhe, aber wo er um alles in der Welt jemals diese blöde Morrisseybrille fand, die zu seinen kleinen, viel zu eng stehenden Knopfaugen paßte, werd ich wohl nie erfahren. Der Grund, warum ich so viel über Martin wußte, war der, daß mir die Schicksalsgötter bei meiner dritten Busfahrt nach London, als ich auf Wohnungssuche war, einen Platz genau neben ihm bestimmt hatten. Wir waren uns schon mal vier Jahre früher im *Royal Oak* begegnet, als Aggi gezwungen war, uns gegenseitig vorzustellen, weil seine *Smiths*-Epigonenband *The Charming Men* ein Konzert gaben, wovon wir nichts gewußt hatten. Die ganze Fahrt nach London über (fünf fürchterliche Stunden lang!) quasselte er ununterbrochen von Aggi und wie sehr sie sein Leben verändert habe.
Was mich wirklich an Aggis Erfahrung im »Zusammenleben« aufregte, war die Tatsache, daß sie die Geschichte nicht für eine große Sache hielt. Sie hatte drei Monate bei ihm gewohnt, bis sie ihn für einen anderen Studenten sausenließ, den sie in einem anderen Nachtclub kennengelernt hatte, und wieder zurück zu ihrer Ma zog. Ich sah diese Episode als eine Bedrohung für alles an, was wir gemeinsam hatten. Wenn alles, was man hat, man selbst ist, dann ist das eine große Sache, wenn man sich selbst einem anderen hingibt, sieben Tage die Woche, vierundzwanzig Stunden am Tag. Mit Knopfauge Martin hatte sie das drei Monate lang machen können, warum also konnte sie dann nicht den Rest ihres Lebens mit mir verbringen?

Wenn ich wüßte, daß ich eines Tages für den Rest meines Lebens mit Aggi in einer Wohnung leben würde, dann könnte ich mich entspannen – ich wäre glücklich. Ich würde mir ein Hobby zulegen. Vielleicht würde ich es sogar mit Fußball versuchen. Ich wäre NORMAL. Aber Aggi war nun mal nicht hier, und die Chancen, daß sie es jemals sein würde, standen schlecht. Sie war diejenige, die ich wollte. Die einzige. Sie war für mich geschaffen. Ich war für sie geschaffen. Sie war meine Legendäre Freundin, und ich würde sie bis ans Ende meiner Tage vermissen.
Ich stand auf, öffnete das Fenster, setzte mich aufs Fensterbrett und ließ die Beine nach draußen baumeln. Dann zündete ich mir eine Zigarette an und ließ ganz leise einen fahren. Ich kicherte in mich hinein und sog an der kalten feuchten Luft mit Nikotin, wovon ich husten mußte und mir etwas Schleim in der Kehle gurgelte. Es war toll, das Fenster zu öffnen. Mir war gar nicht aufgefallen, wie abgestanden die Luft in der Wohnung war, aber nun konnte ich fast sehen, wie sehr sie sich darum bemühte, zu entkommen. Die Glut an meiner Kippe wirkte warm und einladend. Eine lange Aschensäule fiel auf meine Jeans. Ich wischte sie fort, und nach einer Weile dachte ich wieder an Essen. Ich drückte die Kippe aus, verließ mein Fensterbrett und ging in die Küche. Ich machte eine Dose Spaghetti auf, schüttete sie in eine Pfanne und schaltete die Herdplatte auf die höchste Stufe. Ich wollte mir gerade die nächste Zigarette anzünden, als das Telefon klingelte.

# Achtzehn Uhr acht

Geht es dir gut, mein Lieber?« fragte meine Großmutter.
»Gar nicht mal so schlecht«, erwiderte ich. »Kann mich nicht beklagen. Und geht es dir gut, Oma?«
»Ja, danke dir, mein Lieber. Und dir?«
»Gar nicht mal so schlecht. Und dir?«
»Gut. Und dir?«
»Bestens. Und dir?«
»Prima!«
Meine Oma war nicht senil und ich auch nicht. Das war nur unser kleines Spielchen, aber ich war mir nicht ganz sicher, wie topp meine Oma war, wenn es um Ironie ging. Was mich betraf, so war das unsere Methode, die Peinlichkeit zu umschiffen, die durch die Tatsache ausgelöst wurde, daß wir nichts gemeinsam hatten, mal abgesehen von Francesca Kelly (meiner Mutter). Wir konnten uns, wenn wir uns sahen, stundenlang prima unterhalten, aber am Telefon geriet unser Gespräch stets völlig außer Kontrolle. Ich glaube, wir redeten deshalb in Klischees, weil wir uns sicherer fühlten, doch falls meine Oma in Wahrheit gar nicht bei diesem Spiel mitspielte, dann hieß das wohl, daß ich der böse, böse Enkel war, der einen beschissenen Sinn für Humor hatte.
»Deine Mutter ist nicht zu Hause«, meinte Oma.
»Ach, nicht?«
»Und wo ist sie dann?«
»Keine Ahnung, Oma. Wahrscheinlich ist sie ausgegangen.«
»Oh.«
»Oh.«
»Oh.«

Ich stieß ein neues Thema an. »Schönes Wetter heute, nicht wahr?«

»Nicht besonders«, entgegnete Oma. »Hier regnet es Bindfäden. Mrs. Staff von der anderen Straßenseite meint, es ist der kälteste September seit Menschengedenken.«

»Ach, wirklich?«

»Der kälteste seit Menschengedenken.«

»Ist ja nicht zu fassen.«

»Einen herzlichen Geburtstag morgen«, meinte Oma. »Ich hätte dich ja morgen angerufen, mein Lieber, aber Mrs. Baxter hat ihren Gatten dazu überredet, ein paar von uns in den Lake District zu chauffieren. Ich hoffe, du bist nicht beleidigt, mein Lieber.«

»Aber natürlich nicht, Oma, mach dir keine Gedanken. Viel Spaß. Und bring mir 'n Stück Minzkuchen aus Kendal mit, okay?«

Oma wurde ganz aufgeregt. »Oh, du magst Kendal-Minzkuchen? Dann muß ich dringend in den Fabrikverkauf!«

»Ja. Das wär toll.«

»Also, ich mach mich dann mal auf den Weg, mein Junge. Paß gut auf dich auf, und einen schönen Geburtstag noch.«

»Ja, Oma, mach ich.«

»Oh, bevor ich es vergesse, muß ich dir noch sagen, daß deine Karte erst später kommt. Ich habe gestern den ganzen Tag versucht, deine Mutter anzurufen, um deine Adresse zu bekommen. Und nun habe ich die letzte Post sowieso verpaßt. Aber sie kommt bestimmt am Dienstag an. Ist doch nicht schlimm, oder? Lieber spät als gar nicht.«

»Ja, Oma. Lieber spät als gar nicht.« Ich warf einen Blick quer durchs Zimmer auf die Karte, die sie mir geschickt hatte und die nun auf der Stereoanlage stand. Vielleicht wurde sie doch langsam senil.

Als ich das Telefon auflegte und mich fragte, was genau ich mit einem lebenslangen Vorrat an Kendal-Minzkuchen anfangen sollte, den sie mir mit Sicherheit kaufte, wurde mir klar, daß meine Spaghetti angebrannt waren. Der Grund, warum ich mich so plötzlich an mein Essen erinnerte, war der Rauch, der sich im

Augenblick unter der Küchentür hindurcharbeitete und den Rauchmelder erreicht hatte, der nun das Urgeräusch aller nervtötenden Sirenen von sich gab. Nach fünf Tagen in dieser Wohnung hatte ich den Alarm schon sechsmal gehört. Er war einfach zu sensibel; man brauchte nur seinen Toast ein wenig zu sehr zu rösten, und schon ging die Sirene an. Wenn das geschah, spielte das ganze Haus eine Partie des hübschen Ausdauerspielchens, das da hieß: »Ich lass' mich lieber zu Tode rösten, als meine versiffte Wohnung zu verlassen und den Alarm abzustellen.« Die Regeln waren ganz einfach, wenn auch ein wenig lax: Mal sehen, wie lange du den Alarm erträgst, bis du gezwungen bist, aufzustehen und ihn im Erdgeschoß im Sicherungskasten auszustellen. Es gab sechs Hausbewohner – ich hatte schon einmal verloren, die Bewohner aus den Erdgeschoßwohnungen waren je zweimal dran gewesen, und der alte Mann im obersten Stock war einmal fällig gewesen. Der Mann im Appartement 4 auf meiner Etage und die Frau im Appartement 6 im obersten Stock hatten ihn überhaupt noch nicht abgestellt, was meiner Meinung nach bedeutete, daß sie entweder taub waren oder es mit Spielchen à la russisches Roulett sehr ernst nahmen.

Trotz des Lärms gab es ein noch drängenderes Problem zu lösen – die verkokelnden Spaghetti. Als ich die Tür zur Küche ganz öffnete, rechnete ich schon halb damit, mich einer Szene aus *Flammendes Inferno* gegenüberzusehen, und war hoch erfreut, daß ich nur fürchterlich husten mußte, weil alles dick schwarz verräuchert war. Meine Augen fingen beinahe auf der Stelle zu tränen an. Ich drückte sie fest zusammen, streckte die Hand nach den Armaturen aus und stellte die Platte ab. Ich nahm ein Geschirrtuch meiner Mutter (ein Erinnerungsstück an Bournemouth), trug die Pfanne vorsichtig hinaus, öffnete das Fenster im Wohnzimmer, stellte sie aufs Fensterbrett und schloß das Fenster. Der Rauch konnte nun nirgendwohin entweichen und waberte durch die Wohnung wie einer dieser lächerlich nebligen Abende in alten Sherlock-Holmes-Filmen. Zeit für einen weiteren Spaziergang.

Gerade als ich an die Haustür kam, trat die Frau von unten, gekleidet in einen weißen Bademantel und riesige *Garfield*-Hausschuhe, aus ihrer Wohnung, eine schwarze Wolke reinster Verärgerung über ihrem Kopf wie einen Heiligenschein aus reinstem Haß. Sie stellte sich auf die Zehenspitzen – der arme Garfield preßte unglücklich sein Gesicht in den verdreckten Teppich – und versuchte den *Reset*-Knopf im Sicherungskasten zu drücken. Ich lächelte sie rein nachbarschaftlich an. Sie warf mir einen finsteren Blick zu. Nur wenige Sekunden nachdem ich das Gartentor erreicht hatte, hörte der Alarm auf.

Es regnete mal wieder. Archway wirkte noch trister als üblich, alle Farben waren weggewaschen, und übrig blieben nur Grautöne und Hundekotbraun. Ich zog den Kopf so weit wie möglich in den Kragen meines Mantels zurück (der immer noch müffelte) und machte mich auf den Weg zum Zeitungsstand oben an der Straße.

Der Kiosk an der Holloway Road wurde von einer alten Italienerin betrieben, die weiße Haare und eine Haut wie ein gegrilltes Hühnchen hatte. Dem Ladenschild zufolge gehörten auch ihre Söhne zu dem Unternehmen, was ich aber nicht bestätigen konnte, da ich sie noch nie gesehen hatte. Mein Problem, das ich mit ihr hatte, und zugleich auch der Grund, warum sie auf meiner geistigen Abschußliste stand (und zwar auf einem der unteren Ränge, eingezwängt zwischen meinem Bankdirektor und *Foster Menswear*), war ihr Benehmen, auf das Mussolini stolz gewesen wäre. Jeden Morgen, wenn ich in ihren Laden trat, hing sie an dem Münztelefon auf der Ladentheke wie ein Baby an der Nabelschnur und übersah die Kunden absichtlich, bis es in ihrem Gespräch eine passende Pause gab, was, wie ich am Dienstag herausgefunden hatte, bis zu sechs Minuten dauern konnte. Ich haßte die Frau, und da ich noch immer von meinem Haß auf Simon getrieben wurde, fand ich, daß nun ein sehr günstiger Zeitpunkt gekommen sei, um Rache zu üben.

Wie üblich stand sie hinter der Theke, und wie üblich brüllte sie in das Münztelefon, wobei sie ab und zu dasselbe italienische

Wort wiederholte und kräftig den Kopf schüttelte. Niemand sonst war im Laden. Nur wir beide. *Italo-Oma* gegen *William, den Englischlehrer. Ding! Ding! Runde eins.* Ich weiß nicht, was über mich kam, aber ich ließ zwei *Yorkie*-Riegel, eine Packung Rolos und eine *Cosmopolitan* in meiner Manteltasche verschwinden und ging ohne zu zahlen hinaus, ohne auch nur ansatzweise so zu tun, als hätte ich den gesuchten Gegenstand nicht gefunden. Obwohl sie von ihrem Platz nicht mal aufsah, als ich mich zur Tür vorarbeitete, rannte ich wie von allen sprichwörtlich guten Geistern verlassen den ganzen Weg nach Hause und stellte mir vor, wie ihr plötzlich die Untat bewußt wurde und sie mitten im Satz ihr Gespräch unterbrach, um ihre Söhne herbeizurufen, die mich abmurksen sollten, weil ja die Familienehre auf dem Spiel stand.

Ich hatte seit über sechzehn Jahren keine Süßigkeiten mehr geklaut. Damals hatten Simon und ich eine Handvoll Brausebonbons bei dem Zeitungsstand um die Ecke von der Grundschule stibitzt und sie uns in die Hose gestopft, weil wir dachten, daß die Polizei dort niemals suchen würde, falls wir geschnappt würden. Es war toll, wieder mal ein solches Abenteuer zu erleben, mal wieder zu spüren, was Leben eigentlich ist. Eine Packung Rolos zu klauen war nicht gerade das Husarenstück eines Meisterdiebs, aber glücklich war ich dennoch. Das wichtigste war, daß ich es dieser vertrockneten alten italienischen Schnepfe gezeigt hatte. 1 : 0 für mich.

In der Wohnung hatte der Rauch es geschafft, sich dorthin zurückzuziehen, wohin der Rauch nun mal geht, wenn er sich zum Sterben niederläßt. Ich überprüfte den Anrufbeantworter (keine Nachrichten) und besah mir die Spaghetti auf dem Fensterbrett. Die Pfanne qualmte nicht mehr. Nicht alle Spaghetti waren bei dem Großbrand ums Leben gekommen, ein paar Überlebende schwammen noch auf einer schleimigroten Lache. Ich steckte einen Finger hinein, um zu probieren, sie waren kalt und naß von Regen, nicht von Tomatensauce, aber solange die verkohlten Spaghetti untendrunter nicht aufgewirbelt wurden, schmeckte es nicht allzu fürchterlich. Die Pfanne allerdings war hinüber, was ziemlich dumm war, da ich sie mir gegen den ausdrücklichen Wunsch meiner Mutter aus einem passenden Dreiersatz »ausgeliehen« hatte. Ich aß die Rolos und die Riegel, und dann war mir schlecht, und ich übte mich in Selbstmitleid.

Ich suchte nach dem Telefon, rief erneut bei Alice an und hinterließ ihr eine Nachricht, sie solle mich so bald wie möglich zurückrufen, und sei es drei Uhr früh, weil es sich um einen Notfall handele.

Ich stellte den Fernseher an, eine Aktion, die ich schon die ganze Woche über mit allen Kräften zu vermeiden gesucht hatte. Sosehr ich es liebte fernzusehen, aber der Gedanke, meine Zeit damit zu verplempern, machte mich noch trauriger und verzweifelter, so als ergäbe ich mich ohne jeden Widerstand in mein Schicksal, mich in einen völligen Versager zu verwandeln. Meine Ma hatte mir den tragbaren Fernseher als verfrühtes Geburtstagsgeschenk gekauft, bevor ich auf die Uni ging. Sie hatte gesagt, und ich zitiere: »Er wird dir wie ein Freund sein. Etwas, das im Hintergrund läuft, wenn dir mal ein wenig einsam ist.« Nett von ihr, so etwas zu sagen, doch von dem Tag an hatte ich fürchterliche Angst, daß der Tag kommen würde, an dem ich den Fernseher wirklich als meinen Freund betrachtete, wenn ich nicht aufpaßte.

Es lief sowieso nichts Gescheites. Ich zappte durch die Programme und wartete darauf, daß was Gutes lief. Sport, irgendwas über Kunstgeschichte, Nachrichten, Pferderennen und eine Werbung für Windeln. Verzweifelt beschloß ich, woanders nach Ablenkung zu suchen, ließ den Fernseher aber im Hintergrund laufen und schrieb erneut einen Brief an die Bank.

*Sehr geehrter Herr,*

*mit Bezug auf meine gegenwärtige finanzielle Lage wende ich mich direkt an Sie. Ich habe gerade eine neue Stelle in London angetreten. Aufgrund der hohen Umzugskosten und der Tatsache, daß ich erst Ende September Gehalt bekomme, wäre ich*

*Ihnen sehr dankbar, wenn Sie meinen Überziehungskredit bis Ende November um weitere £ 500 aufstocken könnten.*

*Mit freundlichen Grüßen*
*William Kelly.*

Als ich den Punkt nach dem y in Kelly gesetzt hatte und mich fragte, ob da wirklich ein Punkt hinkam, warf ich einen Blick in den Fernseher und suchte dann im Raum herum, um dort bestätigt zu bekommen, was ich gerade fühlte. Ich sah wieder auf das Blatt Papier und fand die Antwort. Mir war langweilig. Als ich noch klein war und zu meinem Dad meinte, mir sei langweilig, hatte er mir immer geantwortet, daß ich eines Tages schon noch rausfinden würde, was Langeweile wirklich bedeute, und dann würde es mir leid tun. In jenem Augenblick, als ich in meiner Wohnung saß und mir nahezu jeglicher Wille, irgend etwas zu tun, abging, wurde mir klar, daß ich tatsächlich herausgefunden hatte, was Langeweile wirklich bedeutete, und es tat mir *wirklich* leid. Als es mir als Kind langweilig war, da hatte ich ja noch das ganze Leben vor mir. Ich konnte es mir locker leisten, hier und da ein paar Jährchen damit zu verplempern, nichts zu tun. Doch nun, da mein sechsundzwanzigster Geburtstag bereits hinter mir lag, hatte ich keine Zeit mehr zu vergeuden, die mich später in meinen Träumen verfolgte, wie zum Beispiel die zwei Jahre auf Stütze es jedesmal taten, wenn ich wieder von jemandem aus meinem Abschlußjahr hörte, der einen Job bei *Empire* gekriegt hatte, £ 30 000 Pfund im Jahr machte oder einfach nur sein Leben lebte.
Ich zappte weiter. Die Zimmerwände waren interessanter als das, was auf der Mattscheibe passierte, also blieb mein Blick dort und sog all die Jahre, die die Verzweiflung in die Tapete gebrannt hatte, auf, bis er schließlich auf Aggis vollgekritzeltem Foto hängenblieb. Ich kroch unter die Bettdecke, warf Hose und Socken von mir, machte ein Kissen draus und legte mich ins Bett. Und da lag ich eine ziemlich lange Weile und dachte an gar nichts.

# Achtzehn Uhr vierund-dreissig

In der rechten Zimmerecke, gleich über der Gardine, erregte ein Spinnennetz, durch das ein stetiger Zug wehte, der durch den armselig konstruierten Fensterrahmen pfiff und sein Bestes tat, es von der Wand zu zerren, meine Neugier. Es wirkte ein wenig fadenscheinig, so als hinge es dort nur zu dekorativen und keineswegs praktischen Zwecken. Ich dachte, die Spinne, die diese seidige Falle gespannt hatte, würde wohl hungrig bleiben, weil sich ja wohl keine anständige Stubenfliege, die was auf sich hielt, in einem derart bescheidenen Netz fangen ließ. Selbst Mutter Natur, so schien es, war in der Lage, Kreaturen zu erschaffen, die ebenso faul, apathisch und halbherzig waren wie ich.
Das Telefon klingelte und hinderte mich daran, meine Gedanken über Spinnen, Fliegen und Netze weiterzuführen. Es klingelte drei- oder viermal, bevor ich aus dem Bett stieg, um dranzugehen, während ich die Chancen ausrechnete, wer denn wohl dran sein mochte:

Aggi (1000 zu 1)
Alice (5 zu 1)
Kate (3 zu 1)
Martina (2 zu 1, aussichtsreichste Kandidatin)

»Hi, ich bin's.«
»Hi«, erwiderte ich und schämte mich, daß ich ganz gegen meinen Willen immer noch auf die krasse Außenseiterin gesetzt hatte. »Was hast du denn so angestellt?«

»Nichts«, erwiderte Kate. »Und du?«
Ich erinnerte mich daran, versprochen zu haben, zurückzurufen, und überlegte, ob ich wohl Schuldgefühle haben müßte, doch dann ging mir auf, daß Kate mich angerufen hatte, obwohl ich mich nicht gerührt hatte. Kate wollte also *tatsächlich* mit mir reden. Ich entspannte mich sofort wieder. In der Entfernung konnte ich die Sirene eines Streifenwagens hören.
»Tut mir leid, daß ich nicht zurückgerufen habe, obwohl ich es versprochen hatte. Ich bin eingeschlafen.«
»Ich liebe Schlafen«, meinte Kate. »Das ist so eine Art Hobby von mir.«
Sie ließ ein kleines Lachen hören, und ich schloß mich ihr an, doch während ihr Lachen nach Freude und Sommer klang, war meins eher nervös und fahrig, weil ich mit dem Gedanken beschäftigt war, ob sie wohl nackt schlief oder nicht.
»Und was machst du heut abend?«
»Nichts«, erwiderte Kate. »Ich hab kein Geld. Außerdem geh ich nicht gern aus. Ich dachte, ich bleib heut abend zu Hause und schau in die Glotze.«
»Gute Idee«, sagte ich und nickte überflüssigerweise.
»Was läuft denn?«
Ich fand die Fernbedienung unter einer grauen Hose. Das rote Licht am Fernseher flackerte einmal kurz, und dann entfaltete sich vor meinen Augen eine Episode von *Dad's Army*. Ich übermittelte Kate diese Botschaft, und gemeinsam sahen wir schweigend zu, sie in Brighton, ich in London, vereint durch das Wunder der Television. Schütze Pike hockte auf einem Berg Möbel auf der Ladefläche eines Lastwagens, der direkt neben einem Telegrafenmast stand. Soweit ich mitbekam, befand sich da oben eine Bombe, und sein Befehl lautete, sie herunterzuholen.
»Ich liebe *Dad's Army*«, sagte ich leise in der vagen Hoffnung, Kate würde mich nicht hören.
»Ja«, erwiderte sie. »Ich muß da jedesmal fürchterlich lachen.«
Wir saßen schweigend da (von einem gelegentlichen Lacher abgesehen) und schauten zu, wie Schütze Pike oben auf dem Tele-

grafenmast steckenbleibt und Captain Mainwaring versucht, ihn aus dieser unangenehmen Lage zu befreien. Es war kein peinliches Schweigen. Ich fühlte mich ihr so nahe, als würde sie im Bett neben mir sitzen und mir geistesabwesend eine Tüte Käse-Zwiebel-Chips anbieten, ihren Kopf an meine Schulter lehnen und sich daran freuen, so etwas Prosaisches zu tun wie fernsehen.

»Und was läuft sonst noch?« fragte Kate nach einer Weile.

Ich zappte herum, stieß in BBC 2 auf einen Dokumentarfilm über High-Tech-Diebe, die in Firmen im Silicon Vally Computerchips klauen, und war wie gebannt. Ich erzählte Kate ganz aufgeregt, sie solle umschalten, und in der folgenden Viertelstunde erfuhren wir alles über den Anteil der Mafia am Multimilliarden-Dollar-Schwarzmarkt mit geklauten Chips. Kate interessierte sich nicht so besonders für die Sendung, aber obwohl sie eigentlich sofort wieder auf *Dad's Army* umschalten wollte, schaute sie mir zuliebe weiter BBC 2. Ich war gerührt. Schließlich (nachdem die Microchipsendung vorbei war) wechselten wir zu Channel Four, weil auf ITV Nachrichten liefen und keiner von uns beiden Nachrichten unterhaltend fand, und wir wollten ja schließlich unterhalten werden. Während eines Auto-Werbespots versuchten Kate und ich, uns in einer Minute so viele lächerliche Autonamen wie möglich auszudenken. Unsere Top Drei lauteten:

1. Der Nissan Nippel
2. Der Vauxhall Prostata
3. Der Ford Uuuh!

Der Werbeblock ging zu Ende, und eine weibliche Stimme meinte in einem weichen südenglischen Akzent irgendwas wie: »Und nun zu etwas völlig anderem«, was sie wohl sehr witzig fand. Dann kam der Vorspann zu einer Fernsehshow, die ich noch nie gesehen hatte. Es handelte sich offenkundig um so eine Art Mode/Musik/Lifestyle/jugendorientierte Sendung, denn auf der Mattscheibe flammten grellbunte Grafiken auf und bombardierten meine Pupillen im Takt zu der donnernden Baßlinie der Titelmelodie, bis diese sich ergaben. Keine Ahnung, wie die Sendung hieß, denn gerade als ich zu *Noel's House Party* hinüberschalten wollte, erhaschte ich einen kurzen Blick auf etwas, das all mein Wohlbefinden umgehend zum Absturz brachte.

»Dave Bloomfield!« brüllte ich den Fernseher an.

»Wer?« fragte Kate.

»Das größte Arschloch der Welt.«

Dave Bloomfield, alias »das größte Arschloch der Welt«, war mit mir auf der Uni in einem Kurs gewesen, erklärte ich. Er war groß, halb Spanier, viertel Irokese (so jedenfalls das Gerücht), hatte haselbraune Augen und weiches pechschwarzes Haar, mit dem er aussah wie ein eitler Geck. Er hockte immer in der Cafeteria im obersten Stock des Englischen Seminars herum, las den *Guardian* von vorn nach hinten – untrügliches Merkmal eines heranwachsenden Arschlochs –, schlürfte Kaffee schwarz und rauchte Camel ohne. Die weibliche Bevölkerung des Seminars (inklusive der Tutoren) hing an seinen Lippen, und zwar derart, daß er es sogar schaffte, Annette Francis, das wunderbarste Geschöpf in unserem Kurs, anzubaggern *und* wieder fallenzulassen, eine Frau, die so hochnäsig war, daß sie es bei dem einen Mal, als ich all meinen Mut zusammennahm und sie ansprach, um nach der Uhrzeit zu fragen, rundheraus ablehnte, auch nur zu antworten. Ach ja, und was noch schlimmer war, er bestand mit fliegenden Fahnen. Kate konnte nicht ganz begreifen, warum der Anblick eines ehemaligen Kommilitonenstrebers, der seine eigene Fernsehshow hatte, mich derart in Rage versetzen konnte, also versuchte ich es ihr zu erklären.

»Manchen Leuten fällt einfach alles in den Schoß«, tobte ich. »Der Rest von uns Sterblichen muß sich so durchschlagen, aber *die* kriegen Puderzucker in den Arsch geblasen.«

Ich war überrascht, wie verbittert ich war, vor allem, weil ich nie den Drang verspürt hatte, ins Fernsehen zu kommen. Mein Problem mit Dave Bloomfield war ganz einfach. Er repräsentierte alles, was ich an den Erfolgreichen so haßte: Er sah gut aus, war geistreich und witzig, und, was am schlimmsten war, er war mo-

tiviert. Dave Bloomfield war all das, was ich nicht war. Dave Bloomfield war mein Anti-Ich.
Das erläuterte ich Kate. »Das ist so wie Materie und Antimaterie, wenn Dave und ich uns jemals wieder über den Weg laufen, dann explodieren wir und reißen Tausende mit in den Tod.«
Kate lachte. »Du solltest dein Licht nicht unter den Scheffel stellen. Du weißt genau, daß du alles tun kannst, was du willst, wenn du es nur anpackst.« Sie hielt inne, so als dächte sie nach. »Was willst du, Will? Was willst du wirklich vom Leben?«
Ich legte mich aufs Bett und zog mir die Decke über die Füße. Ich hatte schon so lange nicht mehr ernsthaft darüber nachgedacht, was ich wirklich wollte, daß die Antwort keineswegs so schnell kam, wie sie hätte sein sollen, fand ich.
»Ich möchte gern Filme drehen«, sagte ich ohne rechte Überzeugung Ich schämte mich dafür, daß ich so wenig dafür getan hatte, mich in dieser Richtung zu entwickeln. Ich hatte mal die Anmeldeformulare für den Magisterstudiengang in Filmproduktion an der Sheffield University ausgefüllt, aber nicht abgeschickt. Sie lagen immer noch in der Schreibtischschublade bei mir zu Hause.
»Wirklich?« meinte Kate. »Das ist doch klasse. Und warum tust du es dann nicht?«
»Also, so einfach ist das nicht, verstehst du?« entgegnete ich. »Man braucht Geld, und man muß die richtigen Leute kennen. Das Filmgeschäft ist die reinste Vetternwirtschaft, und bei meiner Ma, die in einem Altenheim arbeitet, und meinem Dad, der in der Stadtverwaltung rumsitzt, kann ich mir nicht vorstellen, daß sie mir die Türen zum Paramount-Studio öffnen.«
»Und was ist mit Drehbüchern?« fragte Kate. »Die kosten nicht die Welt, und du könntest sie in deiner Freizeit schreiben. Der Bruder von einem Freund arbeitet bei *Coronation Street* mit, und sein Dad hat nur eine Chipsbude.«
Das ermutigte mich nicht. »Ich hab schon genug Probleme mit dem Unterrichten, ohne in meiner Freizeit noch was anderes zu versuchen außer jammern«, sagte ich, erhob mich vom Bett und suchte mir ein gemütliches Plätzchen auf dem Teppich. »Hast du

jemals versucht, dreißig Gedichte über Schneeflocken zu benoten? Glaub mir, wenn, dann würdest du genau wie ich darum beten, daß der Treibhauseffekt noch erheblich zunimmt.«

Ich fragte mich, ob meine Ausrede nach Ausrede klang.

»Also, für mich hört sich das an wie eine Ausrede.«

Ich überhörte Kates Bemerkung. »Und du? Was willst du machen?«

Sie holte tief Luft und erzählte mir, daß sie schon immer Krankenschwester hatte werden wollen. Das war einer der Gründe (von ihrem Ex mal abgesehen), warum sie die Uni geschmissen hatte. Ihr war klargeworden, daß ihr Kurs sinnlos war, und sie wollte lieber etwas tun, das den Menschen half. In fünf Monaten würde sie auf die Krankenschwesternschule eines Krankenhauses in Brighton gehen, deshalb öde sie im Augenblick bei *Boots* an der Parfümtheke herum. Je länger sie sprach, desto mehr bewunderte ich ihre Entschlossenheit, ein sinnvolles Leben zu führen, und das sagte ich ihr auch. Ich glaube, sie ist rot geworden, aber übers Telefon konnte ich mir da nicht sicher sein.

»Darf ich dir mal eine Frage stellen?« fragte Kate schließlich.

»Schieß los.«

»Bist du sicher, daß du nicht sauer sein wirst?«

Ich fragte mich, ob das eine peinliche Frage sein sollte, von der Art: »Wann hast du das letzte Mal einen Mann nackt gesehen?«

»Hör mal«, erwiderte ich, »bei der irren Anspannung, die ich dieses Wochenende habe, wäre 'ne Beleidigung mal was anderes.«

»Wovor hast du Angst?«

Ich hielt inne und war erleichtert, daß ich ihr nichts von dem einen Mal erzählen mußte, als ich Simon und Tammy von ihrem Küchentisch aufscheuchte, auf dem sie, mal abgesehen von den vor sich hin schmelzenden Resten eines Bechers Cookie Dough Dynamo Häagen Dazs, nackt herumtollten.

»Du denkst, ich hab Angst vorm Leben, stimmt's? Hab ich aber nicht. Ich hab auch keine Angst davor zu versagen, schließlich bin ich als Lehrer ein Versager und hab mich deswegen noch nicht umgebracht. Wovor ich Angst hab? Daß ich mit sechsundzwanzig zu alt bin, meine Träume zu verwirklichen. Es ist sehr schwer, dich nicht zu beneiden. Ich weiß, das klingt nach einer abgedroschenen Phrase, aber zumindest hast du die Chance, zu tun, was du tun willst.«

»Wohingegen du …«

»Wohingegen ich sie nicht habe. Mein Weg ist vorgezeichnet. Solange nichts Dramatisches dazwischenkommt, war's das für den Rest meines Lebens.«

»Und was ist mit dem Wunsch, der kommende Scorsese zu werden?«

Kate verstand mich nicht. »Orson Welles hat mit sechsundzwanzig *Citizen Kane* geschrieben, produziert und Regie geführt, einen der größten Filme der Welt.«

»Vergiß doch Orson Welles«, rief Kate. »Tony Warren, das Fernsehgenie, war erst dreiundzwanzig, als er mit der Idee zu *Coronation Street* ankam!« Sie unterbrach sich, als ihr klar wurde, daß diese Bemerkung nicht sehr hilfreich gewesen war. »Tut mir leid. Das war wohl keine kluge Bemerkung. Der Bruder von meinem Freund, der bei *Coronation Street* arbeitet, hat mir das erzählt. Das ist mir jetzt nur so rausgerutscht.«

»Ich will mich nicht darüber streiten, ob *Coronation Street* besser ist als *Citizen Kane*! Das ist doch nicht der Punkt. Der Punkt ist, ich bin sechsundzwanzig! Und das einzige, was ich bisher getan habe, ist Zigaretten zu rauchen, in die Glotze zu stieren und über meine Verflossene zu jammern. Selbst wenn ich jetzt anfange, kann ich mich glücklich schätzen, wenn ich vor dreißig noch eine Schulaufführung von *Unsere kleine Stadt* auf die Bühne bringe. Manchmal muß man sich einfach den Tatsachen beugen.«

Kate war nicht überzeugt. »Du kannst alles tun, was du willst. Wenn du wirklich Talent hast, dann wird sich das letzten Endes auch beweisen. Du mußt einfach nur an dich selbst glauben.«

Ihre positive Einstellung war deprimierend. Ihre Worte ähnelten jenen, die ich in ihrem Alter geäußert hätte, bis aufs I-Tüpfelchen. Sie konnte ja nicht ahnen, daß ich genau so war wie sie, nur sechs Jahre älter.

»Hör mal, Kate«, sagte ich und legte einen Ton in meine Stimme, der nach bestem väterlichen Rat klingen sollte. »Ich hab nun schon so lange gebraucht, um nur bis hierhin zu kommen. Wie lang wird es dauern, um irgendwo anders hinzukommen? Vor drei Jahren, ja, da hätte ich vielleicht noch eine Chance gehabt. Vielleicht hätte ich da all die Dinge tun können, die ich wollte.« Meine Stimme wurde höher, lauter, aggressiver. »Aber nun ist es zu spät! Manchmal muß man wissen, wann es genug ist!« Aus reiner Frustration trat ich gegen den Eiscremebehälter mit meinem Sugar-Puffs-Frühstück und bereute diesen Entschluß augenblicklich. Sahniger gelber Schaum und aufgedunsener Weizen ergossen sich über meinen Mantel, der auf dem Fußboden neben dem Becher gelegen hatte. Jetzt mußte ich ihn endgültig in die Reinigung bringen.

»Es ist niemals zu spät«, entgegnete Kate mit ruhiger Stimme. »Nicht, solange du daran glaubst.«

Mich rührte die Herzlichkeit dieser Worte, und ein paar aufgewühlte Sekunden lang war ich tief in meinem Herzen davon überzeugt, daß sie recht hatte. Dann setzte mein Hirn wieder ein. Sie lag völlig daneben. Trotz all meiner Bemühungen, es zu verhindern, war mein Weg nun einmal vorgezeichnet, und es gab nichts, was ich dagegen tun konnte. Ich hatte mein ganzes Leben damit zugebracht, mich zu fragen, was ich einmal »werden« wollte; mit fünf hatte ich Lasterfahrer werden wollen; mit acht wollte ich unbedingt Noel Edmunds sein; mit zehn kokettierte ich mit allem möglichen, von professionellem Gedankenleser bis Chefkoch, bevor ich dann mit zwanzig etwa beschloß, daß ich irgendwie möglicherweise nichts dagegen hätte, vielleicht Filme zu drehen, eigentlich. Und was tat ich, um auf den richtigen Weg zu kommen? Ich lebte von der Stütze und absolvierte dann eine Lehrerausbildung. Und wegen dieses einen Fehlers würde ich Lehrer »sein«, und wenn ich dabei vor die Hunde ging.

»Danke, das war sehr nett von dir, so was zu sagen«, meinte ich freundlich. Ich wollte mich dafür entschuldigen, daß ich so aus

der Haut gefahren war, fand aber nicht die richtigen Worte, also wechselte ich das Thema. »Und was ist dein Lieblingsfilm?«
Das war eine blöde Frage, die in ihrer Blödheit nur noch durch »Und auf welche Musik stehst du?« überboten wurde, aber ich war wirklich ganz wild darauf, das zu erfahren. Kate und ich hatten so viele Dinge gemeinsam, fand ich. Kaum zu glauben, daß ich sie noch nicht früher gefragt hatte, wo ich doch so verrückt auf Kino war.
*»Gregory's Girl«*, meinte Kate verzagt. »Ich weiß, er ist nicht so cool wie die Filme, auf die du bestimmt abfährst. Es ist nicht gerade *Taxi Driver*, *Reservoir Dogs* oder *Apocalypse Now*, aber ich mag ihn trotzdem. Er ist süß, er ist ...«
Ich versuchte, meinen Überschwang im Zaum zu halten. »Falsch, Kate. So was von falsch. *Gregory's Girl* ist mein Lieblingsfilm. Er ist klasse. Besser als *Taxi Driver*, *Apocalypse Now* oder der blöde *Citizen Kane*!«
Während wir uns an die besten Szenen aus einem Film voller bester Szenen zu erinnern versuchten, verlor die Zeit jegliche Bedeutung. Ihre Lieblingsstelle war, wo Dorothy, Gegenstand von Gregorys Liebe, in den Umkleideräumen für die Schulzeitung interviewt wird, gefolgt von der Szene, wo die Pinguine, die sich verlaufen haben, ständig rund um die Schule geführt werden.
»Laß uns tanzen«, sagte ich.
Sie wußte sofort, was ich meinte.
Ich legte mich auf den Rücken, Ellbogen auf dem Teppich, Handgelenke in der Luft, und begann mich zu bewegen, als würde ich tanzen, so wie Gregory und Susan es in der Parkszene am Ende des Films getan hatten. Mein Ohr entfernte sich immer weiter vom Telefonhörer, aber Kate machte mit, denn sie lachte so laut, daß ich sie trotzdem hören konnte.
»Und wenn Paula jetzt auftaucht? Sie wird denken, ich hab sie nicht mehr alle!«
»Mach dir keine Sorgen!« schrie ich zum Hörer hinüber, tanzte weiter und war so glücklich wie lange nicht mehr. »Laß dich einfach treiben.«

# Neunzehn Uhr neunund- dreissig

Ich war in Fahrt. Die Wörter konnten mir gar nicht schnell genug aus dem Mund purzeln. Bei Kate hatte ich das Gefühl, ich könne bis Montag morgen durchquatschen. Am beeindruckendsten fand ich die Tatsache, daß sie nicht gelangweilt war, in ihrer Wohnung in Brighton zu hocken und einem vollkommen Fremden zuzuhören, der vor ihr sein Leben ausbreitete. Ich wollte alles beichten; daß ich nicht schwimmen, dafür aber meinen Daumen bis zum Handgelenk zurückbiegen konnte; und daß ich bis zu meinem ersten Arbeitstag an der Wood-Green-Gesamtschule noch nie ein vorgefertigtes, eingepacktes Sandwich gekauft hatte (keine Ahnung, warum, aber so war es). Ich wollte, daß sie alles erfuhr.

»Erzähl mir mehr«, meinte Kate.

»Was denn?«

»Über dich.«

»Ähm, tja. Nein«, meinte ich unsicher. Es fiel mir ziemlich schwer, einem Mädchen nein zu sagen, die mich dazu bringen konnte, zu allem, was sie vorschlug, ja zu sagen, aber mir fiel andauernd eine der Schlagzeilen auf dem »geliehenen« *Cosmopolitan* ein: »Warum Männer so gern von sich reden.« Nun, so entschied ich, war ich dran mit Zuhören.

»Erzähl mir was von *dir*«, fügte ich hinzu und lächelte überflüssigerweise. »Du mußt doch nun wirklich schon genug über mich gehört haben. Außerdem hat mir meine Mama immer verboten, mit Fremden zu reden, und solange ich nicht mehr von dir weiß, bleibst du eine Fremde.«

»Ist doch nett, eine Fremde zu sein«, meinte Kate. »Ich könnte alles mögliche sein, was ich gerade will. Unglücklicherweise bin ich aber ich. Ich arbeite bei *Boots*. Ich muß dort um acht Uhr antanzen und gehe um achtzehn Uhr. Ich arbeite jeden zweiten Samstag und krieg dafür in der Woche, in der ich Samstag arbeiten muß, einen anderen Tag frei. Das wars auch schon.«
»Ich hab mal ein paar Monate in einem Pub gearbeitet und Bierkisten aus dem Keller hochgeholt. Ich hab jede einzelne Sekunde davon gehaßt. Wenn es auch nur annähernd so ähnlich ist, dann muß es echt mörderisch sein.«
»Ach, eigentlich nicht«, meinte Kate munter. »Ein Kumpel von mir, Daniel, arbeitet für eine Steuerberatungskanzlei in Oxford, und sein Job ist wirklich mörderisch. Er steht ständig unter dem Druck, Resultate vorweisen zu müssen. Letzte Woche meinte sein Arzt, daß er streßbedingte Magengeschwüre hat. Und er ist erst vierundzwanzig. Allerdings verdient er ne Menge. Aber kein Geld der Welt ist es wert, all den Mist zu ertragen, den er ertragen muß. So eine Arbeit will ich nie haben. *Boots* wär gar nicht mal so schlecht, wenn ich nicht so früh aufstehen müßte. Jedenfalls hab ich das Daniel erzählt, und dir sag ich es auch. Es hat überhaupt keinen Sinn, sich von der Arbeit stressen zu lassen. Wenn dir ein Job auf die Nerven geht, dann laß ihn sausen. Niemand hält dir eine Pistole an den Kopf.« Dann gab es ein Klopfgeräusch in der Leitung, gefolgt von einem lauten Klicken. Kates Stimme verschwand. Ich kriegte Panik. Ich dachte, sie sei für immer verschwunden. »Tut mir leid, Paula ist gerade gekommen. Sie hat mich überrascht. Und dann ist mir der Hörer aus der Hand gefallen. Wo war ich stehengeblieben? Ach ja. Ich wollte auch immer einen hochdotierten Job. Ich weiß nicht mehr genau, was für einen, ich meine, ich hatte Phasen, da wollte ich alles mögliche werden, von Nachrichtensprecherin bis Richterin, aber irgendwann bin ich zu dem Schluß gekommen, daß ich eigentlich nicht wußte, wozu das Ganze. Weißt du, ich hab mir sogar mal eingebildet, ich will Profi-Tennisspielerin werden!«
»Warst du denn so gut im Tennis?«

»Nein, ich hab es gehaßt«, meinte Kate traurig. »Mir gefielen nur die Röcke.«
Wir mußten lachen. Ich fragte mich, wie sie wohl in einem Tennisrock aussah.
Dann erzählte sie weiter. »Mein Hauptziel ist, mich zu verlieben, Krankenschwester zu werden und Kinder zu bekommen. Das ist alles, was ich im Augenblick vom Leben will. Wenn ich diese drei Dinge erreicht habe, und zwar in dieser Reihenfolge, dann hab ich alles geschafft, was ich will. Und das ist die Wahrheit.«
Ich war nicht überzeugt davon. »Und wie sollen Liebe und Kinder alles ins Lot bringen? Vergißt du nicht ein paar wichtige Punkte dabei, wie zum Beispiel, daß Babys Geld kosten, Liebe schwer zu finden ist und die Leute sich genauso schnell wieder auseinanderleben, wie sie sich verlieben?«
»Ich weiß, ich weiß«, meinte sie spitz. »Aber das sind nun mal meine Ziele. Ich hab nicht behauptet, daß sie praktikabel sind oder überhaupt im Bereich des Möglichen liegen. Wir haben doch alle unsere Träume.«
»Ja, da hast du recht«, sagte ich entschuldigend.
»Meinst du, ich kriege, was ich mir wünsche?« fragte Kate.
Ich konnte nicht anders, ich betrachtete das Foto von Aggis bärtigem, bebrilltem, zerkratztem, zahnlosem Gesicht an der Wand. Selbst eine verkritzelte Aggi war besser als überhaupt keine.
»Ja«, meinte ich. »Das mit den Babys ist das geringste Problem. Es wimmelt überall nur so von Samenspendern, solange du nicht zu kritisch in deiner Auswahl bist. Und das mit dem Job scheint ja auch klarzugehen. Das mit der Liebe scheint mir allerdings ein wenig schwierig zu sein. Meiner Meinung nach ist Liebe nur dann wirkliche Liebe, wenn beide tot sind, denn erst dann, wenn man es geschafft hat, das ganze Leben miteinander zu verbringen, und es nichts mehr gibt, wohin man verschwinden könnte, und keinen, mit dem man verschwinden könnte, wird sie wirklich real. Alles andere ist mehr oder weniger nur Schwärmerei. Und das mein ich ernst.« Die Tür zu einer der Nachbarwohnungen schlug zu, und bei mir klirrten die Scheiben. Ich kroch wie-

der ins Bett. »Alle lieben es, geliebt zu werden, aber die allermeisten haben kein Durchhaltevermögen. Liebe sollte tödlich sein. Man sollte sich davon nie wieder erholen können. Und wenn, dann war es keine Liebe.«
»Wirklich?« fragte Kate, so als lauere sie schon mit der nächsten Frage. »Und was ist mit dir und Aggi? War das Liebe?«
»Ja, es war Liebe. Ich liebte sie, und ich liebe sie immer noch, trotz all meiner Versuche, damit aufzuhören.«
»Du liebst ja vielleicht sie, aber was ist mit der Tatsache, daß sie dich nicht mehr liebt? Ist Liebe auch dann echt, wenn nur eine Person bei der Stange bleibt? Das klingt für mich erst recht nach Schwärmerei. Womit ich dich nicht beleidigen wollte.«
Kate ließ eine Seite von sich erkennen, die mir vorher noch nicht aufgefallen war. Sie konnte direkt durch meine ausschweifenden Bemerkungen sehen und hatte in der Zwischenzeit wohl mitbekommen, daß meine überhebliche Art genauso schöner Schein war wie alles andere an mir.
»Ich weiß nicht«, sagte ich und suchte nach Worten. »Ich glaub, da hast du vielleicht recht. Das bedeutet wohl, daß ich genauso traurig bin wie jeder andere Loser da draußen.«
»He, *du* hast die Regeln aufgestellt«, witzelte sie.
»Ja, das hab ich.« Langsam ermüdete mich das Thema. »Wer mit dem Schwert lebt, wird durch das Schwert umkommen. Wie gewonnen, so zerronnen. Wie man sich bettet, so liegt man.«
»Und frau?« warf Kate ein.
»Nein, nur man.«
Wir lachten.
»Ich sag dir mal was«, fügte ich an. »Aggi hat mich geliebt.«
»Woher willst du das wissen? Hat sie es dir gesagt?«
»Ja, eine Million Male, aber …«
Ich wollte Kate erzählen, was Aggi getan hatte, um mir ein für allemal zu beweisen, wie sehr sie mich liebte, aber ich bekam die Wörter nicht heraus. Das war eine sehr intime Erinnerung, und weder Zeit noch Raum hatten an ihrer Bedeutung für mich etwas geändert. Was Aggi und ich getan hatten, war irgendwie schon

albern gewesen, aber das hatte ich mir schon lange verziehen, schließlich dürfen wir ja alle mal »albern« sein, vor allem, wenn wir verliebt sind. Ich glaube, da ist was Wahres dran: Selbst die albernsten Augenblicke können schmerzlicher sein als alle Sonette Shakespeares zusammen.

Zu dem Zeitpunkt, an den ich dachte, war ich einundzwanzig gewesen und Aggi zwanzig, ein ideales Alter, um hoffnungslos romantisch zu sein. Es war ein Dienstag nachmittag in den Sommersemesterferien gewesen, ein Jahr nachdem wir uns kennengelernt hatten. Aggi war bei mir vorbeigekommen. Ich war immer noch im Bett gewesen, obwohl es schon zwei Uhr nachmittags gewesen war. Die Sonne hatte durch den schokobraunen Stoff meiner Vorhänge gestrahlt, alles in ein goldenes Braun getaucht und die Luft aufgeheizt, bis ich mir wie in einem Treibhaus vorgekommen war. Und dann all die Klänge, die durch offene Fenster kamen: zwitschernde Vögel, die Nachbarskinder, die Ball spielten, das weit entfernte Klimpern eines Eiswagens, all das war überraschend lebensfroh. Und doch lag ich da, schwitzte unter der Decke vor mich hin und blätterte in zig Büchern herum auf der Suche nach einer Idee für meine Dissertation.

Tom mußte Aggi wohl hereingelassen haben, denn ich bekam erst mit, daß sie da war, als sie an meine Zimmertür klopfte, nachdem sie schon hereingetreten war. Sie mußte schon seit Ewigkeiten dort gestanden haben, denn sie hatte ein paar Minuten lang nichts gesagt und schien ein wenig peinlich berührt, als ich von dem Buch aufsah, und vermied jeden Blickkontakt. »Laß uns in den Park gehen«, hatte sie gesagt. Und nachdem ich mich angezogen und mich einer Katzenwäsche unterzogen hatte, taten wir genau das. Unterwegs sagte sie nicht viel, so als ginge sie im Geiste etwas durch, das sie nicht vergessen wollte. Als wir im Crestfield Park in die Nähe der großen Eiche kamen – eben der Eiche, unter der ich ihre imaginäre Asche verstreut hatte –, setzte sie sich ins frischgemähte Gras und zupfte mir am Ärmel und bedeutete mir, mich zu setzen. Und dann sagte sie folgendes.

»Ich bin heute morgen aufgewacht und wußte, daß ich dich noch mehr liebe als jemals zuvor. Manchmal habe ich Angst, daß dieses Gefühl sich in etwas verwandelt, das nicht mehr so wundervoll ist wie jetzt. Also habe ich mir einen Plan ausgedacht. Wir sollten festhalten, wie wir uns jetzt fühlen, und es für immer einfangen. Ich hab eine Schere mitgebracht, und ich werde mir eine Locke abschneiden, und dann schneidest du dir eine ab, und wir zwirbeln sie ineinander. Dann werde ich auf einem Blatt Papier alles aufschreiben, was ich über dich denke, und du tust dasselbe. Und dann werden wir das alles zusammen in eins von diesen Plastikdingern stopfen, in denen man Filme kauft, und dann werden wir es hier einbuddeln. Was hältst du davon?«

Was sollte ich sagen? Damals kam mir das überhaupt nicht »albern« vor. Es schien die vernünftigste Sache von der Welt zu sein. Man hat schnell das Gefühl, als ob die alltägliche Liebe überhaupt nicht so ist wie in den Filmen, weil diese schier endlose Kette von einschläfernd trostlosen modernen Romanzen – Aufstehen bitte: *French Kiss*, *Schlaflos in Seattle* und *Während du schliefst* – dafür gesorgt hat, daß sich alles, was so wundervoll an der Liebe ist, in Käse verwandelt hat. Die Menschen nehmen das mit der Liebe heutzutage einfach zu wörtlich, und das alles nur, weil dank dieser Filme im wirklichen Leben nicht mehr genug Platz für Symbolismus geblieben ist. Was Aggi und ich da taten, war vielleicht etwas merkwürdig und gehörte zu jener Art von Handlungen, die nur die Hauptfiguren in Shakespeares Tragödien überzeugend bringen konnten, aber ich genoß jede einzelne Sekunde.

Aggi zog die Schere ihrer Ma aus der Tasche (sie hatte orangefarbene Griffe), schnitt sich eine Locke ab, kritzelte auf ein Blatt Papier und steckte es in das Plastikröhrchen. Ich schnitt mir ein paar Nackenhaare ab, schrieb auf mein Blatt Papier, und dann verzwirbelten wir die Haare, und ich grub mit bloßen Händen ein Loch. Das Loch, das so tief war wie meine Hand groß, war mehr als groß genug für das Plastikröhrchen. Die restliche Erde häufelten wir gemeinsam an, dann standen wir auf und starrten wortlos auf den kleinen Maulwurfshügel. Wir küßten uns und gingen dann zu Aggi nach Hause.

Ich wußte nicht, was sie geschrieben hatte, und sie wußte nicht, was ich geschrieben hatte, und das machte die ganze Angelegenheit so mystisch. Wenn ich so zurückblicke, dann witzele ich manchmal herum, das Ganze sei so eine Art Voodoo gewesen und unsere Botschaften und die verzwirbelten Haare seien der Schwur gewesen, der mich die ganze Zeit so sehr an Aggi gebunden hatte, aber eigentlich konnte selbst ich das nicht wirklich ernst nehmen.

In den darauffolgenden Tagen konnte ich nicht anders, ich mußte ständig daran denken, was wir getan hatten. Ich mußte einfach wissen, was Aggi über mich geschrieben hatte. Knapp eine Woche nachdem wir in den Park gegangen waren, war ich entschlossen, das Plastikröhrchen auszubuddeln, und ging wieder dorthin. Ich fühlte mich schlecht dabei. Ich mißbrauchte ihr Vertrauen. Aber ich mußte es einfach tun. Ich mußte es wissen. Als ich an die Stelle kam, wußte ich sofort, daß etwas nicht stimmte. Der Hügel war zerstört worden. Ich wühlte in der Erde, aber das Röhrchen war nicht mehr da. Hatte Aggi es ausgegraben, weil sie ihre Meinung geändert hatte? Hatte sie Angst gehabt, ich würde es sonst vielleicht tun, wenn sie es nicht tat? Hatte sonstjemand das Röhrchen ausgegraben? Ich wußte es nicht, und ich fand es auch nie heraus. Noch so eine von den Fragen, die ich Aggi nie gestellt habe. Eine innere Stimme sagt mir, daß sie einen Rückzieher gemacht hat und ihr einfach die Vorstellung nicht gefiel, daß unsere Liebeserklärung »da draußen« war – denn dann hätte ich ja einen Beweis gehabt, daß ich ihr so wichtig war wie sie mir.

# Einundzwanzig Uhr siebenundvierzig

Wir hatten sehr, sehr lange miteinander telefoniert. Meine Lippen hingen so dicht an der Sprechmuschel wie nur irgend menschenmöglich. In der Muschel hatte sich eine kleine, aber nicht unbedeutende Spuckelache gebildet. Ich schwöre, wenn ich in diesen Teich hätte steigen und durch die Telefonstrippe bis in Kates Wohnung gleiten können, ich hätte es getan. Mit Freuden. Bei ihr zu sein, von ihrer Gegenwart angerührt zu werden, das wäre der krönende Abschluß des Tages gewesen. Ach was, der krönende Abschluß eines Jahrzehnts.

Aus dem Nichts tauchte eine riesige Welle der Einsamkeit auf und drohte mich mitzureißen. *Ich glaube, es ist Zeit aufzulegen.*

»Ich glaube, es ist Zeit aufzulegen«, sagte ich.

Kate war verletzt. »Oh, tut mir leid.«

»Nein, das hat mit dir nichts zu tun«, sagte ich und wollte um alles in der Welt, daß sie mir das auch glaubte. »Das hat mit dir überhaupt nichts zu tun. Nur mit mir. Ich hab jede Sekunde genossen, mit dir zu reden. Du bist wirklich ...« Ich konnte den Satz nicht zu Ende bringen, ohne etwas völlig Abgegriffenes zu sagen. »Du bist wirklich ...«

»Ich bin wirklich ...«

»Du bist wirklich ...« Ich blätterte im Geiste durch mein Wörterbuch an erstklassigen Komplimenten. Dank einer Welt, die in schnulzigen Filmen, schnulzigen Büchern, schnulziger Musik und schnulzigem Fernsehen versank – die alle zusammen die schönsten menschlichen Gefühle auf den kleinsten gemeinsamen

Nenner reduzierten –, klangen sie alle viel zu abgegriffen, so gar nicht nach Kate, zu, na ja, zu schnulzig eben.
»Du bist was Besonderes«, sagte ich. »Ich finde, du bist was Besonderes.«
Kate lachte.
»Und du bist wunderbar. Ich finde dich wunderbar, Will.«
»Gute Nacht.«
»Schlaf gut.«

Zurück zur Realität.
Das Telefon hatte noch nie so einsam ausgesehen wie in dem Augenblick, als ich das Gespräch beendete. Der Hörer lag steif auf der Gabel, und nachdem so viel Leben durch die Leitung geflossen war, wirkte es jetzt eher tot, nicht stumm. Ich hob ab und wählte Kates Nummer, um sicherzugehen, daß es noch funktionierte, legte aber wieder auf, bevor es klingeln konnte. Ich fühlte mich öd und leer, so als sei es nicht die Mühe wert, noch einmal Luft zu holen. In solchen Situationen, und es ist mir durchaus peinlich, das zuzugeben, ergehe ich mich oft in dem Tagtraum, ich sei ein gefolterter Poet und nicht dieser traurige Schlappsack, der mit seiner Zeit nichts anzufangen weiß. Ich habe mal vierzehn Bände (soll heißen, vierzehn linierte Schulhefte) mit unsäglich schlechten Gedichten vollgeschmiert, die alle Aggi gewidmet waren. In der Woche bevor ich nach London kam, hatte ich sie in den Müll geworfen, als ersten Schritt zu meiner NEUEN LEBENSEINSTELLUNG, die ich später wieder verwarf, als mir klar wurde, daß ich auch mein Foto von Aggi hätte wegschmeißen müssen. Glücklicherweise wurde der Wunsch, ein paar Blankverse für Band XV hinzulegen, kurz vor der Ziellinie von einem dringenden Bedürfnis geschlagen.
Bevor das Haus in einzelne Appartements aufgeteilt wurde, war mein Zimmer offenkundig ein großes Schlafzimmer gewesen, von dem Mr. F. Jamal einen Teil abgetrennt hatte, um ein Rigipsgefängnis zu errichten, aus dem dann mein Badezimmer werden sollte und das aus diesem Grunde auch kein Fenster be-

saß. Wenn ich also sehen wollte, was ich im Bad tat, mußte ich das Licht einschalten, was automatisch auch einen Luftabzug in Betrieb setzte. Ich bin zwar generell kein großer Fan von schlechten Gerüchen, aber der Luftabzug war eine der Hauptursachen für meine Wohnungsdepression. Er trieb mich auf die Palme. Jedesmal, wenn er ansprang, sank meine Laune. Irgend etwas in dem Ventilator war kaputt, statt also so sanft zu summen wie eine weit entfernte Mücke, mußte ich ein Geräusch ertragen, das sich anhörte wie ein Straßentiger in einem Schnellmixer, und was noch schlimmer war, der Ventilator sog noch zwanzig Minuten, nachdem ich das Licht schon wieder ausgemacht hatte, weiter Luft ab und mit ihr auch den letzten Rest meiner Geduld. Bis Mittwoch war ich so besessen davon, dieses Geräusch nie wieder hören zu müssen, daß ich versuchte, im Dunkeln aufs Klo zu gehen. Es war zwar sehr schön, die Ruhe zu genießen, aber gleichzeitig auch leicht beunruhigend, in einem dunklen Raum mit heruntergelassenen Hosen auf der Klobrille zu hocken. Ich hatte mal in der Zeitung gelesen, daß eine durchschnittlich große Ratte durchaus in der Lage ist, aus dem Gulli durchs U-Rohr eines Klos zu tauchen. Der Gedanke, mich plötzlich einem Nagetier gegenüberzusehen, deprimierte mich derart, daß ich mir alle Darmbewegungen für die Ruhe und den Luxus der Lehrertoilette aufhob, die, wie ich schnell hinzufügen muß, sich kaum von der Schülertoilette unterschied, mal abgesehen von dem etwas besseren Klopapier.

Ich wusch mir gerade die Hände in der Küchenspüle und benutzte dazu die Seife, die ich unter der Spüle gefunden hatte, als mir plötzlich die Bedeutung meiner Handlung bewußt wurde. Das Seifenstück, das ich in Händen wog, über das ich strich und mit dem ich ganz allgemein herumkasperte, hatte wahrscheinlich Kate hier zurückgelassen. Ich betrachtete das anbetungswürdige Stück Glyzerin in meiner Hand, lächelte innig und erging mich in Gedanken an Kate. Ich brauchte fünf Minuten zum Händewaschen – fünf der besten Minuten des ganzen Tages. Als ich schließlich wieder zu mir kam (das warme braune Wasser aus dem Hahn hatte langsam Kaffeekochtemperatur angenommen), bekam ich so etwas wie Klaustrophobie. Die Wände der Wohnung stürmten nicht gerade auf mich ein, aber ich fühlte mich ungeheuer eingeengt. Ich hockte in einem Gefängnis, zu dem ich die Schlüssel besaß, aber ich hatte keinen Grund, meine Freiheit zu nutzen. ›Ich muß raus hier‹, dachte ich. ›Ich muß mal in ein Pub unter richtige Menschen, statt all dieser Exfreundinnen, die mich verfolgen, und merkwürdigen Frauen am anderen Ende der Leitung.‹ Noch bevor ich meine Meinung ändern konnte, war ich schon zur Wohnungstür hinaus.

Das Pub, an das ich dabei dachte, lag nur zehn Minuten von meiner Wohnung entfernt, war aber weit genug weg von der Holloway Road, um nicht all die Penner, Säufer, Irren oder Mischungen von allen dreien anzulocken, die dieser grausliche Straßenabschnitt des Nachts so ausspuckte. Ich hatte es schon früher in der Woche entdeckt, als ich herauszufinden versuchte, in wie vielen Schnapsläden in der Gegend ich Marlboro Lights kaufen konnte (Antwort: in keinem).

Draußen war es so kalt, daß ich meinen Atem sanft in den dunkelblauen Himmel steigen sehen konnte, also verbrachte ich den Großteil des Wegs damit, zu versuchen, die Naturgesetze zu widerlegen und Rauchringe ohne Rauch zu blasen. Als ich mein Ziel, *The Angel*, erreicht hatte, blieb ich draußen stehen und linste durch das riesige Fenster, das sich über eine ganze Seite des Gebäudes erstreckte. Was ich sah, machte einen halbwegs freundlichen Eindruck auf mich, soll heißen, es war nicht so leer, daß ich mir noch auffälliger vorgekommen wäre, als ich es sowieso schon tat, aber auch nicht so voll, daß ich mich wie ein Loser gefühlt hätte, noch bevor ich den Schuppen betrat.

Ich hatte noch nie den Drang verspürt, allein in ein Pub zu gehen. Es war immer jemand dagewesen, mit dem ich auf ein Glas gehen konnte, und wenn es nur Simon war oder irgendein Bekannter aus dem Lehrerseminar. Meine Erfahrungen auf diesem Gebiet stammten also alle aus zweiter Hand, und doch war ich recht selbstbewußt; ich hatte ja schon mehr als genug amerikanische Schinken gesehen, in denen (in beiden Bedeutungen des Wortes) traurige Männer mit schlabbrigen Filzhüten in Bars hockten und ihre privaten Sorgen ertränkten, mit schwerer Zunge Barkeeper vollquatschten und leichten Mädchen (immer waren es leichte Mädchen) Drinks anboten, weil ihr Geburtstag sei, auch wenn das gar nicht stimmte. Nun, es war ja so gut wie mein Geburtstag, und als ich mir den Weg durch die Schwingtür in den Kneipenraum bahnte, hoffte ich darauf, daß die nächste Stunde mir ein interessantes Schwätzchen mit ein, zwei Kellnerinnen bescherte, ein paar Gläser Bier, um alles in ein weicheres Licht zu tauchen, und natürlich die mir zustehende Quote an leichten Mädchen.

Ich versuchte, niemandem in die Augen zu sehen, als ich mich zur Bar vorarbeitete, doch dann fiel mein Blick auf eine Gruppe jeansbekleideter Heavy-metal-Typen, die in einer Ecke des Raums am Pooltisch herumlärmten. Ihre Lebensabschnittsgefährtinnen hockten an einem Tisch dahinter und warfen ab und zu einen Blick auf den Pooltisch, waren aber eigentlich mehr an ihren Fingernägeln interessiert als daran, wer gewann. Mir taten diese Frauen leid, nicht weil sie in ihrem Liebesleben eine derart schlechte Wahl getroffen hatten, sondern weil sie wahrscheinlich wirklich glücklich waren. Das Vickis-Hollingsworth-Syndrom war ansteckend. Manchmal hatte ich den Eindruck, ich sei der einzige Mensch in der ganzen Welt, der sich fragte, ob das Leben überhaupt eine Bedeutung hat, und Leute wie diese Frauen untergruben meinen Glauben, daß es sich dabei um eine Frage handele, die einer Antwort wert sei. ›Vielleicht sollte ich sie fragen, ob sie glücklich sind‹, dachte ich.

›Aber vielleicht sollte ich einfach meine Schnauze halten und mir ein Glas besorgen.‹ An der Bar wurden gerade zwei Männer bedient, als ich dort ankam. Baldyman zu meiner Linken wurde vom Wieselmann bedient (Gesicht zu schmal, Bart zu buschig), während Bomberjacken-Boy zu meiner Rechten von einer Frau bedient wurde, die ich sofort sehr ansprechend fand. Sie war nicht mein Typ – was wohl heißen soll, daß sie nicht wie Aggi aussah –, sie war ein paar Jahre älter als ich und erheblich fraulicher als jede Frau, mit der ich je Erfahrungen gesammelt hatte. Sie ähnelte sehr stark Kim Wilde in ihrer *Kids-in-America*-Phase – blonde Strähnchen und dick aufgetragenes Make-up, aber bemerkenswert geschmeidig und ernst, wenn auch erheblich älter. ›Ich will von ihr bedient werden‹, beschloß ich. ›Ich muß von ihr bedient werden.‹

Der Wieselmann zapfte zwei Glas Bitter, während Archways Antwort auf Kim Wilde zwei Glas Lager einschenkte. Sie lagen beide Kopf an Kopf im Zapfrennen, was mich ungeheuer deprimierte, denn wenn Baldyman seine Biere als erster bekam, dann war mein Abend im Eimer.

*Plan A*

1. Der Wieselmann wird zuerst fertig.
2. So tun, als ob ich mir die Schuhe zubinde, bis er eine andere Beschäftigung findet.
3. Falls das mißlingt, Rückzug in Richtung Herrentoilette und später noch mal versuchen.

*Plan B*

1. Archways Antwort auf Kim Wilde wird zuerst fertig.
2. Sie fragen, welches Bitter sie empfehlen kann, und dann bestellen.
3. Sie bei jeder sich bietenden Gelegenheit in ein Gespräch verwickeln, aber cool dabei bleiben.

Archways Antwort auf Kim Wilde war mit ihren Gläsern als erste fertig. Ich wollte gerade einen Freudenschrei ausstoßen, was ein wenig verfrüht gewesen wäre, weil der Bomberjacken-Boy, offenkundig ein Student, sie vor der Ziellinie aufhielt und in seiner Hosentasche nach Kleingeld kramte. Baldyman hatte dem Wieselmann eine funkelnagelneue Zehn-Pfund-Note hingehalten und sein Wechselgeld zurückbekommen, noch bevor der blöde Bomberjacken-Boy sein Kleingeld auf die Theke gezählt hatte.

Ich wollte mich gerade zur Toilette begeben und meine Blase davon überzeugen, daß sie jetzt eigentlich mal müsse, als Baldyman sich wieder zur Theke drehte und zum Wieselmann meinte: »Ach, und ne Packung Salzchips, bitte.«
Ich warf Archways Antwort auf Kim Wilde einen hoffnungsvollen Blick zu, als Bomberjacken-Boy mit zwei Gläsern in der Hand die Theke verließ.
Hurra!

SIE: Was darf's sein?
ICH: Ein Glas Bitter, bitte.
SIE: Welches möchten Sie denn?
ICH: Welches können Sie mir empfehlen?
SIE: Keine Ahnung, ich trinke kein Bitter. Aber die meisten mögen *Theakstones.*
ICH: Dann nehm ich davon ein Glas.

Sie? Nichts. Kein Wort. Nicht mal, als ich ihr das Geld gab. Was für eine blöde Kuh. Ich fragte mich, ob wohl ein Trinkgeld ihre Meinung ändern würde, aber da ich ihr nur zwei Ein-Pfund-Münzen gegeben hatte, bezweifelte ich doch stark, daß sie allzu sehr davon beeindruckt gewesen wäre. Sie schaute mich nicht mal an, als sie mir mein Wechselgeld gab, weil sie viel zu sehr damit beschäftigt war, einen weiteren Glatzkopf anzustrahlen, der jetzt an der Theke stand und eine dünne Zigarre paffte. Aus dem Augenwinkel heraus begutachtete ich ihn abschätzig von oben bis unten. Er trug einen grauen Lederblouson von der Art, wie man sie nur in Modekatalogen sieht, und eine graue Hose, die geradezu der Inbegriff einer Freizeithose war. Ich fragte mich, ob ich im Falle einer gewalttätigen Auseinandersetzung eine Chance hätte. Als er seine Hand zum Mund führte, um einen langen Zug von seiner Zigarre zu nehmen, verlor ich beim Anblick seiner Tätowierung auf den Fingerknöcheln, auf denen FUCK zu lesen stand, allen Mut. Sie schwatzte mit ihm über Fußball, zog ihn wegen des letzten Spiels der West Bromwich Albions auf, während er wiederum die Tottenham Hotspurs mit Schmutz bewarf. Ich hörte zu, wie er einen grottenschlechten Witz über ein Kaninchen riß, das in eine Bar kommt, über den Archways Antwort auf Kim Wilde sich beinahe in ihr Höschen machen mußte vor Lachen, und beschloß dann, ihnen ihren Spaß zu lassen.

Ich suchte mir einen Platz, der weit genug weg war von der Bar, weil ich Angst hatte, mir könnte eine beiläufige Bemerkung herausrutschen, die beleidigend genug war, um eins über den Schädel zu kriegen. Ich suchte mir den Platz zwischen dem einarmigen Banditen und der Tür zur Damentoilette aus, setzte mich, suchte nach meinen Kippen und seufzte vernehmlich, als mir klar wurde, daß ich sie vergessen hatte. Ich starrte mein einsames Glas an, auf dem der Schaum bereits zusammensackte. Zum ersten Mal seit über einem Jahr war mir nach Weinen zumute. Keine dicken männlichen Tränen wie bei den Soldaten in Oliver Stones *Platoon*, die dem Tod, dem Schmerz und der Grausamkeit der Menschen untereinander ins Auge geblickt haben, sondern kleine kindische Tränen, die keinen Sinn ergeben und keinen Grund brauchen, die Art von Tränen, die Mütter so gut fortwischen können, daß es einem hinterher so vorkommt, als hätten sie nie existiert.

Der Tisch vor mir war leer. Keine Zigarettenstummel, leeren Gläser oder Chipstüten. Es war jedem hier im Pub offensichtlich, daß ich ALLEIN war. Ich brachte nicht mal die Energie auf, so zu tun, als sei ich zu einer Verabredung zu früh gekommen. Es stand mir ja sowieso ins Gesicht geschrieben: »Morgen ist mein Geburtstag. Ich hab keine Freunde. Ich hasse meinen Job. Ich komm über meine Ex nicht hinweg. Schließt mich aus. Ich bin ein Leprakranker der Letzten Tage.«

›Dies‹, so dachte ich bei mir, ›ist mit Abstand der absolute Tiefpunkt meines Lebens.‹ Und als wollte ich diesen Punkt beweisen, ging ich im Geiste den Katalog meiner Katastrophen durch.

- Meinen *Action Man* mit sechs verloren.
- Mit dreizehn aus Versehen meine Mathe-Hausaufgaben zu Hause liegenlassen.

- Mit sechzehn durch die Französischprüfung in der Mittleren Reife gerasselt.
- Mit dreiundzwanzig von Aggi sitzengelassen worden.

Nach fünf Minuten war mir nicht mehr eingefallen. Irgendwas stimmte nicht daran, sie waren alle ein wenig zu offensichtlich, ehrlich gesagt. Keines dieser Ereignisse schien deprimierend genug, obwohl ich bei ihrem Eintreffen jedesmal am Boden zerstört gewesen war. Ich hatte mich gegen diese Augenblicke immunisiert, indem ich so oft an sie gedacht hatte, daß sie keinerlei Wirkung mehr auf mich zeigten. Aber da waren noch andere Gedanken, die mir im Kopf herumschwirrten, die ich in Schachteln mit der Aufschrift »Nicht öffnen. Niemals« versehen und auf den weniger befahrenen Nebenstrecken meines Verstandes aus dem Fenster geschmissen hatte. Dinge, die ich nicht vergessen, sondern ganz einfach zu ignorieren gelernt hatte. Mit Großereignissen, wie von Aggi den Laufpaß zu kriegen, ging das nicht – nur mit kleinen Dingen, die sich leicht verstecken ließen. Diese winzigen Gedanken waren wie stille Wasser, die nur dann zu stinken begannen, wenn man den Schrecken, der in der Tiefe vor sich hin moderte, aufrührte.
Ich nahm einen Schluck von dem schalen Bitter und tauchte hinein.

- Stilles Wasser Nr. 1 (Eau de Abandonment)
  Mein Dad verließ uns, als ich etwa sechs war (etwa zur gleichen Zeit, als mein *Action Man* im Kampfeinsatz verscholl. Obwohl ich nicht glaube, daß die beiden Ereignisse etwas miteinander zu tun haben). Und wenn ich ehrlich sein soll, er verließ uns nicht einfach, sondern er war »gegangen, um bei einer anderen Frau zu wohnen«, wie ich es Simon am folgenden Montag auf dem Weg zur Schule erklärte. Meine Eltern hatten geglaubt, sie könnten mich vor möglichem psychologischen Schaden bewahren, der im Vorfeld dieses Ereignisses hätte entstehen können, indem sie ihre bittersten Streitigkeiten in

den Mantel der Herzlichkeit hüllten, so als sei ich zu blöd mitzubekommen, was wirklich los war. Dann nahm mich meine Mutter eines Samstagmorgens mit zum Crestfield Park. Unterwegs kaufte sie mir einen funkelnagelneuen Plastikfußball, auf den alle Signaturen der englischen Nationalmannschaft gedruckt waren – ich wußte, daß sie nicht echt waren, aber beeindruckt war ich trotzdem. Tom bekam nichts, denn mit vierzehn Monaten war er noch zu klein, um Schuldgefühle bei ihr auszulösen.

Als wir heimkamen, waren Daddys Sachen verschwunden. Ich fragte Ma, wo Daddy denn hin sei, und sie meinte, er sei zu einer anderen Frau gezogen, und fing dann an zu weinen. So jung ich auch noch war, ich konnte sehen, daß sie mit der Situation überhaupt nicht fertig wurde. In den folgenden drei Monaten sah ich meinen Vater jedes zweite Wochenende, und wir gingen in den Park oder aßen Chips in einem Café in der Stadt, und eines Tages kam ich heim und stellte fest, daß seine Sachen alle wieder da waren und alles wie früher war.

Letztes Jahr dann verkündete meine Ma, daß sie sich scheiden lassen wolle. Sie meinte, sie sei es leid, die Gattin eines Mannes zu sein, und meinte, sie wolle sich selbst verwirklichen. Dad meinte, daß sei auch besser so, und zog drei Tage später aus. Sie waren völlig cool bei der ganzen Angelegenheit, so als sollten Tom und ich uns eigentlich darüber freuen.

- Stilles Wasser Nr. 2 (Eau de paternité)
  Ein neues Duftwässerchen am Markt.
  *Heute morgen wäre ich beinahe Vater geworden. Heute abend bin ich nur noch ein Loser.*
  Ich hatte einfach das Gefühl, etwas verloren zu haben, ich konnte nicht anders. Es war so, als hätte ich einen kurzen Blick auf einen anderen Ort erhascht – einen Ort, der nicht so deprimierend wirkte wie jener, an dem ich mich befand –, einen Ort, der mir wie der Himmel vorgekommen war.

- Stilles Wasser Nr. 3 (Eau de fidelité)
  Das Gespräch mit Kate hatte mich einen bestimmten Gedanken für eine Weile vergessen lassen, doch nun kehrte er zurück und ließ sich nicht ignorieren, egal ob nun eingeschachtelt oder untergetaucht. Aggis Untreue warf mich einfach aus der Bahn. Ich wußte nicht, was wirklich war und was nicht. *Ich hatte mit ihr die tollste Zeit meines Lebens verbracht. Und nun, da sie mich betrogen hatte, bedeutete das, daß ich alles wegwerfen mußte? Kate hat recht. Ist es denn wirklich Liebe, wenn nur einer von beiden daran glaubt?*

# Zweiundzwanzig Uhr dreiundzwanzig

Mir war nicht danach, mein Glas leer zu trinken. Ich wußte nicht, wozu das gut sein sollte. Ich war nun gefährlich nah dran, in aller Öffentlichkeit loszuflennen. Wenn ich eine Frau gewesen wäre, dann hätte ich, kulturell gesprochen, das Recht gehabt, auf die Damentoilette zu verschwinden, mir eine gemütliche Kabine auszusuchen, ein paar Blatt Klopapier abzureißen und so richtig loszuheulen. Das einzige, was die Männerwelt in dieser Hinsicht zu bieten hatte, war der scharfe, abgestandene Uringestank, wie man ihn auf dem Männerklo findet – nicht gerade meine Vorstellung von einer behaglichen Umgebung. Ich ging trotzdem rein, und sei es auch nur, um mich für eine Weile von der Menschheit zu verabschieden. Um die Zeit totzuschlagen und mir eine Ausrede auszudenken, warum ich überhaupt hier war, pinkelte ich und konzentrierte den Strahl meiner Blase auf ein zerknülltes Päckchen Kippen in dem wagemutigen Versuch, es in Bewegung zu setzen.

Als ich an meinen Tisch zurückkehrte, sah ich ein junges, trendiges Pärchen, sie kreisten wie die Aasgeier herum, und ihre Gesichter übertrieben die Mühe, die es kostete, ein Glas Bier festzuhalten und gleichzeitig zu stehen, schamlos. Ich ignorierte sie, setzte mich hin und leerte mein Glas. Ich dachte kurz daran, noch ein Weilchen herumzuhängen, nur um sie zu ärgern, aber mir war immer noch nach Heulen zumute, also machte ich mich auf den Weg und warf Archways Antwort auf Kim Wilde einen letzten Blick zu, der besagte: »Das ist deine letzte Chance, Baby. Ich werde jetzt durch diese Tür da verschwinden und nie wiederkommen.« Mein stummer Vorwurf verhallte unerwidert – die Freuden, den abgewrackten Stammgästen im *Angel* wäßriges Bier zu servieren, waren offenbar verlockender. Das trendige Pärchen stürzte sich buchstäblich auf meinen Platz.

Ich wanderte durch den Schutt der Henmarsh-Sozialsiedlung, hielt meinen Blick auf den Gehweg gerichtet und achtete auf die Hundehaufen. Ich wußte nichts weiter über diese Siedlung; aber die Graffiti, die umgeschmissenen Mülltonnen, weggeworfenen Sessel und gelegentlichen Spritzen waren ausreichend Beweis dafür, daß diese Gegend hier gefährlicher war als alles, was ich aus Nottingham oder Manchester kannte. Ich war natürlich das klassische Raubopfer: Brillenträger, unsicher und Angehöriger der Mittelschicht mit Bankkarte in der Tasche. Ein Wunder, daß die hochgeschossenen Teenagerschurken nicht Schlange standen, um sich auf mich zu stürzen. Obwohl mir im Augenblick die meisten Aspekte des Lebens ziemlich egal waren (darunter auch meine persönliche Sicherheit), würden Prügel nicht gerade meine Stimmung heben, also beschleunigte ich meine Schritte. Kurz bevor ich meine Straße erreichte, sah ich den schwachen Schein eines Schnapsladens, der sich hinter einer Reihe von Läden verbarg, die irgendwie meiner Aufmerksamkeit entgangen waren, als ich meine Schnuppertour durch Archway gemacht hatte. Ich ging aufs Geratewohl hinein und kaufte folgende Dinge:

2 Packungen Hula Hoops Salz und Essig
1 Packung Hula Hoops Barbecue
1 Schachtel Streichhölzer
1 Flasche Tequila
1 kleine Flasche Panda-Pop-Limonade
1 Flasche Perrier (mit Kohlensäure)

Ich bezahlte die Beute mit meiner Kreditkarte, weil der Mann am Schalter keinen von diesen Kartenlesern hatte, also dachte ich mir, er könne nicht erkennen, daß ich mein Kartenlimit schon erreicht hatte… Abgesehen von den siebenunddreißig Pence

Wechselgeld, die mir Archways Antwort auf Kim Wilde gegeben hatte, hatte ich sowieso nichts Bares bei mir.
Mit mehreren Plastiktüten bewaffnet, machte ich mich auf den Weg in die Cumbria Avenue 64, wo mich das freundliche Leuchten einer nackten Glühbirne begrüßte, das durch die Netzvorhänge der Erdgeschoßwohnung drang. Ich linste durchs Fenster, als ich den Weg zum Vordereingang nahm, doch alles, was ich sehen konnte, waren die vagen Umrisse eines Mannes und einer Frau, die am Tisch saßen und wahrscheinlich aßen.
In meiner Wohnung hatte sich nichts verändert. Der Anrufbeantworter hatte keine Antworten parat, und die Wohnung sah mit meinen überall verstreut herumliegenden Klamotten aus wie ein Flohmarkt im Gemeindezentrum der Hölle. Ich machte das Licht aus und ließ mich aufs Bett fallen, in der völlig hoffnungslosen Hoffnung, der Tag habe mich ausreichend genug erschöpft, um einschlafen zu können, bevor mein Hirn wieder das Denken anfing. In der Zwischenzeit verwandelte vier Meter unter mir der Mann in der unteren Wohnung, den ich beim Essen gesehen hatte, ein ruhiges Mahl für zwei in ein sehr lautes Mahl für zwei. Ich hörte zu, wie eine Plattenspielernadel über die A-Seite von Led Zeppelins *Houses of the Holy* gekratzt wurde (ich erkannte die Platte sofort. Als Simons Eltern ihn mal kurzzeitig rausgeschmissen hatten, nachdem sie ihn in seinem Zimmer mit einem Joint erwischt hatten, schlief er einen Monat lang auf dem Fußboden meines Zimmers, bis sie ihn wieder reinließen. *Houses of the Holy* war die einzige Scheibe, die er sich angehört hatte, und das die ganze Zeit). Als der »DJ« endlich die Nadel in Ruhe ließ, wurde Jimmy Pages irre Gitarrenschmiede sofort von einem langsamen, regelmäßigen Klopfen unterbrochen – der unmißverständliche Klang des Kopfendes eines Bettes, das gegen die Wand hämmerte. Da ich mich nirgendwo verstecken und auch nirgendwo hingehen konnte, ergab ich mich wieder meiner Depression. Ich suchte im Dunkeln auf dem Fußboden herum, bis ich einen Kaffeebecher fand, der irgendwann im Laufe der Woche mal Ovomaltine enthalten hatte, und nachdem ich den Tequila geor-

tet hatte, goß ich etwas davon hinein. Ich nahm einen Schluck, schaltete das Radio ein und drehte die *Barbara White Show* laut genug, um die Sexualgymnastik von Mr. Ich-treib's-einen-Stock-tiefer auf ein sanftes Klopfen zu reduzieren.

Barbara war so amüsant wie immer. Dank ihres unermüdlichen Einsatzes fühlte ich mich nach fünf Minuten Zuhören schon gleich erheblich besser. Da draußen gab es eine Menge Leute (und ich meine »da draußen«), die in einem erheblich schlimmeren Zustand waren als ich. Angela, ihre erste Anruferin, unterzog sich gerade einer Chemotherapie wegen eines Brustkrebses, während sie sich damit auseinandersetzen mußte, über den Tod ihres Mannes hinwegzukommen, der an Kehlkopfkrebs gestorben war. Zu alldem machte sie sich Sorgen um ihre halbwüchsige Tochter, die an Agoraphobie leide, wie sie befürchte. Also, das mußte man Barbara lassen, selbst die härteste aller Kummerkastentanten hätte bei einer Anruferin, die derart verzweifelt war, aufgegeben, aber sie nicht. Ohne lange nachzudenken, stellte sie ihre Einfühlsamkeitsstrahlenpistole auf Schleimfaktor 10 und ertränkte Angela in einem Sturzbach von Sympathie. Aber das war noch lange nicht alles. In einer Welt, in der es so wenig Sicherheit gab, hatte Barbara, anders als die Politiker, keine Angst davor, ihren Kopf auf die Schienen zu legen und zu sagen, sie habe eine Antwort parat. Langsam wuchs sie mir richtig ans Herz. Sie riet Angela, sich nicht die Schuld für ihre eigenen Probleme zu geben, und gab ihr die Telefonnummer einer Trauergruppe. Was die Depression anging, so riet sie ihr, zum Arzt zu gehen, sang ein Loblied auf Antidepressiva, Kräutertees und Seifenopern und endete mit dem Rat, ihrer Tochter doch mal gehörig den Kopf zu waschen. Ich war beeindruckt.

Ich schaltete das Radio aus.

Stille.

Ich schaltete es wieder an und hörte mir den Werbespot zu einem neuen Eddie-Murphy-Film an.

Ich schaltete es wieder aus.

Schon wieder Stille.

*Der Mann einen Stock tiefer mußte wohl fertig sein.*
Ich goß mir noch einen Tequila ein, drehte das Licht an, griff nach meinem Telefonbuch und ging die Nummern durch, als handele es sich um die Speisekarte eines chinesischen Heimservice. Ich fand die Nummer, nach der ich suchte, und wählte sie. Ein Anrufbeantworter sprang an, es knisterte, dann folgte ein hohes Quieken und ein Stück Filmsequenz: »Das Leben geht so schnell. Wenn du nicht ab und zu stehenbleibst und dich umschaust, verpaßt du es vielleicht.« Es handelte sich um Matthew Broderick in *Ferris macht blau*. Simon war so was von leicht zu durchschauen. »Hi, Sie sind bei Simon und Tammy gelandet«, kam es weiter vom Band. »Hinterlassen Sie eine Nachricht nach dem Signalton!«
Einmal tief Luft geholt und ein Schluck Tequila, und ich war bereit.
»Simon, du bist gerade nicht zu Hause, aber ich würde dir ganz gern eine Nachricht hinterlassen«, tönte ich erhaben. »Ich hoffe, du hast bei einem Autounfall schwerste Verletzungen davongetragen. Und außerdem wünsche ich dir eine fürchterlich grausige Tropenkrankheit an den Hals, bei dem dir die Eier einschrumpeln, bis sie aussehen wie dieser Seetang beim Chinesen, und was übrigbleibt, soll zerbröseln und vom Winde verwehen. Ich wünsche dir alles Schlimme, und wo wir schon mal dabei sind, ich will die zwanzig Piepen zurück, die ich dir letzten Mai geliehen hab.« Tränen kämpften sich in meine Stimme vor. »Gib mir die zwanzig Piepen zurück, du blöder Hund, und alles andere, was ich dir geliehen hab, auch. Gib mir die zwanzig Piepen. Sofort!«
Erst als ich mit meinem Ausbruch fertig war und mir die Tränen aus den Augen wischte, fiel mir auf, daß ich abgewürgt worden war. Die meisten Anrufbeantworter beenden die Aufnahme nach dreißig Sekunden. Das wußte ich noch von dem Mal, als ich im Suff versucht hatte, den Text zu *She's My Best Friend* von Velvet Underground auf den Anrufbeantworter von Aggis Ma zu sprechen. Ich kam nicht mal bis zur zweiten Strophe.
Ich rief erneut an und sprach meine Nachricht zu Ende.

»Ich bins noch mal. Wo war ich stehengeblieben? Ach ja. Ich will meine zwanzig Piepen zurück, du blöder Hund. Erst willst du meine Freundin, und dann willst du meine Kohle. Gib mir die zwanzig Piepen zurück, oder ich rufe die Polizei. Und das meine ich ernst. Mit meiner Freundin rummachen ist vielleicht nicht verboten, aber Diebstahl schon!«

Ich knallte den Hörer auf die Gabel und lachte. Ich hatte aufgehört zu weinen und fühlte mich schon ein wenig besser.

Die Reise vom Bett in die Küche – früher nur ein paar kurze Schritte – war nun zu einer langen, gefährlichen Expedition geworden, wobei von mir erwartet wurde, angetütert gegen die paar Möbel zu donnern, die ich hatte, und mir die Schienbeine so sehr anzustoßen, daß das linke meine Jeans vollblutete. Ich ignorierte den Schmerz und durchwühlte alle meine Schränke, bis ich fand, was ich suchte: die Gerätschaften, deren es bedarf, um die Mutter aller Tequila-Wahnsinnsdrinks zu fertigen – einen Tupper-Becher und meinen Salzstreuer. Ich rannte zurück ins Bett, goß ein Viertel vom Tequila in den Becher, fügte einen guten Schuß Limonade hinzu und bestreute den Becherrand mit Salz. Dann holte ich tief Luft, bedeckte den Becher mit der linken Hand, hob ihn auf Schulterhöhe, beugte mich über den Rand des Bettes und knallte den Becher auf den Fußboden. Der Tequila spritzte mir über die ganze Jeans. Ich lachte wie ein Verrückter und nahm einen großen Schluck von dem Rest, der in dem Becher geblieben war.

Es dauerte nicht lange, und ich konnte beim besten Willen nicht mehr genau sagen, auf welchem Planeten ich mich befand. Meine nächste Mission, so beschloß ich, bestand darin, zwei Hula-Hoop-Packungen aufzureißen und zu versuchen, einen Ring nach dem anderen direkt in meinen Mund zu schmeißen. Ich erzielte vier direkte Treffer und zertrampelte den Rest unter meinen Füßen, was eine ungeheure Staubwüste aus zermahlenen Stärkeprodukten hinterließ. Ich hatte immer noch Hunger, also riß ich auch die dritte Tüte auf, Barbecue, und aß sie auf die übliche

Art – allerdings erst, nachdem ich jeden einzelnen als Ring an den Fingern getragen und die Hand durch die Luft gewedelt hatte. Das war toll. Ich war glücklich. Ich VERGASS. Es gab nur eine Sache, die mich noch glücklicher machen konnte. Ich schaltete den Fernseher ein und schob meine *Star-Wars*-Kassette in den Videorecorder. Als Simon und ich den Film mit sechs zum ersten Mal gesehen hatten, hielten wir ihn für die blanke Wirklichkeit. Wir unterhielten uns über Darth Vader und Luke Skywalker, so als wohnten sie am anderen Ende unserer Straße und nicht in einer anderen Galaxie, weit, weit entfernt. Der starke Glaube an diesen Film blieb mir mein ganzes Leben lang, und zwar so sehr, daß ich ihn in meiner Abschlußarbeit verwendete: *Star Wars – Besser als Shakespeare?* Acht Monate Forschung, fünfzehntausend Wörter, die ich sechs Tage vor Abgabeschluß in dreiundzwanzig Stunden runterhaute, und alles, was mir Joanne Hall, Dekanin des Filminstituts, dafür gab, war eine Vier!
Ich spulte bis zu der Szene vor, wo die Palastwache in Prinzessin Leias Schiff eindringt, und drückte auf Pause, als sie gerade ihre Hologrammbotschaft an Obi-Wan Kenobi in R2D2 schiebt. Carrie Fisher sah hinreißend sah – sie war verletzlich, vertrauensvoll, verzweifelt, vereinsamt. All das, was Aggi nie gewesen war. *Prinzessin Leia brauchte einen Helden, aber Aggi brauchte mich nicht.*
Das Telefon klingelte.
Ich ging nicht ran, ich erlebte gerade einen Augenblick mit Prinzessin Leia. Das Bild war vollkommen – der Vizekönig und Erste Vorsitzende von Alderaan eingefroren in Zeit und Raum. ›Prinzessin Leia‹, dachte ich, ›ich liebe dich.‹
Das Telefon klingelte immer noch.
Unwillig ging ich dran.
»He, Will, ich bin's.«
Ich drückte auf der Fernbedienung auf Play, ohne ein Wort zu sagen. Der Augenblick mit Prinzessin Leia war vorüber. Gleich würden die Sturmtruppen kommen und alles verderben.
»Will, ich weiß, daß du da bist«, sagte Simon. »Tut mir echt leid,

Mann. Das war wirklich dumm von mir. Echt dumm. Wenn ich könnte, würd ich es ungeschehen machen, ich schwörs. Ich würd nicht mal in ihre Nähe kommen.«

Ich wußte nicht, was ich darauf sagen sollte.

»Na komm schon, Will, red mit mir.«

»Was willst du, Simon?« brüllte ich hysterisch. Er muß wirklich geglaubt haben, daß ich endgültig durchgeknallt war. Ich beruhigte mich wieder. »Was kannst du jetzt noch von mir wollen? Du hast doch alles gekriegt, oder nicht? Du hattest meine Freundin, was willst du denn noch?«

»Hör mal, so war das nicht«, antwortete Simon und versuchte ehrlich zu sein.

»Es war nicht wie?«

»Es ist einfach so passiert«, sagte er, und daß ich es ihm keineswegs leichtmachte, war ihm offenkundig unbehaglich. »Es ist nur einmal passiert. Und keiner von uns beiden wollte das wiederholen.«

Im Hinterkopf kreiste eine Frage. Sekunde um Sekunde erhob sie sich immer größer überm Horizont, aber ich wußte, ich mußte mich ihr widersetzen, weil ich nicht glaubte, so viel Mumm zu haben, alles auf eine Karte zu setzen, nur um so etwas Nebulöses wie DIE WAHRHEIT zu hören zu bekommen.

»Und wann war das?« fragte ich. Meine Hände zitterten. Ich wollte die Antwort darauf nicht wissen.

»Als ich dich mal in der Uni besucht habe.«

Er drückte sich absichtlich vage aus. »Du bist doch zigmal zu Besuch gewesen. Also wann?«

»Zu Anfang des zweiten Jahres, als ich ins Konzert der *Happy Mondays* gegangen bin.«

Ich hätte auf meinen Instinkt hören sollen. Vor meinem geistigen Auge flammte sofort diese tolle Szene aus *Eine Frage der Ehre* auf, in der Tom Cruise von Jack Nicholson verlangt, er solle endlich DIE WAHRHEIT sagen. Nicholson sieht mit drohender Miene Cruise direkt in die Augen und meint zu ihm, er könne die Wahrheit doch sowieso nicht vertragen. Ich saß im selben Boot wie

Mr. Cruise. Aggi hatte es fünf Monate nach Beginn unserer Beziehung mit meinem besten Kumpel getrieben. Das tat weh.
»Und wie ist es passiert?« fragte ich mehr mich selbst als Simon, da ich wußte, daß er mir nie die Einzelheiten verraten würde. Überraschenderweise gab er mir darauf eine Antwort.
»Erinnerst du dich noch an den Abend?«
Ich mußte zugeben, daß ich es tat, wenn auch nicht an alles. Ich hatte den ganzen Abend über mit meinem Kumpel Succbinder getrunken (von dem ich seit dem Abschluß nichts mehr gesehen oder gehört hatte), weil uns die Band nicht besonders gefiel, wir aber fanden, daß es vielleicht doch ganz lustig sein könnte. Aggi und Simon standen voll auf die Musik, also kämpften sie sich an den Bühnenrand vor, während Succbinder und ich uns an die Bar am anderen Ende der Halle stellten und teures verwässertes Bier aus Plastikbechern tranken.
Simon zufolge hatten die beiden nach dem Konzert versucht, Suc und mich zu finden, doch wir seien nicht am verabredeten Treffpunkt, dem Fanartikel-Verkaufsstand hinten in der Halle, gewesen. Als sie genug vom Warten gehabt hatten, hätten sie beschlossen, ins 42nd Street, einen Club in der Stadt, zu gehen, und dort hatten sie sich das erste Mal geküßt.
Sie hatten sich ein Taxi zurück zu meiner Bude genommen, und Simon mußte eingestehen, daß er versucht hatte, Aggi zu überreden, mit ihm zu schlafen, sie aber nein gesagt hatte. Und dann hatten sie angefangen, derart leidenschaftlich zu knutschen, daß das »Nein« sich in ein »Will hat das letzte gestern verbraucht« verwandelte, und als keine zehn Pferde sie mehr auseinanderhalten konnten, war Simon in drei Minuten zum 24-Stunden-Laden oben an der Straße gesprintet und hatte meinen eigenen Rekord für diese Verzweiflungstat um gute zweiunddreißig Sekunden unterboten. Sie trieben es auf dem Sofa unten. Zweimal. Hinterher war Aggi nach oben gekrochen und hatte auf dem Fußboden in meinem Zimmer gepennt, weil ich mich auf dem Bett übergeben hatte und in voller Montur quer darüber lag.
Am Morgen war ich in Unterwäsche aufgewacht, und dann fie-

len mir wieder die fürchterliche Heimfahrt und die zehn Pfund »Reinigungsgebühr« ein, die der Taxifahrer mir abgeknöpft hatte, bevor er mich rausschmiß. Als ich mich umsah, hatte ich bemerkt, daß das Bett frisch bezogen gewesen war und Aggi sogar aufgeräumt hatte. Ich fühlte mich wegen des Besäufnisses und des verpaßten Treffens nach dem Konzert so schuldig, daß ich den ganzen Tag versuchte, ihr gegenüber besonders nett zu sein. Ich kaufte ihr Schokolade, ging mit ihr ins Cornerhouse, wo wir uns *Metropolitan* anschauten, und kochte Abendessen. Sie wiederum beschwerte sich nicht, daß ich in ihre Make-up-Tasche gekotzt hatte, und lud mich zum Mittagessen ein. Wir beide müssen uns wohl gegenseitig vor lauter Schuldgefühlen in den Wahnsinn getrieben haben.
Simon redete sich alles von der Seele, und zum Schluß meinte er noch, Aggi habe ihm am darauffolgenden Tag gesagt, falls er jemals irgendwem gegenüber ein Wort darüber verlöre, was geschehen sei, würde sie ihn killen. Nicht weil sie Angst hatte, ich könne sauer sein, sondern weil sie wußte, daß es mir das Herz brechen würde.
Ich konnte an Simons Stimme erkennen, die sich so anhörte, als beichte er all seine Sünden einem Priester, daß er meinte, ich würde ihm auf der Stelle vergeben, so als sei der Schmerz, seinen Treuebruch so offen zuzugeben, schon Strafe genug für ihn. Es tat ihm wahrscheinlich wirklich leid, aber ich hatte irgendwie den Eindruck, daß ein Teil von ihm die Szene wirklich genoß. Er spielte die Paraderolle des Schurken mit dem goldenen Herzen. Ich sagte ihm, er solle doch einen Song darüber schreiben, und knallte den Hörer auf die Gabel.
Nachdem ich das Telefon fünf Minuten lang beschimpft hatte, gingen mir die Flüche und der Tequila aus. Ich versuchte erneut, Alice anzurufen, denn jetzt brauchte ich sie noch dringender als sonst. Ihr Anrufbeantworter lief immer noch. Ich hinterließ eine völlig unverständliche Nachricht und suchte nach einer Ablenkung. Ein Englisch-Hausaufgabenheft, das Susie McDonnell gehörte und aus meiner Schultasche gefallen war, weckte meine

Aufmerksamkeit. Ich hob es auf und überlegte kurz, doch gleich alle Hausaufgaben der achten Klasse zu korrigieren. Ich hätte es zwar erheblich schneller als sonst geschafft, aber ich wußte, ich hätte sie nüchtern und bei Tag noch einmal korrigieren müssen. Ich blätterte beiläufig durch die letzten Seiten von Susies Heft und stieß auf ein paar falsch geschriebene Nachrichten an ihre Freundin Zelah Wilson, die neben ihr in der Klasse saß, und eine ziemlich gute Zeichnung von Terry Lane, dem Romeo der achten Klasse, darunter die Worte: »Terry Lane! Knutsch mich, bitte!« Ich mußte lachen und blätterte um, und dort stand in grünem Kugelschreiber in Susie McDonnells unverkennbarer Handschrift: »Mr. Kelly ist 'n Arsch.«
Ich korrigierte Susies Aufsatz, gab ihr drei von zwanzig möglichen Punkten und schrieb in großen Buchstaben drunter »Bei mir melden.«
Ich besah mir wieder die hinteren Seiten von Susies Heft, entdeckte noch zwei leere Seiten und schrieb in weiten Großbuchstaben darüber: »Ich will ...«

# Null Uhr vierzehn

Ich will …

1. Ich will Aggi endlich vergessen.
2. Ich will in eine bessere Wohnung ziehen.
3. Ich will den Lehrerjob schmeißen.
4. Ich will das Abenteuer suchen.
5. Ich will stärker sein (körperlich).
6. Ich will die Menschen mehr mögen.
7. Ich will mich beim Essen mit John Hughes unterhalten.
8. Ich will mehr Hula Hoops.
9. Ich will einen besseren Film als *Der Pate* drehen.
10. Ich will in Würde alt werden.
11. Ich will Martina den Laufpaß geben, ohne ihr das Herz zu brechen.
12. Ich will irgendwann mal in Brasilien leben.
13. Ich will Frieden auf der Welt (bitte).
14. Ich will wissen, was denn so fürchterlich falsch an mir war, daß Aggi auch nur auf den Gedanken kommen konnte, es mit Simon zu treiben.
15. Ich will wissen, warum der Himmel eigentlich blau ist.
16. Ich will meine Eltern wieder zusammen haben.
17. Ich will das Rauchen aufgeben.
18. Ich will verheiratet sein.
19. Ich will Alice hierhaben.
20. Ich will eine Katze.
21. Ich will, daß mein Leben verfilmt wird.
22. Ich will ein sauberes Handtuch.

23. Ich will, daß Simon eines grausamen Todes stirbt.
24. Ich will, daß mir nie die Zigaretten ausgehen.
25. Ich will (eines Tages) Vater sein.
26. Ich will an etwas glauben, das man nicht erklären kann.
27. Ich will Prinzessin Leia.
28. Ich will besser Gitarre spielen als Simon.
29. Ich will ein Held sein.
30. Ich will schlafen.

# SONNTAG

# Acht Uhr acht

Meine Augen sprangen auf, und mein Kopf dröhnte schmerzhaft, als das Telefon mich aus dem Schlaf riß. Obwohl ich vom Traum noch ganz verwirrt war, schaffte ich es, meine Hand zum Fußboden auszustrecken, die Quelle des Lärms allein mit meinem Tastsinn zu erreichen und gleichzeitig leise zu furzen, noch bevor das Telefon ein zweites Mal klingeln konnte. Dennoch dauerte es noch ein, zwei Minuten Ächzen und Räkeln, bevor mein Hirn, das zwei Runden hinter meinem Körper lag, aufholen konnte. Jemand sprach zu mir, benutzte Wörter, die ich als Englisch identifizieren konnte, und nun brauchte ich sie nur noch in eine verständliche Reihenfolge zu bringen, und schon wäre ich in der Lage, so etwas Ähnliches wie eine Unterhaltung zu führen.

»Tut mir leid, daß ich noch nicht zurückgerufen habe, Will. Es ist nur, weil …«

Ich erkannte die Stimme nicht.

»Keine Sorge«, sagte ich schwach und kratzte mich in der Leistengegend. »Sag mir nur, wer du bist.«

»Ich bin's, Alice.«

»Ach ja, genau«, sagte ich. »Und wie spät ist es?«

»Zehn nach acht. Sonntag morgen.«

»Ich hab es gerüchteweise gehört, aber ich wußte nicht, daß es eine solche Uhrzeit überhaupt gibt. Zehn nach acht. Sonntag morgen. Ist ja nicht zu fassen.«

Ich beendete meinen Ausbruch an Grundschulsarkasmus und wollte gerade auf eine tangential davon abweichende Gedankenspur wechseln und mich über die verschiedenen Theorien über Zeitreisen und die Natur der Wirklichkeit auslassen, die ich in

den letzten Wochen ausgetüftelt hatte, als Alice zu weinen begann.
»Oh, Alice, tut mir leid«, entschuldigte ich mich. »Ich bin ein Idiot. Ignorier mich einfach.«
»Es liegt nicht an dir«, sagte sie.
Ich drückte den Hörer ans Ohr und glitt aus dem Bett, öffnete die Vorhänge und sah hinaus. Es regnete. Der Nachbarshund hatte sein Morgengeschäft beendet und scharrte mit den Hinterläufen wahllos Erde über den dampfenden Haufen.
»Bruce ist schuld«, sagte Alice zwischen Schluchzern. »Er hat mich verlassen.«
Ich hörte genau zu, und Alice erklärte mir, was passiert war. Bruce war Samstag nachmittag in die Wohnung gekommen, nachdem er angeblich in der Arbeit gewesen war, und hatte kühlen Herzens verkündet, daß er Alice wegen einer anderen verlasse. Nach viel Geschrei und Tränen auf Alices Seite war Bruce wenigstens so anständig gewesen zuzugeben, daß es sich bei der anderen Frau um Angela, seine Vorgesetzte, handelte, doch als sie ihn fragte, wie lange das schon ginge, habe er sich geweigert, mehr zu sagen, als daß er sofort ausziehe und noch mal zurückkommen würde, um seine Sachen zu holen. Aus die Maus, wie man so sagt. Eine fünfjährige Beziehung in nicht mal ner halben Stunde im Eimer.
Mit all den Informationen hätte es ein leichtes für mich sein müssen, die Rolle des besten Freundes und treuen Vasallen zu übernehmen, so wie Alice es bei mir getan hatte, als mich Aggi sitzenließ. Es war einzig und allein mein Job, dafür zu sorgen, daß sie sich besser fühlte, doch zu meiner Schande muß ich gestehen, daß ich diesem Anspruch nicht gerecht werden konnte. Jeder Satz, der mir über die Lippen kam, klang entweder zu blöd oder zu insensibel – all das Zeug, das bei Martina Wunder gewirkt hätte, bei Alice aber eine Beleidigung war. Sie verdiente was Besseres als sinnlose Platitüden, aber mehr hatte ich nicht auf Lager. Sie war meine beste Freundin, sie litt, und es gab kein Wort in der ganzen Sprache, das dies ändern konnte.

Und dennoch, Klischees gibt es nicht ohne Grund. Sie sind dazu da, um Gesprächslücken zu füllen, um der Person, die sie verwendet, das Gefühl zu geben, nicht völlig ohnmächtig zu sein, und, was noch wichtiger ist, um möglichst wenig weitere Mißstimmung auszulösen. Zu diesem Zweck versuchte ich mir vorzustellen, was Barbara White wohl in meiner Lage tun würde. Zuerst mußte ich eine Menge Fragen stellen, egal, wie offensichtlich sie waren, um ihr zu zeigen, daß ich mir Sorgen machte.

»Gehts dir gut?«

»Nein, mir geht's nicht gut, Will. Ich bin am Boden zerstört. Komplett. Ich hätte nie gedacht, daß mir jemals so etwas passiert. Er hat gesagt, er liebt mich. Er hat gesagt, er will mich heiraten. Er hat gesagt, er wird mich immer lieben. Er hat gelogen. Gelogen.« Dann fing sie wieder an zu weinen.

Mein Hirn war vollkommen leer. Und wieder übernahm der Geist von Barbara White die Kontrolle. »Da bist du ja sicher tief getroffen.«

»Ich kann einfach nicht glauben, daß er fort ist«, sagte Alice, der meine dumme Bemerkung gar nicht aufgefallen war. »Er ist fort. Was mach ich jetzt? Ich hab die ganze Zeit nur geweint, seit er weg ist. Die Katze hat ins Bad geschissen, ich muß mich für ein Direktorenmeeting morgen vorbereiten, und außerdem wollte ich heute nachmittag die Küche streichen.« Sie lachte verächtlich. »Ich hasse die beschissene Katze sowieso. Sie mochte Bruce immer lieber als mich.«

»Vielleicht wird sie dich jetzt lieber mögen, wo er weg ist«, sagte ich weise.

Alice fing wieder an zu weinen.

Ich gab die Barbara-White-Masche auf, da sie weder mir noch Alice guttat. Statt dessen tat ich, was ich schon von Anfang an hätte tun sollen: Ich verließ mich auf meine natürliche Fähigkeit, zu sagen, was Sache ist. »Weißt du, Alice«, sagte ich und kroch wieder ins Bett, »so ist es nun mal: Das Leben ist einfach fürn Arsch. Das war schon immer so und wird auch so bleiben.« Mir war kalt. Ich zog die Decke bis an den Hals hoch. »Ich weiß, wie du dich fühlst. Ganz bestimmt. Da hockst du friedlich in dem Wissen ruhend, daß die einzige Sache, die dich bei geistiger Gesundheit erhält, die einzige Sache, die das Ganze erträglich macht, die Person ist, die du liebst, und *wuusch!*, ist sie schneller verschwunden als ein tasmanischer Beutelteufel mit ner Rakete im Hintern. Und das einzige, was dir von der Tatsache bleibt, daß diese Person je zu deinem Leben gehört hat, ist ein Stapel Fotos, ein paar Briefe und viel zu viele Erinnerungen.«

Alice sagte kein Wort. Ich wußte nicht, wem diese kleine Rede eigentlich guttun sollte. Ich wechselte das Thema.

»Hast du letzte Nacht überhaupt ein Auge zugetan?«

»Nein. Ich hab die ganze Nacht wach gelegen und gegrübelt und geweint. Ich hätte dich schon früher angerufen, aber als ich endlich in der Lage war zu telefonieren, war es schon so spät.«

»Hör mal«, sagte ich sanft, »du kannst mich anrufen, wann immer du willst. Morgens, mittags, abends. Wie Diana Ross mal gesungen hat«, ich räusperte mich und gab mein Bestes, um die ehemalige Supreme-Sängerin zu imitieren. »If you need me, call me …«

»Danke«, sagte Alice und lachte. »Du bist ein wahrer Freund.« Sie hielt inne, so als müsse sie nach Luft schnappen, und fing wieder an zu weinen. »Warum hat er das nur getan, Will? Ich hab sie sogar kennengelernt, weißt du? Wir sind alle mal zum Essen gegangen, als sie ihn in ihre Abteilung befördert hat. Sie war besonders nett zu mir. Den ganzen Abend hat sie immer wieder betont, daß wir doch mal gemeinsam ausgehen sollten. Sie muß so um die zweiundvierzig sein, aber sie ist wirklich sehr schön. Sie hat ihren eigenen Fitneßtrainer. Ich weiß nicht … was ist denn falsch an mir? Warum liebt er mich nicht mehr? Er muß sie wirklich anbeten, daß er mir das antun kann, nach all der Zeit, die wir zusammen waren. So was passiert doch nicht über Nacht. Wie lange hat er schon das Gefühl, daß was nicht stimmt, und warum hat er es mir nicht gesagt? Seit wann schläft er mit ihr, um dann nach Hause zu kommen und mit mir zu schlafen?« Dann brach sie zusammen und schluchzte ins Telefon. Alice war meine beste Freundin, der einzige Mensch auf der Welt, auf den ich mich wirklich verlassen konnte, und es gab nichts, was ich tun oder sagen konnte, um ihren Schmerz zu lindern. Und so saßen wir schweigend da und blieben bald eine Stunde in Gedanken versunken. Unsere Verbindung per Telefon war so eng, wie sich zwei Menschen, die über einhundertzwanzig Meilen Glasfaserkabel miteinander verbunden sind, nur sein können.

Der Nachbarshund fing wie wild zu bellen an und weckte mich aus meiner Trance. Ich schüttelte heftig den Kopf, um mich wieder daran zu erinnern, worüber ich in der verstrichenen Zeit nachgedacht hatte. Es fiel mir nicht mehr ein. Vielleicht war ich wieder eingeschlafen, dachte ich.

»Hallo?« rief ich ins Telefon. »Hallo? Alice?«

»Ach, Will«, sagte Alice verschlafen. »Ich hab gerade geträumt, Bruce sei bei mir. Wir lagen im Bett, er hatte seine Arme um meine Taille gelegt, und er küßte mich auf den Hals und sagte, daß er mich liebe.« Sie weinte wieder.

»Wann kommt er zurück?« fragte ich, als ihre Tränen zu einem sanften Wimmern abgeklungen waren.

»Irgendwann heute abend«, entgegnete sie. »Er ist jetzt bei ihr … wo immer das ist.« Ich konnte hören, daß sie alle Kraft zusammennehmen mußte, um die nächste Tränenflut zu unterdrücken, aber sie schaffte es. »Was soll ich nur machen? Ich halt das nicht länger aus. Er trampelt einfach über mich hinweg, und ich hab das Gefühl, als könne ich gar nichts dagegen tun. Ich komme mir so hilflos vor.«

»Was willst du denn tun?« fragte ich sie. »Soll ich ihn verprügeln?«

»Ja«, meinte Alice bitter.

»Oh«, meinte ich und schluckte schwer, als ich mir Bruce in seiner ganzen Pracht von einsfünfundneunzig vor Augen führte. »Es würde mir zwar das größte Vergnügen bereiten, dir zuliebe Bruce die Scheiße aus dem Leib zu prügeln, doch solltest du vielleicht dabei berücksichtigen, daß das Blutvergießen angesichts meiner schmächtigen Statur ganz meinerseits sein dürfte.« Alice mußte lachen. »Aber du bist meine beste Freundin, also bin ich durchaus bereit, dir zuliebe seinen *Armani*-Anzug vollzubluten. Hauptsache, du fühlst dich besser.«

Alice wurde wieder ernst. »Ich will ihm weh tun, Will. Ich will ihm so weh tun, wie ich nur kann. Es wäre ihm egal, wenn ich jemand anderen hätte. Das würde es ihm vielleicht nur noch einfacher machen. Ich will ihm nur so weh tun, wie er mir weh getan hat. Ich will, daß er meinen Schmerz spürt.«

Nun lag es an mir, alles ins Lot zu bringen. Ich kam mir vor wie Hannibal aus dem *A-Team*. »Also triff ihn dort, wo es ihm richtig weh tut.«

»Ich komme ihm gar nicht nah genug, um richtig zuzutreten«, meinte Alice nur halb im Scherz.

Ich nahm die imaginäre Zigarre aus dem Mund, schüttelte den Kopf und fragte mich, ob George Peppard es jemals bei Audrey Hepburn versucht hatte.

»Nein, das mein ich nicht«, sagte ich. »Ich meine, du sollst all die Sachen kaputtmachen, an denen sein Herz hängt. Wann genau kommt er zurück?«

»Ich weiß nicht. Vielleicht um fünf. Ich meinte, ich würde nicht dasein, und das werde ich auch nicht. Wahrscheinlich wird diese Schlampe draußen auf ihn warten.«

»Gut«, sagte ich. Ich suchte auf dem Fußboden nach einem Paar Socken für meine kalten Füße. »Also los, du hast noch jede Menge Zeit, um die Schlösser wechseln zu lassen und dafür zu sorgen, daß es ihm leid tut, seinen Boß nackt gesehen zu haben.« Die Decke glitt vom Bett, als ich es mir bequem machte. In der Wohnung war es eiskalt. Der Stecker des elektrischen Heizlüfters war mindestens einen Meter zu weit weg, als daß ich mir die Mühe gemacht hätte aufzustehen. Ich zog die Decke wieder aufs Bett, deckte mich bis zum Hals zu, entspannte mich und ging noch einmal die Einzelheiten meines Plans durch. »Du hast doch ein schnurloses Telefon, richtig?«

»Das benutze ich gerade.«

»Sehr gut«, sagte ich – was allein schon ausgereicht hätte, aber ich konnte nicht anders und fügte noch hinzu: »An die Arbeit.« Ich mußte unwillkürlich lächeln, was wohl eher die Reaktion meines Körpers war, mir zu sagen, daß ich mich auf meiner inneren Haltungsskala eher der Kerbe »abgedroschen« näherte als »ironisch«. »In welchem Zimmer bist du gerade?«
»Im Wohnzimmer.«
»Und was kannst du sehen?«
»Das Wohnzimmer.«
»Nein, ich meine, was genau kannst du sehen?«
Ich hörte, wie Alices Haar über den Hörer wischte, während sie sich im Zimmer umsah. »Ein Sofa, einen Fernseher, eine Schachtel Benson & Hedges, einen Beistelltisch, ein paar Magazine: *GQ*, *Marie Claire*, *The Economist*, ein Aquarium, eine Stereoanlage …«
»Halt«, unterbrach ich sie. »Gehört die Stereoanlage Bruce?«
»Sein ein und alles. Eins von diesen High-Tech-Teilen. Lachhaft teuer«, sagte sie wie aus der Ferne. »Sein ein und alles.« Die nächsten Tränen klopften schon wieder an.
»Prima. Nimm sie!« rief ich und hoffte, geheimnisvoll genug zu klingen, um sie ein wenig davon abzulenken, an Bruce zu denken.
»Wozu?«
»Nimm sie einfach!« rief ich. »Und, hast du sie?«
»Ja.«
»Trag sie ins Badezimmer.«
Alice bewältigte die Reise bis ins Bad schweigend. Das einzige, was ich hören konnte, war ein sehr schwaches Rauschen in der Leitung.
»Nicht gehen!« befahl ich. »Rennen!«
»Ich bin im Bad«, meinte Alice nach einer kurzen Weile ganz außer Atem. »Das Ding ist ganz schön schwer. Und was soll ich jetzt machen?«
Wieder fuhr mir unwillkürlich ein Lächeln übers Gesicht. »Stell sie in die Badewanne, steck den Stöpsel rein und laß Wasser ein.«

Alice kicherte nervös.
»Du machst Witze.«
Und wieder fuhr mir ein Lächeln übers Gesicht, weil ich mich verzweifelt zurückhalten mußte, nicht zu sagen: »Nein, ich meine es todernst.«
Kreischen und Lachen drangen an mein Ohr.
»Klasse!« kicherte Alice. »Soll ich noch WC-Reiniger reinschütten?«
Das Wasserrauschen und Lachen schien überall zu sein. Während wir warteten, daß die Wanne sich füllte, erinnerte mich Alice daran, daß ich ihr versprochen hatte, sie diesen Monat zu besuchen. Ich sagte, ich würde gern kommen, könne es mir aber nicht leisten. Sie bot mir an, die Fahrkarte zu bezahlen. Ich war gerührt.
»Sie ist voll!« rief Alice aufgeregt.
»Gut«, sagte ich. »Und jetzt schauen wir uns mal seinen Kleiderschrank an.«
»Ich bin auf dem Weg ins Schlafzimmer!« schrie Alice, die sich nun eher wie *Challenge Anneka* anhörte. »Ich öffne den Schrank. Ich kann seinen Lieblingspullover sehen, den hat er sich bei *Duffer of St. George* gekauft, ein paar handbemalte Seidenkrawatten, zwei Hemden von *Agnes B.* Und drei *Armani*-Anzüge.«
»Sonst noch was?«
»Da hängt noch eine schwarze Hose von *Katherine Hamnet*, die er spaßeshalber immer seine ›Spendierhose‹ genannt hat, und ein *Tommy-Hilfiger*-T-Shirt aus einer kleinen Auflage, das er sich bei einer Dienstreise in die USA gekauft hat. Wenn ich mich nicht irre, war Angela auch mit dabei. Schlampe. Was machen wir damit?«
»Geh in die Küche.«
»Ich laufe durch den Flur«, sagte Alice, die sich der Tatsache nicht bewußt war, wie lange sie in der Zwischenzeit nicht mehr geweint hatte. »Sekunde, ich hab das T-Shirt fallen lassen. Ich geh durchs Wohnzimmer. Ich hab gerade seine LP vom Sound-

track zu *Der Mann mit der Todeskralle* entdeckt. Er hat ein Vermögen dafür bezahlt.«

»Gut, nimm die auch mit.« *Der Mann mit der Todeskralle* war Lalo Schifrins beste Scheibe. Ein Loser wie Bruce verdiente sie nicht. »Und bist du jetzt in der Küche?«

»Ja.«

»Such dir die größten Töpfe und Pfannen zusammen. Tu Wasser hinein und laß Bruces Klamotten kochen. Was übrigbleibt, schmeißt du zusammen mit Chlorbleiche in die Waschmaschine.«

»Super«, meinte Alice, die völlig aufgekratzt war.

»Und, geht's dir besser?«

»Ich flipp gleich aus!«

Der Nachbarshund kläffte wieder. Ein Mann schrie: »Willst du wohl aufhören, Sultan!« Ich mußte lachen, denn für einen Augenblick hatte ich »Satan« verstanden.

»Was lachst du?« fragte Alice.

Es war der Erklärung nicht wert, also ging ich auch nicht darauf ein. »Nimm seine restlichen Sachen, stopf sie in einen Müllbeutel und stell sie vor die Tür.«

»Vor die Tür? Wie wär's mit dem Müllschlucker?«

»Noch besser. Ach, und wenn du noch irgend 'ne Farbe übrig hast, dann schmeiß sie mit in den Beutel.«

In der folgenden Stunde malten wir Bruces schwarze Schuhe von *Patrick Cox* mit der weißen Farbe an, die für die Küche bestimmt gewesen war (Alices Idee), schnitten Löcher in alle seine Socken (auch ihre Idee), schnitten sein Gesicht aus allen Fotos in der Wohnung und verbrannten sie, während ich im Hintergrund dazu *South Pacific* auflegte (meine Idee), fuhren mit seiner Zahnbürste durch die Katzenscheiße in der Küche (natürlich meine Idee) und warfen seine lederne Aktentasche mit allen Geschäftspapieren vom Schlafzimmerbalkon (eine gemeinsame Erfindung).

Alice ließ einen Freudenschrei los, als sie Bruces Aktentasche zum Fenster hinausbefördert hatte. Ich hörte, wie sie zu Boden sank und einen schweren Seufzer der Erschöpfung losließ, und obwohl ich mich ja kaum verausgabt hatte, war mir nach Ruhe und Erholung zumute.

»Hast du dir jemals gewünscht, das mit Aggi auch zu machen?« fragte Alice, deren Stimme so gedämpft klang, als liege sie mit dem Gesicht nach unten auf dem Sofa.

»Nein.« Ich hielt inne und dachte noch einmal über die Frage nach. »Na ja, vielleicht schon. Manchmal, aber eigentlich hoffe ich immer noch darauf, daß wir eines Tages wieder zusammen sind. Der Punkt ist, Aggi hat ihre Kleider immer sehr wichtig genommen. Wenn ich je was mit ihnen angestellt hätte, dann garantier ich dir, sie läßt sich eher das Hirn durchtrennen, als zu mir zurückzukommen.«

»Glaubst du wirklich, daß ihr jemals wieder zusammenkommt?«

»Ich weiß nicht«, log ich.

»Mit mir und Bruce ist es aus. Ich will ihn nie wiedersehen.«

»Meinst du das wirklich?« Ich warf einen Blick auf Aggis Foto an der Wand und widerstand der Versuchung nachzuschauen, ob ich den Filzstift abwischen konnte. »Meinst du das wirklich ehrlich?«

»Ja, wirklich.«

»Na, dann bist du ein mutigerer Mann als ich.«

Peinliches Schweigen setzte ein, weil keiner von uns beiden wußte, was er sagen sollte. Alice fing als erste an zu sprechen.

»Arbeit. Ich hab die Schnauze so voll davon. Ich hab jetzt die ganze Zeit so hart gearbeitet, dabei ist es das überhaupt nicht wert. Ich hab eine Entscheidung gefällt. Ich werd so bald wie möglich einen Flug buchen – eines von diesen Drei-Monats-Tickets rund um die Welt. Bruce und ich haben die ganze Zeit davon gesprochen ...«

Dann fing sie wieder an zu weinen.

Ich stellte mir vor, ein Vierteljahr lang nicht mit ihr reden zu können. Ich stellte mir vor, allein mit dem Leben fertig werden zu müssen. Ich stellte mir vor, wie ich meinem Fernseher mitteilte, wie sehr ich meinen Job haßte. Es war einfach zu deprimierend. Ich hörte auf, mir etwas vorzustellen.

»Du kannst nicht einfach weg«, sagte ich nur halb im Scherz. »Es ist mein Geburtstag.«
»Ach ja«, meinte Alice und riß sich zusammen. »Herzlichen Glückwunsch!«
Ich bedankte mich für ihre Karte und die Geschenke und erzählte ihr die Geschichte mit dem Postboten. Sie lachte und meinte, sie würde der englischen Post auch nicht trauen.
»Ich bin froh, daß dir die Geschenke gefallen haben«, meinte sie warmherzig. »Mein Lieblingsgeschenk ist aber der Esel. Er erinnert mich an dich.«
Ich lachte. »Na, vielen Dank.«
»Ich finde, es ist wichtig, daß du diesen Esel gekriegt hast«, meinte Alice tiefgründig. »In dir steckt eine Menge Liebe, Will, aber sie kann nirgendwo hin. Vielleicht kannst du diesen Esel lieben und für ihn sorgen. Ihr seid beide vernachlässigt worden.«
Mißtrauisch betrachtete ich Sandys Foto. Ich mochte meinen räudigen, abgearbeiteten Esel, aber verlieben würde ich mich nicht ihn, jedenfalls nicht sofort, auch wenn das eine interessante Vorstellung war. Ich sagte zu Alice, daß sie mir einen der schönsten Geburtstage seit langer, langer Zeit bereitet hatte und daß ich ohne sie verloren sei. Sie nahm meinen Dank schweigend an und meinte dann: »Was machst du heute? Irgendwas Besonderes?«
»Nun«, meinte ich und fragte mich, ob ich ihr die Wahrheit sagen, eine plausible Lüge erfinden oder Witze darüber reißen sollte. »Ich dachte, ich schmeiß mir eine Überraschungsparty, und die Überraschung wäre dann, daß ich mir gar nicht erst die Mühe mache, hinzugehen.« Alice lachte. »Nein, ich denk, ich bleib zu Hause und genieße den Tag mit meinen liebsten Freundinnen: Miß Mut und Miß Behagen. Haha.«
»Will, ich komm nach London«, meinte Alice ernsthaft. »Laß mich bitte kommen. Ich kann den nächsten Zug nehmen. Wir könnten deinen Geburtstag mal so richtig feiern, uns auslachen und vergessen, was das Leben fürn Arsch ist.«
Natürlich wollte ich einwilligen, aber wir wußten beide, daß das

nur das beste Rezept für eine Katastrophe war: Man nehme zwei willige Erwachsene, dazu einen Schuß Verzweiflung. Geben Sie ein, zwei Flaschen Wein hinzu, dazu ein paar »Halt mich fest«. In kürzester Zeit würde Plato sich verabschieden und uns beide mit den fürchterlichen Konsequenzen allein lassen, die zwei Freunden drohen, die sich mit dem Zweitbesten begnügen.
»Danke für das Angebot, aber heute vielleicht lieber nicht«, meinte ich, obwohl mir überaus klar war, daß ich diesen Schritt noch tief bedauern würde. »Nächstes Wochenende vielleicht, dann hätten wir wenigstens mehr Zeit füreinander. Wenn du jetzt kommst und fährst Montag früh wieder, dann wär ich noch deprimierter, als wenn du überhaupt nicht kommst.«
»Okay«, meinte Alice offenkundig enttäuscht, aber wahrscheinlich nicht annähernd so enttäuscht wie ich. »Ich wünsch dir einen tollen Tag, Will, okay?« Und fast im selben Atemzug sagte sie: »Ich liebe dich.«
»Ich liebe dich auch.«
Welten lagen zwischen Alices »Ich liebe dich« und dem von Martina. Alice hatte nur »Ich liebe dich« sagen wollen, weil man es vermißt, »Ich liebe dich« zu sagen, wenn die Person, zu der man das sagt, weg ist. Das wußte ich, und Alice wußte es auch. Es hatte nicht zu bedeuten, daß es zwischen uns irgend etwas gab. Es war nur das Geräusch, das zwei verzweifelte Menschen machen, wenn sie verzweifelt sind.
Alice machte Anstalten, auf Wiedersehen zu sagen. »Und vielen Dank für ...«
»Schon gut«, meinte ich. »Kein Problem. Wozu sind Freunde denn sonst da?«

# Elf Uhr siebenund-fuenfzig

Während ich zwischen einer Gartensendung, einer Wiederholung von *Grange Hill* und den *Waltons* hin und her zappte, setzte sich eine gefleckte grauweiße Taube auf mein Fensterbrett, streckte die Flügel aus, machte einmal »Guruh« und verschwand wieder im Spätvormittagshimmel. Es hatte aufgehört zu regnen, und die Sonne glitzerte in den Hunderten von Regentropfen auf dem Fensterrahmen und verwandelte sie alle in strahlende Sterne. Ich öffnete das Fenster und ging wieder ins Bett.

Dies war höchstwahrscheinlich der schlimmste und der tollste Geburtstag, den ich je gehabt hatte. Auf der einen Seite hätte dieser Geburtstag der sprichwörtliche Tropfen sein können, der das Faß zum Überlaufen bringt, wenn mir Geburtstage überhaupt etwas bedeuten würden. Schließlich war ich jetzt sechsundzwanzig, erholte mich noch immer nur mühsam von einer drohenden Schwangerschaft, war das Opfer der unerwiderten Liebe einer Verrückten, hockte allein in einer traurigen Ausrede von Wohnung in einer keineswegs illustren Gegend Londons, und dies an dem Tag, an dem Geburtstag und Jahrestag der Ausstellung meines Laufpasses aufeinanderfielen. Doch genau diese Tatsache – die Tatsache, daß ich allein war – hielt ich für den Silberstreifen am ansonsten trübschwarzen Horizont. Ich hatte meinen fünfundzwanzigsten Geburtstag mit Simon und Tammy im *Royal Oak* gefeiert. Es war furchtbar gewesen. Dort hatte ich meine eigene kleine Privattragödie: Ich betrauerte das Hinscheiden meiner Jugend, mein Versagen im Leben, und die einzige Unterhaltung meiner Begleiter bestand darin, daß Ray und Sophie, das

Paar, mit dem sie sich ein Haus teilten, seit über vierzehn Tagen kein Gemeinschaftsklopapier mehr gekauft hatten.

Das Telefon klingelte.

Mein Hirn registrierte den Anruf im Bruchteil einer Sekunde, doch mein Körper war nicht an schnellen Reaktionen interessiert. Die Entfernung zwischen mir und dem Telefon, das ich unter einem Stapel Klamotten vor dem Schrank hatte liegenlassen, schien so ungeheuer weit, daß ich nicht glaubte, sie jemals überwinden zu können. Meine Bewegungen waren derart faultierhaft, daß der Anrufbeantworter ansprang, bevor ich überhaupt dort eintraf.

»Hi, Sie sind bei mir gelandet«, sagte mein Anrufbeantworter in dem ihm eigenen Akzent, »hinterlassen Sie, was immer Sie wollen, nach dem Signalton.«

Der auch prompt kam.

»Hi, Will«, sagte Kates Stimme. »Ich wollte eigentlich nur ein wenig quatschen. Ich versuchs vielleicht später noch mal.«

Ich gab meine Anstrengungen, das Telefon noch zu erreichen, auf und legte mich mit dem Bauch auf den Teppich, wobei meine Beine recht ungemütlich gegen die Bettkante drückten. ›Soll ich abheben?‹ fragte ich mich. ›Wenn ich drangehe, muß ich mit ihr reden, und sosehr ich sie auch mag, bin ich mir nicht sicher, ob ich heute überhaupt mit der Welt in Kontakt treten will. Heute – mein Geburtstag. Heute – der dritte Jahrestag meiner Trennung von Aggi. Heute – heute. Ich mag Kate immer noch, ich brauch nur mal ne Verschnaufpause. Ich kann sie ja immer noch später anrufen. Ja genau, das mach ich, ich ruf später an.‹

Ich hob ab und entschuldigte mich. »Tut mir leid.«

»Ach, einen Augenblick hab ich geglaubt, du bist nicht zu Hause«, meinte Kate. »Das hätte mir aber den Sonntag versaut.«

»Nun, das können wir doch nicht zulassen, oder?« sagte ich und fragte mich, ob ich wohl jemals meine Schuldgefühle in den Griff bekam. »Wie geht's dir?«

»Ach, ganz gut«, sagte sie und seufzte. »Nachdem ich aufgelegt hab gestern abend, bin ich in den Waschsalon gegangen. Ich wollte auch zu Hause bleiben, genau wie du, aber dann haben Paula und ein paar von ihren Freunden mich überredet, auf ein Glas mit in die Stadt zu kommen. Und am Ende sind wir in einem Club gelandet und haben dann den Abend hier bei uns beschlossen, mit vier Flaschen Martini, und haben uns das Ende von *Ein Offizier und Gentleman* angeschaut. Also, Richard Gere kann mich auf seinem Motorrad abholen, wann immer er will.«

Ich versuchte darüber zu lachen, doch was dabei herauskam, klang wie eine Mischung aus verächtlichem Grunzer und Räuspern – es tat mir jetzt schon leid, abgehoben zu haben. Kate munterte mich kein bißchen auf, im Gegenteil, sie deprimierte mich ohne Ende. Ich hätte auf meinen Instinkt hören sollen. Mir war nicht nach Reden zumute, und da ich dieses Gefühl schon von früheren Gelegenheiten kannte, wußte ich, daß ich das Gespräch schleunigst abbrechen mußte, sonst würde ich noch unangenehmer werden, als ich sowieso schon war, und das brachte nur Ärger ein.

»Und was hast du letzte Nacht angestellt?« fragte Kate.

»Ach, nicht viel«, sagte ich, leckte mir über die Lippen und kratzte mich am Kopf. »Ein paar Kumpel sind vorbeigekommen, und wir sind auf nen Drink ins West End. In die Bar Rumba. Kennst du die?« Ja, meinte sie. »Es war toll. Und am Ende bin ich mit einem Mädchen namens Annabel abgezogen.«

»Sie ist nicht mehr bei dir, nehm ich an«, meinte Kate. »Und, wie war sie so?«

Ich versuchte, auch nur die Spur einer Emotion herauszuhören – nicht mal der leiseste Hauch von Eifersucht.

»Und woher weißt du, daß sie nicht mehr hier ist?« fragte ich.

»Die Wohnung ist eigentlich nicht groß genug, daß du eine Frau, mit der du gerade geschlafen hast, einfach als ›Mädchen namens Annabel‹ bezeichnen könntest, oder?« meinte Kate. »Ich hab da mal gewohnt, schon vergessen?«

Ich lachte. »Nein, sie ist schon heute früh gegangen.«

Ich rechnete eigentlich damit, daß Kate auflegte.

»Und, wie war sie so, wollte ich wissen«, wiederholte Kate, ohne groß aggressiv zu klingen, aber auch nicht ganz frei davon.
Ich antwortete auf ihre Frage. »Ach, nicht mein Typ. Sie war n bißchen dumm. Ich hab sie gefragt, wer denn ihr Liebling aus *Starsky und Hutch* war, und sie hat geantwortet, Hutch, dabei weiß doch jeder, daß Starsky viel cooler ist, weil er den besseren Wagen fährt und die besseren Pullis trägt, und überhaupt, Hutch ist doch n Loser.«
»Ich glaub, der Loser bist du gerade, Will.«
»Schon möglich.«
»Unbestreitbar.«
»Vielleicht.«
»Nicht zu widerlegen.«
»Und, was machen wir jetzt?« fragte ich.
»Ich werd jetzt auflegen«, meinte Kate resolut. »Und wir werden nicht wieder miteinander telefonieren.«
»Na, dann tschüs.«
»Und ein nettes Leben noch.«
Sie knallte den Hörer auf die Gabel.

Ich stand auf und schloß das Fenster, die Sonne schien nicht mehr, und der Nachbarshund wurde schier verrückt angesichts eines Eichhörnchens im Baum. Ich überlegte, ob ich mich anziehen oder frühstücken sollte, irgendwas, das nichts mit Kate zu tun hatte oder damit, was für ein Blödmann ich war. Ich ging wieder ins Bett und zog mir die Decke über den Kopf.
Oberflächlich betrachtet, hätte die Zwiespältigkeit unserer merkwürdigen Beziehung meinem Gewissen erlauben sollen, sich nicht weiter zu beunruhigen, aber dem war nicht so. Nur weil das, was zwischen uns vorging, keinen Namen hatte, hieß das noch lange nicht, daß ich es einfach ignorieren konnte. Meine Lügerei hatte ihr bestimmt weh getan; wenn sie mir so was erzählt hätte, wäre ich am Boden zerstört gewesen. Statt also unsere gedeihliche Beziehung zu pflegen, hatte ich einfach die schlimmsten Klischees über mein Geschlecht zusammengekratzt

und ihr ins Gesicht geschleudert. Ich wollte, daß Kate mir vergab, aber vor allem wollte ich sie wieder zur Freundin haben. Ich hatte ihre Telefonnummer, die hatte ich mir während unseres Mammutgesprächs über den Tod auf die Rückseite eines der Schulhefte aus meiner Klasse geschrieben, auf das von Liam Fennel, um genau zu sein. Ich erinnerte mich noch daran. Als sie sie mir gab, hatte ich gedacht, es stelle einen Wendepunkt in unserer Beziehung dar. Sie ließ mich in ihr Leben und zeigte mir auf die ihr eigene Art, daß sie mir traute. Das war so persönlich gewesen wie ein Kuß.

»Hallo?«

»Hi, Kate, ich bin's«, sagte ich leise. »Tut mir leid. Hör mal, es tut mir wirklich leid. Leg bitte nicht auf.«

»Und warum nicht?« meinte Kate aggressiv. »Du willst doch sowieso nicht mit mir reden. Was willst du?«

»Ich möchte, daß es wieder so wird wie vorher«, sagte ich. »Geht das?«

»Nein.«

»Warum nicht?«

»Darum nicht.«

Ich verstand ihre Reaktion, und sie wußte, daß ich wußte, daß ich sie verstand. »Ich weiß. Tut mir leid. Ich hab gelogen, daß ich letzte Nacht im West End war. Ich hab gelogen, daß ich überhaupt Freunde habe, mit denen ich letzte Nacht ins West End hätte gehen können. Und ich hab gelogen, daß ich gestern nacht ein Mädchen kennengelernt habe. Ich bin allein in ein Pub hier in der Gegend gegangen. Ich war total deprimiert und hab getrunken (in der Reihenfolge), dann bin ich heim, hab meinem ehemaligen besten Freund einen Haßanruf abgestattet und bin eingepennt.« Ich hielt inne. »Ich wollte nur, daß du das weißt.«

»Und jetzt weiß ich's«, meinte Kate schnippisch, so als sei es ihr egal.

»Ich weiß, das ist keine Ausrede …«

»Wie wahr.«

»Ich hab dem Wort ›Arschloch‹ eine ganz neue Dimension verliehen.«
»Und dem Ausdruck ›Selbsterniedrigung‹.«
Langsam fing das Eis zwischen uns zu schmelzen an, und nach und nach kamen die Dinge wieder ins Lot, und wir kehrten zu unserem üblichen Rhythmus und Energiefluß zurück. Ich erzählte ihr ausführlich von der vergangenen Nacht – wobei ich jede Erwähnung von Archways Antwort auf Kim Wilde vermied –, und Kate hatte ihren Spaß daran, war aber mehr als nur ein wenig beunruhigt darüber, denke ich.
»Will?« fragte Kate vorsichtig.
»Ja?«
»Du weißt schon, daß dein Benehmen recht merkwürdig ist, oder?«
»Was meinst du damit?« fragte ich. »Soo durchgeknallt bin ich doch noch nicht, oder?«
»Nun …«, meinte sie.
»Nun …«, fuhr ich erwartungsvoll fort.
»Ich möchte ja nicht unhöflich sein, aber irgendwie denk ich, wenn ich hundert Leute wahllos auf der Straße anhalten und ihnen erzählen würde, daß du gestern das Demoband deines besten Freundes zerschmettert und ihm per Post zugeschickt hast, ihn angerufen und eine Haßtirade auf dem Anrufbeantworter hinterlassen hast, allein und deprimiert im Pub gesessen hast …«
»Vergiß nicht meine Besessenheit mit meiner Ex, und das drei Jahre, nachdem sie mich verlassen hat«, warf ich ein.
»Ja, das noch dazu. Bleibt noch anzufügen, daß du mit Fremden am Telefon redest und ihnen Lügenmärchen über deine abendlichen Aktivitäten auftischst – und das mit dem Besuch am Grab von Karl Marx zusammen mit Freunden auch. Du bist allein dort gewesen, stimmt's?«
Ich bejahte und fügte helfend hinzu: »Vergiß nicht, daß ich das Foto meiner Ex mit Schnurrbart und dicken Augenbrauen beschmiert und heute morgen einer Freundin dabei geholfen habe, die Sachen ihres Freundes zu vernichten, der sie betrogen hat.«

»Du hast was?« fragte Kate zutiefst erstaunt.
Ich erzählte ihr die ganze Geschichte, mit Ausnahme der leichten sexuellen Spannung in der Luft zwischen Alice und mir. Kate war besonders geschockt über die Episode mit der Zahnbürste und der Katzenscheiße.
»Du bist verrückt!« rief sie aus. »Du bist wahrhaftig durchgeknallt!«
»Immer mit der Ruhe«, scherzte ich. »So kannst du das nicht sagen.«
»Will«, meinte Kate. »Begreifst du nicht, daß das nicht normal ist? Alle hundert Personen meiner Straßenbefragung würden dich schneller in eine Zwangsjacke stecken, als du Krankenschein sagen kannst.«
Ich kratzte mich am Kopf und befand, daß es langsam Zeit war aufzustehen. ›Kate‹, so fand ich, während ich die Jeans anzog, ›hat vielleicht was Wahres gesagt.‹
»Du kennst doch den Abgrund«, sagte ich zu ihr.
»Welchen Abgrund?«
»Den Abgrund«, wiederholte ich. »Wie in dem Satz ›Kurz vor dem …‹«
»Ja.«
»Nun, ich denke, ich bin so kurz davor, wie man nur sein kann, ohne runterzufallen. Du mußt mir nichts über mein Benehmen sagen, das haben schon ganz andere Leute getan, aber niemand hat mir dabei etwas gesagt, was ich nicht schon selber weiß –« Ich hielt einen Augenblick inne und zog mir ein T-Shirt über den Kopf. »Ich weiß, ich muß dir ziemlich schräg vorkommen, aber glaub mir, von meinem Standpunkt aus ergibt das einen Sinn. Das hat alles mit Aggi zu tun. Wirklich. Sie hat mir gesagt, sie liebt mich für immer und ewig. Ich hab sie beim Wort genommen. Und nun will sie nichts mehr davon wissen.« Ich zog ein Hemd aus dem Schrank und streifte es über. »Nimm Alice zum Beispiel. Wenn sie anfangen würde, Bruce und seine neue Flamme mit Drohanrufen zu bombardieren, würde er mit Sicherheit eine einstweilige Verfügung durchkriegen, ihr das zu untersagen.

Also, wozu kann sie Zuflucht nehmen? Die Gesellschaft – wie sehr ich das Wort hasse – hat für sie keinerlei Schutz vorgesehen. Sein Verhalten wird von der Gesellschaft als normal akzeptiert, aber ihres wird als Besessenheit tituliert werden. Aber hat denn Liebe nicht etwas mit Besessenheit zu tun? Liebe ist doch nichts anderes. Sie frißt dich auf, beherrscht deinen Verstand, kontrolliert dich, und alle sagen: ›Ach wie schön, sie sind verliebt.‹ Aber wenn die Liebe vorbei ist und du anfängst, deinem Exgeliebten Briefe mit Hühnerblut zu schreiben, wirst du urplötzlich als krank bezeichnet, weil du alles tun willst – aber auch wirklich alles –, was du für richtig hältst, um ihn zu dir zurückzuholen. Und jetzt erzähl mir was von fair!«
Es gab eine lange Pause. Kate hustete nervös. »Aber du hast Aggi doch nicht wirklich Briefe mit Hühnerblut geschrieben, oder?«
»Für wen hältst du mich?« witzelte ich. »Für einen Voodoopriester?«
»Gut«, meinte sie mit einem Seufzer der Erleichterung, »denn das wäre nun wirklich *zu* schräg.«

# Vierzehn Uhr fuenfzehn

Ich wollte Kate gerade beichten, daß ich mal in meinem »verrücktesten« Augenblick darüber nachgedacht hatte, Aggi umzubringen, als das Telefon zweimal piepte, was meinen Gedankengang unterbrach. Ich überhörte es, doch Sekunden später piepte es wieder. Einen Augenblick lang sank mir der Mut, weil ich dachte, ich hätte das Telefon kaputtgemacht, doch dann wies mich Kate darauf hin, daß ein doppeltes Piepen bedeutete, daß ein zweiter Anrufer in der Leitung wartete. Als ich die Telefongesellschaft angerufen hatte, um die Leitung zu übernehmen, hatte mich die freundliche Dame am anderen Ende gefragt, ob ich auch den Zweitanrufservice freischalten lassen wollte. Wahrscheinlich war es ein wenig dekadent von mir, aber da es nichts kostete und ich mich an einem Punkt im Leben befand, an dem ich dachte, ich könnte tatsächlich irgendwann mal zwei Anrufe zur selben Zeit bekommen, sagte ich ja. Ich folgte Kates Anweisung und drückte auf den Sternchenknopf.
»Hallo? Ist Will da?«
Es war mein Bruder.
»Ja, ich bin hier, Tom«, erwiderte ich und fragte mich, was er wohl wollte. »Wen hattest du denn erwartet?«
»Keine Ahnung«, meinte Tom in seiner monotonen Stimme, die im Stimmbruch nicht nur tiefer geworden, sondern vollkommen zusammengebrochen war und jegliche Ausdrucksstärke verloren hatte. »Ich dachte, du wohnst mit jemandem zusammen.«
Ich dachte noch einmal an die zwanzigminütige Unterhaltung zurück, die ich mit meinem Bruder geführt hatte, als ich ihm sagte, ich würde mir eine Wohnung suchen, und er geantwortet hat-

te: »Klasse, ich such mir auch irgendwann ne Junggesellenbude.« Ich hatte entgegnet, die würde er erst kriegen, wenn Ma und Dad gestorben seien, woraufhin er gejammert hatte, ich würde Witze über die Sterblichkeit unserer Eltern reißen. Ich hatte ihm verkündet, daß es keinen Sinn ergäbe, den Kopf in den Sand zu stecken, weil wir schließlich ja alle mal sterben müßten, und er war nach oben in sein Zimmer gerast und hatte seine Bob-Dylan-Alben so laut gespielt, daß die Nachbarn sich beschwerten.
»Ich hatte es dir aber gesagt«, meinte ich. Dann fiel mir Kate wieder ein. »Hör mal, ich hab da noch einen zweiten Anruf, ich ruf dich gleich zurück.« Ich wollte gerade auf das Sternchen drücken, als ich meine Meinung änderte. Ich hatte schon lang genug mit Kate telefoniert, und nun fand ich – besonders nach meinem letzten großen Auftritt –, daß es vielleicht besser sei, es dabei bewenden zu lassen. »Bleib mal kurz dran«, sagte ich zu Tom. »Ich bin sofort wieder bei dir.« Ich drückte auf das Sternchen und hatte Kate wieder in der Leitung. »Hallo, Kate? Tut mir leid, mein kleiner Bruder ist in der Leitung. Kann ich dich später zurückrufen?«
»Null Problemo, Mr. Spaceman«, meinte Kate. Das war schon das zweite Mal, daß sie mich an diesem Wochenende so genannt hatte. Ich wollte sie gerade fragen, was sie damit meine, als es bei mir klickte: Es handelte sich um eine Anspielung auf *Gregory's Girl.* Ich kam mir vor, als hätte ich gerade den Sinn des Lebens entdeckt.
»Null Problemo, Mrs. Spacewoman«, erwiderte ich fröhlich.
»Wir reden später wieder.« Sie kicherte und fügte hinzu: »Ach, und einen schönen Geburtstag noch.«

Tom und ich standen uns eigentlich nicht besonders nahe. Ich hatte erst in den letzten paar Jahren angefangen, ihn als Teil der menschlichen Spezies zu begreifen. Wir waren acht Jahre auseinander, keine Ahnung, was sich unsere Eltern dabei gedacht hatten. Vielleicht war er ein Versehen. Aber in letzter Zeit hatte er sich in ein ganz passables menschliches Versehen verwandelt.

Stimmt schon, er war neugierig, faul und neigte dazu, sich Sachen auszuleihen, ohne vorher zu fragen, aber irgendwas an ihm war ungeheuer liebenswürdig. Wir stritten uns selten, weil er einfach zu lässig war, um sich über irgend etwas überhaupt aufzuregen. Als er geboren wurde, war ich entschlossen gewesen, ihm klarzumachen, wer der Herr im Haus war, und verbrachte die nächsten Jahre damit, immer ausgefeiltere Methoden zu entwickeln, ihn zum Heulen zu bringen, wie zum Beispiel seinen Schnuller klauen, Grimassen an der Wiege schneiden, ihm sagen, er habe eine Eiscremeallergie, bei der er sich zu Tode husten würde, aber all das perlte nur an ihm ab. Meine Theorie war, daß er von meinen Eltern eine doppelte Portion – also auch meine Portion – der Gene mitbekommen hatte, die die Fähigkeit bestimmen, sich einen Dreck um etwas zu scheren, was, wie ich fand, stimmig erklärte, warum ich einfach nicht in der Lage war, mal locker zu bleiben.

»Also, was kann ich für dich tun?« fragte ich Tom.

»Ich wollte dir nur zum Geburtstag gratulieren und so weiter«, erwiderte er. »Was hast du denn so angestellt?«

»Ach, nichts Besonderes«, sagte ich beiläufig. »Ich bin mit n paar Leuten ausgegangen, die ich hier kenne. Nichts Besonderes. Wir sind nur ins Pub, haben ein paar Bierchen gezischt, sind zu nem Kumpel nach Hause und haben uns ein paar Kung-Fu-Filme reingezogen: *Ein Halleluja für zwei Schlitzohren*, *A Better Tomorrow II* und *Fist of Legend*.«

Nicht, daß ich nicht meine Lektion gelernt hätte, daß Lügen weder toll noch clever sei, das hatte ich, o ja. Und zwar auf die harte Tour. Aber als Toms großer Bruder und höchstwahrscheinlich der einzige stabilisierende Einfluß in einer Familie, die rechts und links nur so abbröckelte, glaubte ich die Verantwortung dafür zu tragen, ihm jemand zu sein, zu dem er aufschauen konnte, vielleicht sogar nacheifern, so wie es Simons älterer Bruder Trevor für Simon und mich gewesen war, als wir noch klein waren. Viele Jahre lang, sogar noch, nachdem er mit einundzwanzig bei einem Autounfall ums Leben gekommen war, war es Simons und mein einziges Ziel, einen Schnurrbart wachsen zu lassen, einen heruntergekommenen Mini Cooper zu fahren und bei den »Torten« in den braunen Strumpfhosen zu »landen«. Ich weiß noch, wie Simon einmal Tammy seinen Bruder beschrieb und meinte: »Wie Floyd, nur zum Anfassen«, was unsere Bewunderung für ihn treffend zusammenfaßte. Trevor war cool. Bei ihm sah die Welt ganz einfach aus.

»Wo ist meine Karte?« fragte ich Tom.

»Da, wo meine zum siebzehnten Geburtstag ist«, schnappte er zurück.

Ich überhörte das und machte mich auf die Suche nach Gesprächsstoff, bei dem er nicht ganz so fröhlich mittun konnte. »Und was macht dein Abitur?«

Tom schnalzte abfällig. »Ach, das«, meinte er geistesabwesend. »Ist schon okay soweit, denk ich.«

Er hatte sich vorgenommen gehabt, nach Oxford zu gehen, weil Amanda, seine hippiehafte beste Freundin und mögliche Bettgespielin, sich dort beworben hatte. Meine Mutter hatte mich zu Beginn der Woche angerufen und mir die Ergebnisse durchgesagt, die, um es mal milde auszudrücken, nicht ganz die Art von Noten waren, die einen in die Oberliga der Ausbildungsstätten brachte. Er tat mir ein wenig leid, und Ma meinte, ohne Amanda würde er ziemlich einsam sein.

»Hast du schon entschieden, an welchen Unis du dich bewerben willst?« fragte ich, ganz der benevolente große Bruder.

»Also hat Ma dir schon Bescheid gegeben?« meinte Tom.

»Was verschweigst du mir denn?«

»Sieht nicht so aus, als ob ich nach Oxford kann«, meinte Tom, und in seiner monotonen Stimme fand sich nicht der Hauch eines Gefühlsausdrucks.

»Nicht, wenn du weiter solche Noten kriegst«, meinte ich. »Was hatten dir denn die Lehrer vorhergesagt?«

»Drei As.«

»Und was hast du gekriegt?«

»Ein B und zwei ›Nicht bestanden‹.«

Ihm zuliebe versuchte ich, es auf die leichte Schulter zu nehmen, und wärmte noch einmal den Mythos auf, daß Nottingham das beste Zahlenverhältnis von Frauen zu Männern im ganzen Land aufweise. Tom beeindruckte das nicht weiter. Statt dessen zählte er mir die guten und schlechten Seiten der fünf möglichen Unis auf. Es war mühsam zuzuhören, wirklich schmerzhaft. Ich versuchte ihn abzulenken. »Wo ist Ma?«

»Sie hat gesagt, sie ruft dich heute nachmittag an«, meinte Tom undeutlich.

»Bist du am Essen?«

»Ja, mein Sonntagsessen«, erläuterte er und kaute am nächsten Bissen. Ich langweilte ihn offenbar genausosehr wie er mich. »Sandwich mit Hühnchen und Rührei«, fügte er an. Obwohl ich ihn wegen seiner schlechten Manieren hätte würgen können, konnte ich mir nicht helfen, ich fand ihn irgendwie amüsant. »Ma ist zu Tante Susan gegangen«, fuhr Tom fort, »und sie holt Oma von ihrem Ausflug ab.« Mir fiel die Geschichte mit dem Minzkuchen wieder ein, und ich nickte sinnloserweise. »Sie kommt erst so um vier oder fünf wieder.«

»Sonst noch was?« Ich wollte ihn fragen, wie es Dad ging, aber dann ließ ich es. Dad war bei Toms Prüfungsergebnissen mit Sicherheit die Wände hochgegangen. Es lohnte nicht, das wieder aufzuwärmen.

»Ich hab das Mädchen getroffen, mit dem du mal vor ner Weile gegangen bist«, meinte Tom gut verständlich. Entweder hatte er sein Sandwich aus Höflichkeit weggelegt – was ich für sehr unwahrscheinlich hielt –, oder er hatte es aufgegessen. »Wie hieß sie noch gleich …«

»Aggi«, meinte ich und täuschte nur mäßiges Interesse vor. »Sie hieß Aggi. Sie heißt wahrscheinlich immer noch Aggi.«

»Ja, also die hab ich letzten Samstag im Broadmarsh Shopping Centre gesehen, als sie aus dem Versandhausladen kam.«

»Und, hat sie irgendwas über mich gesagt?«

»Nein. Sie fragte mich, wie es mir so geht und was ich mache, und dann ist sie weitergegangen.«

»Und sonst hat sie nichts gesagt?«
»Nein.«
»War sie alleine?«
»Ja. Sie sieht ziemlich gut aus, find ich«, meinte er, so als sei er aufgrund der neuesten wissenschaftlichen Meßmethoden zu dieser Erkenntnis gelangt.
»Ja, ich weiß«, meinte ich ungeduldig und dachte, falls er meine Exfreundin im Geiste nackt auszog, würde ich ihn windelweich prügeln, wenn ich zu Weihnachten nach Hause kam.
Ich wollte der Versuchung widerstehen, aber ich konnte mal wieder meine Zunge nicht im Zaum halten. »Und bist du sicher, sie hat nicht nach mir gefragt?«
»Ja, na klar bin ich sicher«, meinte Tom und seufzte theatralisch. »Keine Botschaften, keine geheimen Handzeichen, kein Wort über dich.« Ich seufzte zur Antwort, aber nicht laut genug, daß er es hätte hören können.
»Also, das war alles«, meinte Tom. »Alles Gute zum Geburtstag. Wir sehen uns ja vielleicht das nächste Mal, wenn du nach Hause kommst.«
»Ja«, sagte ich. »Bis bald.«

Ich dachte an Aggi und dic Geburtstage. Und als Übung in Selbstkasteiung stellte ich eine Liste all der Sachen auf, die sie mir geschenkt hatte:

20. GEBURTSTAG
Eine Flasche Polo After-shave
*Rebecca* von Daphne du Maurier
*Monty Python und der Heilige Gral*

21. GEBURTSTAG
*Best of Morecambe and Wise, Vols. 1 und 2*
*Die eßbare Frau* von Margaret Atwood
Einen Action Man
Eine Gedichtesammlung von E. E. Cummings

22. GEBURTSTAG
*Let It Bleed* von den Rolling Stones
*The Greatest Hits of Burt Bacharach*
Eine Schachtel Lakritzmischung
Eine Boxershorts von *Marks & Spencer*

23. GEBURTSTAG
Sie hat Schluß gemacht.

Dann stellte ich eine zweite Liste auf, auf der ich all die Sachen aufschrieb, die ich ihr zum Geburtstag geschenkt hatte:

19. GEBURTSTAG
Das *Fame*-Jahrbuch 1982
*England's Dreaming* von Jon Savage
*Ist das Leben nicht wundervoll?*

20. GEBURTSTAG
*Star Wars*
Ein Kleid, das sie sich bei einem Secondhand-Stand in Afflecks Palace in Manchester ausgesucht hatte
*The Greatest Hits of the Smiths, Vol. 2*

21. GEBURTSTAG
Eine Flasche Bailey's Irish Cream
*Star Wars – Das Imperium schlägt zurück*
*The Doors* von Oliver Stone
Einen einfachen Silberring von Argos

22. GEBURTSTAG
*The Best of Scott Walker and the Walker Brothers*
*Betty Blue*
*The Best of Hancock* von Galton und Simpson

Die Geschenke zum 22. Geburtstag hat sie nie bekommen. Da hatte sie mich schon fallenlassen und beantwortete meine Anrufe nicht mehr. Sie lagen immer noch unten im Schrank unter einem Stapel Klamotten, die ich nicht mehr anzog. Sie waren immer noch in das Geschenkpapier eingewickelt, das eine Künstlerin entworfen hatte, die Aggi gut leiden konnte. Einmal hatte ich in einem manisch-depressiven Anfall daran gedacht, alle Geschenke, die Aggi mir gegeben hatte, feierlich zu verbrennen, aber genausogut hätte ich mir die Nase abschneiden können, weil mir mein Gesicht nicht gefiel. Das einzige, was ich mir einfach nicht anschauen konnte, waren die Bücher, weil sie immer etwas hineingeschrieben hatte, etwas übers Buch, oder wie sehr sie mich liebe. Als alles vorbei war, nahm ich sie vom Bücherregal und brachte sie in den Oxfam-Laden in West Bridgford.
Merkwürdigerweise brachten Aggi und ich es nie zum rituellen Austausch der Plastiktüten – jener komischen Zeremonie nach einer Trennung, bei dem die sich ehemals Liebenden versuchen, sich wie Erwachsene zu benehmen, und sich ihre Habe in einer Plastiktüte überreichen: Schallplatten, Haarbürsten, Bücher usw., ohne gleich in Tränen auszubrechen. Natürlich schmeißt immer einer von beiden Beteiligten die elegante Natur dieses Vorgangs, indem er oder sie am Boden zerstört ist angesichts des Endes der Beziehung. Aggi wußte, daß ich das sein würde. Ich wollte sie dazu zwingen, indem ich mich über ihre Ma zu verabreden suchte und zu ihr meinte, ich hätte ein paar wichtige Sachen im Zimmer ihrer Tochter vergessen, die mit einer Arbeit zu tun hätten, um die ich mich beworben hätte, doch nach dem denkwürdigen Auftritt in dem Stück »Der besoffene Besuch« meinte sie, sie müsse erst Aggi fragen, die natürlich ablehnte. Und so blieben in unserem großen Liebeskrieg folgende Sachen von mir auf der Strecke:

- Eine Kassette mit Sechziger-Jahre-Musik, die Simon mir aufgenommen hatte
- Der Ersatzschlüssel für das Schloß an meinem Mountainbike

- *Nevermind* von Nirvana
- Ein schwarzes T-Shirt
- *Der Mythos Schönheit* von Naomi Wolf
- Ein Paar roter Baseballschuhe
- Ein Action Man
- Ein Erstsemesteraufsatz aus dem Geschichtsgrundkurs mit dem Titel: *Diskutieren Sie die Ursprünge des Zweiten Weltkriegs* (52 %. Gut strukturiert, hätte aber von eingehender Recherche noch profitiert)
- Die Uhr meines Dads
- Ein Video mit vier Folgen aus der dritten Staffel von *Mr. Bean* und einer Folge vom *A Team*
- Meine Ausgabe von *Der Fänger im Roggen*
- Die Memoiren von Clive James
- *Die unerträgliche Leichtigkeit des Seins* von Milan Kundera

Auf der anderen Seite wiederum hatte ich folgende Gefangenen gemacht:

- *Star Wars*
- *Das Imperium schlägt zurück*
- Drei Paar Ohrringe
- Das *Fame*-Jahrbuch von 1982
- Shakespeares *Gesammelte Werke*
- *Der Mord an Roger Ackroyd* von Agatha Christie
- *Angst und Schrecken in Las Vegas* von Hunter S. Thompson
- *Riders* von Jilly Cooper
- Ihre Ausgabe von *Der Fänger im Roggen*
- *The Greatest Hits of The Pretenders*
- *Technique* von New Order
- Vier Ausgaben von *Marie Claire*
- Ein Taschenrechner
- 25 DIN-A4-Briefumschläge
- Eine schwarze Strumpfhose 60 DEN von *Marks & Spencer*

# Vierzehn Uhr zweiundvierzig

Ich wollte auf der Stelle Kate anrufen. Ich vermißte sie stärker als irgendwen sonst seit Aggi. Je mehr ich an sie dachte, desto entspannter war ich. Wenn ich mich konzentrierte, hörte ich ihre beruhigende Stimme in meinem Kopf, wie sie mit mir über das Leben, Filme, Beerdigungen, Karrieren und die Liebe redete – es war kaum auszuhalten, so schön war das, und das brachte mich auf den Gedanken, daß die Randbezirke meines Hirns mal wieder anfingen, obsessiv zu werden. Ich mußte mein Hirn daran hindern, mein Leben zu kontrollieren, und lernen, die Dinge so zu nehmen, wie sie kamen. Als Übung in Willensstärke und aus reiner Ablenkungstaktik beschloß ich, erst das Chaos in meiner Wohnung ein für allemal aufzuräumen, bevor ich Kate anrief. Es war einfach entnervend, nichts von dem zu finden, was ich brauchte. Ich hatte kein sauberes Geschirr mehr, und der Geruch von Vergammeltem – geschmolzene Eiscreme auf dem Teppich, halbgegessene Sandwiches, die sich vor meinen Augen bogen, mit Spaghetti verkrustete Teller, die elend danach schrien, von ihrem Leid erlöst zu werden – also, tiefer konnte ich nicht mehr sinken. Ich räumte das dreckige Geschirr in die Küche und ließ mich auf Hände und Knie nieder, um die eingetrocknete Eismilch aus dem Teppich zu kratzen – sie wollte nicht abgehen, so fest hatte sie sich mit den Fasern verbunden. Ich zog weiter, schichtete die Hausaufgabenhefte meiner Schüler in säuberlichen Stapeln an der Wand auf und leerte meinen Koffer in den Schrank, wobei ich die Türen mit beiden Händen fest andrücken und abschließen mußte, weil die Kleidung im Schrank sich aufführte wie eine Horde Verrückter bei dem Versuch, aus der Klapsmühle auszubrechen. Langsam sah das Zimmer wieder so ähnlich aus wie die Wohnung, für die ich erst vor vierzehn Tagen einen Sechs-Monats-Vertrag unterschrieben hatte. Ich warf allen möglichen Müll in die leere Plastiktüte, die bei mir als Mülleimer in Diensten stand: einen halbgegessenen Mars-Riegel, zermalmte Hula Hoops, Einladungen von der Bank, mir doch eine Kreditkarte zu bestellen, und vieles mehr. Ich wollte gerade den Brief von der Fernsehgebühreneinzugszentrale, den ich am Mittwoch bekommen hatte, ebenfalls wegwerfen, als ich es mir anders überlegte. Er war adressiert an »Der Bewohner«. Ganz unwillkürlich griff ich nach meinem Kugelschreiber, schrieb »Empfänger unbekannt« auf den Umschlag und steckte ihn in die Manteltasche, um ihn einfach zurückgehen zu lassen – mein Paß war nicht auf den Namen »Bewohner« ausgestellt, und ich wollte auch keineswegs auf diesen Namen hören, nur weil es ein paar faule BBC-Bürokraten gern so gehabt hätten. Es war ziemlich gehässig, kleinlich und mehr als nur ein bißchen jämmerlich von mir, so etwas zu tun, aber ich muß sagen, ich hatte meine helle Freude daran.

Die ganze Woche hatte ich im Bett vor Kälte gezittert, weil Mr. F. Jamal den Fehler gemacht hatte, das Bett unters Fenster zu stellen, keine so besonders gute Idee, denn das Fenster war in einem überaus schlechten Zustand, und es zog derart, daß man eine Regatta hätte abhalten können. Um dies zu ändern, zerrte ich die Schlafcouch durchs Zimmer und stellte sie an die gegenüberliegende Wand, wobei ich immer mal wieder anhalten mußte, weil sich der Teppich unter den Rollen der Couch wellte. Zwar bedeutete die neue Position der Couch, daß ich die Badezimmertür nicht mehr ganz öffnen konnte – die Alternative dazu hätte bedeutet, den einzigen Ausgang aus diesem winzigen Loch von Hölle zu versperren –, aber ich entschied, daß sie erst mal dort stehenbleiben sollte. Nach dieser kurzen Anstrengung schwitzte ich ausgiebig und dachte kurz daran, eine Zigarettenpause zu machen, doch mein Gewissen ließ mir keine Ruhe. Statt dessen setzte ich meinen Umbauwahn fort, solange ich noch so drauf war. Die beiden Schränke, so beschloß ich, würden sich auf der Wand gegenüber der Küchentür erheblich besser machen, da sie an ihrer jetzigen Stelle doch ziemlich drückend wirkten. Nach einer kurzen Debatte, ob es sich lohnte, sie erst auszuräumen (das tat es nicht), mühte ich mich mit dem kleineren Schrank zuerst ab. Ich fing an, ihn von einer Seite auf die andere zu schaukeln, doch die wenig vertrauenerweckenden Knarzgeräusche in den Ecken deuteten darauf hin, daß dies vielleicht nicht ganz die richtige Methode war. Statt dessen drückte ich mit der Schulter gegen die Seite, doch als er schließlich nachgab, fiel irgend etwas herunter und schabte über die Tapete. Ich ließ den Schrank, wo er war, und meine blühende Phantasie spielte mir einen Streich und blies mir ein, es könne sich doch um eine verrottende Hand handeln, was natürlich einiges erklärt hätte, den Geruch in meinem Zimmer zum Beispiel. Das meinte ich zwar nur halb scherzhaft, doch im Hinterkopf tauchte der Gedanke auf, daß das mal wieder so richtig typisch für mein Pech wär, welches mich in den vergangenen sechsundzwanzig Jahren so gepiesackt hatte, daß Kate, jene Kate, mit der ich mich so intensiv beschäftigte, und ich war kurz davor, mich in sie zu verlieben, sich als Serienmörderin entpuppen würde. Ich war erleichtert und doch auch ein wenig enttäuscht, daß ich nicht diesen einen, sondern zwei andere Gegenstände fand, die sich beide nicht als abgetrennte Gliedmaßen entpuppten. Am Fuß des Schranks lagen eine Papiertasche mit Fotos aus dem Schnellabor und eine Haarbürste. Der Gegenstand in meiner Hand (die Fotos, nicht die Bürste) verschlug mir den Atem. Mir wurde schwindlig und ein wenig schlecht, also setzte ich mich hin und drückte sie an mich. Ich konnte spüren, wie das Adrenalin, das durch diese Aufregung freigesetzt worden war, durch meinen Körper schoß. Irgendwie ahnte ich, daß zu den Fotos auch Ansichten von Kate gehören würden, meiner Kate, der Kate meiner Träume – der Kate, die ich noch nie gesehen hatte. In meinem Kopf tobte ein gnadenloser Kampf mit meinem Gewissen.

›Sich die Fotos von jemand anderem ohne dessen Zustimmung anzuschauen‹, so mein Gewissen, ›verletzt die Rechte des anderen und ist gleichbedeutend mit dem verabscheuungswürdigen Akt, ein fremdes Tagebuch oder fremde Briefe zu lesen. Ich rate dir dringend, diese Fotos nicht anzurühren – vor allem, weil ich weiß, daß du darauf hoffst, sie auf einem davon nackt zu sehen.‹
›So ein Blödsinn‹, meinte mein Hirn in einem alarmierenden Anflug von Übermut. ›Wir wollen was sehen. Und wir wollen es jetzt sehen!‹
Ich hatte weder den Willen noch die Absicht, die Fotos unbesehen wegzulegen. Das waren nicht einfach Fotos – das waren Fotos von der Person, die ich am allermeisten auf der Welt sehen wollte.
›So muß es sein, wenn Blinde nach einer Operation wieder sehen können‹, fand ich. ›Zum ersten Mal in ihrem Leben können sie sehen und glauben, was sie sehen.‹
Bei den Fotos handelte es sich um Urlaubsschnappschüsse, die, soweit ich das beurteilen konnte, im Sommer in Paris aufgenommen worden waren. Auf den meisten waren ein oder zwei Mädchen knapp unter oder über zwanzig zu sehen, aber man konnte zwischendrin auch mal ein paar Unterhälften des Eiffelturms und Bilder vom Arc de Triomphe und vom Louvre erkennen. Das eine Mädchen hatte langes dunkelbraunes Kringelhaar, das sie sich zwar aus dem Gesicht gebunden hatte, das aber trotzdem einen wilden und unzähmbaren Eindruck machte. Sie trug kein Make-up, obwohl sie ziemlich blaß war. Ihre Lippen waren von rosiger Gesundheit, und sie trug kleine Silberstecker im Ohr. Auf einigen Fotos trug sie ein einfaches weißes T-Shirt und Jeans, und man konnte erkennen, daß sie um einiges größer war als die andere. Das einzige, was mir noch auffiel, war ihr nettes Lächeln.
Das andere Mädchen war naturblond, soweit ich das erkennen konnte (oder sie hatte einen sehr guten Friseur), die Haare zu einem kurzen Bubikopf geschnitten. Trotz der Tatsache, daß sie die Zunge herausstreckte, wodurch sie eine ziemliche Grimasse schnitt, war offensichtlich, daß sie sehr gut aussah – besser als

ihre braunhaarige Begleiterin. Sie war braungebrannt, und ihre Augen waren von diesem Blaugrün tropischer Meere. Um den Hals trug sie einen weißen Chiffonschal, und auch sie hatte Silberstecker in den Ohren. Sie trug ein gelbes Top, das am Hals gebunden war, und einen kurzen dunkelblaukarierten Rock. Das einzige, was mir sonst noch auffiel, waren ihre Beine, für die es sich zu sterben lohnen würde.

›Wenn ich mich für eine von beiden nur nach dem Aussehen entscheiden müßte‹, dachte ich bei mir, ›dann würde ich mir wünschen, daß Kate blond ist.‹

Ich rief sie an.

»Hallo, Kate? Ich bin's, Will.«

»Hi«, meinte Kate fröhlich. »Und wie geht's deinem Bruder?«

»Ach, ganz gut«, erwiderte ich und befingerte eine Ecke des Fotos mit der Blondine. »Er versucht, sich darüber klarzuwerden, an welche Uni er will.«

Ich war ungeduldig, herauszufinden, welche von den beiden sie war, wollte aber nicht einfach so damit herausplatzen. Keine Ahnung, warum. Ich glaub, mein Gewissen hatte eine Menge mit meinem Unbehagen zu tun.

»Sag ihm, er soll sich keine Mühe machen«, meinte Kate. »Schau mich an.«

Das tat ich. Nun ja, zumindest schaute ich mir die Fotos von den beiden Mädchen in meiner Hand an. Kate erzählte, wieviel einem das Leben beibringen kann, wenn man einfach nur lebt, aber ich war nicht bei der Sache und konzentrierte mich nur auf die Fotos. Ich stand vom Bett auf und ging zu der Wand, wo Aggis Foto hing. Ich hielt die beiden möglichen Kates links und rechts von Aggi und fragte mich, ob ich nicht vielleicht eines Tages gezwungen wäre, auch eines von diesen beiden Fotos zu bekritzeln.

Ich hielt es nicht länger aus.

»Was für eine Haarfarbe hast du?«

»Haarfarbe?« meinte Kate verdutzt. »Ich versteh nicht ganz. Was hat denn das mit keynesianischer Ökonomie zu tun?«

»Gar nichts«, meinte ich einfältig. »Aber verrate mir bitte deine Haarfarbe.«
»Meine Haarfarbe?«
»Ja, deine Haarfarbe.«
»Rötlich«, meinte Kate. »Warum?«
»Nicht braun?«
»Nein.«
»Und auch nicht blond?«
»Nein.«
»Weder braun noch blond?«
»Nein.«
»Ach.«
Keines von den Mädchen auf dem Foto war Kate. Wie immer war ich mal wieder kopfüber in eine Enttäuschung gepurzelt. Ich warf die Bilder in meinen Müllbeutel und bereitete mich darauf vor, die Unterhaltung zu beenden, weil ich spürte, wie sich die dunklen Wolken meiner mürrischen Natur auf mich herabsenkten.
»Es ist nicht wirklich rot«, verkündete Kate nach einer Weile. »Eigentlich ist es braun. Die Haarfarbe hab ich von meinem Vater geerbt.«
»Ich dachte, du hättest gesagt, es sei nicht braun«, schnappte ich.
»Es ist nicht braun«, erwiderte Kate, und ich hörte in ihrer Stimme einen leicht besorgten Unterton, da ich ihre Haarfarbe für so wichtig erachtete. »Es war braun. Jetzt ist es rot. Das geht ziemlich einfach, weißt du?«
Ich griff in den Müllbeutel, zog die beiden Fotos aus dem Müll und begutachtete sie eingehend. Sofort fiel es mir wie Schuppen von den Augen. Das braunhaarige Mädchen erschien mir nun als das bezauberndste Geschöpf, das jemals auf Erden wandelte. Ich warf die Blonde wieder in den Müllbeutel, legte mich aufs Bett, hielt das richtige Foto von Kate über meinen Kopf und starrte es verzückt an.
»Ich muß dir was beichten.«
»Klingt gut«, meinte Kate. »Fang an.«

»Ich glaub, ich hab ein paar Urlaubsfotos von dir gefunden«, verkündete ich schwärmerisch.
»Die, wo ich in Paris bin?«
»Ja, ich glaub schon.«
»Ich hab mich schon gefragt, was damit passiert ist«, meinte Kate nachdenklich. »Sie lagen hinterm Schrank, stimmt's?«
»Wow.« Für eine Nanosekunde dachte ich an versteckte Kameras. »Wie bist du denn darauf gekommen?«
»So groß ist die Wohnung auch wieder nicht«, erwiderte sie. »Ich hab überall nachgeschaut, nur da nicht. Ich wollte mich nicht mit den blöden Schränken abmühen. Wahrscheinlich findest du auch noch meine Lieblingsbürste dort. Sind schon komische Dinger, diese Rückseiten von Schränken, andauernd fällt was dahinter.« Sie hielt inne. »Und, was denkst du nun? Enttäuscht?«
»Nein. Überhaupt nicht. Wer ist die Blonde?« fragte ich und bereute augenblicklich, den Mund aufgemacht zu haben.
»Das ist Paula, meine Mitbewohnerin. Ist schon okay, die meisten finden sie schöner als mich. Und sie ist wirklich sehr schön.«
»Sie sieht ganz gut aus, stimmt schon«, meinte ich beiläufig. »Nicht mein Typ. Soll ich dir als ausgleichende Gerechtigkeit mal erzählen, wie ich aussehe?«
»Nein, danke«, meinte Kate. »Ich denk, du bist nett, egal wie du aussiehst. Ich versuch mir vorzustellen, daß du fürchterlich häßlich bist. Dann kann ich mich nur positiv überraschen lassen.«
»Ich schick dir die Fotos zu, okay?« sagte ich, obwohl ich sie um alles in der Welt behalten wollte.
»Nee, nee. Behalt sie ruhig«, meinte sie. »Es war sowieso ein furchtbarer Urlaub. Zwei Wochen lang sind wir von Horden wirklich schleimiger Typen angequatscht worden. Einer hat mir sogar erzählt, ich würd aussehen wie seine Mutter. Also, wenn das nicht pervers ist, was dann?«
Wir redeten mindestens eine Stunde lang, und in der Zeit erzählte sie mir alles über den Urlaub in Paris, den sie diesen Sommer unternommen hatte. Zum Ausgleich erzählte ich ihr von dem Ur-

laub auf Teneriffa, wo ich im Juli mit Simon und Tammy hingefahren war. Wir hatten uns ein Zwei-Zimmer-Appartement gemietet und ausgemacht, daß ich im Wohnzimmer schlafen sollte. Am Ende stellte sich heraus, daß ich es mir drei Nächte in Folge mit Simon teilen mußte, nachdem Tammy ihn rausgeschmissen hatte, weil er sich wie ein Blödmann aufgeführt hatte. Und wenn sie sich nicht stritten, wurde klar, daß das Wohnzimmer mit seinen papierdünnen Wänden nicht weit genug entfernt war, um mich davor zu bewahren, ihnen zuhören zu müssen, wie sie in den Armen der Leidenschaft lagen. Es war ein ziemlich deprimierender Urlaub gewesen.
Langsam bekam ich Hunger, ich erzählte meine Urlaubsgeschichte zu Ende, und dann bekam ich es angesichts der drohenden Telefonkosten langsam mit der Angst. Ich hatte stundenlang telefoniert. Ich schuldete der Bank bereits zig Millionen, meinem Dad dreihundert Pfund und Tom dreißig Pfund, und der hatte noch nicht mal Arbeit. Ich brachte das Gespräch zu Ende, verabschiedete mich und meinte zu Kate, ich würd sie am Abend noch mal anrufen und ihr erzählen, wie der Rest meines Geburtstages gelaufen war.

Ich zog die wunderschönen Lilien aus dem Wasserkessel und legte sie aufs Bett, weil ich mir Wasser kochen mußte, um einen Chili-Nudel-Topf aufzugießen, den ich hinter den Honey Nut Loops entdeckt hatte. Auf der Speisekarte stand weiterhin braunes Leitungswasser, also ließ ich meine Phantasie überschäumen und schüttete das Mineralwasser, das ich mir am Abend zuvor gekauft hatte, in den Kessel. Ich wartete darauf, daß das Wasser kochte, ging im Wohnzimmer noch einmal die Fotos durch und sortierte sie auf zwei Stapel: »Kate« und »Nicht Kate«. Die »Kates« nahm ich mit in die Küche, die sich in der Zwischenzeit in eine Dampfgrotte verwandelt hatte, goß das Heißwasser bis zur Markierung in den Nudeltopf und gab noch einen Schwapp dazu. Normalerweise haßte ich es wie sonstwas, die drei Minuten warten zu müssen, bis die Nudeln weich waren, doch diesmal flog

die Zeit nur so dahin, so sehr war ich damit beschäftigt, noch einmal den »Kate«-Stapel durchzugehen und jedes einzelne Bild auf Hinweise ihrer Persönlichkeit zu untersuchen.
Mit der Hälfte der Nudeln machte ich mir ein Sandwich und träufelte etwas Sojasauce aus dem Beipackbeutel drüber. Dann wischte ich mir die Nudelkrümel von den Händen auf die Jeans und ging zum Bett zurück, nicht ohne vorher die Blumen in die »Vase« zu stellen. Zwischen mehreren Bissen ging mir langsam auf, daß die ziemlich große Möglichkeit bestand, ich könne, ohne es zu merken, glücklich sein. In der letzten halben Stunde hatte ich nicht einen negativen Gedanken gehabt. ›Vielleicht ist das Glück‹, dachte ich. Ein Teil von mir meinte, ich solle mich hinsetzen und entspannen und dieses Gefühl genießen, so flüchtig, wie es nun mal war, der andere – jener, der versuchte, im zarten Alter von drei Jahren den Grill vor der Gasflamme zu berühren, obwohl ich mich schon einmal verbrannt hatte – wollte dieses Gefühl mal genauer unter die Lupe nehmen. Würde es, ja, könnte es einer strengen Prüfung standhalten?
Ich dachte an die Schule und an Alice Healy in der 5b, das bösartigste Kind, dem ich je begegnet bin.
Ich war immer noch glücklich.
Ich dachte an die Arbeitsblätter, die ich bis zur dritten Stunde am Montag morgen fertighaben mußte.
Ich war immer noch glücklich.
Ich dachte an Archway und all die Hundescheiße, die da rumlag.
Ich war immer noch glücklich.
Ich dachte an meinen sechsundzwanzigsten Geburtstag und daran, daß ich ab heute offiziell unter dreißig war und nicht mehr über zwanzig.
Und ich war immer noch glücklich.
Ich dachte an all das Geld, das ich der Bank schuldete, und zählte sogar noch die beiden Jahre Ausbildungsbeihilfe als Student und ein Jahr zusätzlich für die Lehrerausbildung dazu.
Und ich war immer noch glücklich.
Dann dachte ich an Aggi.

# Sechzehn Uhr siebzehn

Folgende Szene:
Ich sitze auf der Schlafcouch, das Telefon an die Schläfe gedrückt wie einen geladenen Revolver, den ich gleich dazu verwenden werde, mir das Hirn rauszupusten.
Bevor ich in diese Lage geraten war, hatte ich eine ziemliche Weile damit verbracht – unterbrochen von Höhen und Tiefen weinerlichen Nichtstuns –, mir den Kopf zu zerbrechen, was ich tun sollte. Schließlich machte ich mir, wie bei den meisten wichtigen Entscheidungen im Leben, eine Liste, in der Hoffnung, daß die Logik mit einem Grund aufwarten könnte, der mich davon abhielt.

Drei Gründe, warum ich Aggi anrufen sollte:

1. Ich denke, ich hege Gefühle Kate gegenüber. Etwas, das nach Dauerhaftigkeit riecht. Wenn ich mich mit ihr einlasse, dann geht das in eine ganz bestimmte Richtung. Für immer. Kate könnte all das sein, was ich mir immer gewünscht habe. Ich möchte sie jetzt nicht verlieren. Ich bin es mir selbst schuldig, einen Schlußpunkt unter die ganze Geschichte mit mir und Aggi zu setzen. Ein anderes Satzzeichen kommt dafür nicht in Frage.

2. Tief im Innersten bin ich mir nicht mal hundertprozentig sicher, daß ich Aggi immer noch liebe. Diese Sache zwischen Simon und ihr hat nur ein Schlaglicht geworfen auf etwas, das ich mit ein bißchen mehr Aufmerksamkeit schon selbst hätte

merken müssen – daß ich sie vielleicht nicht mehr liebe. Vielleicht bin ich drüber hinweg. Vielleicht habe ich ihre Wichtigkeit in meinem Leben bei weitem übertrieben. In meinem Kopf ist sie zu dieser Riesengestalt geworden – Meine Legendäre Freundin. Wenn ich jetzt nicht herausfinde, was sie mir wirklich bedeutet, wie kann ich mir da sicher sein, ob ich wirklich drüber hinweg bin?

3. Ein dritter Grund fällt mir nicht ein. Ich glaube auch nicht, daß es weitere Gründe gibt.

Drei Gründe, warum ich Aggi nicht anrufen sollte:

1. Vielleicht stelle ich fest, daß die Realität der Legende entspricht, und dann will ich sie nur noch um so mehr zurück, sie mich aber immer noch nicht.

2. Falls ich eine Entscheidung treffe, die abhängig ist von ihrer Reaktion auf mich, bedeutet das dann nicht, daß sie schon wieder gewonnen hat? Ich will sie nicht in einen Trostpreis verwandeln. Sie hat was Besseres verdient.

3. Das Ganze ist einfach nur eine blöde Idee. Und wenn ich eins gelernt habe, dann, daß blöde Ideen genau das bleiben sollten – blöde Ideen.

Die letzten Nachrichten, die ich über Aggis Verbleib hatte, stammten von ihrer ältesten Schulfreundin Sally. Als Aggi und ich uns trennten, meinte Sally voller Mitleid zu mir, daß wir doch Freunde bleiben sollten, auch wenn ich nicht mehr mit Aggi zusammen sei. Ich packte die Gelegenheit, in Aggis Reihen einen Maulwurf zu haben, beim Schopf und ging mit ihr auf einen Drink aus, und dies trotz der Tatsache, daß Sally außergewöhnlich langweilig war. Sie arbeitete als Computersystemanalytikerin, aber sie redete nie über Computer, da ihre wahre

Leidenschaft dem Bergwandern gehörte, ein Thema, über das sie sich stundenlang auslassen konnte – was sie auch tat. Und inmitten der endlosen Unterhaltungen über die Vorzüge der verschiedenen Jugendherbergen im Lake District zapfte ich sie gnadenlos um Informationen über Aggi an, mit denen sie auch herausrückte – bis zu einem gewissen Punkt: Sally ließ sich niemals über Aggis Privatleben aus. Nach meinen neuesten Informationen, die ich irgendwann nach Ostern erhalten hatte, war Aggi nach London gezogen, nachdem sie eine Anstellung als Presseassistentin bei Amnesty International bekommen hatte, und wohnte »irgendwo in Barnes« (Sally wollte sich nicht genauer darüber auslassen). Es hatte keinen Sinn, Sally um Aggis Telefonnummer zu bitten, denn obwohl ich mir mehr Wanderfreuden anhörte, als meine Ex jemals über sich hatte ergehen lassen müssen, da bin ich sicher, lag Sallys Loyalität ganz bei Aggi. Also rief ich Aggis Ma an und bat sie um die Telefonnummer. Mrs. Peters erkannte meine Stimme sofort. Ich konnte die Besorgnis in ihrer Stimme hören, als ich meinen Wunsch vorgetragen hatte, denn die Geschichte, daß ich Aggi betrunken aufgesucht hatte, war ihr sicher noch lebhaft im Gedächtnis geblieben. Trotz all ihrer Bedenken gab sie mir die Nummer, auch wenn es mich ein wenig traurig stimmte, die Zweifel in ihrer Stimme zu hören. Bevor ich auflegte, fragte sie mich noch, was ich denn so mache. Die Tatsache, daß ich Lehrer geworden war, beeindruckte sie nicht nur sehr, sondern schien sie auch zu beruhigen. Das letzte, was sie zu mir sagte, war: »Paß gut auf dich auf, mein Lieber.« Und sie meinte es auch wirklich so.

*Ich fühle mich überhaupt nicht wohl bei der Sache.*

Ich wählte die Nummer. Es klingelte fünf- oder sechsmal.
»Hallo?«
Eine männliche Stimme mit all der Autorität eines Menschen, der dreimal soviel verdient wie ich, meldete sich. Ich vermeinte auch Hinweise auf einen Rechtsanwalt herauszuhören, der am Wochenende Fußball spielen ging.

»Hallo«, sagte ich mit leicht verstellter, sorgfältig artikulierender Stimme. »Ich möchte gern mit Aggi sprechen, wenn das geht.«
»Sie ist in der Küche«, meinte die Stimme schroff, anders ließ sich der Ton nicht beschreiben. »Und wer spricht da?«
»Sagen Sie ihr, Simon«, meinte ich. Ich fand, es wäre ziemlich blöd gewesen zu sagen: »Sagen Sie ihr, Will sei dran, ihr Ex. Sie hat Ihnen wahrscheinlich von mir erzählt. Nein, ich bin nicht der mit der blöden Morrisseybrille. Ich bin der, der völlig durchgeknallt ist.«
»Hallo, Simon«, meinte Aggi warmherzig. »Was für eine Überraschung!«
»Hör mal, Aggi, ich bin es, Will, nicht Simon«, gestand ich.
Aggi verstummte kurz verwirrt, fing sich aber sofort wieder und schien ungerührt. Darin war sie gut.
»Hallo, Will«, meinte sie ruhig. »Wie geht es dir? Und warum gibst du dich für Simon aus?«
»Mir geht es gut.« Ich fingerte nervös am Telefonkabel herum und drehte es mir ums Handgelenk. »Wie geht es dir? Alles in Ordnung?«
»Ach, geht schon«, seufzte sie. »Ich hab wirklich ne Menge zu tun, aber so ist es nun mal. Und, was machst du so in letzter Zeit?«
»Ich bin nach London gezogen«, meinte ich unterkühlt. Ich wollte nicht, daß sie dachte, dies würde zu irgendeiner Version des abgeleierten Satzes »Warum treffen wir uns nicht mal auf ein Glas?« führen. Dieser Anruf war rein geschäftlich.
»Ach wirklich, und wo?« fragte sie.
Ich wollte schon meinen geistigen Möbelwagen in eine bessere Gegend umziehen lassen, sagte dann aber die Wahrheit. »Ich hab ne Wohnung in Archway. Nur vorübergehend. 64, Cumbria Avenue, Appartement 3.« Wenn man es so aussprach, klang es längst nicht wie das Loch, das die Bude in Wirklichkeit war. Wenn es nicht in Archway, dem Klo des Universums, gewesen wäre, wäre sie vielleicht beeindruckt gewesen.
»Kenn ich«, meinte Aggi. »Eine Freundin von mir hat in der Ley-

land Avenue gewohnt, die parallel zu deiner Straße verläuft. Bei ihr ist in vier Jahren dreizehnmal eingebrochen worden.«
Ich gab mich geschlagen und wechselte das Thema. »Ich unterrichte Englisch an einer Gesamtschule drüben in Wood Green.« Ich zündete mir eine Zigarette an. »Ich glaub nicht, daß du die kennst. Sie ist ziemlich klein. Fünfhundert Schüler höchstens.« Ich inhalierte und mußte husten wie ein blutiger Anfänger. »Tut mir leid. Ich erhol mich gerade von einer Grippe.« Ich hustete erneut, aber weniger rauh diesmal. »Wo waren wir? Ah ja. Englischlehrer bin ich.«
»Find ich toll.«
»Warum?« fragte ich abrupt.
»Weil du bestimmt gut darin bist. Ich hab ja immer gesagt, aus dir würde ein guter Lehrer werden.«
Langsam wurde ich ungeduldig. Wir taten so wie alte Freunde, die regelmäßig miteinander telefonierten. Das verwirrte mich zutiefst, denn bei einem war ich mir ganz sicher: Ich war nicht ihr bescheuerter Freund.
Aggi hatte sich vorgenommen, das Gespräch einfach herumschweifen zu lassen, bis ich auf den Punkt kam. Und das tat ich nun.
»Das Drumherumgerede ist jetzt nichts für mich. War das eben dein Freund?«
»Ja.«
»Bist du verliebt?«
Endlich verlor sie die Nerven. »Was gehts dich an, Will? Drei Jahre, und immer noch weißt du genau, wie du mich die Wände hochtreiben kannst. Was willst du? Das willst du doch nicht wirklich ernsthaft wissen, oder?«
»Nein«, erwiderte ich ruhig und hoffte, daß meine Ruhe sie ärgerte. »Das tu ich nicht, aber du wirst es mir doch sicher sagen, nicht wahr?«
Aggi sagte kein Wort.
»Hör mal«, meinte ich, »sag's mir einfach, okay?«
Sie schlug mich in meinem eigenen Spiel und entspannte sich.

»Ja, ich denk schon«, meinte sie dann. »Wir kommen gut miteinander aus. Wir haben eine Menge gemeinsam …«
»Zum Beispiel?« fuhr ich dazwischen.
»Willst du vielleicht ne Liste?« Jetzt war sie wütend. »Also, es gefällt uns beiden, Teil der menschlichen Rasse zu sein. Wir nehmen die Dinge, wie sie kommen. Wir sind beide nicht besitzergreifend. Wir wissen beide, daß Leben mehr bedeutet als das, was man im Fernsehen sieht. Wir lachen gern. Wir wissen, was wir wollen. Wir lassen uns gegenseitig unseren Freiraum. Wir beide tun, was wir können, um gegen die Ungerechtigkeit zu kämpfen. Soll ich weitermachen?«
Das einzige, was mir darauf einfiel, war: »Ein Traumpaar.« Eine hohle, überflüssige Bemerkung. Ich fühlte mich danach keinen Deut besser.
Aggis Tonfall änderte sich. Sie klang nicht länger verärgert – statt dessen schwang so etwas wie Sympathie in ihrer Stimme, nicht für mich, sondern für den Mann, den sie vor ewigen Zeiten mal geliebt hatte. »Will, bist du betrunken? Ich weiß, es ist dein Geburtstag heute. Warum rufst du mich ausgerechnet heute an?«
»Darum.«
»Darum?«
»Ja genau, darum.«
Langsam ging ihr die Geduld aus. »Ich werde jetzt auflegen. Und es wäre mir sehr recht, wenn du nie wieder anrufst.«
»Nein«, meinte ich mürrisch. Ich schnippte ein langes Stück Asche auf den Teppich. »*Ich* werde auflegen.«
»Jetzt wirst du aber kindisch.«
»Aus deinem Munde das reinste Kompliment.« Ich drückte die Zigarette am Bett aus. »Mach dir keine Sorgen, ich werd nicht wieder anrufen. Ich hab alles, was ich wollte.«
»Und das wäre?«
»Dich von dem Podest stürzen, auf das ich dich gestellt habe«, sagte ich voller Selbstvertrauen, »und, Baby, du bist vielleicht so was von runtergeknallt!«
Aggi legte auf.

Wenn ich mir das Gespräch im nachhinein durch den Kopf gehen lasse, möchte ich gern glauben, daß ich gewonnen habe – vom Gebrauch des Wortes »Baby« ohne den leisesten Anflug von Ironie mal abgesehen –, ich meine, ich hab ein paar gute Treffer gelandet. Doch tief im Innern war es Aggi, die gewonnen hatte, wie immer. Sie hatte in den letzten drei Jahren kein bißchen an mich gedacht. Ich bedeutete ihr nichts. Und nun ging mir das zum ersten Mal wirklich auf. Ich hatte fast drei Jahre meines Lebens mit ihr verbracht, und sie hatte sie ohne zu zögern in den Müll geworfen. ›Ich wette, sie kann sich nicht mal mehr daran erinnern, es mit Simon getrieben zu haben‹, dachte ich. ›Warum hab ich sie nicht nach Simon gefragt? Das hätte mir ein paar Zusatzpunkte eingebracht.‹

Ich war erleichtert. Ich konnte einfach nicht glauben, daß ich sie so lange in Ehren hochgehalten hatte. Ich hätte sie schon vor Jahren fallenlassen sollen. Drei Jahre lang hatte ich inständig gehofft, sie würde eines Tages zu mir zurückkehren. Ich ging sogar ganz absichtlich Beziehungen ein, von denen ich wußte, daß sie nur eine begrenzte Haltbarkeitsdauer hatten, weil ich in der Lage sein wollte, sie jederzeit sausenlassen zu können – beim ersten Anzeichen, daß Aggi zurückkäme. Ich wollte keine dieser Frauen. Ich wollte ganz einfach nur nicht allein sein. Ich war ein Junkie. In der Schule als Junkie beschimpft zu werden war die drittgrößte Beleidigung, übertroffen nur noch durch »Ruf doch deine Mami« und »Keine Freunde«. Junkie sein hieß, daß man die Menschen nicht um ihrer selbst willen mochte, sondern nur, wenn man sie ausnutzen konnte. In gewisser Weise hatte ich auch Aggi nur ausgenutzt. Ich hatte jemanden, der mir zuhörte, wenn ich übers Leben jammerte, der sich mit mir *Mr. Bean* anschaute, den ich küssen konnte, wenn ich menschliche Wärme brauchte, jemanden, der mich verstand und der alles wieder ins Lot brachte, wenn alles mal wieder aus den Fugen geraten war. Sie bekam nichts dafür. Sie war meine Legendäre Freundin, ich aber nicht ihr Legendärer Freund. Und erst jetzt, wo es einfach zu spät war, wurde mir das klar.

Ich rief sie noch mal an. Ihr Freund ging dran.
»Ist Aggi da?« fragte ich, ohne zu wissen, was ich ihr überhaupt sagen wollte.
»Sie ist im Bad. Wer ist da? Will?«
Es gab keinen Grund zu lügen. »Ja.«
»Du hast sie wirklich ganz schön auf die Palme gebracht, du Mistkerl. Ich habe gute Lust, mal bei dir vorbeizuschauen und dir ein paar Manieren beizubringen.«
Ich verlor den Faden. »Du weißt einfach nicht, was für eine bösartige Schlampe sie ist. Du hast keine Ahnung. Aber du wirst es schon noch früh genug herausfinden. Spätestens dann, wenn sie mit deinen Fußballkumpeln pennt. Wahrscheinlich hat sie beim Anstoß schon damit angefangen. Als nächster kommt dann der Stürmer, dann der Libero, dann die Außen, dann die Verteidiger … aber was red ich da? Wahrscheinlich hat sie sie schon alle durch, einen nach dem anderen. Und als nächstes kommt die gegnerische Mannschaft dran …«
Ich wartete nicht erst ab, was er darauf zu erwidern hatte. Ich knallte den Hörer auf die Gabel. Es war komplett bescheuert und gehässig, so was zu tun, aber das war mir egal – so egal, wie ich ihr war. Ich erblickte den Zettel mit ihrer Telefonnummer. Ich hob ihn auf und ging zur Küche, nicht ohne im Vorbeigehen ihr Foto von der Wand zu reißen. Ich stellte eine Gasflamme an und setzte das Foto und die Telefonnummer gleichzeitig in Brand. Als die Flammen sich langsam bis zu meinen Fingern vorarbeiteten, ließ ich beides ins Waschbecken fallen und schaute zu, bis sie völlig verkohlt waren. Ich rechnete schon halb damit, daß der Feueralarm losging, das tat er aber nicht. Ich drehte den Wasserhahn auf. Durchgeweichte, pechschwarze Asche verstopfte den Ausguß.
Um meine Freiheit gebührend zu feiern, zündete ich mir eine Marlboro Light an, machte das Fenster auf und setzte mich aufs Fensterbrett, obwohl es draußen nieselte. Ich wollte spüren, daß mir eine ungeheure Last von den Schultern genommen worden war, aber es kam mir genau wie das Gegenteil vor. Ich hatte

mir immer ein wenig Intelligenz zugute gehalten. Ich hielt mich für schlauer als Papa Bär. Es war ein ziemlicher Schock, festzustellen, daß ich genau so ein Blödmann war wie alle anderen.

Asche fiel mir aufs Bein. Ich wollte sie wegwischen, machte mir aber nicht die Mühe, weil sie nicht brannte.

Nach einer Weile war es zu kalt auf dem Fensterbrett, meine Jeans war bis auf die Unterhose durchgeweicht, und ich konnte kaum noch durch meine beschlagene Brille schauen. Ich kletterte wieder hinein und legte mich aufs Bett, und dann fragte ich mich, woran Aggi wohl in diesem Augenblick dachte. Sie mußte mich wohl für verrückt halten, daß ich nach drei Jahren einfach so aus heiterem Himmel anrief. Halb hatte sie recht, nehme ich an, aber ich hatte angerufen, weil mein Geburtstag war. Vielleicht lag das an der Symmetrie der Ereignisse. Drei Jahre, nachdem sie mit mir Schluß gemacht hatte, wieder neu anzufangen, das hätte ganz wunderbar in das romantische Bild gepaßt, das ich mir von ihr gemacht hatte. Was für ein tolles Mädchen, hmm? Kommt zum Jahrestag ihres Abschieds wieder zu mir zurück – das nenn ich Stil. Ich wollte jemandem die Schuld geben, doch die einzige Person, die da war, war ich. Ich setzte mich hin und rechnete ein wenig herum. Drei Jahre hatte ich damit zugebracht, sie mir zurückzuwünschen – grob geschätzt 11,5 Prozent meines Lebens. Ich sah mich im Zimmer nach einer passenden Metapher um und stieß auf eine halbleere Coladose. Es dauerte eine Weile, aber ich bekam heraus, daß 11,5 Prozent von 330 Millilitern Cola so ungefähr – drei Schluck waren! ›Ja, verdammt noch mal! Ich hab drei Schluck Cola aus der einzigen Dose vergeudet, die ich jemals kriegen werde!‹

Im Badezimmer geigte ich mir bei vollem Licht und sirrendem Ventilator mal so richtig die Meinung. Ich redete halb zu Audrey Hepburn und halb zu dem Spiegel über dem Klo und sagte mir, daß es jetzt aber wirklich reichte. Ich würde das Leben nicht länger liegend verbringen. Nichts würde mich davon abbringen, all das zu tun, wovon ich immer nur faselte, aber stets eine Ausrede fand, es gar nicht erst in Angriff zu nehmen. Die letzten drei Jahre hatte ich in einem Schwebezustand verbracht. Ich war an dieselben Orte gegangen, hatte mit denselben Leuten rumgehangen, mir dieselbe Musik angehört – einfach alles wiederholt, immer dasselbe, als lebendes Denkmal zu Ehren von Aggi. Ich war Chefkurator im Nationalmuseum für Exfreundinnen geworden. Ich steckte in der Vergangenheit fest und wollte keine Zukunft haben, weil alles, was ich begehrte, nun mal eben in der Vergangenheit lag. Schluß damit. Genug ist genug, verdammt noch mal. Im Wohnzimmer zündete ich mir eine Zigarette an und stellte mich aufs Bett, um so nah wie möglich an den Rauchmelder zu kommen. Ich nahm einen tiefen Zug, blies direkt in den Melder hinein und brüllte im Schutz der lärmenden Sirene: »Alles wird sich ändern!«

# Siebzehn Uhr dreissig

Mir zitterten die Hände, als ich nach dem Telefon griff. Eigentlich wußte ich gar nicht, warum – es gab nichts, weswegen ich hätte nervös sein müssen. Ich hatte mir schon genau vorgestellt, was passieren würde: Ich würde hallo sagen, sie würde hallo sagen, wir würden über das Leben, das Universum und all das reden, ich würde irgendeine witzige Bemerkung machen, die sie zum Lachen bringen würde, wir würden viel Spaß haben, ich würde Aggi vollkommen vergessen. Ich würde mich wieder wie ein Mensch fühlen.

»Hallo?«

»Hallo, bist du es, Kate?« fragte ich eine mir unbekannte Stimme.

»Nein, ihre Mitbewohnerin. Und wer ist da?«

»Oh, ich bin Will«, sagte ich verblüfft. Mir war nicht klar, daß Kates Mitbewohnerin überhaupt jemals ans Telefon ging. »Ist sie zu Hause?«

»Ach, du bist also der Typ, mit dem sie schon das ganze Wochenende über telefoniert«, meinte Paula und würzte ihre Stimme mit einer Prise gespielter Überraschung. »Sie ist schon ganz aus dem Häuschen deswegen. Sie redet ununterbrochen von dir. Ich bin überrascht, daß sie nicht selbst drangegangen ist, wo sie doch schon den ganzen Nachmittag ums Telefon kreist. Du hast gesagt, du rufst sofort zurück, du Lügner. Verrat mir doch mal, warum sind Männer eigentlich immer solche Mistkerle?«

Falls Kates Mitbewohnerin es darauf angelegt hatte, mich in eine peinliche Lage zu bringen, dann hatte sie außergewöhnlich gute Arbeit geleistet. Der Gedanke, daß jemand derart Hohlköpfiges mit all den Intimitäten vertraut sein könnte, die die Beziehung zwischen Kate und mir auszeichneten, ärgerte mich zutiefst; das verdarb alles Schöne, das wir miteinander hatten. Langsam wurde ich ungeduldig. »Keine Ahnung, warum Männer solche Mistkerle sind. Ich weiß nur, warum ich einer bin. Gibst du sie mir bitte?«

»He, du bist fix«, meinte Paula, der es offenkundig Spaß machte, herausgefunden zu haben, daß sie mich ärgern konnte. »Eine gute Eigenschaft bei Männern. Hast du irgendwelche Freunde?«

Mir fiel nicht eine einzige witzige Replik oder verbale Ohrfeige ein, und meine geistreiche Widerborstigkeit »Verpiß dich endlich, okay?« schien als Reaktion darauf doch ein wenig angerostet und dämlich.

»Paula!« rief Kate. »Geh endlich aus der Leitung, verdammt!«

Paula kicherte irre. »Hör auf, ihn zu ärgern.«

Ich stieß einen Seufzer der Erleichterung aus. »Hallo, Kate?«

Kate klang zauberhaft, so als habe ihre Stimme die Macht, alles zu tun, was sie wolle, und genau in diesem Augenblick hatte Kate ihrer Stimme befohlen, mich zu trösten. Ich kam mir vor, als sei ich von einer Prinzessin in schimmernder Rüstung aus den Klauen eines bösen Drachen befreit worden. Nichts wäre mir in dem Augenblick lieber gewesen, als daß sie mich in ihren Armen hätte tragen und in Sicherheit bringen können. Ich holte tief Luft.

»Kate, willst du mich heiraten?«

»Wie bitte?«

Ich räusperte mich überflüssigerweise und hoffte, daß ein einfaches Hüsteln mich irgendwie stählen würde.

»Ich sagte, willst du mich heiraten? Ich hab 'ne Menge nachgedacht, und ich bin auf zwei Sachen gekommen: Erstens liebe ich dich, und zweitens sollte ich auf dieses neue Gefühl so schnell wie möglich reagieren.«

Kate lachte nervös. »Machst du Witze? Denn falls du Witze machst, Will, find ich das nicht sehr lustig.«

»Ich mach keine Witze.« Mir ging das Herz über, und ich hielt inne. »Ich hab in meinem ganzen Leben noch nie was so ernst gemeint. Ich hab heute nachmittag festgestellt, daß ich dich liebe, so einfach ist das. Du hast mein Leben verändert, Kate, und zwar mehr als sonstjemand, dem ich je begegnet bin. Ich brauche dich. Ich weiß, das klingt melodramatisch, aber das ist die Wahrheit.« Ich biß mir auf die Lippe. Ich hatte noch viel mehr zu sagen, aber ich hatte Angst, ich könnte sie genauso überrumpeln, wie mir das vor dreizehn Jahren schon mal bei Vicki Hollingsworth passiert war. »Hör mal, du mußt nicht sofort darauf antworten, wenn du nicht willst ...«

»Wieviel Zeit zum Nachdenken hab ich denn?« unterbrach mich Kate mit kaum hörbarer Stimme.

»Drei Minuten.«

Wir mußten beide lachen.

»In Ordnung«, meinte sie. »Uhrenvergleich ... jetzt!«

Für die Dauer von drei Minuten schwiegen wir, waren wir in einer Welt verloren, in der nur wir beide existierten. Ich lauschte innig jedem Atemzug von ihr. An einer Stelle wäre ich beinahe in Lachen ausgebrochen, als mir zum zweiten Mal an diesem Wochenende dieses Lied von Sting einfiel: *Every breath you take* ... Zum ersten Mal in meinem Leben war ein entscheidender Augenblick nicht von Gedanken darüber, was sein könnte und was nicht, durchsetzt. Kein anderer Gedanke drängte sich mir von dem Augenblick an auf, als sie »In Ordnung« sagte. Ich hatte derart den Bodenkontakt verloren, schwebte so völlig außerhalb meines Körpers, daß mir erst weit in der zweiten Minute auffiel, daß ich keine Luft geholt hatte – ihrer Atmung zuzuhören schien an sich schon genug zu sein – es machte mich glücklich.

Ich sah auf die Uhr. Die drei Minuten waren um.

»In Ordnung«, meinte Kate.

»Was in Ordnung?« fragte ich zögernd.

»Ich werd dich heiraten.«

»Machst du Witze?«

»Nein, ich meine es ernster, als du ahnst«, lachte Kate. »Du bist mir die wichtigste Person im Leben. Ich liebe dich. Weißt du, wie ich sterben möchte? Ich möchte dabei sterben, wie ich dir das Leben rette.«

Ich war sprachlos.

»Keine Sorge, ich mach nur Witze«, beruhigte sie mich. »Aber ich liebe dich. Ich hab den Nachmittag damit verbracht, dir eine Geburtstagskarte zu basteln. Kann ich sie dir vorlesen? Vorn ist ein Bild von Jimi Hendrix drauf, das ich aus dem *Q*-Magazin ausgeschnitten hab. Dann hab ich eine Sprechblase dazugemalt, und darin steht: ›Ich sprech ein kleines Gebet für dich.‹ Drinnen steht: ›Lieber Will, Alles Gute zum Geburtstag. Mein Gebet für Dich lautet: Ich hoffe, daß Du nie wieder einen Geburtstag ohne mich verbringen mußt. In Liebe, K.‹«

Ich war gerührt, und der Gedanke, daß sie nur mir zuliebe Sachen ausgeschnitten und sie aufgeklebt hatte, rührte mich zu Tränen.

»Danke. Das ist wirklich ein netter Segenswunsch.« Ich sah mich verzweifelt im Zimmer um. »Tut mir leid, daß ich dir nichts geben kann.«

»Ich hab doch dich«, meinte Kate. »Was kann ein Mädchen schon mehr verlangen?« Sie schwieg, als seien ihr die Wörter ausgegangen. »Und was machen wir jetzt?«

»Keine Ahnung, so weit hatte ich noch nicht vorgeplant.« Ich stand auf und ging durchs Zimmer, soweit es die Telefonschnur erlaubte. »Ich denk, wir sollten es unseren Eltern sagen.«

»Meine Ma wird ganz aus dem Häuschen sein vor Freude«, meinte Kate, »ich hab meine ganze Teeniezeit damit verbracht, ihr zu sagen, ich würde nie heiraten, und jetzt schau nur, was du mit mir angestellt hast. Mein Dad wird ebenfalls ziemlich beeindruckt sein. Er hat noch nie einen von meinen Freunden gemocht, aber du wirst ihm gefallen, das weiß ich. Da bin ich mir ganz sicher.«

Ich starrte zum Fenster hinaus. Eine dünne graue Staubschicht bedeckte den Fensterrahmen. Der Garten war überwuchert mit hohem, gelbblühendem Unkraut und Brennesseln. Der Nachbarshund war nirgendwo zu sehen. Ich konnte Kinder beim

Fußballspielen hören, aber nicht sehen, wo sie waren. »Meine Alten werden ziemlich verblüfft sein«, meinte ich leise. »Meine Ma wird denken … na ja … du weißt schon.« Ich schwieg und war bei dem Gedanken, daß ich an diesem Wochenende zum zweiten Mal beschuldigt werden würde, jemanden geschwängert zu haben, peinlich berührt. »Das ist doch die reine Ironie. Jetzt bist du Mitglied im Club, und ich hab dir noch nicht mal die Hand geschüttelt.«

»Was, glaubst du, ist eigentlich bei unserer ganzen Telefoniererei passiert?« fragte Kate ernsthaft. »Ich weiß mehr über dich, und ich fühl mich dir näher und vertrauter als irgendeinem Freund, den ich je gehabt hab, selbst als meinem Ex. Ich hab dein wahres Ich gesehen, Will. Du hast dir nicht die Mühe gemacht, ein Spiel zu spielen, weil du gedacht hast, du würdest mich nie sehen. Kein Typ, der Eindruck schinden will, fängt gleich an, von seiner Exfreundin zu erzählen.«

»Wahrscheinlich hast du recht«, meinte ich; ich hätte mir gewünscht, sie hätte Aggi nicht erwähnt. Mir wurde schon schlecht, wenn ich nur an sie dachte. Ich wechselte das Thema. »Aber wir müssen noch einen Plan aushecken. Wo werden wir leben und all das?«

»Ist doch egal. Ich komm nach London …«

Ich unterbrach sie. Ich fand die Idee überhaupt nicht gut, mit ihr hier zu wohnen.

›Samuel Pepys hat mal gesagt: »Wenn dich London langweilt, dann langweilt dich das Leben«‹, dachte ich. ›Er hatte nur zur Hälfte recht.‹ Ich hatte die Schnauze von ›Diesem Leben‹ voll, und mit Kate hatte ich die Chance auf Ausbruch und Befreiung.

»Nein, ich komm gleich morgen früh nach Brighton«, sagte ich. »Ich wollte schon immer mal am Meer leben. Ich werd meine Kündigung einreichen. Ich werd sagen, ich hätte einen Nervenzusammenbruch gehabt oder so was. Es dürfte nicht allzu schwer sein, sie davon zu überzeugen.«

»Na gut, was dir lieber ist. Paula fährt die nächste Woche auf

einen Lehrgang nach Cheltenham, wir haben also die Bude für uns. Was möchtest du essen?«
Ihre Frage erwischte mich unvorbereitet. Ich wollte gerade sagen, irgendwas mit Nudeln, aber dann hielt ich mich zurück, weil ich nicht wußte, ob sie italienisches Essen mochte. Doch eigentlich hatte das nichts mit Nudeln, sondern mit Schicksal zu tun. Ich wußte, wenn ich Nudeln sagte und ihr gefiel das nicht, dann würde ich das als Omen deuten, daß wir überhaupt nicht zusammenpaßten.
»Ach, egal«, log ich. »Ich bin nicht so mäkelig.«
Sie schwieg und dachte hörbar nach. »In Ordnung, ich glaub, ich koch uns Tagliatelle mit scharfer Tomatensauce. Das liebe ich.«
Bevor ich noch in Freudentaumel geraten konnte, brach eine Flut von Gedanken durch den mentalen Damm, den ich errichtet hatte. Ich mußte einfach wissen, wie ernst sie es meinte. »Hör mal, bist du sicher, du willst das wirklich?«
»Natürlich bin ich mir sicher«, meinte Kate mit derart fester Stimmer, so sicher und überzeugt, daß ich eine Bewunderung für sie verspürte, wie sie sonst nur noch Veteranen für Winston Churchills »Blut-Schweiß-und-Tränen«-Rede hegen. »Ich bin mir sicherer als du«, fuhr sie fort. »Nur weil du, sagen wir mal, zehn Jahre mit jemandem zusammen bist, heißt das doch noch lange nicht, daß die Ehe glücklicher sein wird, als wenn du jemanden kennenlernst und nach zehn Minuten heiratest. Es gibt einfach keine Möglichkeit, die Zukunft wirklich vorherzusagen. Wozu sich also darüber Gedanken machen?«
»Aber du kannst das Risiko verringern, daß alles den Bach hinuntergeht, oder nicht?« fragte ich nervös. Der Nachbarshund bellte wie verrückt. Meine Hände schwitzten mit alarmierender Intensität. Ich wischte sie an meiner Jeans ab, doch nach Sekunden tropfte buchstäblich der Schweiß wieder von ihnen herunter.
»Alles, was mit Liebe zu tun hat, ist rein zufällig«, meinte Kate ruhig. »Wozu also versuchen, irgendeine Ordnung hineinzubringen? Das lohnt die Mühe nicht. Ich weiß, wir könnten einfach zusammenziehen, und das würde alles viel einfacher machen,

aber das gilt für beide Richtungen. Es ist leichter, einfach abzuhauen, leichter, untreu zu sein, leichter, daß alles einfach verschwindet. Wenn ich jemals wieder meine Gefühle in einen anderen Menschen investiere und die Sache scheitert, dann möchte ich auch sicher sein, daß es die schlimmste und brutalste Trennung wird, die man sich nur denken kann.«
*»Der Rosenkrieg«*, witzelte ich. »Kathleen Turners beste Leistung.«
Kate überhörte meine Randbemerkung. »Sich zu trennen hat mit Freundschaft nichts zu tun. Nicht, wenn es Liebe war, die man miteinander teilte. So funktioniert die Liebe nun mal nicht, jedenfalls nicht die Liebe, von der ich rede.«
Kate war tatsächlich Winston Churchill und ich die britische Nation. Ich würde die Feinde unserer Liebe an den Stränden, in den Straßen und auf Supermarktparkplätzen bekämpfen. Kurz gesagt, sie hatte mich wachgerüttelt.
»Ich liebe dich«, sagte ich.
»Ich liebe dich auch«, erwiderte Kate, »ich kann es nicht ertragen, so weit weg von dir zu sein. Das hört sich total bescheuert an, aber wir teilen schon zig Millionen Erinnerungen, obwohl wir uns erst ein Wochenende lang kennen. Ich hab über alles nachgedacht, was du jemals zu mir gesagt hast, immer und immer wieder. Ich liebe deine Stimme. Bei ihr fühle ich mich sicher.«
»Wann ist dir das klargeworden?« fragte ich sie.
»Daß ich dich liebe? Als du mir die Geschichte mit den Würmern erzählt hast und wie du versucht hast, sie zu retten. Ich dachte – das ist der Richtige für mich!«
Ich traute meinen Ohren kaum. »Wirklich?«
»Ja, bestimmt. Ich mag es, wie du über deine Kindheit erzählst. Du scheinst gute Erinnerungen daran zu haben. Das gefällt mir. Ich spüre, daß du was Besonderes bist. Du siehst die Dinge anders als die anderen. Du quälst dich damit herum, daß du kein Macher bist, aber du bist nun mal der, der du bist, wozu sich also ändern? Und auch wenn du es nicht glaubst, aber du *bist* wichtig, und du *hast* Veränderungen bewirkt. Schau dir doch nur mal an, was du in den letzten drei Tagen aus meinem Leben gemacht

hast. Bevor ich mit dir telefonierte, war der dickste Brocken, um den ich mich zu kümmern hatte, wie ich es schaffen sollte, meinen Ausbildungskredit zurückzuzahlen. Jetzt muß ich mich nur noch um dich kümmern.«

Dann fragte mich Kate, wann ich bemerkte hätte, daß ich in sie verliebt sei. Ich dachte eine Weile über diese Frage nach und setzte mich aufs Bett, um mir den Denkprozeß zu erleichtern. »Das hab ich nicht entschieden«, meinte ich zögernd. »Es ist einfach so passiert. Als ich das Telefon in die Hand nahm, wurde mir klar, daß du die eine Person unter all den Milliarden auf der Erde bist, mit der ich am dringendsten sprechen wollte. Es war so, als ob mein Innerstes die Kontrolle übernommen hätte und ausspräche, was es fühlte, ohne Angst vor peinlichen Momenten oder Ablehnung oder all dem anderen Zeugs zu haben, das mir normalerweise eine Heidenangst einjagt. Ich hab nicht nachgedacht, ich war es einfach. Meistens muß ich erst mal drei Stunden mit mir selbst streiten, um zu entscheiden, welche Geschmacksrichtung die Chips haben sollen, die ich kaufen will, und auf einmal treffe ich die Entscheidung meines Lebens rein instinktiv. Ich komm mir schon wie ein Steinzeitmensch vor. Schnell, ich muß jagen und sammeln.«

Kate mußte lachen. »Ich weiß genau, was du meinst. Ich hab keine drei Minuten gebraucht, über meine Antwort nachzudenken. In dem Augenblick, als du mich gefragt hast, wußte ich, daß die Antwort Ja lautet. Becky, eine Freundin von mir, studiert in Cardiff Psychologie, und sie hat mir folgendes erzählt: Die meisten Menschen haben auf eine Frage sofort die Antwort im Kopf, ob sie wollen oder nicht, und den Rest der Zeit verbringen sie damit, sicherzugehen, die richtige Entscheidung getroffen zu haben. In der Sekunde, als du mich gefragt hast, wußte ich, daß die Antwort Ja lautet.«

»Und was machen wir jetzt?«, fragte ich sie.

»Du hältst um meine Hand an«, erwiderte Kate.

»Was meinst du damit? Soll ich auf die Knie gehen?«

»Ja. Und zwar ein bißchen plötzlich.«

»Okay. Kate …«
»Bist du auf den Knien?« fragte Kate zweifelnd.
Ich war erstaunt, wie gut sie mich schon kannte. »Woher willst du wissen, daß ich nicht auf Knien bin?«
»Und, bist du?« konterte sie.
»Nein, aber das tut nichts zur Sache«, sagte ich und lachte. »Du solltest mir vertrauen. Schließlich bin ich dein zukünftiger Ehemann.«
»Und ich deine zukünftige Frau, also paß besser auf. Mach schnell.«
Ich ließ mich auf ein Knie nieder.
»Schau nach oben, so als ob du mich anschaust«, sagte Kate.
»Okay, ich schau nach oben, so als ob ich dich anschau«, meinte ich. Das Knie fing mir an zu zittern. Ich konzentrierte mich auf die rechte Ecke des Vorhangs. »Ich streck meine Hand aus, so als würde ich deine Hand halten. Willst du meine Frau werden?«
»Ja«, meinte Kate nüchtern. »Und jetzt bin ich dran. Ich bin auf den Knien und seh dir ins wunderschöne Gesicht. Ich liebe dich, Will. Willst du mich heiraten?«
»Ja, ich, Will, will.«
Wir mußten lachen.
Dann gab es ein langes Schweigen, und ich hatte das Gefühl, keiner von uns beiden wußte, was er als nächstes sagen oder tun sollte. Kate machte keine Witze, die ganze Angelegenheit war ernst gemeint, und das machte mich ganz aufgeregt und heiter, und mir schoß derart viel Adrenalin durch die Blutbahnen, daß es nicht gereicht hätte, einfach in der Wohnung auf und ab zu laufen, um es abzubauen, ich wollte rennen, möglichst bis nach Brighton. Bis über den Mond! Ich hopste über die Milchstraße und streute mir Sternenstaub aufs Haupt!
»Wir haben noch eine Menge zu erledigen«, meinte ich und holte tief Luft, um mich zu beruhigen. »Ich muß meinen Eltern davon erzählen und mir überlegen, wie ich es in der Schule verklickere, daß ich kündige. Ich weiß, es wird nicht leicht, aber ich finde, wir sollten heute nicht mehr miteinander telefonieren. Laß uns

damit warten, bis ich morgen früh in Brighton bin. Dann können wir so lange quatschen, bis wir schwarz werden. Ich finde, wir brauchen beide mal eine Verschnaufpause, um das Ganze durchzudenken. Außerdem, fürchte ich, wird die Telefonrechnung eh schon so hoch werden, daß wir unsere Hochzeitsreise gerade mal nach Skegness machen können.«

»Hört sich doch gut an, eine Hochzeitsreise mit dir nach Skegness«, meinte Kate fröhlich. Ich schloß die Augen und versuchte, mir diesen bezaubernden Klang ins Gedächtnis zu brennen. »Aber wahrscheinlich hast du recht, wir müssen uns ein wenig beruhigen. Also, schließen wir ein Abkommen, wir reden erst wieder miteinander, wenn du in Brighton bist ... es sei denn, es ist ein Notfall.«

»Was denn für ein Notfall?« fragte ich.

»Na, du weißt schon, Tod, Geburt, Feuersbrunst, Pestilenz, genervte Eltern.«

»Ich liebe dich«, sagte sie mir dann zum Abschied.

»Ich liebe dich auch.«

# Achtzehn Uhr vierunddreissig

Ich platzte schier vor Lebensfreude und wollte am liebsten der ganzen Welt davon erzählen, daß ich – ja, ich, William Kelly, Paradezyniker –, die Liebe gefunden hatte. Am Ende entschied ich mich dann allerdings doch dagegen, die Bewohner von Archway über meinen Fund zu unterrichten. Statt dessen lag ich ziemlich lange ganz still auf dem Bett und lauschte meinem Herzschlag, bis mich der Hunger in die Küche trieb. Mein Abendbrot bestand aus zwei Scheiben trockenem Toast, da ich einfach nicht die Energie oder den Willen aufbringen konnte, zu »kochen«, und die letzte Margarine bei meinem Nudelsandwich draufgegangen war. Der Stapel Hausarbeitshefte, der an der Wand stand und darauf wartete, korrigiert zu werden, lastete schwer auf meinem Gewissen, und langsam war ich gezwungen, mich mit der Möglichkeit auseinanderzusetzen, daß ich zumindest diese geringe Anforderung meines Berufsbildes erfüllen könnte, auch wenn ich morgen nicht zur Arbeit gehen würde. Natürlich korrigierte ich sie nicht, denn um die Wahrheit zu sagen, hatte meine Motivation eher nichts mit meinem beruflichen Ethos oder mit Schuldgefühlen zu tun, sondern vielmehr mit dem Wunsch, meine Eltern nicht anrufen zu müssen, vor allem nicht meine Mutter. Meine neugewonnene positive Lebenseinstellung sorgte allerdings dafür, daß ich mich nicht länger selbst an der Nase herumführte. Ich war entschlossen, mir keine Sorgen zu machen, ich konnte es meinen Eltern, meinem Bruder, meiner Oma, meinen Freunden erzählen, ohne Angst davor zu haben, was sie darauf erwiderten, denn schließlich hatte ich etwas gefunden, woran ich glauben konnte.

## Meine Mutter

»Hör mal, Mama«, sagte ich und legte dabei denselben Ton in die Stimme, den ich schon vor vier Jahren eingesetzt hatte, um ihr mitzuteilen, daß sich Tom beim Fußballspielen das Bein gebrochen hatte.

»Was ist los?« fragte sie, schnappte hörbar nach Luft und erkannte augenblicklich die Schwere der Lage.

Ich räusperte mich, um das Unausweichliche noch ein wenig hinauszuzögern. »Ich werde heiraten.«

Meine Mutter sagte nichts. Sie wollte ganz verzweifelt glauben, daß ich Witze machte. »Warum? Wen? Kenn ich sie?«

Fragen, Fragen, Fragen. Das war mal wieder typisch meine Mutter. Wenn sie sich einem Problem gegenübersah, dann fing sie instinktiv an, ihr Gegenüber so lange mit Fragen zu löchern, bis sie besser Bescheid wußte als alle Beteiligten. Das war wie *Der Große Preis*, nur andersrum: Ihr Spezialgebiet war mein Liebesleben, doch sie war es, die die Fragen stellte, und ich mußte antworten. Es war schon recht verwirrend.

Ich erzählte ihr die ganze Geschichte von Anfang bis Ende. Sie hörte zu, aber es war klar, daß die Geschichte in ihren Ohren wenig Sinn ergab. In ihrer Welt kamen solche Dinge einfach nicht vor.

Ihre ersten Worte waren: »Ach, Will, was ist denn los? Du hast sie doch nicht …« Ich wußte, daß sie den Satz nicht beenden würde. Ich dachte daran, aus Spaß den Satz für sie zu Ende zu sprechen, doch ich mußte befürchten, die Schockwirkung des fehlenden Wortes könnte bewirken, daß ihr das Herz stockte – wenn sie nicht gleich auf der Stelle tot umfiel.

Ich beruhigte sie. »Nein, du wirst nicht Großmutter. Du wirst Schwiegermutter.« Sie seufzte erleichtert. »Es ist nichts dergleichen. Es ist Liebe. Ich liebe sie mehr als sonst jemanden auf der Welt.«

»Und was ist mit deiner Arbeit?« fragte sie. »Du hast doch gerade erst dort angefangen. Haben die da nicht noch ein Wörtchen mitzureden, wenn du nach Brighton weg willst?« Auch das war mal wieder typisch Mutter. Ganz oben auf ihrer Liste standen die Vernunftgründe. Alles, was mit Gefühlen zu tun hatte, kam erst ganz unten, gleich unterhalb von gehäkelten Klorollenbezügen. Ich erklärte ihr, was ich mit meiner Arbeit zu tun gedachte, und noch während ich sprach, wurde mir klar, wie dürftig und wenig durchdacht meine »Pläne« waren, doch das hinderte mich nicht daran, alles zu tun, um sie in die Tat umzusetzen. Ich erzählte ihr noch ausführlicher von Kate, daß ihr Lachen nach Sommer klang und ihre Atmung wie eine leichte Brise an einem schönen Tag; und, was am wichtigsten war, sie hielt große Stücke auf mich, davon war ich überzeugt. Meine Mutter beeindruckte das nicht weiter.

»Wirf dein Leben doch nicht fort, Will«, sagte sie und verlor langsam die Kontrolle über ihre Stimme. Sie war kurz vor dem Abgrund. Ich beschloß, meine Worte sorgfältiger zu wählen. Meine Mutter hatte noch nie einen besonders triftigen Grund gebraucht zu heulen, und wenn sie eine Situation fand, die geradezu wie geschaffen war, ein paar Tränen auf ihre Türschwelle plumpsen zu lassen, würde sie zusammenbrechen, es sei denn, ich konnte sie davon überzeugen, daß ich das Richtige tat.

»Ich werfe mein Leben nicht fort, Ma«, meinte ich warmherzig. Ich sah mich in meiner traurigen, versifften kleinen Bruchbude um. Dies war mein Leben. Und all dies gab ich auf. Nichts. Ich wurde wütend, daß sie nicht begriff, wie unglücklich ich hier war. »Ich werfe mein Leben nicht fort«, meinte ich leicht angesäuert, »ich heirate. Da gibt es einen kleinen Unterschied, wie du weißt.« Noch bevor ich den Satz zu Ende gesprochen hatte, bereute ich ihn schon. Zuerst erwiderte meine Ma nichts darauf. Ich dachte schon, ich könnte der Rache entgehen, doch dann fing sie an zu weinen.

Ich fühlte mich furchtbar. »Tut mir leid.«

»Die Ehe ist ein riesiger Schritt«, meinte sie schluchzend. »Das solltest du nicht so auf die leichte Schulter nehmen. Schau dir an, was aus mir und deinem Vater geworden ist.« Ich wollte schon sagen, daß ich da lieber nicht so genau hinschauen wollte, das wäre cool gewesen, aber dann ließ ich das, weil ich sie schon mehr verletzt hatte, als ich ertragen konnte. Statt dessen schwieg ich und grübelte über die Ehe meiner Eltern nach. Sosehr ich die beiden liebte, doch eine besonders gute Werbung für den heiligen Bund der Ehe stellten sie nicht dar. Leider waren sie auch keine besonders gute Werbung dafür, sich der menschlichen Rasse anzuschließen. Letzten Endes, so fand ich, spielte das aber keine Rolle.

»Ja, ich weiß«, sagte ich. »Ich nehme es auch nicht auf die leichte Schulter, Ma. Ich werde auch in zehn Jahren nicht sicherer sein, weil ich mir jetzt schon hundertprozentig sicher bin.«

»Wie heißt sie?« fragte sie.

»Sie heißt Kate.« Ich redete so leise, daß ich mir nicht sicher war, ob sie mich überhaupt gehört hatte.

»Kate, und weiter?«

Meine Mutter wollte Einzelheiten, Einzelheiten waren das einzige, was für sie einen Sinn ergab. Fakten, Zahlen, Informationen – Handfestes.

»Ähm, ich weiß nicht«, meinte ich zögernd. Ich versuchte mich verzweifelt daran zu erinnern. »Freemans. Kate Freemans.«

Meine Mutter glaubte ihren Ohren nicht zu trauen. »Du willst heiraten und kennst nicht mal ihren Familiennamen?«

Ich sah auf die Uhr. Der Sekundenzeiger bewegte sich tatsächlich, die Uhr tickte wirklich, doch mir kam es so vor, als sei die Zeit stehengeblieben.

»Hör mal, Ma«, meinte ich. Ich hatte genug davon. »Ich hab es dir jetzt gesagt. Du regst dich offenkundig darüber auf. Wir werden nicht in dieser Sekunde heiraten, also ist noch genug Zeit, dich mit dieser Vorstellung vertraut zu machen.«

Sie sagte nichts mehr.

»Hör mal, Ma«, fügte ich hinzu, »bevor ich auflege, wollte ich dir noch etwas anderes beichten. Ich glaub, ich hab die Pfanne ruiniert, die ich nicht mitnehmen sollte.«

Sie legte auf.

# Mein Vater

»Ich werde heiraten.«
Mein Dad sagte kein Wort. Ich redete unbeirrt weiter, obwohl ich das Gefühl hatte, gegen eine Wand zu reden. »Hör mal, Dad. Du mußt dir keine Sorgen machen, okay? Ich bin sechsundzwanzig Jahre alt. Als du sechsundzwanzig warst, da warst du schon seit zwei Jahren verheiratet und mußtest auf mich aufpassen. Ich weiß, du findest, ich handele voreilig, aber das tu ich nicht. Hör ich mich vielleicht wie jemand an, der nicht weiß, was er tut?«
Er schwieg weiter beharrlich. Und aus meiner Erfahrung wußte ich, warum. Mein Vater ließ sich nicht gern in die Ecke drängen. Er brauchte seine Zeit zum Überlegen, bevor er sich ein Urteil erlaubte. Nicht daß eine seiner reiflich überlegten Reaktionen in irgendeiner Weise vielversprechender gewesen wäre als eine unüberlegte, doch wenn er Zeit zum Überlegen hatte, wußte er wenigstens, was er sagen wollte.
»Heirat?« fragte er unsicher. »Warum? Warum diese Eile? Wegen der Scheidung? Die Scheidung hat doch nichts mit dir zu tun. Ich dachte, du fändest das soweit okay?« Das hörte sich überhaupt nicht nach meinem Vater an, irgendeine halbgare Wald-und-Wiesen-Psychologie aus dem Hut zu ziehen, um eine Verbindung zwischen der Scheidung und meinem Heiratswunsch zu suchen. Er glaubte nicht an Lebensumstände oder gesellschaftliche Einflüsse. Er hatte mir mal gesagt, daß jeder für die eigenen Taten verantwortlich sei, und nicht genug Liebe oder Aufmerksamkeit bekommen zu haben sei noch lange keine Ausrede dafür, ein Gangster zu sein. »Man kann doch Hitler nicht alles durchgehen lassen, nur weil seine Mutter ihn gezwungen hat, kurze Hosen zu tragen«, verkündete er eines Tages mehr in Richtung des Fernsehprogramms, auf das er reagierte, als zu uns, seiner Familie.
»Ich weiß nicht. Es ist einfach so«, sagte ich und bezog mich dabei auf eine frühere Frage von ihm. »Ich hab einfach die Schnauze voll von diesem ewigen ›Was-wenn‹ des Lebens, Dad. Ich hab

die Schnauze voll davon, darauf zu warten, daß das Leben endlich passiert, bevor ich ein eigenes Leben führen kann. Wenn ichs in diesem Fall nicht so mache, wie ich will, dann werd ich endgültig zum Versager. Sie bedeutet mir alles. Ich kann sie nicht einfach wieder gehenlassen.«

»Hat es nicht noch ein wenig Zeit?« fragte er verbittert. Er war wütend, aber das war ich auch, wenn auch nicht über seine Worte. Ich war wütend darüber, daß ich so lange gebraucht hatte herauszufinden, was ich denn eigentlich falsch gemacht hatte. ›All diese verschwendete Zeit, die ich nie wieder zurückbekommen werde.‹

»Warten, worauf, Dad?« fuhr ich ihn wütend an. »Darauf, daß du es mir ausredest? Hast du nie das Bedürfnis gehabt, deinem eigenen Urteil zu trauen? Nur dieses eine Mal muß ich auf das hören, was *ich* sage. In mir ist eine Stimme, die ich immer niedergebrüllt oder ignoriert habe, doch dieses eine Mal werde ich auf sie hören. Ich werde darauf hören, weil ich finde, daß es Sinn ergibt.«

Ich kicherte in mich hinein. Ich quatschte wie *Pretty in Pink*, *Jenseits von Eden*, *St. Elmo's Fire* und *Der Frühstücksclub* in einem. Doch wie auch immer, ich konnte mit dem, was ich zu sagen hatte, nicht hinterm Berg halten, nur weil ich auf demselben heiligen Boden stand wie James Dean, Molly Ringwald, Emilio Estevez, Judd Nelson oder Tausende anderer alternder Leinwandteenager, die versuchen, sich einen Weg in die Welt der Erwachsenen zu bahnen. Mein Leben würde nun mal eben einem Teeniefilm ähneln, bis ich starb. Ich verspreche hoch und heilig, ich werde der einzige Achtzigjährige auf der Welt sein, der an Teenieängsten leidet.

Als ich mit meiner Rede fertig war, weigerte sich mein Dad eine ganze Weile, etwas zu sagen. Ich erzählte ihm von all den wunderschönen Dingen, die ich in Kate sah, wie ich mich dabei fühlte, aber ich schlug eine Schlacht, die schon verloren war, bevor noch der erste Schuß abgefeuert wurde. Sein Schweigen verbarg seine Gefühle nicht wirklich, er war wütend und enttäuscht (und zwar in dieser Reihenfolge). Dennoch war ich stolz darauf, den Mumm gehabt zu haben, es ihm zu sagen – mein altes Ego hätte das niemals fertiggebracht.

»Das ist ein ziemlicher Schock«, meinte mein Dad endlich und brach sein Schweigen. »Aber wenn du dieses Mädchen wirklich liebst, was kann ich da schon machen? Ich mache mir nur Sorgen, das ist alles. Das ist mein Job, den ich zugewiesen bekam, als du vor sechsundzwanzig Jahren auf die Welt kamst. Du bist wahrscheinlich nicht der einzige mit einer inneren Stimme, mein Junge, ich habe auch eine. Und meine Stimme sagt mir, daß ich einen guten Sohn aufgezogen habe. Alles Gute zum Geburtstag.«

## Mein Bruder

»Ich werde heiraten.«

»Ma und Dad sind in der Umlaufbahn«, meinte Tom ganz aufgeregt zu mir, so als sei mein Leben ein Exklusivartikel in der *Sun*. »Ma fing an zu heulen, und dann kam Dad vorbei und meinte, du seist komplett durchgeknallt. Ma hat sich sofort ans Telefon geklemmt und Tante Susan angerufen, ob sie dich nicht anrufen und dir die ganze Geschichte ausreden kann.«

»Und warum hat sie noch nicht angerufen?« fragte ich zweifelnd.

»Tante Susan hat ihr gesagt, daß sie es nicht macht«, meinte Tom. »Ma hat nicht gesagt, warum, aber ich denk, Tante Susan findet, Ma soll sich um ihren eigenen Kram kümmern.«

Gut zu wissen, daß wenigstens irgend jemand auf meiner Seite stand. Tante Susan hatte recht, die ganze Sache ging nur mich was an. ›Ich bin sechsundzwanzig‹, dachte ich, ›ich muß niemanden um Erlaubnis fragen.‹

Ich fragte Tom, was er davon hielt.

»Also, ich find das ja ziemlich abgeschrägt, aber cool«, meinte er abwesend. »Wenn ich ehrlich bin, hab ich nicht geglaubt, daß du jemals über diesen Vogel, diese Aggi, hinwegkommst.«

»Spielst du gerade mit diesem beschissenen Gameboy?« fragte ich drohend.
Ich hörte, wie er etwas auf den Tisch neben dem Telefon legte.
»Nein«, meinte er abwehrend. »Und was ist jetzt mit Aggi?«
»Das ist vorbei.«
»Diese Kate, hast du sie wirklich erst dieses Wochenende kennengelernt, oder willst du die Alten nur aufziehen?« fragte er. Ich erzählte ihm die ganze Geschichte und fügte noch ein paar Einzelheiten ein, die ich den Eltern vorenthalten hatte. Tom blieb völlig ungerührt, hörte aber genau zu. Als ich fertig war, meinte er: »Ich kapier das nicht.« Er stellte sich nicht absichtlich blöd, er hatte nur die geistige Haltung meiner Mutter geerbt. Die Vorstellung von hoher, geistiger Liebe entging auch ihm völlig.
»Ich hab bisher nur am Telefon mit ihr gesprochen«, sagte ich.
Tom lachte und war sich immer noch nicht sicher, ob er mir das alles glauben konnte.
»Das muß ja eine ausgesprochen intensive Unterhaltung gewesen sein«, meinte er.
»Das war es auch«, erwiderte ich.

## Meine Oma

»Ich werde heiraten.«
»Ich weiß, mein Lieber«, meinte Oma. »Deine Mutter hat es mir vor zehn Minuten erzählt.« Sie klang traurig. Ich haßte es, sie zu enttäuschen.
»Tut mir leid, Oma«, sagte ich.
»Aber warum denn?«
»Ach, weil das alles so falsch läuft. Ma und Dad toben …«
»Vergiß die beiden«, unterbrach sie mich. »Die wichtigste Frage ist doch, ob *du* glücklich bist.«
Meine Mutter stellte immer alle möglichen Fragen, aber nie die wichtigen, doch meine Oma stellte die wichtigen Fragen und

kümmerte sich später um den Kleinkram. Abgesehen von ihrem Tick mit den Drogen war meine Oma schwer in Ordnung.
»Das bin ich, Oma«, meinte ich glücklich. »Ja, das bin ich.«
»Na, das ist es doch, was zählt. Deine Eltern haben selbst alles durcheinandergebracht. Sie wissen einfach nicht, was wirklich wichtig ist im Leben. Und nun sieht es ganz so aus, als ob du es richtig machst.«
»Kate ist wirklich ganz toll, Oma«, sagte ich. »Du wirst sie mögen.«
»Ich mag sie jetzt schon«, meinte sie.
Diese fünf Wörter munterten mich ungeheuer auf.
»Weißt du was?« fuhr Oma fort, »die beiden haben einfach vergessen, wie das ist, verliebt zu sein. Ich will ja nichts Schlechtes über sie sagen, das ist nun mal ihre Art, denke ich. Im Krieg, als so viele junge Männer in die Schlacht gezogen sind, ohne zu wissen, ob sie jemals zurückkommen, da haben die Leute auf der Stelle geheiratet, wenn sie gewußt haben, daß es Liebe ist. Ab in die Kirche, und nicht lange gefackelt. Wenn du nicht weißt, wie lang die nächste Minute deines Lebens ist, dann lernst du ziemlich schnell, jeden Augenblick ernst zu nehmen.«

## Alice

Bevor ich die Gelegenheit hatte, Alice von Kate zu erzählen, teilte sie mir mit, daß sie selbst ein paar Neuigkeiten auf Lager hatte: Sie hatte nicht nur ihr Drei-Monats-Ticket rund um die Welt gebucht, sie hatte sich auch gleich für Montag um sechzehn Uhr in einen Flieger nach New York eingecheckt. Ich war schockiert über diese Eile. Ich hatte keine Gelegenheit gehabt, viel über ihre Abreise nachzudenken, doch in dem Bruchteil einer Sekunde, den ich Zeit hatte, dachte ich ernsthaft darüber nach. Es war eine blöde Idee. Die blödeste, die sie je gehabt hatte. Gleich nach dem Anfall mit den platinblonden Haaren (drei Wochen lang, als sie neunzehn war – ich hab sie noch Wochen später Andy Warhol genannt) und der Idee, mit Simon auszugehen. Sie glaubte, Raum zu brauchen, dabei brauchte sie Freunde, das wußte ich – vor allen Dingen mich. Das war meine erste Überlegung. Ich verwendete einen weiteren Sekundenbruchteil darauf, noch mal darüber nachzudenken. Ich war egoistisch. Es ging mir gar nicht um ihr Glück, sondern um meins. Ich wollte nicht, daß sie ging, weil ich sie nicht vermissen wollte. Ich wollte, daß sie ganz allein für mich da war. Mir fiel nur ein, daß ich diese Woche bereits einen Freund verloren hatte. Ich konnte es mir einfach nicht leisten, noch eine Freundin zu verlieren. Mein Gewissen war sich durchaus der Tatsache bewußt, daß ich nicht für eine Sekunde daran dachte, sie könne vielleicht etwas anderes nötig haben. Sie hatte beschlossen, mit dem Verschwinden von Bruce konstruktiver umzugehen, als die nächsten drei Jahre damit zu verbringen, zu jammern, zu klagen und sich schlecht zu fühlen. Ich schämte mich und meinte überschwenglich, wie sehr ich mich für sie freue. Sie lachte nur kurz und scharf, aber etwas zittrig und witzelte, sie würde mir eine Postkarte schicken. Ich erwiderte, sie solle sie nicht nach London schicken. Sie fragte mich, warum, und ich sagte ihr den Grund.

»Ich werde heiraten.«

Alice sagte nichts.

»Alice, ich werde heiraten. Ungelogen.«

Sie schwieg weiter. In meinem Optimismus hoffte ich, daß es ihr einfach nur die Sprache verschlagen hatte, also erzählte ich ihr die ganze Geschichte, die sich nach den vielen Wiederholungen in einen hübschen zehnminütigen Verdauungsplausch zu Kaffee und Brandy verwandelt hatte. Fehlten nur noch Kaffee und Brandy. Doch bevor ich ihr erzählen konnte, daß ich nach Brighton ging, fing sie an zu weinen. Ich fragte mich, ob ich mich wohl unsensibel verhalten hätte, wo doch Bruce sie erst heute morgen verlassen hatte.

»Tut mir leid«, meinte ich.

»Weswegen?« fragte Alice.

»Ach, ich weiß nicht. Daß ich glücklich bin. Du hattest einen schlimmen Tag, und das letzte, was du jetzt brauchst, ist, daß ich so fürchterlich fröhlich bin. Davon könnte man glatt das Kotzen kriegen.«

»Das hat alles nichts mit dir zu tun, in Ordnung? Es ist doch nicht so, als ob sich die ganze Welt um dich dreht, auch wenn du das vielleicht glaubst. Du bist manchmal so was von egoistisch ...«

»Ich dachte, das wär genau das, was dir an mir so gefällt.«

»Jaja, mach nur weiter. Reiß noch Witze darüber, okay?« Alice war jetzt wirklich sauer. »Du bist ein ganz schönes Arschloch, Will, aber ehrlich.«

Und dann weinte sie wieder. Ich wußte nicht, was ich tun sollte. Damit hatte ich einfach nicht gerechnet. Ich dachte, sie würde sich freuen. Drei Jahre lang hatte ich ihr von Aggi vorgejammert, und nun, da ich glücklich war, hielt mich Alice plötzlich für den Staatsfeind Nummer eins. Ich dachte, sie würde sich für mich freuen. Schließlich freute ich mich ja auch für sie. Wir kriegten beide endlich unser Leben in den Griff und machten weiter – sie hatte eine Weltreise vor sich und ich die Freuden der Ehe. Ich hatte das Gefühl, als habe sie alle Gesetze der Logik aus dem Fenster geschmissen und erfinde sich einfach neue. Das war nicht meine Alice. Das war unentdecktes Neuland.

Alice hörte auf zu schluchzen. »Du kannst sie nicht heiraten. Das kannst du einfach nicht machen.«

Dann schluchzte sie wieder.

Sie hörte auf zu schluchzen. »Warum siehst du nicht, wie falsch das ist?«

Dann schluchzte sie wieder.

Sie hörte auf zu schluchzen. »Bitte, tu das nicht.«

Dann schluchzte sie wieder. Diesmal klangen ihre Tränen noch verzweifelter als heute morgen.

Ich wartete geduldig, bis sie sich ausgeschluchzt hatte und der Sturm vorübergezogen war, und schließlich »erklärte« sie alles. Sie meinte, sie wolle mich nicht unglücklich sehen, und wenn ich dieses Mädchen heiratete, dann würde ich unglücklich werden, weil ich das doch nur aus Enttäuschung tue. Ich meinte, drei Jahre seien ja nun ziemlich lang dafür, und früher oder später müsse mir ja mal jemand über den Weg laufen, aber das fand sie überhaupt nicht witzig – sie weinte nur noch mehr. Als die Tränen versiegten, meinte sie, Kate sei wahrscheinlich hinter meinem Geld her, was für einen kurzen Heiterkeitsausbruch sorgte, den wir beide sehr genossen. Ich meinte, daß Kate ein wunderbarer Mensch sei, und wenn sie sie mal träfe, würde sie sie einfach mögen. Alice widersprach und meinte, ich sei wie jeder andere und würde nur mit dem Inhalt meiner Boxershorts denken. Ich fragte, warum sie, die mich doch in so vielen meiner idiotischen Pläne unterstützt hatte, gegen diesen einen Plan sei, und sie meinte, weil dies der dümmste Plan sei, den ich jemals gehabt hätte. Ich fragte sie, warum sie so komisch sei, und sie meinte, sie wisse es nicht. Und dann fragte ich sie, ob es mit Bruce zu tun hätte, und sie meinte nein. Ich fragte sie, ob sie ihre Tage hätte. Ihre Antwort war, biologisch betrachtet, unmöglich und irgendwie auch nicht sehr befriedigend.

»Hör mal«, meinte ich, in der Hoffnung, daß mein nächster Satz ihre Ansichten auf wundersame Weise ändern würde, »du kommst doch zu meiner Hochzeit, oder, denn ...«

»Nur über deine Leiche!« zischte sie mich an.

»Soll das nein heißen?«

Alice fing wieder an zu weinen.

»Es ist nur so, ich rede nicht mehr mit Simon, und mit dem Rest der Menschheit steh ich auch nicht auf besonders gutem Fuß, und da hatte ich gehofft, du würdest meine Trauzeugin werden. Und außerdem wäre deine Rede bestimmt lustiger als die von Simon.«

»Herzlichen Glückwunsch«, meinte Alice unter Tränen, »aber ich komm nicht. Alles wird anders sein, Will! Nichts wird mehr so sein wie früher, Will! Alles wird anders werden.«

»Nichts wird anders werden«, versicherte ich ihr, obwohl ich nicht wirklich davon überzeugt war, die Wahrheit zu sagen. In gewisser Hinsicht hatte sie ja recht, wir standen am Scheideweg,

und nun würden wir in verschiedene Richtungen marschieren. Ich konnte nicht ganz erkennen, warum meine Heirat für unsere Beziehung einen derartigen Unterschied machen sollte, wo sie doch fünf Jahre lang mit Bruce zusammengelebt hatte, aber im Hinterkopf wußte ich, daß es anders werden würde. Eines Tages würden wir den Umständen, unter denen wir uns dann wiederfanden, Tribut zollen müssen. Es war nur eine Frage der Zeit.
Nach einem kurzen Schweigen seufzte Alice schwer und meinte: »Tu, was du nicht lassen kannst.«
Ich versuchte, ein paar tröstende Worte zu finden, doch das einzige, was mir einfiel, war: »Du auch.«

## Martina

»Ich werde heiraten.«
Martina entgegnete kein Wort. Ich fragte mich, ob sie mich vielleicht falsch verstanden hätte. »Martina, es tut mir wirklich leid, aber ich werde heiraten.«
Ich bildete mir das alles nur ein, aber ich könnte schwören, gehört zu haben, wie ihr das Herz brach.
»Martina, es tut mir leid«, sagte ich. Und das meinte ich auch so. »Wirklich. Alles in Ordnung?«
Sie legte auf.

## Simon

Während das Telefon bei Simon eine schiere Ewigkeit klingelte, dachte ich daran, wie sehr ich ihn haßte. Zugegeben, dafür, daß wir die besten Freunde gewesen waren, waren wir nicht besonders eng befreundet gewesen, aber wir waren alles gewesen, was wir hatten, und er hatte das nicht gecheckt. Und das tat weh. Und nun wollte ich, daß er krepierte. Ernsthaft. Doch vor seinem

Tod wollte ich ihm sagen, daß ich mein Glück gefunden hatte. Denn jetzt konnte ich endlich sehen, daß Simon – ganz gleich, ob um die Ecke nun Karriere oder Pleite auf ihn wartete – eines Tages aufwachen und feststellen würde, daß er sich in den fetten Elvis verwandelt hatte, aufgedunsen wie nichts Gutes, das Talent in Scherben, mit lächerlichen Klamotten am Leib und völlig vereinsamt.
Simons Anrufbeantworter sprang an. Ich wollte keine Nachricht hinterlassen – er sollte es von mir direkt erfahren. Gerade als ich auflegen wollte, hob er ab.
»Will ...« Simon fing an zu weinen.
Ich sagte nichts. Ich wurde es langsam leid, daß mir die Leute alle was vorheulten. Ich dachte, entweder hatte er irgendeine vorsätzliche Krise, um sich bei mir wieder einzuschleimen, oder er erforschte neue emotionale Wege, um genug Material für die Platte zusammenzukriegen.
»Will, Tammy und ich haben uns getrennt.«
Das kam nicht sehr überraschend für mich, und für Simon war dies auch kein Grund, derart in Tränen aufgelöst zu sein. Simon kümmerte sich doch nie um jemanden, außer um sich selbst – und diese Tränen vergoß er nicht wegen Tammy.
Er hörte auf zu flennen und erzählte mir, was vorgefallen war. Simon war nach Hause gekommen und hatte Tammy weinend auf dem Sofa vorgefunden. Die also auch. In der Hand hielt sie eine Dreierpackung Kondome, die sie im Koffer seiner Akustikgitarre entdeckt hatte – und es war nur noch ein Kondom drin. Tammy nahm die Pille, seit sie Simon kennengelernt hatte, also schloß sie daraus, daß die beiden fehlenden Kondome plus ihr Freund, dessen Neigung zu den Frauen wohlbekannt war, in der Gesamtsumme Untreue ergaben. Trotz Simons unglaublicher Fähigkeiten, sich die verrücktesten Ausreden einfallen zu lassen, um in letzter Sekunde seine Haut zu retten, hatte er sich bemüßigt gefühlt, genau wie bei seiner Beichte mir gegenüber, Tammy die Wahrheit zu sagen. Ja, er hatte sie betrogen, ja, er hatte mit einer anderen geschlafen, und nein, er liebte sie nicht

mehr. Tammy hatte ihre Sachen gepackt und war ohne ein Wort gegangen.
»Warum hast du das gemacht?« fragte ich ihn.
»Was, mit einer anderen rumzumachen?«
»Nein. Warum hast du ihr die Wahrheit gesagt? Was hast du denn auf einmal mit der Wahrheit? Warum hast du mir von dir und Aggi erzählt?«
Simon schwieg, aber es handelte sich nicht um eine Kunstpause. Ihm schienen tatsächlich die Worte zu fehlen. »Ich weiß es nicht.« Er krächzte nur. Dann hustete er. »Wart mal 'ne Sekunde. Ich brauch ne Kippe.« Dann hustete er wieder. »Also, der Grund, warum ich dir und Tammy die Wahrheit gesagt hab, ist, ich hab mich verliebt. Es klingt bescheuert, und ich weiß, du denkst, ich red Mist, aber das ist die Wahrheit. Wir haben in London an der Uni gespielt. Da hab ich ein Mädchen kennengelernt. Erst war es nur so zum Spaß, so wie immer, aber dann plötzlich auf einmal nicht mehr. Ich hab ihr die ganze Zeit erzählt, die Band sei andauernd auf Tour, also ging sie mir nicht damit auf den Keks, ich sei immer weg. Sechs Monate ging das so. Und eines Tages blättere ich in der Rock-und-Pop-Ecke im Kaufhaus unter S, und plötzlich muß ich an dieses Mädchen denken und kann nicht mehr aufhören damit. Da wußte ich, ich muß es tun. Ich rief sie an und ließ sie sausen. Und dann hab ich ihr einen Brief geschrieben für den Fall, daß sie es nicht gleich verstanden hat.«
Trotz meines Hasses war ich wie gebannt. Die Vorstellung von Simon, wie er verliebt war, war einfach zuviel. Ich zündete mir eine Zigarette an und meinte, er solle weiterreden.
»Mir wurde klar, ich war dabei, mich zu verlieben, und das gefiel mir überhaupt nicht. Ich brauch doch nur dich anzuschauen und weiß, was Liebe anrichten kann. Eine völlig beschissene, sinnlose Gefühlsaufwallung. All diese Intensität, all diese Ansprüche, das kann doch keiner freiwillig wollen, so einen Zustand.«
Ich lachte. Simon hatte ein Herz. Es war zu verrückt. Es war ein ehernes Gesetz gewesen. Eine dieser unumstößlichen Wahrheiten des Universums. Energie kann nicht erschaffen oder zerstört wer-

den. Friseure sind verrückt. Simon kümmert sich einen Scheiß um andere, nur um sich selbst.
Begreifen konnte ich das immer noch nicht. »Und warum hast du mir und Tammy die Wahrheit gesagt?«
»Tammy hab ich die Wahrheit gesagt, weil ich sie nie geliebt habe. Ich hab ihr noch nicht mal gesagt, daß ich sie überhaupt leiden kann. Das mindeste, was ich tun konnte, war, ihr die Wahrheit zu sagen. Und dir hab ich es dieses Wochenende gesagt, weil mir klargeworden war, daß ich einen Riesenfehler gemacht hatte. Den größten Fehler meines Lebens. Ich liebe das Mädchen, das ich hab sausenlassen, immer noch, aber ich weiß nicht, wo sie ist oder wie ich sie erreichen kann. So ein Gefühl hab ich noch nie erlebt. Ich kann nicht schlafen. Ich kann nicht essen. Ich kann mir keine Musik anhören. Ich hab heute sogar die Band aufgelöst. Plattenvertrag, Album, alles, worauf ich mein Leben lang hingearbeitet hab, futsch. Freitag ist mir klargeworden, wenn ich mich schon nach drei Wochen ohne sie so fühle, was mußt du dann in den letzten drei Jahren für eine reine Folter durchgemacht haben. Da war ich dir die Wahrheit schuldig. Es tut mir leid, ehrlich. Will, ich liebe dieses Mädchen so sehr, ich weiß nicht, was ich tun soll.«
Simon meinte es ernst. Er meinte jedes Wort von dem, was er sagte. Es war schwer, kein Mitgefühl mit ihm zu haben, aber ich schaffte es. Ich war froh, daß er litt. Ich war froh, daß er wußte, wie es sich anfühlte, diese Schmerzen zu erdulden. Stumm flüsterte ich ein Dankgebet zu den Rachegöttern, die offenbar mein Flehen erhört hatten. Ich mußte einfach nachhaken. Ich brauchte ihm nicht mal von meinen bevorstehenden Flitterwochen erzählen, Simons Leben war zerstört, und das war alles, was zählte.
»Und wie heißt sie?« fragte ich und rätselte herum, welches Mädchen denn den glorreichen, mächtigen Simon in die Knie zwingen konnte.
Er zog lange an seiner Zigarette. »Kate«, meinte er. »Sie heißt Kate.«

# Zweiundzwanzig Uhr vier

Die Welt ist ein Kaff. Natürlich war es Kate. Ich überprüfte alle Einzelheiten. An welcher Uni war sie? University of North London. Familienname? Freemans – wie der Katalog. Welche Haarfarbe? Rotbraun. Ihr Lieblingsfilm? *Gregory's Girl.* Wo wohnte sie? Falls ich überhaupt noch irgendwelche Hoffnungen hegte, daß unsere Kate Freemans sich zwar ähnelten, aber verschiedene Kate Freemans waren, die die Schicksalsgötter in die Welt gesetzt hatten, um mich noch weiter in den Wahnsinn zu treiben, als unbedingt nötig oder, was das anging, überhaupt gesund war, so zerstörte Simons Antwort sie auf der Stelle. Kate hatte in meiner Wohnung gewohnt. Als Simon sie sausenließ, hatte sie ihm gesagt, sie werde London verlassen. Da ich nach einer Wohnung suchte, hatte Simon, Arschloch, das er war, diese Information an mich weitergegeben, mir aber über die Quelle etwas vorgelogen. Er fragte mich, warum ich all diese Fragen stellte, also log ich und meinte, weil ich das so witzig fände. Ich legte auf.

Das alles war mehr, als ich in meiner Vorstellung überhaupt ertragen konnte. Unmöglich, auch nur im Ansatz festzustellen, welch schieres Ausmaß an Zerstörung Simons Enthüllung in mir ausgelöst hatte. Ich konnte das einfach nicht ertragen. Also tat ich es auch nicht. Ich verschloß »Kate und Simon« in einer Schachtel mit der Aufschrift »Vergiß es einfach – okay?«, schleuderte sie in die dunkelste Ecke meines Verstandes und drohte mir bei Todesstrafe an, ja nie wieder dorthin zu gehen. Manche nennen das Verdrängen, doch das einzige Wort, das mir dazu einfiel, war Überleben.

Ich mußte mich ablenken, und zwar ein bißchen plötzlich. Ich schaltete das Radio ein. Die *Barbara White Show* hatte gerade angefangen. Sie erzählte ihren Zuhörern (alias »ihr wunderbaren Leute«), daß sie der wichtigste Teil der Show seien: »Man kann die besten Experten der Welt haben«, meinte sie, wobei sie jedes Wort endlos dehnte, »die beste Kummerkastentante, die man sich für Geld nur leisten kann, aber ohne Sie und Ihre Probleme ist das alles nichts wert.«

»... und vielen Dank, Patricia. Ich hoffe, bei dir und deinen Kindern wird alles wieder gut. Okay, der nächste in der Leitung ist Will aus Archway, North London. Hi, Will, oder doch William? Sie sind in der *Barbara White Show*. Was kann ich für Sie tun?«
»Hi«, meinte ich nervös. Ich sah mich im Zimmer nach etwas Trinkbarem um. In dem Tupper-Becher, den ich noch nicht weggeräumt hatte, fand sich noch ein Spritzer Tequila. Ich nahm einen Schluck. »Sie können mich Will nennen, Barbara.«
»Ich weiß, Sie sind nervös«, schwallte Barbara. »Das bin ich auch. Erzählen Sie mir Ihre Geschichte, so wie Sie mögen.«
Der Gedanke war völlig albern, aber ich fand urplötzlich, daß sie tatsächlich genauso klang wie im Radio. Ich nahm noch einen Schluck Tequila, hustete und fragte mich, was die Tausende von Zuhörern »draußen an den Geräten« wohl dachten, wie ich mich anhörte. Als ich noch ein Kind war, habe ich mir immer die Hände hinter die Ohren gehalten und mir vorzustellen versucht, wie ich mich wohl bei den anderen anhörte. Das klappte nie, es sei denn, ich hörte mich tatsächlich hohl und verhallt an.
Barbara durchsetzte meine Erzählung mechanisch mit ihren »mmh-hmm« und einem gelegentlichen »hmm ja« – so wie sie es bei jedem Anrufer tat –, doch kaum ließ ich das Wort »Heirat« fallen, schaltete sie ihren Auto-Barbara-Piloten auf Handbetrieb.
»Will, ich möchte Sie einmal unterbrechen!« rief sie aus. »Ich brauch mal eine Sekunde!« Scheinbar erschöpft, seufzte sie. »Also, um das mal kurz zu fassen! Sie erhalten einen Anruf von der Frau, die in Ihrer Wohnung gewohnt hat, und nach ein paar Stunden Unterhaltung beschließen Sie zu heiraten?«

»Das ist richtig«, sagte ich, erfreut, ihre Aufmerksamkeit geweckt zu haben.
»Also, Will, das ist ja eine phantastische Geschichte!« Sie klatschte in die Hände und ließ einen kleinen Freudenschrei los, den sich nur Amerikaner erlauben können. »Und nun lassen Sie mich raten. Sie machen sich Sorgen, das könnte nicht die richtige Entscheidung sein, hmm?«
»Ja, das ist richtig«, sagte ich erheblich weniger erfreut als zuvor, weil ich mir mehr als nur ein wenig dumm und bloßgestellt vorkam.
»Darf ich Sie fragen, wann Ihnen das erste Mal bewußt wurde, daß Sie dieses Mädchen mögen?« fragte sie.
Ich dachte darüber nach. Kaum zu glauben, daß es erst vor ein paar Stunden gewesen war. ›Heute morgen war ich ich selber, und nun bin ich jemand ganz anderer‹, dachte ich bei mir, ›oder war ich heute morgen jemand anderer, und jetzt bin ich ich?‹
»Irgendwann heute nachmittag«, sagte ich und ließ meinen Blick durchs Zimmer schweifen, bis ich entdeckte, wonach ich suchte. »Es ging dabei nicht um etwas Besonderes, das sie gesagt hat.« Ich klebte Kates Foto an die Wand neben meinem Bett. »Irgendwas in meinem Kopf machte klick, und ich wußte, daß sie die Richtige war.« Die Kate auf dem Foto strahlte mich an.
»Darf ich Sie fragen, wie alt Sie sind?« fragte Barbara.
Barbara ging mir langsam auf die Nerven, stellte ich fest. Ihre scheinheilige Höflichkeit, ihr Akzent und ihr Nachbohren gingen mir heftig gegen den Strich. »Ja«, spuckte ich es aus. »Ich bin sechsundzwanzig. Heute ist mein Geburtstag.«
»Herzlichen Glückwunsch«, meinte Barbara ohne jede Rücksicht auf meine Verärgerung. »Hatten Sie jemals eine längere Beziehung?«
Meine Wut verrauchte. »Ich bin für drei Jahre mit einem Mädchen gegangen, von etwa zwanzig bis dreiundzwanzig«, sagte ich und hoffte, sie würde nicht nach Aggis Namen fragen.
»Haben Sie beide Schluß gemacht?«
Ich wollte lügen. Ich mußte einfach lügen.

»Nein«, meinte ich geknickt. »Sie wollte es. Ich denke, sie wollte mehr Freiheit. Vielleicht habe ich sie gelangweilt, ich weiß nicht. Ich habe sie geliebt. Ich dachte, sie sei die Richtige, aber ich konnte sie nie dazu bringen, weit in die Zukunft zu denken. Sie kam sofort über mich hinweg, und das tat weh. Sie hat ihr Leben gelebt, so als sei ich nur eine kleine Betriebsstörung gewesen.«

›Ich bin froh, daß ich die Wahrheit gesagt habe‹, dachte ich. ›Ein weiteres Zeichen, daß ich mich verändert habe. Das alte Ich ist tot. Lang lebe das neue Ich!‹

»Gibt es noch etwas, das ich wissen sollte?« fragte Barbara.

Ich hielt kurz inne, bevor ich darauf antwortete, und fragte mich, welche Art von Information sie suchte. Simons und Kates Schachtel klapperte im Geheimversteck. Ich überhörte das geflissentlich.

»Sie hat es auch mit meinem besten Freund getrieben, als wir noch zusammen waren«, beichtete ich und stellte mir Aggi und Simon vor, wie sie sich umarmten. »Ich hab das erst gestern herausgefunden.« Wieder schwieg ich. »Ach, und sie hat mich heute vor drei Jahren verlassen.«

»Sie hat Sie an Ihrem Geburtstag verlassen? Das muß ja furchtbar gewesen sein«, meinte Barbara mitleidsvoll.

»Das war es auch.«

»Sind Sie seitdem mit anderen ausgegangen?«

»Im ersten Jahr nicht«, gab ich zu. »Ich konnte noch nicht mal an andere Frauen denken. In den vergangenen zwei Jahren war ich mit einigen aus, ein paar mochte ich sogar richtig gut leiden.«

»Darf ich Sie fragen, was denn bei diesen Beziehungen schiefging?«

»Ich weiß nicht.« Ein Puzzle aus den Gesichtern meiner Exfreundinnen wirbelte vor meinem geistigen Auge vorbei. Was für eine Frage! Eher hätte ich Barbara die Bedeutung des Lebens sagen können, als herauszufinden, was denn bei ihnen allen schiefgelaufen war. Ich wußte, das Problem hatte stets bei mir gelegen, aber was das an mir war, das wußte ich nicht. »Die Beziehungen tröpfelten einfach so aus, oder sie zogen weg«, sagte ich, während ich weiter darüber nachdachte. »Eine Zeitlang habe ich geglaubt, ich sei verflucht.« Ich legte mir eine Ausrede zurecht. »Ich glaube, sie sind schiefgegangen, weil ich im Grunde meines Herzens dachte, was, wenn das Mädchen, das ich liebe, zurückkommt, und ich gehe mit einer anderen? Ich denke, das ist der Grund, warum die Beziehungen alle gescheitert sind.«

»Will, kann ich Sie kurz unterbrechen? Wir müssen eine kleine Werbepause einlegen. Bleiben Sie dran, und wir unterhalten uns nach einer kurzen Unterbrechung weiter ...«

Ich war gezwungen, mir vier Werbespots anzuhören: Doppelverglasung, ein Bettengeschäft, eine Fußpilzcreme und eine Agentur, die man dafür bezahlte, daß sie einem die Rechnungen bezahlte. Es war die Hölle. Ich war in der Hölle. So tief war ich gesunken. Ich wollte auflegen, aber ich konnte nicht. Dies war das erste Mal, daß ich jemandem die ganze Geschichte erzählt hatte. Die Originalversion MEINES LEBENS mit all den Szenen, von denen meine Eltern nichts wissen wollten, und auch all denen, die meine Freunde nicht verstanden hätten.

»Vor der Pause«, so kehrte Barbara wieder zurück, »unterhielten wir uns mit Will aus North London, der bei einem Mädchen um ihre Hand angehalten hat, nachdem er am Freitag mit ihr telefoniert hat. Will, möchten Sie weitererzählen?«

»Was wollen Sie denn noch wissen?« fragte ich zurück.

»Warum glauben Sie, daß ausgerechnet diese Beziehung klappt, wo doch all die anderen gescheitert sind, weil Sie immer noch an Ihre Exfreundin gedacht haben?«

»Da war ich mir auch nicht ganz sicher«, mußte ich zugeben. »Deshalb habe ich sie heute nachmittag noch einmal angerufen.«

Barbara konnte ihre Aufregung kaum bändigen. »Was haben Sie ihr gesagt? Haben Sie ihr erzählt, daß Sie heiraten?«

»Nein. Ich habe sie angerufen ...« Ich schwieg und suchte nach den richtigen Worten. »Ich habe sie angerufen, um ihr noch eine letzte Chance zu geben. Das habe ich ihr nicht gesagt, aber darum ging es bei dem Anruf.«

»Und wie hat sie reagiert?«
»Na ja, ich habe seit drei Jahren nicht mehr mit ihr gesprochen. Sie lebt in London, mit ihrem Freund. Sie war überrascht, von mir zu hören«, erwähnte ich beiläufig.
»Aber wie hat sie reagiert?« bohrte Barbara nach.
Ich starrte geistesabwesend in den leeren Tupper-Becher in meiner Hand. »Keine Ahnung. Ich glaube, ich habe es geschafft, sie auf die Palme zu bringen. Ich hatte die Schnauze voll, daß die Tatsache, daß ich drei Jahre lang ein Hauptbestandteil ihres Lebens gewesen bin, ihr nicht das geringste bedeutete. Am Schluß war ich wohl ein wenig sarkastisch, nehme ich an.«
»Und sie hat nicht mitgezogen? Wie haben Sie sich nach dem Anruf gefühlt?«
»Ich war am Boden zerstört. Die ganze Zeit habe ich gedacht, es gibt vielleicht eine Chance, daß wir wieder zusammenfinden könnten …«
Barbara unterbrach mich. Sie konnte es nicht abwarten, sich an dieser Geschichte festzuhaken. »Wie kamen Sie auf diesen Gedanken? Hat sie Ihnen das gesagt?«
»Nein … nein, eigentlich nicht«, erwiderte ich. »Sie hat mir gesagt, es ist vorbei und es gibt keine Chance, daß wir je wieder zusammenfinden«, sagte ich rundheraus, und mir wurde klar, wie blöd sich das alles anhörte.
»Und warum dachten Sie, Sie könnten wieder zusammenfinden?« Barbara versuchte auf die ihr eigene ›subtile‹ Art anzudeuten, daß ich so bescheuert gewesen war, einer Lüge nachzuhängen, und sie hatte recht. Ich half ihr auf die Sprünge.
»Keine Ahnung«, meinte ich. »Ich bin blöde. Vielleicht bin ich Optimist. Keine Ahnung. Heute vor drei Jahren haben wir uns getrennt. Ich denke, da hab ich eben an sie gedacht.«
»Und das Mädchen, das Sie heiraten wollen, Will, weiß sie davon?«
»Sie weiß von meiner Ex, ja«, sagte ich. »Aber sie weiß nicht, daß ich sie heute angerufen habe.«
»Und warum haben Sie ihr nichts davon erzählt?«

»Weil … weil … weil«, ich schwieg und starrte noch einmal in den leeren Becher. »Ich … ähm … weiß nicht … okay … ähm … ich weiß es.« Ich gab auf. »Ich habe es ihr nicht erzählt, weil sie sonst geglaubt hätte, ich hätte nur deswegen um ihre Hand angehalten, weil meine Ex mich nicht wiederhaben wollte.«

»Aber ist das denn nicht der Fall?« fragte Barbara anklagend, und sie hörte sich ganz genau so an wie eine scharfe Anwältin in einem Gerichtsfilm.

»Nein«, stotterte ich. »Na ja, ja. Aber so einfach ist das nicht. Ich mußte einfach über meine Ex im klaren sein, so oder so, um endlich mein Leben weiterleben zu können. Die Idee, meine neue Freundin zu heiraten, hatte ich wohl die ganze Zeit dabei im Kopf. Ich weiß, daß es nicht klappen würde, wenn ich auch nur den Hauch einer Chance geahnt hätte, wieder mit meiner Ex zusammenzukommen. Ich mußte einfach wissen, daß meine Ex mich nicht mehr wollte, damit ich mein Leben endlich weiterleben konnte, sonst hätte ich immer wieder nur an sie gedacht.«

»Immer ringsherum im Kreis«, meinte Barbara müde. »Wie ein Kinderkarussell auf dem Spielplatz. Und was wäre passiert, wenn Ihre Exfreundin gesagt hätte, sie nehme Sie wieder zurück?«

»Ich wäre wahrscheinlich zu ihr zurückgegangen«, gab ich kleinlaut zu.

»Und was ist mit diesem Mädchen, das Sie für immer und ewig heiraten wollten, bis daß der Tod euch scheidet?«

»Ich hätte sie wahrscheinlich nicht geheiratet, nehme ich an.«

»Wie können Sie an Heirat denken, Will, wenn es da noch jemand anderen in der Vergangenheit gibt, der all ihre Gedanken beherrscht?« fragte Barbara.

Sie hatte den Nagel auf den Kopf getroffen. Ich stand vom Bett auf, um aus dem Fenster zu sehen, denn irgendwie begann das Zimmer zu schrumpfen, doch meine Knie gaben nach, noch bevor ich mein Ziel erreicht hatte, und statt meine Reise fortzusetzen, setzte ich mich lieber aus freien Stücken auf den Fußboden, bevor die Erdanziehung die Oberhand gewann.

»Nach all der Zeit, die ich damit verbracht habe, diese Frau anzubeten«, sagte ich zu Barbara, »finden Sie nicht, daß ich es mir selbst schuldig war zu versuchen, sie zurückzubekommen? Ich bin froh, daß sie mich nicht wollte. Ich will weitermachen. Und nun kann ich es endlich.«

»Will, soll ich Ihnen mal sagen, was ich glaube?« fragte Barbara. »Ich glaube, Ihre Exfreundin hat Sie derart durcheinandergebracht, daß Sie gar nicht wissen, wo vorne und wo hinten ist. Wenn man verlassen wurde, findet man es sehr schwer, weiterzuleben. Man fragt sich: ›Warum tut es ihm nicht ebenso weh wie mir?‹ Für Menschen in dieser Lage ist es nicht ungewöhnlich, Hoffnungen auf diese Beziehung zu setzen, obwohl es keine Hoffnung mehr gibt. Das war bei mir und meinem Exehemann auch nicht anders. Nach unserer Scheidung hatte ich das Gefühl, wenn ich weiter für ihn da wäre, würde er eines Tages einsehen, daß er mich ebenso brauchte wie ich ihn. Wissen Sie, was passiert ist? Er hat ein Mädchen geheiratet, das halb so alt ist wie ich, und mich zu der Hochzeitsfeier eingeladen, weil er dachte, ich sei drüber weg! Können Sie sich diese Unverschämtheit vorstellen? Ich weiß, wie Sie sich fühlen, Will, mehr, als Sie ahnen. Aber Sie müssen sich selber fragen, warum Sie dieses Mädchen heiraten wollen.«

Ich sah mich in meinem winzigen Zimmer um. Ich wußte die Antwort. »Weil sie mich dazu gebracht hat, zu erkennen, daß ich weitermachen kann. Ich kann endlich mein Leben leben und über die Zukunft nachdenken.«

»Die Ehe ist ein großer Schritt«, meinte Barbara. »Ich weiß, dieses Mädchen hört sich an wie die wandelnde Antwort auf all Ihre Fragen, und vielleicht ist sie das auch. Aber ich finde, Sie sollten sich fragen, warum dieses Mädchen, das Sie noch nie gesehen haben, Ihnen so wichtig ist. Solche Dinge passieren andauernd, Will. Letzte Woche hatte ich eine Anruferin, die glaubte, sich in den Mann verliebt zu haben, bei dem sie ihr Büromaterial bestellt. Am Telefon kann man jemand ganz anderer sein. Man kann flirten und Spaß haben und sich dabei in der Sicherheit

wiegen, daß man der anderen Person nicht gegenübertreten muß.«
»So ist das nicht«, widersprach ich.
»Das behaupte ich auch nicht, Will. Ich sage nur, daß Sie überprüfen müssen, daß dem nicht so ist. Darf ich Ihnen einen Rat geben? Versuchen Sie herauszufinden, ob Sie das waren, der da am Telefon gesprochen hat, oder doch eher die Person, die Sie gern sein möchten. Das Mädchen am anderen Ende der Leitung hat sich in die Person verliebt, mit der sie gesprochen hat. Aber wird sie Sie lieben?«
Eine Bö trieb einen dichten Regenschleier gegen die Scheibe. Kate und Simon versuchten erneut, aus ihrer Kiste zu entkommen. Mir schauderte. Ich legte den Hörer auf den Boden und stützte den Kopf in meine Hände. In nicht mal einer halben Stunde hatte Barbara es geschafft, meine felsenfeste Überzeugung zu Staub zu zermahlen.
»Leider geht unsere Zeit zu Ende, Will«, meinte eine blecherne Barbara vom Fußboden aus. »Vielen Dank für Ihren Anruf. Bitte, bitte rufen Sie mich in ein paar Wochen in der *Barbara White Show* an und erzählen Sie mir und den Zuhörern am Radio, was weiter geschehen ist. Ihre Geschichte hat uns gefesselt.«

# Ein Uhr dreizehn

Die Türklingel schreckte mich aus einem Alptraum auf, in dem ich ein US-Marine war, der von einer Mischung aus Vietkong und Aggi in einer Bambushütte gefangengehalten wurde. Wenigstens dachte ich, es sei die Türklingel. Da in der einen Woche, in der ich hier wohnte, noch niemand geklingelt hatte, konnte ich den Lärm nur schwer deuten. Ich versuchte, ihn zu überhören, da ich dachte, es handele sich nur um einen angeschickerten Archway-Versager, der Klingelmännchen spielte, und hoffte, es würde ihm langweilig werden, bevor ich gezwungen war, die Treppe runterzugehen und ihm einen Eimer Wasser über den Kopf zu schütten. Aber es klingelte weiter, lange, schrille, wütende Attacken der Türklingel, manchmal minutenlang. Ich starrte den Fernseher an und fragte mich, ob die Fernsehfritzen bereits die Technologie besaßen, Fernseher zu orten, auch wenn sie nicht eingeschaltet waren. Was soll ich sagen, es war Viertel nach eins, und mein Hirn funktionierte nicht richtig. Ich drehte mich um und zog mir die Decke über den Kopf. Die Fernsehfritzen konnten mich mal gern haben.

Mein Bewußtsein verließ mich bereits wieder und nahm die Alltagssorgen mit sich – als es an der Tür klopfte. Ich sah erneut auf die Uhr. Es war ein Uhr dreiundzwanzig. Entweder hatte jemand den angeschickerten Versager reingelassen, oder ich war kurz davor, sechshundert Pfund Strafe für einen Fernseher zu bezahlen, der nicht eingeschaltet war. Ich zog die Decke noch ein wenig höher und war entschlossen, die Realität so schnell wie möglich hinter mir zu lassen, bevor es noch schlimmer wurde. Doch diesmal sprang die Tür unter dem Schauer an Schlägen, die dagegendonnerten, fast aus den Angeln. Ich kroch aus dem Bett, verschwendete keinen Gedanken daran, mir irgend etwas Anständiges anzuziehen, öffnete die Tür einen Spalt und linste hinaus. Die Frau von unten (die mit den Garfield-Schlappen) starrte mich wütend an. Heute trug sie mal nicht ihren üblichen Bademantel. Statt dessen trug sie einen dieser flauschigen himmelblauen Schlafanzüge mit elastischen Knöchelbündchen, in dem sie aussah, als trüge sie einen Strampelanzug. Ihr Gesicht war ganz rot und fleckig und ihr Haar völlig aufgelöst. Ehrlich, es wäre selbst für den wütendsten Wüterich in Wütland unmöglich gewesen, so wütend auszusehen.

Die Garfield-Frau würzte den recht kurzen Satz »Wissen Sie eigentlich, wie spät es ist?« mit einer ungebührend großen Anzahl von Ausrufezeichen und fing dann an, mich in Stücke zu reißen. So verwirrt ich auch war, mitten in der Nacht aufgeschreckt zu werden, konnte ich doch nicht der Versuchung widerstehen, die Gelegenheit wahrzunehmen und eine kleine Runde Nachbarnvergraulen zu spielen. »Sie bollern gegen meine Tür, weil Sie keine Uhr haben, Sie blöde Kuh? Hinfort mit Ihnen, bevor ich die Polizei rufe!«

Darüber konnte sie gar nicht lachen. Ich war mir sogar ziemlich sicher, wenn der Spalt in der Tür ein wenig größer gewesen wäre, wäre ein schneller Garfield zwischen meinen Beinen gelandet.

»Nicht genug, daß Sie sich nie um den Feueralarm kümmern, jetzt wollen Sie auch noch von mir, daß ich Ihren Butler spiele! Beim nächsten Mal, mein lieber Freund, gehen Sie gefälligst an die verdammte Tür, wenn jemand bei Ihnen klingelt!«

Ich versuchte ein schuldbewußtes Gesicht aufzusetzen, aber in Wirklichkeit, denke ich, schaute ich ziemlich verwirrt. »Aber ich kümmere mich doch um den Feueralarm! Wenn Sie sich wegen des Feueralarms beklagen wollen, dann fragen Sie doch mal bei dem Typen da drüben nach«, sagte ich und wies auf die gegenüberliegende Tür. »Hören Sie, ich hab keine Ahnung, was Sie von mir wollen, okay? Irgendein Verrückter hat bei mir geklingelt, aber da ich keine Verrückten kenne, hab ich gedacht, es ist nicht für mich.«

»Ich glaube, das kann ich erklären«, meinte eine Stimme direkt neben der Garfield-Frau. »Ich glaube, ich hab bei der falschen Wohnungsnummer geklingelt. Ich hab aus Versehen bei dieser Frau geklingelt, als du nicht aufgemacht hast.«

Ich öffnete die Tür noch etwas weiter, um einen Blick auf die mysteriöse Frau zu werfen. Es war Aggi.

Ich sah an ihr auf und ab und traute meinen Augen nicht. Aggi trug eine schwarze Strumpfhose und so eine Art purpurfarbenen Kittel. Ihr Haar war ganz durcheinander. Sie trug zwar einen Gesichtsausdruck, der so eindeutig schien wie jener der Garfield-Frau, aber dennoch war sie so schön wie eh und je.

»Du solltest besser hereinkommen«, meinte ich vorsichtig. Ich warf der Garfield-Frau einen strengen Blick zu, für den Fall, daß sie auf den Gedanken kommen sollte, die Einladung gelte auch für sie.

Aggi kam herein, schloß die Tür hinter sich, blieb aber stehen. Ich setzte mich aufs Bett und kam mir lächerlich vor. Nicht nur, daß ich nur Boxershorts anhatte, nein, sie war auch noch mit tippkickgroßen Golfern bedruckt, ein Abschiedsgeschenk meiner Mutter. Außerdem hatte ich nichts, worin ich meine Wampe verstecken konnte, also hing sie einfach niedergeschlagen da und wartete darauf, daß ich DIE NEUIGKEIT erfuhr. So also sollte mich die Liebe meines Lebens zum ersten Mal nach drei Jahren zu Gesicht bekommen – ein Fettklops in modisch ausgefallenen Dessous. Ich zog mir ein T-Shirt über, Aggi sah weg und schaute sich vorsichtig im Zimmer um, bewunderte die Inneneinrichtung und sagte kein Wort.

Ich zog mich an, sah auf und lächelte. »Hallo.«

Aggis Gesicht verzog sich plötzlich zu einer ärgerlichen Grimasse, so als habe sie gerade einen Kippschalter mit der Aufschrift »Tobende irre Todesfee aus der Hölle« umgelegt. Ich bekam es mit der Angst. Die Art von Frau, die über einen übergewichtigen, aber knuddligen Kerl in Boxershorts und nicht zusammenpassenden Socken wütend werden konnte, war genau die Art von Frau, die auf kurzzeitige geistige Unzurechnungsfähigkeit plädieren und nach sechs Monaten entlassen werden würde.

»Ich bin so was von stinksauer«, kreischte sie.

Ich zuckte zusammen, weil ich annahm, daß sie immer noch wütend war über die Bemerkung im Hinblick auf ihre Beliebtheit unter Sportsfreunden. Ich wollte sie daran erinnern, daß ich Brillenträger war, hielt es dann aber für besser, gar nichts zu sagen.

»Marcus wollte dich umbringen, darauf kannst du Gift nehmen. Er will dir die Fresse einschlagen, und das würde er auch tun. Er weiß, wie verrückt du bist. Er sitzt draußen im Auto, also mach dir ja keine wirren Hoffnungen.«

»Ist er Anwalt?« fragte ich schüchtern.

»Ja«, spuckte sie aus.

»Und spielt er Fußball?«

»Jedes Wochenende.«

»Ach«, meinte ich nur.

Ich kam mir so klein mit Hut vor, noch ein wenig kleiner als ein Mückenarsch. Es war, als würde mich meine Ma ausschimpfen, nur schlimmer, denn erstens hatte ich keine Hose an, und zweitens, na ja, meine Ma würde mir nicht damit drohen, daß ihr Freund mich verdreschen würde, selbst wenn sie einen gehabt hätte. Das einzig Gute war, daß Aggis Freund ihr nicht genau gesagt hatte, was ich von mir gegeben hatte, soweit ich feststellen konnte, auch wenn ich sicher war, daß sie einen allgemeinen Eindruck davon hatte. Es war zutiefst peinlich. Aggi war gnadenlos – sie lief im Zimmer auf und ab und schmiß mir alle möglichen häßlichen und gemeinen Dinge an den Kopf, die, wie ich zugeben muß, unglücklicherweise alle stimmten. Jeder einzelne Satz fing an mit »Wie kannst du nur ...?«. Ich hatte dem nichts entgegenzusetzen. Ich hatte sie aus heiterem Himmel angerufen, drei Jahre nachdem ich das Recht dazu gehabt hatte, und sie vor ihrem Freund zur Sau gemacht, der mich selbst mit beiden Armen auf den Rücken gebunden immer noch todsicher zu Brei schlagen würde. Es war einfach lächerlich. Ich saß mit gesenktem

Kopf da und nahm es wie ein Mann, na ja, zumindest wie meine beste Version davon – halb Teenie, halb Schaf.
Als ich dachte, sie sei fertig, schaute ich auf. Allerdings hatte ich mich getäuscht, denn fertig war sie noch lange nicht. »Wenn du noch einmal versuchst, mich anzurufen, mir einen Brief zu schreiben oder mir auch nur schlechte Gedanken zu schicken, dann hol ich die Polizei, du Mistkerl. Und denk ja nicht, ich würde das nicht tun!«
Sie drehte sich um und öffnete die Tür, ohne mich überhaupt anzusehen. ›Das war's, das ist der ganze Abschied. Ich hab doch sicher mehr als das verdient.‹ Lieber sollte sie mich in meiner Wohnung anbrüllen, als daß ich in dem Wissen lebte, daß all die Erinnerung an mich in der Sekunde, in der sie durch die Tür verschwand, ausgelöscht war – sie würde alles auf den Müll schmeißen. Das Gute und das Schlechte. Es war einfach unerträglich, auch nur daran zu denken, denn wenn ich nicht in ihrem Kopf existierte, dann existierte ich überhaupt nicht.
»Und was war mit dir und Simon?« sagte ich mit einer Stimme, die noch leiser war als leise.
Aggi machte kehrt, die Hand immer noch am Türgriff, einen verwirrten Ausdruck auf dem Gesicht. »Wie bitte?«
Ich hüstelte und betrachtete meine Fußsohlen. Ich hatte auf der Hacke eine Warze von der Größe eines Fünf-Pence-Stücks, die ich noch nie zuvor gesehen hatte. Ohne aufzublicken, wiederholte ich meine Frage. »Ich sagte, und was war mit dir und Simon?«
Langsam kam sie wieder herein und schloß sorgfältig die Tür mit beiden Händen, ging durchs Zimmer und setzte sich neben mich aufs Bett.
»Er hat es dir also gesagt?«
Ich nickte.
»Und wann?«
»Gestern.«
»Und warum?«
»Weil er sich verliebt hat.«
Aggis Augen füllten sich langsam mit Tränen. Ich sah zu, wie sie

ihr die makellose Nase herunter über die makellose Oberlippe und aufs makellose Kinn kullerten. Ich wollte nicht, daß sie weinte. An diesem Wochenende heulten aber auch alle. Ich wollte ihre Tränen nicht. Ich wollte sie nur wiederhaben.

»Ich wollte dir nicht weh tun, Will.«

»Das hast du aber.«

»Es ist einfach passiert. Ich war wütend, daß du nicht da warst.«

Ich schluckte schwer. »Und da hast du es einfach mit meinem besten Freund getrieben.«

»Es war nur Sex. Ich hab ihn nicht geliebt. Es ist nie wieder passiert.«

»Und, macht das einen Unterschied?«

Sie starrte jetzt in ihren Schoß, aber sie schaute mich kurz an und meinte: »Nein, wahrscheinlich nicht. Wenigstens nicht für dich.«

Ich rutschte von ihr fort und fing an zu zittern, so als würde schon ihre Nähe irreparable Schäden bei mir auslösen. Da saß sie nun in meiner Wohnung und erinnerte mich an ihren Betrug, der zwar schon vor Jahren stattgefunden hatte, mir aber so frisch vor Augen stand, als sei es gestern geschehen – was es irgendwie ja auch war. »Ich hab dich vom ersten Augenblick an angebetet. Ich hab dich bewundert. Du warst alles, was ich wollte. Was hab ich falsch gemacht?«

Aggi fing an zu weinen. Ich legte ihr meinen Arm um die Schulter. Sie im Arm zu halten fühlte sich immer noch genauso an wie damals. Nichts hatte sich geändert. Es war wie eine Reise in die Vergangenheit – nichts davon schien wirklich. Ich versuchte, ihre Tränen fortzuwischen, aber sie schluchzte mir nur noch mehr vor und weichte mein T-Shirt durch.

»Es tut mir leid, Will. Es tut mir so leid.«

Ich sagte nichts. Ich versuchte nicht, auf Märtyrer zu machen, ich hatte einfach nur nichts zu sagen. Sie wirkte so bedauernswert, und ihre Augen waren rot und verquollen. Ich wollte einfach nur alles wieder in Ordnung bringen.

»Du kennst mich. Ich bereue nie irgendwas«, sagte sie unter Tränen, »und glaub ja nicht, daß ich es bereue, daß wir uns getrennt haben. Das tue ich nicht. Wir waren am Ende. Das ging doch nirgendwo hin. Aber wenn ich die Zeit noch mal zurückdrehen könnte, hätte ich dir das nie angetan. Du brauchst mir nicht zu sagen, daß du mich geliebt hast. Das weiß ich. In den drei Jahren warst du mein bester Freund, Will. Ich kann dir niemals zurückzahlen, was du alles an Gutem für mich getan hast. Ach, ich weiß nicht …«

Sie verstummte und verbarg ihr Gesicht an meiner Schulter. Ich sah auf ihren Kopf herab und untersuchte traurig ihren Haaransatz. Auf eine verdrehte Art und Weise war es das fast wert gewesen, daß Simon mit ihr geschlafen hatte – so bekam ich nach all der langen Zeit endlich mit, daß sie wirklich an mich dachte – wenn auch auf recht abstrakte Weise. Sie hatte nichts vergessen – ein kleiner Teil von ihr dachte so sehr an mich, daß er sogar an die Vorstellung von Reue dachte. Ich war in ihrem Geiste – darüber würde sie nie mehr hinwegkommen. Das war sehr schön. Mehr, als ich mir jemals erhofft hatte.

Aggi hob langsam den Kopf, bis sie mir gerade in die Augen sehen konnte, sie öffnete den Mund, ihre Nase war nur wenige Zentimeter von meiner entfernt, und den Kopf hatte sie auf jene zauberhafte Weise schräg gelegt, die nur eines bedeuten konnte. Ich warf einen Blick zur Tür hinüber, ich konnte nicht anders, meine Gedanken waren schon treppab gestürzt, aus Angst, die fünfundneunzig Kilo fußballgestählter Brutalität würden gleich hereingeplatzt kommen und mich zu Brei schlagen. Aggi bemerkte meine Unruhe und drückte mir ihren Zeigefinger an die Lippen. »Ich hab gelogen«, meinte sie. »Ich wollte nur nicht, daß du auf dumme Gedanken kommst.«

Und dann küßte sie mich.

Auf einmal schien das ganze Universum einen Sinn zu ergeben. Die Last dieser Welt ruhte nicht länger auf meinen Schultern. Das war genau das Gefühl, nach dem ich mich so lange verzehrt hatte, und es war jede Minute des Wartens wert. Ich konnte sie nicht schnell genug küssen. Ich küßte ihr Gesicht, ihre Hände, ihren Hals – alles, was nur erreichbar war –, doch innerhalb von Sekunden wurden meine Küsse von Gefühlen übermannt, die doppelt so stark, doppelt so zerstörerisch und doppelt so schmerzhaft waren.

Ich riß mich geschockt von ihr los. »Das kann ich nicht machen.«

»Ich hab dir doch gesagt, Marcus ist nicht da.«

Ich schüttelte den Kopf. »Das hat mit Marcus nichts zu tun, sondern mit mir. Ich kann es nicht tun. Ich kann Kate nicht betrügen.«

Aggis Gesichtsausdruck änderte sich schlagartig. All die Traurigkeit wich einem Ausdruck von stummer Verachtung. »Ist Kate deine Freundin?« fragte sie mit einer Stimme, in der klar erkennbar eine Spur Sarkasmus mitschwang.

»Nein«, erwiderte ich. »Sie ist meine Verlobte.«

Ich erklärte ihr die ganze Geschichte, auch wenn es eigentlich keinen Sinn mehr hatte. Aggi nickte an den passenden und lachte an ein paar unpassenden Stellen. Als ich fertig war, konnte ich sehen, daß sie mir immer noch nicht glaubte. ›Vor einer Woche hätte ich das auch noch nicht.‹ Ich wog die Situation ab:

AGGI
Aggi war hier in meinem Zimmer.
Ich kannte sie seit sechs Jahren.
Ich kannte jede Einzelheit ihres Körpers.
Ich liebte Aggi.

KATE
Kate war in Brighton.
Ich kannte Kate seit zwei Tagen.
Ich kannte jede Einzelheit ihres Fotos.
Aber ich liebte Kate noch mehr.

Es gab keinerlei Erklärung, keine vernünftige Begründung, aber es waren keine Schuldgefühle, die da aus mir sprachen, das war ich selbst. Nicht, daß ich über Aggi hinweg war – drei Jahre tiefster Obsessionen verschwinden nicht einfach über Nacht –, doch es war folgendermaßen: Ich hatte geglaubt, Aggi sei der Gipfel meiner Liebe, aber Kate hatte mir gezeigt, daß es noch etwas Höheres gab. Überdreht? Ja. Melodramatisch? Wahrscheinlich. Wirre Sätze einer geschundenen Seele, die in die Liebe selbst verliebt ist? Nein.

»Tja, so ist das nun mal«, sagte ich nach ein paar Augenblicken sehr ungemütlichen Schweigens.

Aggi lachte. »Ich kann einfach nicht glauben, was du da tust, Will. Wirklich nicht. Aber du solltest meine Intelligenz nicht mit deinen rührseligen Geschichtchen beleidigen. Ich weiß, du warst verbittert, aber ich hatte keine Ahnung, daß die Verbitterung so tief sitzt.« Sie stand auf, zog ihre Bluse zurecht und wischte sich die zerlaufene Mascara von den Wangen. »Aber das hab ich wohl verdient, denk ich. Na ja, jetzt stehts unentschieden. Ich muß keine Schuldgefühle mehr haben, daß ich mit Simon geschlafen hab, und du hast deine Traumfreundin.«

Ich sah sie vom Bett aus traurig an. »Wenn du meinst.«

# MONTAG

# Fuenf Uhr fuenfundvierzig

Ein paar Sekunden lang war das Ende der Welt nicht nah – nein, es war schon eingetreten. Ich war, wie nicht anders zu erwarten, in die Hölle gekommen, und mal abgesehen davon, daß es keineswegs so warm war, wie ich mir vorgestellt hatte, war das Bemerkenswerteste an der Unterwelt, daß sie sehr laut war und genau wie meine Wohnung aussah. Ich sah auf die Uhr, es war fünf Uhr fünfundvierzig. Fünf Uhr fünfundvierzig am Montag morgen. Dank Mister F. Jamals fickrigem Feueralarm hatte der Rest meines Lebens eine Stunde früher begonnen als geplant. In weniger als fünf Stunden würde ich bei Kate in Brighton sein, und der Feueralarm, die Wohnung, Archway, die Wood-Green-Gesamtschule, Hundehaufen, italienische Zeitungsverkäuferinnen, Simon, Aggi und sonst alles, was mir die Petersilie üblicherweise verhagelte, würde nicht mehr sein als ein böser Traum.
Der Feueralarm hörte auf.
Die Wohnungstür eines meiner Nachbarn unter mir donnerte zu und ließ bei mir die Scheiben klirren. Der Frieden war wiederhergestellt. Ich räkelte mich in der Stille.
*Heute wird das Abenteuer meines Lebens beginnen.*
Das war die Art von Aufregung, nach der ich mich mein ganzes Leben gesehnt hatte, ein Buch, von dessen Ausgang ich nichts ahnte – eine Zeichnung, die man nicht deuten konnte, bis der Zeichner mit seinem quietschenden Filzstift die letzten Details hineinzeichnete.
*Letzte Woche noch hätte ich jede kleinste Kleinigkeit auf Wochen im voraus benennen können. Dienstag zehn Uhr – achte Klasse*

*Englisch. Mittwoch acht Uhr fünfzehn – Endspurt zum Schultor und der Versuch, noch schnell meine Morgenzigarette zu Ende zu rauchen. Freitag dreiundzwanzig Uhr – von meiner Ex träumend im Bett liegen. Dank Kate habe ich nicht die leiseste Ahnung, was mir alles widerfahren wird, aber wenigstens weiß ich, mit wem es mir widerfahren wird. Sicherheit und Abenteuer – besser kann man es nicht haben.*

Die Decke, die im Laufe der Nacht vom Bett gerutscht war, lag gefährlich nahe an dem Eiscremefleck auf dem Teppich, der sich geweigert hatte, sich wegputzen zu lassen. Ich zog sie wieder aufs Bett zurück und schob die Ecken unter meinen Hintern, so daß sich ein unförmiger Kokon bildete, aus dem oben nur mein Kopfkissen herauslugte. Der Windzug, der durch die Fenster drang und sich von den Vorhängen nicht stören ließ, deutete darauf hin, daß der Tag meiner Menschwerdung ein ziemlich kalter Tag werden würde. Ich lauschte intensiv auf weitere meteorologische Einzelheiten. Am sanften, unnachgiebigen Tröpfeln eines leichten Regens gegen die Scheibe bestand kein Zweifel.

Meine Gedanken wandten sich automatisch dem Frühstück zu, doch die Aufregung, die die kommenden Ereignisse des Tages auslösten, sorgte dafür, daß sich mein Magen zu einem kleinen festen Gummiball zusammenzog – keine Sugar Puffs, Honey Loops, kein gefrorenes Brot oder Toast ohne Margarine würden es heute dort hinein schaffen.

Im Badezimmer grüßte mich Audrey Hepburn, die Zigarettenspitze zierlich zwischen den Fingern baumelnd, mit ihrem üblichen versonnenen Lächeln. Ich schloß die Tür hinter mir, schaltete das Licht ein und lud den Ventilator geradezu herzlich ein, doch bitte zum Leben zu erwachen. Unter der Dusche versuchte ich, mir die Kate auf dem Foto an der Wand in drei Dimensionen vorzustellen. Danach »trocknete« ich mich mit dem Handtuch ab, schlenderte in die Küche und ließ es in den Mülleimer plumpsen. Manche Sachen waren einfach unwiderruflich hinüber.

Kalt und nackt stand ich auf dem Bett, um zu verhindern, daß Schmutz, Dreck und Teppichfasern an meinen feuchten Füßen

klebenblieben, und dachte darüber nach, was ich anziehen sollte. Der erste Eindruck, so argumentierte ich, ist der wichtigste, egal, was Kate gesagt hatte. Ich wollte, daß sie sich vom ersten Augenblick, in dem sie mich sah, angezogen fühlte, damit ja kein Zweifel aufkam, daß sie die richtige Entscheidung getroffen hatte. Nach mehreren Umbaupausen entschloß ich mich zu einer marineblauen Hose, die ich im Sommerschlußverkauf bei *Jogsaw* gekauft hatte – ein kleiner *Fauxpas* in meiner ansonsten strikten Secondhand-Einkaufspolitik –, und einem uralten kreideblauen Hemd von *Marks & Spencer* mit riesigem Kragen, das ich in Aggis Oxfam-Laden erworben hatte. Das Ergebnis überprüfte ich in der größten Scherbe meines kaputten Elvis-Spiegels, die ich finden konnte: zum Anbeißen.
Ich sah auf die Uhr, packte in aller Eile meinen Rucksack und stopfte den Rest an sauberer Unterwäsche hinein – ungefähr drei Unterhosen. Ungefähr, weil ich auch noch eine schwarze Unterhose dazuzählte, die mir meine Ma gekauft hatte, als ich jünger war als einige der Kinder, die ich unterrichtete. Ich hatte mir vorgenommen, am Wochenende in den Waschsalon zu gehen – doch traurigerweise hatte ich daran nicht mehr gedacht, geschweige es getan. Ich stopfte noch ein paar T-Shirts und Pullover dazu, verfluchte meinen Mangel an sauberen Socken, nahm statt dessen dreckige, direkt gefolgt von meinen zollfreien Zigaretten und dem Bild von Sandy, dem Esel. Ich sah mich im Zimmer um, ob ich auch nichts vergessen hatte, und ging dabei im Kopf eine Liste der Sachen durch, die ich normalerweise vergaß: Zahnbürste, Seife, Shampoo – all das Zeug, das Kate sicher auch zu Hause hatte. Dabei fiel mir Kates Scheck ein. Ich schob ihn in die Seitentasche des Rucksacks.
Ich saß auf der Bettkante, starrte die Zimmerdecke an und bereitete mich im Geiste auf das vor, was der heutige Tag mir brachte. In der Wohnung nebenan ging ein Radiowecker an, und Thin Lizzys *Waiting for an Alibi* störte meine Konzentration. Dann schoß mir der Gedanke durch den Kopf: Sollte ich Kate ein Geschenk mitbringen? Innerhalb von fünf Minuten hatte dieser

Gedanke alle anderen verdrängt und sich zu einer Staatskrise ausgeweitet. Ich stöberte durch meine Bude auf der Suche nach etwas, das man als Geschenk hätte bezeichnen können. Mein Blick fiel auf das Video von *Star Wars*. Wenn ihr *Gregory's Girl* gefiel, so sagte ich mir – mein Verstand hatte sich endgültig verabschiedet –, dann mochte sie vielleicht auch *Star Wars*. Da ich kein besseres Geschenk finden konnte, packte ich das Video ebenfalls in den Rucksack und machte mir einen Knoten ins geistige Taschentuch, an der Victoria Station nach einem Blumenladen Ausschau zu halten.

Als ich bereit war, mich den Elementen zu stellen, und ich das Wichtigste geschultert hatte, sah ich mich ein letztes Mal um, was ich denn hinter mir ließ. Diese Bruchbude, die für über eine Woche mein ärgster Feind gewesen war, kam mir nun wie ein guter Freund vor. Wir hatten gute Zeiten, schlechte Zeiten und verrückte Zeiten miteinander geteilt. Und irgendwie war ich dafür dankbar.

Ich war schon halb die Treppe runter, als ich das Gefühl hatte, etwas Wichtiges vergessen zu haben. Ich wollte dagegen ankämpfen – schließlich hatte sich Lots Frau ja in eine Salzsäule verwandelt –, aber das Gefühl wollte nicht weggehen. Ich kehrte in die Wohnung zurück. Ich schaute nach, ob das Licht aus war. Das war es. Ich schaute nach, ob der Herd abgestellt war. Das war er. Ich schaute nach, ob ich den Stecker vom Toaster aus der Steckdose gezogen hatte. Das hatte ich nicht. Ich zog ihn heraus und lachte über mich selbst. Ich war schon wie meine Mutter. So weit ich zurückdenken konnte, hatte jeder Familienurlaub stets mit dem Ritual begonnen, daß meine Ma durchs Haus rannte und alle Elektrogeräte ausstöpselte. »Wenn ein Blitz ins Haus einschlägt«, so sagte sie, »dann wird alles, was eingestöpselt ist, in Flammen aufgehen und das Haus niederbrennen.«

Bevor ich die Tür hinter mir zumachte, warf ich einen Blick aufs Telefon. Der Anrufbeantworter war nicht an. Nachdem ich auch das korrigiert hatte, verließ ich die Wohnung, schloß die Tür hinter mir zu und trat hinaus in einen funkelnagelneuen Tag.

# Dreizehn Uhr achtundvierzig

»Also«, sagte ich zu meiner achten Klasse, als sie ins Klassenzimmer geschlurft kam und dabei Stühle und alles andere umschmiß, das ihr im Weg stand, »holt eure Ausgabe von *Sturmhöhe* vor und schlagt dort auf, wo wir letzten Freitag aufgehört haben.« Diese einfache Anforderung führte zu einem Durcheinander fruchtloser Aktivitäten. Kitty Wyatt, ein schmächtiges maushaariges Mädchen, dessen kleine Statur und ständig gerötete Wangen ihr eine erschreckende Ähnlichkeit mit einem Gartenzwerg verliehen, stürzte heulend aus dem Zimmer, direkt gefolgt von ihrer Freundin Roxanne Bright-Thomas, die mir bei ihrem Abgang mitteilte, Kitty habe »Frauenprobleme«; Colin Christie, ein Rüpel, dessen Ruf ihm schon bis ins Klassenzimmer vorauseilte und der auch höchstwahrscheinlich derjenige gewesen war, der mir auf den Rücken gerotzt hatte, hatte sein Buch nicht dabei und war in eine Auseinandersetzung mit Liam Fennel verwickelt, der ganz zu Recht nicht darüber erbaut war, daß ihm seine eigene Ausgabe mit Gewalt abgenommen werden sollte. Ich ignorierte sie alle.

»Lawrence«, sagte ich und wies auf einen übergewichtigen Jungen, der an der Heizung am Fenster saß. »Ich glaube, du bist heute dran mit Vorlesen.«

»Aber Sir«, beklagte Lawrence sich, »ich habe letzte Woche schon vorgelesen!«

»Und du hast dich dabei so gut angestellt, daß du diese Woche gleich noch einmal an der Reihe bist«, erwiderte ich knapp.

Er hatte natürlich recht, er hatte letzte Woche schon vorgelesen, aber angesichts meiner Laune, die ich seit der Rückkehr von der Victoria Station hatte, war es mir ziemlich schnurzegal, ob das gerecht war oder nicht, und daran würde sich auch so bald nichts ändern.

Während Lawrence sich ans Lesen machte und die Klasse so etwas Ähnliches wie Ruhe gab, setzte ich mich an mein Pult und nahm die Gelegenheit wahr, aus dem Fenster zu starren und den Nachmittagshimmel zu betrachten. Trotz aller früheren meteorologischen Aktivitäten war es doch noch recht hübsch geworden. Die Sonne schien hell durch die Eichen, Eschen und Birken, die die Sportplätze umstanden, Wattewolken waren an den Himmel getupft, selbst die Grasoasen im Schlammeer, alias das Fußballfeld, schienen aus sich selbst heraus zu leuchten. Ich öffnete das Fenster, um ein wenig Frischluft hereinzulassen. ›Heute‹, dachte ich, während die dunklen Wolken meiner Depression langsam von mir ließen, ›heute ist vielleicht doch ein Tag, an dem es sich zu leben lohnt.‹

Ich hatte tatsächlich in meinem Zug in die Freiheit gesessen. Nicht im Reisezentrum oder auf dem Bahnsteig – im verdammten Zug – Rucksack auf der Gepäckablage überm Kopf, in der rechten Hand die neueste Ausgabe des *New Statesman* (wobei ich heftig an meinem Gesichtsausdruck arbeitete, der da besagen sollte: ›Politik ist mir doch schnurzegal‹), Marlboro Light in der Linken, beide Füße auf dem gegenüberliegenden Sitz. Es dauerte noch fünf Minuten, bis der Zug die Victoria Station verlassen sollte, und fünfundfünfzig Minuten, bis ich der glücklichste Mensch auf Erden werden würde. Aber es hatte sich alles falsch angefühlt. Nicht richtig. Nur ganz und gar falsch.

Ich versuchte, nicht darüber nachzudenken, sah aus dem Fenster, las einen Artikel über die Europäische Gemeinschaft, zählte das Kleingeld in meiner Tasche, aber nichts konnte etwas an diesem Gefühl ändern. Nach wenigen Minuten fand ich mich auf dem Bahnsteig wieder und sah zu, wie der letzte Waggon des Acht-Uhr-fünfundfünfzig nach Brighton im Dunst verschwand.

Ich rief Kate an. Ihre Nummer zu wählen war so natürlich und lebensnotwendig wie Atmen. Ich hatte beinahe vergessen, warum ich sie anrief – ich wollte einfach nur ihre Stimme hören. Es dauerte eine Weile, bevor sie dranging. Sie war gerade auf dem Weg, mich abzuholen – sie war zu aufgeregt, um noch länger zu warten –, und sie hatte das Telefon klingeln hören, gerade als sie die Tür hinter sich schließen wollte. Sie war zurückgeeilt und hatte schon mit dem Schlimmsten gerechnet – daß ich einen Unfall gehabt hätte und sie aus dem Krankenhaus anrief oder, noch schlimmer, daß die Polizei die Telefonnummer bei der Leiche eines nicht identifizierten Mannes in der Themse gefunden hatte. Ich mußte sie leider enttäuschen.

Direkt auf den Punkt zu kommen, das war es wohl, was die Situation verlangte, um den heißen Brei herumzureden würde auf Dauer nur noch mehr Schmerz verursachen. Ich holte tief Luft und klopfte mich am ganzen Körper nach Zigaretten ab. »Kate ... hör mal, Kate. Du weißt, ich liebe dich, das weißt du doch, oder? Ich liebe dich mehr als sonstjemanden auf der Welt, aber ich muß dich was fragen. Ich muß es einfach wissen: Wenn dein Ex dich wiederhaben wollte, würdest du bei ihm sein wollen statt bei mir?«

Sie war ehrlich genug, über diese Frage nachzudenken, was viele, mich eingeschlossen, sich nicht getraut hätten. Es war schon komisch, sie hatte sich so an die ausgeflippteren Seiten meiner Person gewöhnt, daß die Frage und ihr plötzliches Auftreten sie nicht aus der Bahn warfen. Es war verrückt, aber sie liebte mich. Ich war kurz davor, meine letzten Tassen aus dem Schrank zu holen, aber ihr war das egal.

Sie ließ sich Zeit, was ich sehr nett von ihr fand. Sie überlegte sich ihre Antwort wirklich, und dies, obwohl ich so offenkundig nur die Magerquarkversion war. Sie hatte Simon so intensiv geliebt, daß sie unmöglich hätte lügen können, ohne daß ich es gemerkt hätte. Ihre Liebe zu ihm war noch nicht in Bitterkeit umgeschlagen. Und sie hatte auch noch nicht aufgehört, ihn zu lieben. Sie hatte diese Liebe einfach in eine Schachtel gepackt und weggeräumt, die so ähnlich beschriftet war wie die, in die ich sie

und Simon gesteckt hatte, und nachdem sie nun geöffnet worden war, mußte sie auch leergeräumt werden.
»Will, ich weiß nicht, warum du dir das antust. Ich liebe dich. Es hat sich seit gestern nichts daran geändert. Mein Ex kommt nicht zurück. Ich hab nicht die leiseste Ahnung, wo er ist. Er könnte sonstwo sein. Und er hat auch keine Möglichkeit herauszufinden, wo ich bin. Es hat doch gar keinen Sinn, darüber zu spintisieren, Will. Verstehst du das denn nicht? Wir sind sitzengelassen worden, aber endlich haben wir jemanden gefunden, dem wir vertrauen können. Wir haben doch einander.«
Ich schwieg. Ich hatte recht. Ich zündete mir eine Zigarette an und warf noch ein Fünfzig-Pence-Stück ins Münztelefon. Über die Stationslautsprecher kam die nasale Stimme eines Bahnbediensteten: »Wir möchten Sie höflich darauf hinweisen, daß das Rauchen im Bahnhof verboten ist.« Ich wendete mich wieder dem Telefonat zu. Mir fiel nichts mehr zu sagen ein.
»Will, sei doch nicht so launisch«, meinte Kate besorgt. »Wir haben es doch fast geschafft. Du steigst in den Zug. Ich hole dich ab, und alles wird gut.«
Ich wollte ihr ja glauben. »Alles wird gut?«
Sie seufzte leise. »Alles.«
Ich sah auf meinem Fahrplan wegen der nächsten Verbindung nach. Der nächste Zug ging um neun Uhr fünfunddreißig. Ich schob den Fahrplan wieder in die Tasche, dann zog ich ihn wieder hervor, zerknüllte ihn und warf ihn auf den Boden. Ich würde nicht um neun Uhr fünfunddreißig fahren und auch sonst nicht.
»Nein, nichts wird gut«, sagte ich trotz all ihrer Bemühungen, mich zu beruhigen. »Alles wird nicht gut. So geht das nicht, Kate. Es ist vorbei.«
»Will, tu das nicht«, sagte sie und mühte ihre Tränen nieder. »Tu das nicht. Das ist nicht fair. Es ist nicht fair. Wenn Aggi sagen würde, sie will dich wiederhaben, dann wärst du doch in Windeseile bei ihr, oder nicht? Das kannst du nicht abstreiten!«
»Nein. Das kann ich nicht«, log ich. »Und du auch nicht. Aber wenigstens kannst du noch hoffen.«

Kate verstand mich nicht. »Will, worum geht's hier eigentlich?«
Ich lehnte mich gegen die Rückwand der Telefonzelle und rutschte langsam zu Boden, während mich der Wille, in aufrechter Position zu bleiben, nach und nach verließ. Ein Mann mittleren Alters, mit nachlassendem Haaransatz und einem traurigen, jämmerlichen Jungengesicht, der in der Telefonzelle neben mir stand, sah mich verwirrt an. Ich schaute ihm in die Augen – ich schaute nicht verächtlich, nicht passiv – ich schaute nur hinein. Er wendete sofort seinen Blick ab und drehte mir den Rücken zu. Ich wendete mich wieder dem Telefon zu.
»Dein Exfreund«, meinte ich mit lebloser Stimme, »heißt Simon Ashmore. Er spielt in einer Band – *Left Bank*. Er war mal mein bester Freund. Jetzt nicht mehr. Er will dich zurückhaben. Er sagt, es tut ihm leid. Er sagt, er liebt dich.«
Kate fing an zu weinen. Ich stand auf. Ich wollte hinter dem Zug herrennen, um bei ihr zu sein und alles wieder ins Lot zu bringen.
»Aber er hat gesagt, er haßt mich. Er hat gesagt, er wolle mich nie wiedersehen. Wieso kommt er einfach wieder in mein Leben getrampelt?«
»Weil er dich liebt.«
»Aber ich liebe dich«, entgegnete sie.
»Und ich liebe dich, und daran wird sich nie etwas ändern. Aber es hat nicht sollen sein. Das hat mit Liebe nichts zu tun. Du hast gesagt, Liebe ist nur ein Zufall. Stimmt, sie kann einem jederzeit und überall und mit jedem Beliebigen widerfahren. Aber das hier, das hat damit zu tun, in die richtige Person verliebt zu sein – und die richtige Person läuft einem nicht zweimal im Leben über den Weg. Du hast deine Liebe gefunden, Simon, und das freut mich sehr.«
Sie heulte sich die Seele aus dem Leib. Ich gab ihr seine Telefonnummer, aber sie war nicht in der Verfassung, zuhören zu können. Als sie sich schließlich wieder zusammengerissen hatte, mußte ich warten und hörte mit dem einen Ohr das Telefonrauschen und mit dem anderen den Lärm der Pendler, während sie

nach einem Stift kramte. Ich gab ihr die Nummer noch einmal. Sie weinte wieder. Ich war entschlossen, keine Szene daraus werden zu lassen – ich wollte keine Schuldgefühle auslösen, gleichzeitig aber auch nicht die Selbstlosigkeit meiner Handlung herunterspielen –, also hielt ich meine Tränen so fest zurück, wie es nur ging, was bis zu dem Augenblick gutging, als sie sagte: »Ich werd dich immer vermissen.«

Und dann brach ich zusammen.

Der Kahlkopf war von meinem Schluchzen so fasziniert, daß er einen weiteren Blick in meine Richtung wagte. Wieder kreuzte sich unser Blick, doch ich sah durch ihn hindurch, durch die Telefonzelle, durch Victoria Station und ganz London – hinaus in die Welt und den tagtäglichen Kleinkram, der das Leben ausmachte. Das war das Ende. Über Tränen und Schluchzen hinweg hörte ich das Telefon piepsen. Ich suchte wie wild nach Münzen, fand aber keine mehr und ergab mich in mein Schicksal, mich in den verbleibenden sieben Sekunden zu verabschieden.

*Sechs.*

»Sir, ich bin mit dem Kapitel fertig. Soll ich mit dem nächsten anfangen?«

*Fünf.*

»Ähm, Mr. Kelly?«

*Vier.*

»Sir! Mr. Kelly!«

*Drei.*

*Zwei.*

*Eins.*

»Mr. Kelly! Ich bin fertig!«

*Das Gespräch ist beendet.*

»Sir! Sir! Mr. Kelly!«
Lawrence hatte zu lesen aufgehört und versuchte nun meine Aufmerksamkeit dadurch zu wecken, daß er mit den Armen herumfuchtelte.
»Was willst du?« blaffte ich ihn an, so verärgert war ich darüber, daß er mich aus meinen Gedanken gerissen hatte.
»Ich bin mit dem Kapitel fertig, Sir«, meinte er zögernd. »Soll ich weiterlesen?«
Ich stand auf und ging zur Tafel. Eine Windbö erfaßte mein Kündigungsschreiben, an dem ich arbeitete, und ließ es Spiralen Richtung Fußboden drehen. Ich legte es schnell wieder auf den Tisch zurück und verlangte von meinen Schülern Aufmerksamkeit.
»Ihr habt gerade gehört, wie Lawrence einen der berühmtesten Abschnitte über das Thema Liebe in der englischen Literatur vorgelesen hat«, sagte ich und sah ihnen aufmerksam in die Gesichter, um herauszufinden, ob Miss Brontë es geschafft hatte, ihre versteinerten Herzen zu erweichen. »Catherine Earnshaw hat gerade ihrer Magd Nelly den Unterschied zwischen ihrer Liebe zu Linton und zu Heathcliff erläutert. Was habt ihr dabei gedacht, wenn ihr überhaupt etwas gedacht habt?«
Eine Wand aus zweiunddreißig Augenpaaren starrte mich hohlköpfig an. Ich war ganz allein.
»Na gut, vielleicht ist das wirklich ein wenig viel von euch verlangt«, sagte ich und war überrascht, daß mein Sinn für Humor immer noch funktionierte. »Cathy spricht hier von zwei Arten der Liebe: Die erste ist ihre Liebe zu Linton, die so ist wie ›die Blätter im Wald. Die Zeit wird sie verändern. Ich bin mir dessen bewußt. So wie der Winter die Bäume verändert.‹« Ich schwieg und besah mir die Aktivitäten meiner Schüler: Kevin Rossiter kratzte sich mit der Plastikkappe eines Stiftes im Ohr, Sonya Pritchard und Emma Anderson (die in ihrer Schuluniform wieder wie ganz normale Mädchen aussahen) schoben sich gegenseitig Briefchen zu, und Colin Christie versuchte einen wunderschön produzierten Spuckefaden, der ihm vom Kinn bis zum Mund reichte, wieder

hochzuziehen. »Aber«, fuhr ich müde fort, »ihre Liebe zu Heathcliff war wie ›die ewigen Felsen darunter. Ein Quell geringer Freude, aber wichtig‹, und nun kommt der beste Teil, sie sagt: ›Nelly, ich bin Heathcliff!‹ Und nun meine Frage an euch, Klasse 3B: Welche Art von Liebe würdet ihr vorziehen?«
Auch wenn ich dies nicht als rhetorische Frage gemeint hatte, so hatte ich andererseits auch nicht damit gerechnet, daß jemand darauf antwortete, und ich wollte gerade schon ein paar Vorschläge an die Tafel schreiben, als ein einzelner Arm schüchtern in die Luft gereckt wurde – er gehörte Julie Whitcomb, dem Mädchen, das am Freitag von Clive O'Rourke so grausam verschmäht worden war. Ihre Mitschüler drehten sich auf ihren Sitzen um und starrten sie verwundert an. Ich lächelte und nickte ihr zu, sie solle antworten.
»Also, mir gefällt die Art von Liebe, die bleibt, Sir«, sagte sie und vermied jeden Blickkontakt. »Mir gefällt die Art von Liebe, die für immer bleibt. Ist nicht wichtig, ob sie mittelmäßig ist, ist auch nicht wichtig, ob sie häßlich ist. Sie muß einfach nur dasein.« Sie schwieg und richtete ihren Blick auf das Buch in ihrer Hand, und ihr Gesicht glühte stärker als das von Kitty Wyatt an einem kalten Tag. »Also, ich würde Heathcliffs Liebe jederzeit Lintons Liebe vorziehen, Sir.«
Ich dankte ihr für diesen Beitrag. »Das war sehr gut beobachtet. Aber ich habe noch eine Frage, 3B: Was ist mit Heathcliff? Ich will euch ja nicht das Ende des Buchs vorwegnehmen – aber ich möchte nur so viel sagen, wenn ihr ein großer, grüblerischer Zigeunerjunge seid, der es zu etwas gebracht hat, dann kann es nicht glücklich enden. Was ich fragen will – eine Frage, auf die ich zugegebenermaßen selbst keine Antwort habe –, hatte er das Recht, sie so sehr zu lieben, wo er doch wußte, daß sie ihn nie so lieben würde, wie sie Linton liebte?«
»Was meinen Sie damit, Sir?« fragte Julie.
»Ich meine, es ist ja schön und gut, wenn Cathy ihren Heathcliff liebt ›wie die ewigen Felsen darunter‹, aber ist er nicht ein kleines winziges bißchen naiv, wenn er glaubt, daß die ›höhere‹ Natur

ihrer Liebe Ausgleich genug ist dafür, sie in seinen Armen zu halten? Heathcliff hat immerhin zugelassen, daß sie den Mann heiratet, der ihn brutal behandelt hat!«
Julie Whitcomb hob erneut die Hand und rief: »Sir! Sir! Sir!«
Ich sah mich im Raum um, aber es gab keine weiteren Lebenszeichen.
»Aber die Sache ist doch die, Sir«, meinte Julie, die offenkundig frei von der Leber weg sprach, »ich glaube, Liebe ist schon komplizierter, als wir denken. Manchmal verliebt man sich in jemanden, der einfach nicht gut ist für einen. Daran hat man keine Schuld, und irgendwie ist es auch nicht die Schuld von dem anderen – es ist eben so passiert. Und ich denke, so was ist hier auch passiert. Heathcliff hat sich in die falsche Person verliebt. Ich …« Sie sah auf ihr Pult herab. »Tut mir leid, Sir, aber ich hab das Buch übers Wochenende ausgelesen. Ich konnte einfach nicht mehr aufhören.« Ich lächelte ihr aufmunternd zu. »Ich finde, Heathcliff hätte bestimmt die richtige Person gefunden, wenn er sich nur mal umgeschaut hätte. Ich denke, für jeden gibt es irgendwo den Richtigen, aber man kann ihn nur dann sehen, wenn man ihn sehen will. Und Heathcliff konnte niemand anderen sehen außer Cathy.«
Von Schüchternheit übermannt, versteckte sie sich hinter dem Buch. Die meisten in der Klasse saßen angesichts der Tiefgründigkeit ihrer Erkenntnis wie gebannt da, wenn ich auch aus dem Augenwinkel heraus beobachtete, wie Kevin Rossiter an eben jener Kappe lutschte, mit der er sich die Ohren geputzt hatte. Colin Christie aß eine Tüte Chips, und Susie McDonnell und Zelah Wilson kippelten auf ihren Stühlen nach hinten und flüsterten miteinander – wahrscheinlich machten sie irgendeine Bemerkung darüber, was für ein Arsch ich war.
Ich sah Julie Whitcomb an, die so klein, so hilflos und doch für ihr Alter so überaus weise war, und war gerührt. Da saß jemand, der lernen wollte, jemand, der einen Text gelesen hatte und dazu etwas zu sagen hatte. Dies war der Grund, warum ich Lehrer geworden war. Ich war von Stolz erfüllt und fragte mich, ob ich

wohl für diesen Erfolg verantwortlich war oder ob es sich nur um einen Ausrutscher handelte.
Ich mußte ihr in jedem Punkt recht geben. Es ging nicht nur darum, verliebt zu sein, es ging auch um …
»Die richtige Person!« rief ich laut aus und dachte an mein Gespräch mit Kate zurück. »Du hast recht, Julie! Es geht nicht nur darum, verliebt zu sein. Es geht darum, daß man in die richtige Person verliebt ist! Und die richtige Person war die ganze Zeit über da! Sie war die ganze Zeit da!«
Die ganze Klasse fand, ich hätte nun endgültig den Verstand verloren, aber da dies bedeutete, daß sie mir nicht mehr zuhören mußten, wie ich über ein Buch schwafelte, das in ihrem Leben ungefähr so bedeutsam war wie ein litauischer Busfahrplan, wie sie fanden, war es ihnen ziemlich egal. Ich strahlte Julie Whitcomb an, ging zur Tür, rief ihnen zu: »Lest bitte allein weiter«, und rannte hinaus zum nächstmöglichen Telefon.

»Ich muß mal telefonieren«, sagte ich. »Es ist ein Notfall.«
Margaret, die steinalte Schulsekretärin, betrachtete mich mit einem Ausdruck gekünstelten Desinteresses. Als ich ihr zu Beginn des Schuljahres vorgestellt wurde, meinte sie als allererstes zu mir, nachdem sie mich abschätzig von oben bis unten begutachtet hatte: »Und glauben Sie ja nicht, Sie könnten einfach so den Fotokopierer benutzen, junger Mann.« Im Laufe der Woche verweigerte sie mir rundheraus den Zugriff zum Schrank mit dem Büromaterial, solange sie nicht dabei war, und Donnerstag rügte sie mich für mein Schlurfen auf dem Gang. Sie war die reinste Teufelin in einem zweiteiligen Tweedkostüm. Unter gar keinen Umständen würde sie mir erlauben, das Telefon für ein Privatgespräch zu benutzen, und wenn es sich um einen Anruf handelte, der mein gesamtes Leben änderte.
»Hat das was mit der Schule zu tun?« bölkte sie mich an. »Der Direktor erlaubt keine Privatgespräche, wie Sie wissen.«
»Es geht um Leben und Tod«, erwiderte ich ruhig.
»Wessen Leben?« konterte sie spitz.

Ich sah ihr ins Gesicht: das graue Haar zu einem festen Knoten gebunden, böse Schlangenaugen, eingefallene Wangen, zusammengepreßte Strichlippen, faltiger, leberfleckiger Hals. Wenn sie aus Stein gemeißelt gewesen wäre, hätte sie mitfühlender gewirkt. Mir fehlte die Kraft, auch nur zu versuchen, sie umzustimmen, also stürzte ich zur Tür hinaus und stürmte über den Schulhof durchs Tor. Es dauerte fünf Minuten, bis ich endlich irgendwo an der Wood Green High Street ein Telefon fand, das nicht von Schülern der Wood-Green-Gesamtschule vandalisiert worden war.

Ich sah auf die Uhr. Es war vierzehn Uhr vierundzwanzig. Ich wählte und wartete. Es klingelte dreimal, bevor der Anrufbeantworter ansprang:

*Hallo, hier ist der Anschluß von Bruce und Alice …*

Ich sah erneut auf die Uhr. Alices Flug ging erst um sechzehn Uhr. Ich hatte noch eine Chance. Ich suchte in meinem Telefonbuch herum und fand ihre Handynummer. Es klingelte sechsmal, bis ich auf ihre Voice Mail umgeleitet wurde.

Es war zu spät.

Ich hatte keine Tränen mehr übrig. Ich war dem Leben gegenüber endgültig immun geworden, und der Mangel an Gefühl tröstete mich. Nicht, daß mir das nichts ausmachte – das tat es –, ich hörte nur auf, mir Hoffnungen zu machen, wo es keine Hoffnung mehr gab. Ich lernte meine Lektion drei Jahre zu spät, aber besser spät als nie. Ich ging zur Schule zurück, die Treppe hinauf zu meinem Klassenzimmer, und ich schwor mir, daß mir so etwas nie wieder zustoßen würde. Nie wieder.

Ich näherte mich der Klassenzimmertür und wollte gerade die Klinke herunterdrücken, als ich bemerkte, daß es drinnen merkwürdig leise war. Die 3B war niemals freiwillig so leise. Entweder waren sie alle tot, oder der Direktor war als Babysitter eingesprungen. Um meiner selbst willen hoffte ich, daß sie tot waren, denn die einzige andere Möglichkeit lautete, daß die Schulsekretärin dem Direktor gesteckt hatte, ich sei verrückt geworden und hätte die Klasse verlassen. Das, so entschied ich, wäre das Ende für mich und mein Lehrerdasein. Man würde mich feuern, und das war ein erschreckender Gedanke, obwohl ich mich doch entschlossen hatte zu kündigen. Ich wollte gerade einfach den Gang hinuntergehen und mich auf den Heimweg machen, aber Feigheit, so fand ich, war auch nur eine Form von Selbstverleugnung, und ich hatte schon mehr als genug davon, mich nicht den Tatsachen zu stellen.

Ich öffnete die Tür, und dort vor der Klasse stand Alice.

Sie trug eine schwarze Jeans und eine dunkelblaue Fleecejacke, wie sie diejenigen tragen, die irgendwelchen Outdoor-Aktivitäten nachgehen. Ihr Haar war ganz zerwühlt, so als sei sie gerannt, und ihre Wangen waren ganz rot, was man trotz ihrer kräftigen Bräune erkennen konnte. Über die linke Schulter hatte sie einen Rucksack geworfen, den sie mit der rechten Hand festhielt. Sie ließ los, der Rucksack glitt herab und knallte auf den Fußboden. Sie sah nicht nach unten, sondern starrte mich nur an. Und wenigstens dieses Mal hielt ich einfach meinen Mund, obwohl mir so viele Fragen durch den Kopf schossen.

Ich machte einen Schritt auf sie zu, und ich fing an, schwer zu keuchen. Ich besah mir meine Hände, die zitterten. Alice machte einen Schritt auf mich zu, die Lippen fest zusammengepreßt. Sie legte eine Hand vor den Mund und tat einen weiteren Schritt. Jede einzelne Sekunde, die wir brauchten, bis wir Angesicht zu Angesicht voreinander standen, schien wie eine Ewigkeit. Es war ein magischer Augenblick, doch dieses eine Mal handelte es sich nicht um einen Ausbund meiner Phantasie.

Sie schlang ihre Arme um mich. Und langsam, ganz, ganz langsam glitten all der Schmerz und die Sorge von mir ab. Meine Sinne waren erfüllt von ihrem Parfüm, ihrem Körper. Wir paßten einfach perfekt zusammen. Sie drückte ihr Gesicht an meine Brust, gleich neben den Tomatenketchupfleck von heute mittag, den sie dankbarerweise übersah. Ich nahm ihre Hände und drückte sie sanft. Meine Hände wollten einfach nicht aufhören zu zittern. Ich hatte Angst. Eine Heidenangst. Und auch sie schien angsterfüllt zu sein. Wir standen da, rührten uns nicht und hofften inbrünstig, daß das, was hier geschah, tatsächlich so real war wie das, was wir fühlten.

»Was machst du denn hier?« fragte ich blöde.

»Ich bin gekommen, um dich zu retten«, erwiderte sie.

»Wovor denn? Vor Kate?«

»Lungenkrebs, Kekskrümel im Bett, alt und fett und einsam werden ohne mich.«

Wir lachten.

»Das ist eine lange Geschichte, aber Kate ist abgehakt«, erklärte ich schuldbewußt. »Abgehakt, aber glücklich.«

»Und Aggi?« fragte Alice, und ihr Lächeln verwandelte sich in steinernen Ernst.

»Aggi?« wiederholte ich, so als sei ich mir nicht ganz sicher, von wem sie eigentlich sprach.

»Ja, Aggi.«

Ich lächelte. »Zweimal abgehakt.«

Alice lachte nicht und erwiderte auch mein Lächeln nicht.

»Wie kannst du dir da so sicher sein? Ich hab dich tausendmal sagen hören, sie sei die wahre Frau für dich. Du hattest immer so hohe Ansprüche, was die Liebe angeht. Du hast mir erst vor ein paar Wochen erzählt, daß deine wahre Frau dies und jenes haben müsse – kurz gesagt, sie müßte Aggi sein.«

»Manchmal bist du so weit vom gesunden Menschenverstand entfernt wie ich«, schimpfte ich sie scherzhaft. »Das hast du in den völlig falschen Hals gekriegt. Du bist das Maß. Vor Aggi warst du. Und Aggi mußte *deine* Qualität erreichen. Ich weiß, ich dachte, Aggi sei die Richtige, aber da lag ich falsch. Du bist das Original. Sie war die Kopie. Und nun bist du hier.«

»Und nun bin ich hier«, sagte sie, lächelte und entspannte sich.

»Aber du weißt, daß das nicht funktionieren kann«, sagte ich sanft.

»Von Anfang an zum Scheitern verurteilt«, lachte sie, und die Tränen kullerten ihr sacht über die Wangen.

»Wir könnten es auch gleich seinlassen«, sagte ich und zuckte mit den Schultern.
»Wir wären schön dumm, wenn wirs nicht täten«, stimmte sie zu.
Ich wischte ihr eine Träne fort und küßte sie auf die Augenbraue. »Freunde sollten nie ein Liebespaar sein.«
Alice stellte sich auf Zehenspitzen und drückte mir sanft ihre Lippen ans Ohr. »Und Liebespaare nie Freunde.«
Colin Christie machte Würggeräusche. Sonya Pritchard und Emma Anderson riefen: »Knutschen!« Kevin Rossiter warf mir die Kugelschreiberkappe, mit der er sich die Ohren geputzt hatte, an den Kopf, und Julie Whitcomb, dieses Segenskind, stand auf und applaudierte uns.

# Epilog

In einer Welt, in der es die gesammelten Weisheiten von Tausenden von Jahrhunderten gibt – von Sokrates bis zum hl. Paulus, von Freud bis Stephen Hawking –, scheint es vielleicht etwas weit hergeholt, ausgerechnet Oprah Winfrey zu zitieren, um zu erklären, was die ganze Zeit in meinem Leben schiefgelaufen ist, doch so ist das nun mal mit dem gesunden Menschenverstand, er taucht dort auf, wo man ihn am wenigsten erwartet.

Ich stieß auf dieses Körnchen Weisheit eines Nachmittags vor ein paar Jahren, als ich noch von der Stütze lebte und zu Hause wohnte. Ich hatte gerade zum dritten Mal in der Woche *Flucht vom Planet der Affen* auf Video gesehen, als ich zufällig beim Herumzappen auf eine Folge von *Oprah!* stieß. Da ich zu faul zum Umschalten war und mich, das muß ich zugeben, auch das Thema der Sendung interessierte: »Männer, die zu sehr lieben, Frauen, die zu wenig lieben«, machte ich eine Schachtel *Hobnobs* auf und setzte mich vor die Glotze, um sie mit meinem treuen Hund Beveridge zu teilen. Gerade als ich in einen Keks beißen wollte, sagte Oprah etwas derart Tiefgründiges, daß ich aus Versehen einen ziemlich großen Krümel in den falschen Hals bekam und derart heftig husten mußte, daß ich beinahe auf den Hund gekotzt hätte. Oprah sagte:

»Die Liebe sollte sich nicht schlecht anfühlen.«

Wie die meisten tiefgründigen Aussagen (wie zum Beispiel »Liebe deinen Nächsten« aus der Bibel, Marshall McLuhans »Das Medium ist die Botschaft« und Morecambe und Wise mit »Noch

Bier, Ernst?«) beeindruckte mich diese Aussage etwa drei Sekunden lang, bis sie wieder im Papierkorb der Geschichte landete. Bis heute.
Sehen Sie, manchmal ertappe ich Alice dabei, wie sie mich anstarrt, wenn ich fernsehe, und ein riesiges blödes Grinsen aufgesetzt hat, das ihr wirklich nicht besonders gut steht. Ich frage sie, was sie da macht, und sie denkt eine Weile nach, bevor sie meine Frage mit Schweigen beantwortet. Dann fragt sie mich, ob ich sie liebe. Ich tu daraufhin so, als ob *ich* wiederum eine Weile bräuchte, über diese Frage nachzudenken, und sie schmeißt mit einem Kissen nach mir. Das ist mein Stichwort, ihr zu sagen, daß ich sie von ganzem Herzen liebe (was stimmt), und sie sagt mir, daß sie mich mehr liebt als alles andere auf der Welt (was auch stimmt). Dann bin ich wieder an der Reihe und witzele herum, wenn wir schon Freunde sind, »ja, mehr als nur Freunde«, dann sei sie so etwas Ähnliches wie meine beste Freundin. Und dann lacht sie, schaut mir in die Augen, wovon ich immer noch weiche Knie kriege, und meint: »Nein, ich bin deine Legendäre Freundin.« Und jedesmal, wenn sie das sagt, nicke ich und lächle zustimmend – aber in Wahrheit bin ich mir da nicht sicher. Bei einem bin ich mir aber ganz sicher: Unsere Liebe fühlt sich nicht schlecht an.
Und das ist das einzige, was zählt.